BASTEI
LÜBBE

Bisher sind im BASTEI-LÜBBE-Taschenbuchprogramm von ROBERT ASPRIN nachstehende Bände erschienen:

20084 Ein Dämon auf Abwegen
20085 Ein Dämon kommt selten allein
20086 Ein Dämon macht noch keinen Sommer
20109 Dämonen-Futter
20110 Ein Dämon mit beschränkter Haftung
20137 Ein Dämon für alle Fälle
20144 Ein Dämon dreht durch

Robert Asprin

Die Chaos-Kompanie

Science Fiction Roman

Ins Deutsche übertragen
von C. T. Bauer

BASTEI
LÜBBE

BASTEI-LÜBBE-TASCHENBUCH
Science Fiction Abenteuer
Band 23 114

Erste Auflage: Mai 1991

Deutsche Lizenzausgabe 1991
Bastei-Verlag Gustav H. Lübbe GmbH & Co., Bergisch Gladbach
Originaltitel: Phule's Company
Lektorat: Reinhard Rohn
Titelillustration: James Warhola
Umschlaggestaltung: Quadro Grafik, Bensberg
Satz: Fotosatz Schell, Bad Iburg
Druck und Verarbeitung:
Brodard & Taupin, La Flèche, Frankreich
Printed in France
ISBN 3-404-23114-7

Der Preis dieses Bandes versteht sich einschließlich
der gesetzlichen Mehrwertsteuer.

Prolog

Tagebuchdatei # 001

Es heißt, daß jeder große Mann einen Biographen verdient. Deswegen habe ich es auf mich genommen, ein privates Protokoll der Aktivitäten meines Arbeitgebers während seiner Zeit in der Weltraumlegion zu führen. Sollte es jemanden geben, der vielleicht seine Qualifikation als großer Mann bezweifelt, so möchte ich darauf verweisen, daß in gewissen Kreisen auch Dschinghis-Khan und Geronimo als große Männer gelten.

Um mich vorzustellen: Ich bin Kammerdiener. Ich war immer der Ansicht, daß Uniformen eine höchst überflüssige Mode sind, und zum Glück hat mein Dienstherr auch nie von mir verlangt, mich dergestalt zu kostümieren. Deswegen habe ich das große Privileg, auch während meiner Militärzeit weiterhin die zweckmäßige und individuelle Kleidung eines Butlers – Bowler, Fliege, Cut, gestreifte Hosen – tragen zu dürfen. Im übrigen heiße ich Beeker und brauche weder zusätzliche Titel noch verlange ich sie.

Obwohl ich seit seinem Eintritt in die Legion und davor bei meinem Arbeitgeber gewesen bin, glaube ich sagen zu dürfen, daß der wahrhaft bemerkenswerte Teil seiner Karriere erst mit seiner Kriegsgerichtsverhandlung begann. Um genauer zu sein: mit seiner ersten Kriegsgerichtsverhandlung.

Der Warteraum verfügte über jene Art von Einrichtung, die man eigentlich vom Künstlerzimmer einer abgetakelten Schauspieltruppe erwartet hätte. Zwei uralte Sofas von unbestimmter Farbe sackten gegen gegenüberliegende Wände, von einem Sortiment von klapprigen Klappstühlen umgeben, die genauso billig wie alt aussahen, und die auf dem einzigen Tisch verstreuten Zeitschriften hätten höchstens einen Archäologen veranlaßt, sich aufzusetzen und ihnen seine Aufmerksamkeit zu schenken.

Zwei Männer, die miteinander vertrauter zu sein schienen als mit ihrer Umgebung, teilten sich den Raum. Der eine war ein stämmiges Individuum von mittlerer Größe, in untadelige, aber konservative Zivilistenkleidung gehüllt. Sein rotes Gesicht trug den gleichgültigen Ausdruck von jemandem, der es gewohnt war zu warten, während er gelangweilt auf den Taschenmikrocomputer auf seinem Schoß starrte und beharrlich seinen Begleiter ignorierte.

Der andere Zimmerinsasse war in Erscheinung oder Benehmen alles andere als ruhig. Dünn wie eine Peitschenschnur, schien er eine kaum unterdrückte Energie auszustrahlen, als er in den engen Grenzen des Zimmers auf und ab schritt. Wenn Tiger in den Wartezimmern von Entbindungsstationen Nachtwache hielten, während sie auf die Geburt ihrer Jungen warteten, hätte es keinen großen Unterschied zwischen ihrer Zurschaustellung von Unruhe und jener gegeben, die das nervöse Herumschleichen des jungen Mannes bekundete. Vielleicht wären Panther ein besserer Vergleich gewesen, da seine Uniform vom Mitternachtsschwarz der Weltraumlegion war – eine Farbe, die nicht so sehr ihres ästhetischen oder ihres Tarnwerts wegen ausgewählt worden war, sondern weil das Färbemittel die Herkunft aller militärischen Ausschußuniformen verbergen konnte, die mit dem immer kurz vor der Pleite stehenden Etat der Legion gekauft wurden. Nicht, daß er eine gewöhnliche Standarduniform getragen hätte, wohlgemerkt! Seine Schulterabzeichen wiesen ihn als Leutnant aus, und wie die meisten Offiziere ließ er sich seine Uniformen maßschneidern, um den größtmöglichen Nutzen aus dem Mangel an Uniformität unter den Uniformen der Legion zu ziehen. Die Qualität des Stoffes und der Verarbeitung seiner Kleidung lag mehrere Stufen über normal, auch wenn er für diese Gelegenheit absichtlich ein Kleidungsstück von etwas nüchternem Zuschnitt gewählt hatte.

»Verdammt noch mal, wie lange brauchen die denn noch?«

Die Frage brach förmlich aus dem Leutnant heraus, während er seine fünfzehnte Runde durch den Raum begann.

Der Mann auf dem Sofa sah nicht einmal auf.

»Es steht mir wirklich nicht an, das zu sagen, Sir.«

Es war die erste Reaktion auf irgend etwas von seinem Gemurmel, und der Leutnant griff die Worte begierig als neue Nahrung für seine Gereiztheit auf.

»Laß diesen Butler-Quatsch, Beeker! Seit wann hättest du jemals zu etwas keine Meinung gehabt oder gezögert, sie mir mitzuteilen … ob gefragt oder ungefragt?«

Beekers Blick verlagerte sich von seinem Lesestoff auf den Leutnant.

»Nun, um der Wahrheit die Ehre zu geben, sind Sie ein wenig verschlossener als gewöhnlich, seit Sie sich der Weltraumlegion angeschlossen haben, Sir … oder vielmehr, seit Sie sich dazu entschieden haben, sich ihr anzuschließen. In diesem speziellen Falle jedoch hatte ich den Eindruck, das, was Sie äußerten, sei eine rhetorische Frage.«

»Das war es auch … aber beantworte sie trotzdem. Komm schon, Beeker. Sprich mit mir.«

Nach reiflicher Überlegung legte der Butler seinen Lesestoff beiseite.

»Gewiß, Sir. Könnten Sie die Frage wiederholen?«

»Warum, glaubst du, brauchen die so lange?« sagte der Leutnant, während er umherging. »Ich meine, ich habe mich doch schuldig bekannt.«

»Verzeihen Sie, wenn ich das Offensichtliche wiederhole«, sagte Beeker, »aber selbst wenn die Schuldfrage geklärt ist, bleibt immer noch das Urteil. Anscheinend hat das Gericht einige Schwierigkeiten dabei, genau festzulegen, welche Strafe für Ihr Vergehen angemessen ist.«

»Und was ist so schwierig daran? Ich habe einen Fehler gemacht. Na schön. Ich bin mir sicher, daß auch schon vorher andere Legionäre Fehler gemacht haben.«

»Gewiß«, sagte der Butler. »Indes bin ich mir nicht sicher, wie viele sich bisher eine ähnliche Art von Fehltritt erlaubt haben. Hätte schon früher jemand die feierliche Unterzeichnung eines Friedensvertrages im Tiefflug mit Bordwaffen angegriffen, hätte ich das sicherlich in den Verlautbarungen der Medien registriert ... Sir.«

Bei der Erinnerung daran verzog der Leutnant das Gesicht zu einer Grimasse.

»Zu der Zeit wußte ich nicht, was los war. Unsere Funkanlage war im Eimer, deswegen haben wir den Befehl zur Feuereinstellung nie erhalten. Außerdem war uns befohlen worden, Funkstille zu wahren.«

Beeker nickte geduldig. Das alles hatte er schon früher gehört, aber er verstand den Drang des Leutnants, es noch einmal durchzugehen.

»So, wie ich es verstehe, hatte man Ihnen befohlen, unter Wahrung völliger Funkstille zu patrouillieren und jede Schiffsbewegung außerhalb des Planeten zu registrieren und zu melden. Kein einziges Schiff hatte die Erlaubnis, einen Anflug mit Bordwaffenbeschuß durchzuführen.«

»Man hatte mir aber auch nicht befohlen, es nicht zu tun! Normalerweise wird die Schlacht von der Seite gewonnen, die die Initiative ergreift, sobald sich eine Gelegenheit dazu bietet.«

Beeker hob vielsagend die Augenbrauen.

»Welche Schlacht? Ich dachte, es hätte keinen Widerstand gegeben.«

»Deswegen habe ich ja gehandelt. Unsere Instrumente zeigten an, daß sie ihren Verteidigungsschirm heruntergelassen hatten, also dachte ich, wenn ich rasch handelte, könnten wir sie mit einer kleinen Demonstration unserer Feuerkraft erschrecken und diesen ganzen Aufstand zu einem frühzeitigen Ende bringen.«

»Er war schon vorbei«, zeigte Beeker trocken auf. »Das war ja der Grund, warum sie ihren Verteidigungsschirm heruntergelassen hatten.«

»Aber das wußte ich nicht! Ich sah den Schirm fallen und ...«

»Und überredeten das diensttuende As von einem Piloten dazu, einen Anflug mit Bordwaffenbeschuß einzuleiten. Und das alles in der Zeit, die der Kapitän des Schiffes brauchte, um aufs Klo zu gehen.«

»Es war einfach ein Fall von gestörten Nachrichtenverbindungen«, murmelte der Leutnant, mied jedoch den Blick seines Begleiters. »Wie sauer können die deswegen sein? Wir haben doch absichtlich auf Sachen und nicht auf Leute gezielt, deswegen wurde niemand verletzt.«

Beeker starrte unschuldig zur Decke hinauf.

»Man sagte mir, der Sachschaden belaufe sich auf über zehn Millionen Credits.«

»He! Ich habe denen doch gesagt, daß ich ...«

»... und daß Sie ihre Flagge in Fetzen geschossen hätten, während sie über der Zeremonie flatterte ...«

»Na ja, das war ...«

»... und natürlich war es bestenfalls unklug, die Privatraumjacht des Botschafters zusammenzuschießen. Ich meine *unseren* Botschafter ...«

»Die hatten ihren Identifikationsstrahl nicht angeschaltet!«

»Vielleicht, weil ja schon Waffenstillstand herrschte.«

»Aber ... Ach, was soll's, zum Teufel mit dem Ganzen!« Der Leutnant sank müde Beeker gegenüber in die Couch.

»Was, Beek, denkst du, werden sie mit mir machen?«

»Auf die Gefahr hin, illoyal zu klingen, Sir«, sagte der Butler, während er seinen Lesestoff wieder aufnahm, »ich beneide sie nicht um diese Entscheidung.«

Da die Kriegsgerichtsverhandlung einen rangniedrigen Offizier betraf, erforderten die Vorschriften der Legion nur drei Offiziere zur Beurteilung des Falles. Über den Beratungen schien jedoch eine Aura des Unbehagens zu liegen, was in erster Linie auf den ältesten der anwesenden Offiziere zurückzuführen war.

Es hieß allgemein, daß jeder Angehörige der Legion drei Namen hatte: den Namen, mit dem er geboren worden war; den, den er sich ausgesucht hatte, als er sich der

Legion anschloß; und den Namen, den er wirklich verdiente. Obwohl in den offiziellen Akten stets der zweite auftauchte, waren die meisten unter dem dritten bekannt, dem Spitznamen, den sie sich durch ihre Persönlichkeit und ihre Taten während ihrer Dienstzeit erwarben, auch wenn nur wenige Offiziere sich formell dazu bekannten, wie die niedrigeren Ränge sie nannten.

Frau Oberst Streitaxt war einer jener seltenen Fälle, in dem der selbstgewählte Name und der Spitzname übereinstimmten. Sie war eine graue, pferdegesichtige Frau mit stechenden Augen, die in ihrem Kielwasser Respekt, Vorsicht und eine nicht geringe Menge Furcht hinterließ, und der steife, nüchterne Schnitt ihrer Uniform fügte dem eine Note von Mißbilligung gegenüber jenen Legionären hinzu, die in ihrer Kleidung einen extravaganteren Stil bevorzugten. Eine strenge Aura umgab sie, die man nur als einschüchternd bezeichnen konnte und die wenig dazu beitrug, Leuten, die in Kontakt mit ihr traten, ihre Befangenheit zu nehmen. Die Gesamtwirkung war, als würde man von seiner alternden Mutter in die Pflicht genommen, nur daß in diesem Fall die zu Gericht sitzende Partei einem nicht nur Schuld auflud, sondern einem auch mit einer hochgezogenen Augenbraue und einem knappen Vermerk auf der Personalakte die ganze Laufbahn ruinieren konnte.

Das allein hätte bei den beiden anderen Offizieren des Gerichts schon Unbehagen verursacht ... zudem war die Frau Oberst ohne vorherige Ankündigung vom Hauptquartier der Legion eingetroffen, nur um dem Kriegsgericht vorzusitzen, und obwohl sie ihr Bestes tat, es als Routinebesuch auszugeben, gebot die simple Logistik, daß sie binnen weniger Stunden nach Erhalt der Benachrichtigung in Marsch gesetzt worden sein mußte. Die Folgerungen daraus lagen auf der Hand: Das Hauptquartier hatte ein besonderes Interesse an diesem Fall und wollte sich seines Ausgangs sicher sein. Leider hatte keiner der beiden anderen Offiziere einen Anhaltspunkt dafür, was von ihnen erwartet wurde. Obwohl sie vermuteten, daß an dem Leutnant ein Exempel statuiert werden sollte, beschlossen sie in stillschweigender Übereinkunft, vorsichtig vorzugehen und erst einmal netter Offizier/böser Offizier zu spielen, während sie auf irgendeinen Hinweis seitens der Gerichtspräsidentin warteten. Nach einer Stunde war die Frau Oberst ihnen immer noch eine Andeutung schuldig geblieben, in welche Richtung sie tendierte, da sie sich darauf beschränkte, aufmerksam zuzuhören, während die anderen beiden ›diskutierten‹.

»Möchten Sie die Gerichtsprotokolle noch einmal durchgehen?«

»Warum? An denen hat sich nichts geändert!« knurrte Major Josua. Von olivgrauer Hautfarbe und von Natur aus übermäßig impulsiv, hatte er mühelos den Part des Bösen übernommen. In diesem Augenblick jedoch wurde er des Spiels müde und war gewillt, die Angelegenheit zu einer Entscheidung zu bringen. »Ich weiß nicht, warum wir immer noch darüber debattieren! Der Mann ist so schuldig wie die Sünde – und er gibt es sogar zu! Wenn wir ihm nicht ordentlich eins aufs Dach geben, wird es so aussehen, als würden wir gutheißen, was er getan hat.«

»Schauen Sie mal, Jos – ich meine, Major –, immerhin gibt es einige mildernde Umstände.«

Der rundliche Hauptmann Humpty hatte keine Schwierigkeiten, den Guten und damit des Teufels Advokat zu spielen. Es entsprach seiner Gewohnheit, für den Schwächeren einzutreten, auch wenn dieser Fall sogar seine großzügige Toleranz auf eine harte Probe stellte. Dennoch stellte er sich der Herausforderung.

»Wir sagen doch andauernd, wir wollen, daß unsere jungen Offiziere Initiative und Führungsqualitäten zeigen. Wenn wir ihnen jedesmal auf die Finger klopfen, wenn sie etwas ausprobieren, das dann nicht klappt, wird bald niemand mehr den Mut haben, irgend etwas zu tun, das nicht ausdrücklich befohlen wurde und genau den Vorschriften entspricht.«

Der Major schnaubte ungläubig. »Initiative! Blutrünstiger Opportunismus wäre wohl der richtigere Ausdruck – wenigstens haben die Medien es so genannt, wenn ich mich recht erinnere.«

»Lassen wir neuerdings die Medien unseren Kodex festsetzen?«

»Natürlich nicht«, räumte Josua ein. »Aber wir können unser Bild in der Öffentlichkeit auch nicht völlig ignorieren. Schon jetzt wird die Legion als unterste Schublade angesehen. Desaster wie dieses sind es, die jedermann denken lassen, wir seien eine Zuflucht für Kriminelle und Versager.«

»Wenn sie sich Pfadfinder wünschen, gibt es immer noch die reguläre Armee, von der Sternenflotte ganz zu schweigen«, sagte der Hauptmann trocken. »Die Legion ist nie eine Heimstatt für Engel gewesen, uns alle in diesem Raum eingeschlossen. Wir sollen die fragwürdige Handlungsweise dieses Mannes beurteilen, nicht versuchen, den Ruf der Legion zu retten.«

»In Ordnung. Sehen wir uns seine Handlungsweise an. Ich sehe immer noch keine entlastenden Faktoren in dem, was er getan hat.«

»Er hat einen dieser ach so untadeligen Piloten, auf die Sie so neidisch sind, dazu gebracht, einen nicht genehmigten Angriff mit Bordwaffen zu fliegen. Ich kenne Kommandanten, die nicht einmal imstande waren, eine derartige Unterstützung quer durch die Waffengattungen zu erhalten, wenn die Piloten Befehl zur Zusammenarbeit hatten. Finden Sie es klug, ein derartiges Potential an Führungsqualitäten zu unterdrücken?«

»Das kommt darauf an, ob Sie zwischen Führungsqualitäten und einer Fähigkeit differenzieren, zum Ungehorsam aufzustacheln. Was Ihr junger Leutnant *wirklich* braucht, sind ein paar Jahre Bau, um sich zu beruhigen. Dann denkt er vielleicht zweimal darüber nach, bevor er blindwütig losstürmt.«

»Ich glaube nicht, daß wir das tun wollen.«

Die beiden Männer unterbrachen ihre Debatte und richteten ihre Aufmerksamkeit auf die Frau Oberst, die sich endlich an der Diskussion beteiligt hatte.

»Obwohl Sie mehrere stichhaltige Argumente vorgebracht haben, Major, und die von Ihnen vorgeschlagene

Strafe in Einklang mit diesen Argumenten stünde, gibt es hier gewisse … Faktoren zu erwägen, derer Sie sich offensichtlich nicht bewußt sind.«

Sie hielt inne, als wäge sie jedes einzelne Wort auf seine Korrektheit hin ab, während die anderen Offiziere geduldig warteten.

»Ich zögere außerordentlich, dies zur Sprache zu bringen – eigentlich hatte ich eher gehofft, es würde nicht nötig sein. Wie Sie wissen, fängt jeder Legionär bei uns von Null an, wenn er oder sie in die Legion eintritt. Eigentlich sollten wir uns also nicht durch ihre Lebensgeschichte vor ihrem Eintritt in die Legion beeinflussen lassen oder auch nur Kenntnis davon haben. Um diese Illusion aufrechtzuerhalten, muß ich darauf bestehen, daß nicht nur das, was ich Ihnen mitteile, mit striktester Vertraulichkeit behandelt werden muß, sondern auch die Tatsache, daß Ihnen überhaupt etwas mitgeteilt wurde.«

Sie wartete, bis beide Männer zustimmend genickt hatten, bevor sie fortfuhr. »Es versteht sich von selbst, daß der Leutnant aus einer begüterten Familie stammt. Andernfalls wäre er nicht Offizier.«

Die anderen warteten ungeduldig auf Informationen, die neu für sie waren. Es war allgemein bekannt, daß die Legion sich Geld verschaffte, indem sie Offizierspatente verkaufte … oder, genauer gesagt, indem sie saftige Gebühren von jedem verlangte, der die entsprechenden Prüfungen ablegen wollte.

»Ich habe in der Tat bemerkt, daß er seinen eigenen Butler hat«, sagte der Hauptmann in einem Versuch, liebenswürdig zu sein. »Ein bißchen protzig vielleicht, aber nichts, was nicht auch wir übrigen uns leisten könnten, wenn uns der Sinn danach stünde.«

Die Frau Oberst ignorierte ihn.

»Die Wahrheit ist … hat einer von Ihnen beiden schon einmal über die Bedeutung der Namenswahl des Leutnants nachgedacht?«

»Scaramouche?« sagte Major Josua mit einem Stirnrunzeln. »Abgesehen von der offensichtlichen Anspielung auf die Romanfigur hatte ich keine großen Gedanken daran verschwendet.«

»Ich nahm an, der Grund dafür sei, daß er sich in seiner Phantasie als Schwertkämpfer betrachte«, warf der Hauptmann ein, um nicht von seinem Kollegen ausgestochen zu werden.

»Vielleicht sollte ich sagen, daß der *wirkliche* Ursprung des Namens und Titels eine Standardgestalt der italienischen Komödie ist – ein Possenreißer oder Narr.«

Die Männer blickten finster und wechselten verstohlene Blicke.

»Ich verstehe nicht«, gestand der Major endlich. »Was hat das zu tun mit ...«

»Ein Narr. Wie in *Narrisch*. Muß ich Ihnen das erst buchstabieren? N-a-r-r-i-s-c-h.«

»Ich verstehe immer ...«

Die Frau Oberst seufzte und unterbrach ihn mit einer Geste.

»Lassen Sie sich einen Augenblick Zeit und betrachten Sie Ihre Waffe, Major«, sagte sie.

Verwirrt zog der Offizier seine Pistole und warf einen Blick darauf, während er sie in der Hand drehte. Plötzlich bemerkte er, wie der Hauptmann erregt die Luft einsog. Offensichtlich hatte der sich zusammengereimt, worauf die Frau Oberst hinaus wollte.

»Sie meinen ...?«

»So ist es, Hauptmann.« Die Gerichtsvorsitzende nickte grimmig. »Ihr Leutnant Scaramouche ist niemand anderes als der einzige Sohn und rechtmäßige Erbe des gegenwärtigen Eigentümers und Präsidenten der Narrisch & Damlack-Rüstungswerke.«

Völlig verblüfft glotzte der Major die Pistole in seiner Hand an, die das Narrisch & Damlack-Firmenzeichen trug. Wenn die Frau Oberst recht hatte, dann war der Leutnant, den er gerade zur Höchststrafe hatte verurteilen wollen, einer der jüngsten Megamillionäre der Galaxis.

»Aber warum sollte er dann in die Legion ...?«

Die Worte blieben dem Major im Hals stecken, als er sich

eben noch an der Schwelle des schlimmsten gesellschaftlichen Fauxpas fing, den ein Legionär begehen konnte. In plötzlicher Verlegenheit drehte er die Pistole noch einmal in seinen Händen, um den eisigen Blicken der anderen Offiziere auszuweichen. Auch wenn es ein eindeutiger Bruch der Vorschriften gewesen war, als die Frau Oberst den persönlichen Hintergrund des Leutnants aufdeckte – die eine Frage, die niemand jemals an oder über einen Legionär stellen durfte, lautete: »Warum ist er oder sie eingetreten?«

Nachdem ein paar peinliche Augenblicke verstrichen waren, nahm die Frau Oberst die Diskussion wieder auf.

»Was wir also erwägen müssen, bevor wir zu unserem Urteil gelangen, ist nicht nur, daß die Narrisch & Damlack-Rüstungswerke der größte Waffenhersteller und -vertreiber der Galaxis sind, sondern auch, daß sie den größten einzelnen Arbeitgeber für Legionäre darstellen, die aus der Legion austreten oder in den Ruhestand gehen. Ich denke, wir müssen uns fragen, ob das Vergehen des Leutnants so gravierend war, daß es es wert ist, die Beziehung zwischen der Legion und ihrem Hauptlieferanten zu gefährden, von unseren persönlichen Zukunftsperspektiven ganz zu schweigen.«

»Entschuldigen Sie, Frau Oberst, aber habe ich nicht irgendwo gelesen, daß der Leutnant und sein Vater sich entzweit hätten?«

Frau Oberst Streitaxt starrte den Hauptmann mit ihrem kältesten Blick an. »Möglich. Trotzdem ist Blut immer noch dicker als Wasser, und ich bin mir nicht sicher, ob ich darauf wetten möchte, wie der Vater darauf reagiert, wenn wir seinen Sohn für ein paar Jahre in den Bau schicken. Einmal angenommen, der Leutnant erbt schließlich doch die Gesellschaft, würde es mir nicht behagen, hinzugehen und ihn um einen Job zu bitten, wenn ich in den Ruhestand trete … nicht, wenn ich einer derjenigen war, die ihn zu einer Gefängnisstrafe verurteilt haben.«

»Es wäre alles erheblich leichter, wenn er einfach den Dienst quittierte«, murmelte Major Josua düster, während er über diese neue Entwicklung nachgrübelte.

»Sicher«, sagte die Frau Oberst unerschüttert. »Aber das hat er nicht getan ... und Sie kennen die Bestimmungen der Legion so gut wie ich. Wir können einem Legionär jede Art von Strafe auferlegen, die wir wollen, aber wir können ihn nicht ausstoßen. Er kann seinen Dienst quittieren, aber wir können ihn nicht dazu zwingen zu gehen.«

»Wenn das Urteil hart genug ausfiele, würde er womöglich lieber den Dienst quittieren, als es anzunehmen«, schlug Hauptmann Humpty hoffnungsvoll vor.

»Vielleicht, aber darauf würde ich nicht rechnen. Ich für meinen Teil würde ihn nicht gerne bluffen, wenn ich nicht bereit wäre, mit den Konsequenzen zu leben, wenn der Bluff auffliegt.«

»Aber irgend etwas müssen wir mit ihm machen«, sagte der Major. »Nach der breiten Berichterstattung in den Medien über ihn sähen wir dumm aus, wenn wir kein Exempel an ihm statuierten.«

»Vielleicht.« Die Frau Oberst lächelte verkniffen.

Major Josua blickte finster. »Was meinen Sie damit ... Frau Oberst?«

»Ich meine, es wäre nicht das erste Mal, daß ein Legionär umgetauft worden wäre, um die Journalistenmeute von seiner Spur abzulenken.«

»Sie schlagen doch nicht ernsthaft vor, daß wir ihn ungeschoren davonkommen lassen, oder?« mischte sich der Hauptmann ein. »Nach dem, was er getan hat? Ich bin nicht dafür, so etwas ...«

»Ich wollte damit auch nicht vorschlagen, den Leutnant ohne einen Denkzettel davonkommen zu lassen«, unterbrach Frau Oberst Streitaxt hastig. »Ich denke bloß, daß es in dieser besonderen Situation vielleicht am klügsten wäre, wenn wir ein paar Alternativen als das Militärgefängnis in Betracht zögen. Vielleicht könnten wir eine neue Aufgabe für unseren Delinquenten finden ... eine hinreichend unangenehme Stationierung, daß sie weder bei ihm noch bei irgendwem sonst einen Zweifel hinterließe, was dieser Gerichtshof von seiner kleinen Wildwestshow hält.«

Daraufhin verfielen die Offiziere in Schweigen, während

sie in ihrem Gedächtnis nach einer Abkommandierung kramten, die ihren Anforderungen entsprechen würde.

»Wenn er Hauptmann wäre«, sagte der Major zu sich und brach damit das Schweigen, »könnten wir ihn zur Omega-Crew verschiffen.«

»Was war das, Major?« Die Stimme der Frau Oberst war plötzlich schneidend.

Josua blinzelte, als erwache er aus einem Traum, wachgerüttelt, um sich zu erinnern, daß die Gerichtsvorsitzende vom Hauptquartier kam.

»Ich ... Nichts, Frau Oberst. Habe nur laut gedacht.«

»Hörte ich Sie da etwas über eine Omega-Kompanie sagen?«

»Frau Oberst?«

»Wissen Sie irgend etwas darüber, Hauptmann?«

»Über was, Frau Oberst?« sagte Hauptmann Humpty und verfluchte im stillen die lose Zunge des Majors.

Die Frau Oberst ließ einen eisigen Blick über die beiden Männer streichen, bevor sie wieder sprach.

»Meine Herren, darf ich Sie daran erinnern, daß ich doppelt so lange wie jeder von Ihnen in der Legion bin. Ich bin weder blind noch dämlich, und ich wäre Ihnen dankbar, wenn Sie mich auch so behandelten.«

Die anderen beiden Mitglieder des Gerichtshofs wanden sich unbehaglich wie Schuljungen im Büro des Direktors, während sie fortfuhr.

»Die Weltraumlegion ist kleiner und weniger glamourös als die regulären Streitkräfte, mehr ein Sicherheitsdienst als eine richtige Kampftruppe. Wir genießen nicht den Vorteil, den sie haben, nämlich Einheiten aufzustellen, die ganz aus Soldaten von einem einzigen Planeten zusammengesetzt sind, deswegen auch unsere Politik, alle Bewerber anzunehmen, ohne Fragen zu stellen.

Nun weiß ich, daß diese Politik für Stabsoffiziere wie Sie stets Probleme verursacht hat. Trotz unserer lockeren Disziplin und unseren lockeren Vorschriften gibt es immer solche, die sich nicht glatt in das Militärleben einfügen – sozial Unangepaßte oder Versager, je nachdem, wie höflich

Sie sein wollen, wenn Sie sie beschreiben. Ich bin mir auch bewußt, daß sich in direkter Mißachtung gültiger Befehle hinsichtlich der Behandlung von Legionären von Zeit zu Zeit eine Omega-Kompanie entwickelt – eine Truppe für Problemfälle, um die sich zu kümmern Stabsoffiziere zu beschäftigt oder zu faul sind. Normalerweise werden sie aufgelöst, sobald das Hauptquartier sie entdeckt, aber sie tauchen immer wieder auf, und wenn das passiert, wird diese Kunde heimlich durch die Legion weitergegeben, bis irgend jemand die Information unabsichtlich ans Hauptquartier durchsickern läßt, und dann beginnt das Spiel wieder von neuem.«

Ihr Zeigefinger begann ungeduldig auf den Tisch zu klopfen.

»Das alles ist mir bekannt, meine Herren, und jetzt frage ich Sie offen heraus: Gibt es derzeit eine solche Omega-Kompanie in der Legion?«

Mit der direkten Frage konfrontiert, blieb den anderen Offizieren kaum eine andere Möglichkeit als zu antworten, und zwar wahrheitsgemäß. Ehrlichkeit war ein Haupterfordernis innerhalb der Legion (es war nicht so wichtig, was man Außenstehenden erzählte, aber es wurde erwartet, daß man seine eigenen Leute nicht belog), und obwohl Stabsoffiziere Meister der Halbwahrheiten und Auslassungen waren, ließ diese spezielle Herangehensweise wenig Raum zum Lavieren.

»Ähhh ...«, räusperte sich Hauptmann Humpty, während er nach Worten suchte, um das Geständnis zu beschönigen. »Es gibt eine Kompanie, die ... mehr als den üblichen Anteil an Legionären anzuziehen scheint, die Schwierigkeiten damit haben, sich an das Leben in der ...«

»Verlierer und Problemfälle«, mischte sich die Frau Oberst ein. »Nennen wir die Dinge doch beim Namen, Hauptmann. Wo ist sie?«

»Haskins Planet, Frau Oberst.«

»Haskins Planet?« Streitaxt blickte finster. »Ich glaube nicht, daß ich davon schon einmal gehört habe.«

»Er ist nach dem Biologen benannt, der vor der Besiedlung den dortigen Sumpf erkundet hat«, ergänzte Major Josua hilfreich.

»Ach ja. Der Vertrag mit den Sumpfschürfern. Das also ist im Moment der Müllabladeplatz, ja?«

Humpty nickte kurz, erleichtert, daß die ranghöhere Offizierin die Neuigkeit so ruhig aufzunehmen schien.

»Der Kompaniechef ... der dortige Kommandeur ist durchweg ... lasch darin gewesen, seine Neuzugänge zu überprüfen ...«

»Und in allem anderen auch, wie ich mich erinnere«, fügte die Frau Oberst grimmig hinzu. »Lasch ... das gefällt mir. Sie könnten eine Zukunft in der Öffentlichkeitsarbeit haben, Hauptmann. Bitte, fahren Sie fort.«

»Womöglich könnte sich die Situation auch ohne eine Intervention seitens des Hauptquartiers von selbst bereinigen«, sagte der Major in der Hoffnung, dem Makel zu entgehen, ihre Mitoffiziere ans Hauptquartier verraten zu haben. »Es geht das Gerücht, daß die turnusmäßige Dienstzeit des Kompaniechefs bald vorüber ist, und niemand rechnet damit, daß er sich noch einmal verpflichtet. Ein neuer Kompaniechef wird wahrscheinlich den Dingen aus reinem Selbsterhaltungstrieb Einhalt gebieten.«

»Vielleicht ... vielleicht auch nicht.«

»Wenn Sie sich Sorgen wegen der Neuverteilung der ... Problemfälle machen«, warf der Hauptmann hastig ein, »bin ich mir sicher, daß der natürliche Verschleiß ...«

»Ich dachte über unser Problem nach, Leutnant Scaramouche zu verurteilen«, unterbrach die Frau Oberst trokken. »Wenn Sie sich erinnern wollen, ist das der Gegenstand unserer Diskussion.«

»Ja ... natürlich.« Humpty war erleichtert, aber auch überrascht über den scheinbaren Themenwechsel.

»Was ich gerade sagen wollte«, fuhr Streitaxt fort, »war, daß ich angesichts dieser neuen Informationen glaube, daß Hauptmann Humptys früherer Vorschlag etwas für sich hat.«

Die anderen Offiziere benötigten einen Augenblick, ihrem Gedankengang zu folgen.

»Was? Sie meinen, Sie wollen ihn zu den Omegas versetzen?« sagte Major Josua.

»Warum nicht? Wie ich eben darlegte, sind Omega-Kompanien eine Tatsache in der Legion. Obwohl das Hauptquartier sie im allgemeinen als zu einfache Lösung für unsere Probleme auflöst, haben sie manchmal auch ihren Nutzen ... und das hier scheint mir einer dieser Fälle zu sein.«

Mit leuchtenden Augen beugte sie sich vor.

»Denken Sie darüber nach, meine Herren. Eine unangenehme, keinerlei Erfolge versprechende Aufgabe könnte gerade das sein, was es braucht, um unseren jungen Leutnant davon zu überzeugen, seinen Abschied zu nehmen. Wenn nicht, ist er zumindest weitab vom Schuß und außerstande, uns weiteren Kummer zu bereiten. Und niemand könnte uns vorwerfen, wir hätten ihm keine Chance zu tätiger Reue gegeben.«

»Aber der einzige freie Offiziersposten wird der eines Kompaniechefs sein«, protestierte der Hauptmann, »und diese Position verlangt den Rang eines Hauptmanns.«

»Dann befördern Sie ihn.«

»Ihn befördern?« sagte der Hauptmann, sich schmerzlich bewußt, daß sie über einen Rang sprachen, der seinem entsprach. »Wir sollen ihn dafür belohnen, daß er Mist gebaut hat? Das erscheint mir nicht richtig.«

»Hauptmann, würden Sie es für eine Belohnung erachten, das Kommando über eine Omega-Kompanie zu erhalten ... selbst wenn damit eine Beförderung verbunden wäre?«

Humpty unternahm keine Anstrengung, seine Grimasse zu verbergen.

»Ich sehe, was Sie meinen«, räumte er ein, »aber wird der Leutnant auch begreifen, daß er bestraft worden ist? Ich meine, er ist neu in der Legion. Vielleicht weiß er ja nicht einmal, was eine Omega-Kompanie ist.«

»Wenn nicht, dann wird er es lernen«, erklärte die Frau Oberst grimmig. »Nun, meine Herren? Haben wir unser Urteil gefällt?«

Mit dieser aus Verzweiflung heraus getroffenen Entscheidung wurde ein neues Kapitel in der bereits befleckten Geschichte der Weltraumlegion aufgeschlagen. Ohne es zu wissen, hatten die Offiziere des Kriegsgerichts soeben jener Gruppe einen Kopf, ganz zu schweigen von einer Seele und einem Geist, geliefert, die als der Omega-Mob bekannt werden sollte oder, wie die Medien sie gerne nannten, als Chaos-Kompanie.

1

Tagebuchdatei # 004

Kritische Stimmen haben behauptet, daß das Denken leitender Angestellter dazu neigt, Arbeit auszudehnen, um verfügbare Zeit nicht nur aus-, sondern überauszufüllen. Obwohl ich nicht versuchen will, die allgemeine Richtigkeit dieser Behauptung zu kommentieren, war das sicherlich während der Vorbereitungen auf unsere Abreise zum neuen Kommando meines Arbeitgebers der Fall.

Für meinen Arbeitgeber bedeutete dies unzählige Einkaufsexpeditionen, sowohl in persona *wie auch per Computer. Wie der geneigte Leser in diesen Chroniken bemerken wird, zögerte er im Gegensatz zu vielen anderen Menschen nie, sich von seinem Geld zu trennen. Wenn er sich mit der Wahl zwischen zwei Dingen konfrontiert sah, schien er das Dilemma in der Tat unweigerlich dadurch zu lösen, daß er beide kaufte – eine Angewohnheit, die ich alles andere als liebenswert fand, da ich derjenige war, der diese Erwerbungen lagern und die Übersicht darüber behalten mußte.*

Natürlich bedeutete seine Jagd nach Ausrüstungsgegenständen und Garderobe, daß andere wichtige Arbeiten vernachlässigt wurden … wie zum Beispiel, was die Nachforschungen über die Situation anging, in die wir geworfen worden waren. Wie es so oft der Fall ist, fühlte ich mich genötigt, diese Lücke lieber selbst auszufüllen, als es meinem Arbeitgeber zu gestatten, seine neue Unternehmung ohne angemessene Vorwarnung zu beginnen.

Das Port-A-Brain-Computersystem war als das Nonplusultra an Taschencomputern konzipiert. Seine hauptsächliche

Stärke lag darin, daß es dem Benutzer ermöglichte, fast jede Datenbank oder Bibliothek auf den besiedelten Welten anzuzapfen oder eine Bestellung bei den meisten Geschäften aufzugeben oder mit jeder Einzelperson oder jedem Unternehmen, die irgendeine Form computerisierter Telekommunikation benutzten, zu kommunizieren, und das alles, ohne das System nur in einen Wandanschluß einzustöpseln oder eine Telefonleitung anzuzapfen. Die Einheit war, komplett mit zusammenklappbarem Schirm, zudem nicht größer als ein Taschenbuch. Kurz gesagt, war sie ein Triumph der High-Tech-Mikroschaltkreise ... nur, daß es ein kleines Problem gab. Jedes einzelne Gerät kostete so viel wie ein kleiner Konzern, was sie völlig unerschwinglich für Einzelpersonen und alle bis auf die extravagantesten Manager multiplanetarer Konglomerate machte; und selbst diejenigen, die sich eines leisten konnten, beschränkten sich normalerweise darauf, die billigeren Methoden des Datenzugangs zu benutzen, besonders, da ihre beruflichen Positionen gehoben genug waren, um es ihnen zu gestatten, solche Gesindearbeiten wie Informationsbeschaffung und Kommunikation an niedrigere Chargen ihres Mitarbeiterstabes zu delegieren. Daher waren in der gesamten Galaxis weniger als ein Dutzend Port-A-Brain-Einheiten im Gebrauch. Willard Narrisch besaß zwei davon: eine für sich selbst und eine für seinen Butler. Er war zu dem Schluß gekommen, daß die Ausgabe sich lohnte, um der Unbequemlichkeit zu entgehen, an einem Münzterminal Schlange zu stehen.

Während er sein Lager vorübergehend in einer der zahlreichen Snackbars des Raumhafens aufschlug, hatte er in den letzten Stunden guten Gebrauch von seinem Gerät gemacht und unermüdlich Nachricht um Nachricht in seinem Zwei-Finger-Stil eingetippt. Schließlich verließ er mit einer schwungvollen Gebärde das Programm und steckte den Computer zurück in die Tasche.

»So, das wäre alles, was mir im Augenblick einfiele, Beek«, erklärte er, wobei er sich mächtig streckte. »Der Rest kann warten, bis wir Gelegenheit gehabt haben, unser neues Zuhause zu inspizieren.«

»Nett von Ihnen, Ihre Begeisterung zu dämpfen, Sir«, sagte der Butler trocken. »Das könnte es uns ermöglichen, rechtzeitig unseren Flug zu erreichen.«

»Mach dir darüber nur keine Sorgen.« Narrisch setzte an, seine Papptasse mit Kaffee zu leeren, dann stellte er sie mit einer Grimasse beiseite, als er merkte, daß sich jede Spur von Hitze in der Flüssigkeit schon längst verflüchtigt hatte. Manche Dinge änderten sich auch durch den technischen Fortschritt nicht. »Es ist ja nicht so, als nähmen wir einen Linienflug. Dieses Schiff ist extra dafür gechartert worden, uns zu Haskins Planet zu transportieren. Ich bezweifle, daß es ohne uns abfliegt, wenn wir uns ein paar Minuten verspäten.«

»Ich wünschte, ich würde Ihre Zuversicht teilen, Sir. Wahrscheinlich wird der Pilot den Flug ausfallen lassen.«

Narrisch bedachte seinen Gefährten mit einem schiefen Seitenblick.

»Heute bist du aber wirklich ein Miesepeter, Beeker. Eigentlich bist du mir schon die ganze Zeit seit der Kriegsgerichtsverhandlung viel zu mürrisch. Macht dir irgend etwas Kummer?«

Der Butler zuckte mit den Achseln. »Sagen wir einfach, ich habe kein besonderes Vertrauen in die Großzügigkeit der Legion, Sir.«

»Zum Beispiel?«

»Nun, zum einen macht mich dieser Charterflug stutzig. In Anbetracht der sprichwörtlichen Knauserigkeit der Legion finde ich es sehr untypisch für sie, die zusätzlichen Ausgaben für ein Privatschiff zu genehmigen, statt einen gewöhnlichen Handelsraumer zu benutzen.«

»Das ist leicht erklärt.« Narrisch lachte. »Die kommerziellen Linien fliegen Haskins Planeten nur alle drei Monate an.«

»Genau.« Beeker nickte grimmig. »Ist Ihnen schon in den Sinn gekommen, daß dieses neue Kommando mehr als nur ein wenig von den Hauptverkehrswegen entfernt liegt?«

»Beeker, willst du sagen, du hegst den Verdacht, meine Beförderung und die mir übertragene Aufgabe seien alles andere als eine Belohnung?«

In der Stimme seines Arbeitgebers klang eine Gereiztheit mit, die den Butler zögern ließ, bevor er antwortete. Trotzdem er eigentlich ganz umgänglich war, besaß Narrisch auch ein Naturell, das zu einer gewissen Art von Zorn fähig war, und Beeker verspürte wenig Neigung, zum Objekt dieses Zorns zu werden. Dennoch hatte es zwischen ihnen immer eine unausgesprochene Übereinkunft gegeben, rückhaltlos ehrlich zu sein, und so nahm er seinen Mut zusammen und riskierte es.

»Sagen wir einfach, ich finde das zeitliche Zusammentreffen von beidem in Anbetracht der Tatsache, daß Sie zu diesem Zeitpunkt vor dem Kriegsgericht standen, ein wenig … fragwürdig. Wenn schon sonst nichts, dann deutet doch wohl wenigstens ihr Drängen, daß Sie Ihren Legionsnamen ändern, darauf hin, daß mehr an der Sache ist, als man auf den ersten Blick meinen möchte.«

»Ich fürchte, da bin ich anderer Ansicht«, entgegnete Narrisch kühl, dann ließ er eines seiner plötzlichen Lächeln aufblitzen. »Ich glaube nicht, daß es da überhaupt irgendeine Frage gibt. Die ganze Sache stinkt bis zum Orbit hinauf. Was immer auf mich wartet, ist todsicher etwas, das mir keine Freude machen soll.«

Beeker verspürte eine rasche Welle der Erleichterung.

»Vergeben Sie mir, Sir. Ich hätte wissen müssen, daß Sie der Lage nicht völlig ahnungslos gegenüberstehen. Es ist nur so, daß Sie für jemanden, der weiß, daß er, wie man zu sagen pflegt, hereingelegt wird, unnatürlich vergnügt zu sein schienen.«

»Warum auch nicht?« Narrisch zuckte mit den Achseln. »Denk doch mal nach, Beek. Was immer uns auf Haskin erwartet, ist jedenfalls besser als ein paar Jahre im Militärgefängnis zu verrotten. Außerdem wollte ich schon immer eine Kompanie befehligen. Deswegen habe ich mich ja überhaupt um den Offiziersrang bemüht.«

»Ich bin mir nicht sicher, daß Sie ohne weiteres annehmen können, daß dieses Kommando einem Militärgefängnis vorzuziehen ist«, erwiderte der Butler vorsichtig.

»Ach?« Eine hochgezogene Augenbraue begleitete die

Antwort. »Gibt es in den Personalakten der Kompanie irgend etwas, das mir nicht gefallen wird?«

»Dessen bin ich mir praktisch sicher, Sir.« Beeker lächelte verkniffen. »Ich habe mir die Freiheit genommen, sie in Ihre persönlichen Computerspeicher zu laden, damit Sie sie durchgehen können, ohne sich mit Papierausdrucken herumschlagen zu müssen. Ich weiß, daß Sie es nie in den Griff bekommen haben, mit leichtem Gepäck zu reisen.«

Mit einem unmerklichen Ruck seines Kopfes deutete er hinüber zu den Trägern, die neben ihrem Gepäck standen.

»Das stimmt. Wir müssen unseren Flug erwischen.«

Narrisch sprang auf die Füße und winkte zu den wartenden Gepäckbetreuern hinüber.

»Folgt mir, Männer. Das Leben und Weltraumflüge warten auf niemanden. Na los, Beeker! Laß uns abdampfen!«

»Hauptmann Joker?«

Narrisch brauchte einen Augenblick, um seinen neuen Namen und Rang zu erkennen.

»So ist es«, bestätigte er hastig. »Sind wir abflugbereit?«

»Ja, Herr Hauptmann. Sobald Sie ... Was ist denn das!?«

Der Pilot hatte die Karawane von Trägern erblickt, die drei Wagenladungen Gepäck vor sich herrollten.

»Hmm? Ach, das ist bloß mein persönliches Gepäck. Wenn Sie ihnen zeigen, wo sie es verstauen sollen, werden sie sich um das Einladen kümmern.«

»He, warten Sie einen Augenblick! Alles Gewicht für einen Flug muß im voraus deklariert werden. Sie können nicht in letzter Minute hier mit einer solchen Ladung angewalzt kommen und erwarten, daß ich Sie damit an Bord lasse!«

Narrisch seufzte. Er hatte schon befürchtet, daß so etwas passieren würde. Obwohl er von der Legion angeheuert war, hatte der Pilot an Bord die absolute Befehlsgewalt. Wie den meisten unbedeutenden Bürokraten verlieh ihm das eine übertriebene Meinung von seiner Macht. Glücklicherweise war Narrisch mitten im bürokratischen Kleinkrieg aufgewachsen.

»Schauen Sie mal ... Kapitän, nicht wahr? Wenn Sie Ihre Ladeliste überprüften, würden Sie feststellen, daß die bisher geladene Fracht leichter ist als das Gewicht, das zu befördern man Sie angeheuert hat – erheblich leichter. Der Rest dieses Gewichts ist mein Gepäck. Es ist zwar mehr, als Militärpersonal normalerweise zugestanden wird, aber ich habe das zusätzliche Gewicht aus meiner eigenen Tasche bezahlt, und verständlicherweise widerstrebt es mir daher, es zurückzulassen.«

Tatsächlich hatte der Pilot bemerkt, daß die geladene Fracht von geringem Gewicht war, aber er hatte das für ein Versehen gehalten und sich angesichts des Extraprofits durch den eingesparten Treibstoff im Geiste schon die Lippen geleckt. Jetzt sah er, wie dieser Extraprofit ihm zwischen den Fingern zerrann.

»Tjaaa ... wenn Sie sicher sind, daß dieses ganze Zeug noch innerhalb des bezahlten Limits liegt. Aber erwarten Sie bloß nicht, daß ich es für Sie einlade.«

»Ganz bestimmt nicht«, beschwichtigte ihn Narrisch. »Wenn Sie jetzt die Träger einweisen würden, kümmern die sich um alles.«

Beeker hob die beiden Koffer vom Boden auf, die ihre unmittelbaren Reiseutensilien enthielten, und machte Anstalten, die Gangway hinaufzusteigen.

»Ich gehe schon voraus und beginne mit dem Auspakken, Sir«, rief er über die Schulter zurück.

»Und was ist das nun wieder!?« knurrte der Pilot.

»Das ist Beeker. Er ist mein Butler und Reisegefährte.«

»Sie meinen, er kommt mit uns? Unmöglich! Die Legion hat mich angeheuert, um eine – zählen Sie nach, eine – Person zu befördern, und das sind Sie!«

»Das überrascht mich nicht, da Mister Beeker kein Angehöriger der Legion ist. Er ist mir persönlich unterstellt.«

»Fein. Das bedeutet, er kommt nicht mit.«

Narrisch studierte seine Fingernägel.

»Wenn Sie sich vielleicht einmal die Mühe machen, die Gewichte zu kontrollieren, werden Sie feststellen, daß das von mir bezahlte zusätzliche Ladegewicht auch Spielraum für Beeker einschließt.«

»Ach ja? Nun, es besteht ein großer Unterschied zwischen Gepäck und der Beförderung einer Person.«

Dann betrachtete Narrisch das Schiff.

»Das ist eine Cosmos 1427, nicht wahr, Kapitän? Ich glaube, sie bietet ausreichende Schlafgelegenheiten für sechs Personen. In Anbetracht der Tatsache, daß dies ein Charterflug ist und es keine anderen Passagiere gibt, bin ich sicher, daß wir irgendwo Platz für Beeker finden können.«

»Darum geht es nicht«, beharrte der Pilot. »Es ist Papierkram nötig, um eine Person auf einen anderen Planeten zu befördern. Ich habe keine Anweisungen, was diesen Burschen Beeker angeht.«

»Tatsächlich«, sagte Narrisch und griff in seine Jackentasche, »habe ich die notwendigen Papiere hier bei mir.«

»Ach, wirklich?«

»Aber gewiß. Ich könnte doch nicht von Ihnen erwarten, allein auf mein Wort hin gegen die Bestimmungen zu verstoßen, oder?«

Er ließ etwas auf das Klemmbrett des Piloten fallen.

»He! Das ist kein …«

»Studieren Sie es sorgfältig, Kapitän. Ich bin sicher, Sie werden sehen, daß alles seine Ordnung hat.«

Der Pilot verstummte und machte große Augen, was nicht weiter verwunderlich war. Eigentlich, fand Narrisch, war es sogar die normale Reaktion, wenn man sich plötzlich mit einem Tausend-Credits-Schein konfrontiert sah.

»Ich … schätze, das wird die zusätzlichen Ausgaben abdecken«, sagte der Pilot langsam, unfähig, seine Augen von dem Geld abzuwenden.

»Gut.« Narrisch nickte. »Wenn Sie den Trägern nun einfach zeigen würden, wo sie mein Gepäck verstauen sollen, können wir wohl aufbrechen.«

Tagebuchdatei # 007

Bei neuerlicher Durchsicht meiner bisherigen Eintragungen stelle ich fest, daß meine Kommentare hinsichtlich der Vorbereitungen meines Arbeitgebers auf sein neues Kommando alles andere als schmeichelhaft erscheinen. Der geneigte Leser möchte sich bitte vergegenwärtigen, daß wir zwei getrennte Persönlichkeiten sind, die verschiedene Prioritäten zu setzen pflegten. Auch wenn wir öfter als nur gelegentlich unterschiedlicher Meinung sind, ist mein schriftliches Fixieren dieser Differenzen nicht als Kritik, sondern vielmehr als Bemühen um Vollständigkeit gedacht. Die Tatsache, daß ich derjenige bin, der diese Aufzeichnungen führt, verleiht mir einen gewissen Vorteil beim Darlegen meiner eigenen Meinungen und Präferenzen, und wenngleich ich versuchen will, meine Beobachtungen so unparteiisch wie möglich zu halten, kommt es dort, wo meine eigene Rolle bei den Ereignissen betroffen ist, dennoch zu einer verständlichen Einfärbung. Ich vertraue darauf, daß der geneigte Leser dies bei der Lektüre in Rechnung stellt.

In Wirklichkeit ist mein Arbeitgeber weitaus gründlicher in seinen Nachforschungen als ich – wenn er sich erst einmal daranmacht. Meine anfängliche Sorge war, ob er sich so rechtzeitig daranmachen würde, daß es ihm bei der Übernahme des Kommandos noch etwas nützen würde, und aus dieser Sorge heraus hatte ich mich darauf vorbereitet, ihm wenigstens grundlegende Instruktionen geben zu können, sollte die Zeit knapp werden. Wie sich herausstellte, ließ ihm der Flug allerdings mehr als genug Zeit, seine Vorbereitungen zu vervollständigen.

Da ich gerade von Zeit spreche: Der geneigte Leser wird vielleicht bemerkt haben, daß ich in diesem Tagebuch längere Zeitspannen zwischen den einzelnen Eintragungen überspringe. Daten und Zeiten haben die Tendenz, für Reisende bedeutungslos zu werden … besonders, wenn man zwischen Planeten oder Sonnen-

systemen reist. Sollte der geneigte Leser Bezugspunkte zu seiner lokalen Zeitlinie suchen, so mag er einfach in seiner örtlichen Bibliothek nach Medienberichten schauen über die diversen Ereignisse, die ich hier der Nachwelt überliefere.

Als er von seinem Laptop aufblickte, stellte Narrisch fest, daß Beeker anscheinend im Kabinensessel eingeschlafen war. Der Flug durch den Weltraum bringt ein Gefühl der Zeitlosigkeit mit sich, da Tage und Nächte nur dadurch definiert werden, daß man das Licht an- oder abschaltet. Für Narrisch war das ideal, da es ihm gestattete, seinen eigenen Zeitplan für seine Arbeit aufzustellen und nur gelegentlich eine Pause für eine Mahlzeit oder ein Nickerchen einzulegen. Beeker hingegen war in seinem Bedürfnis nach regelmäßigen Schlafenszeiten weniger flexibel; deshalb war es nicht ungewöhnlich, daß die beiden sich oft in unterschiedlichen Zyklen befanden. Normalerweise war das kein Problem; im Augenblick allerdings stellte Narrisch fest, daß er reden wollte.

Nachdem er einige Augenblicke lang mit seinem Gewissen gekämpft hatte, entschied er sich für einen Kompromiß.

»Beeker?« sagte er so leise, wie er konnte.

Wenn der Butler wirklich geschlafen hätte, wären die Worte unbemerkt geblieben. Zu Narrischs Erleichterung sprangen Beekers Augen aber sofort auf.

»Ja, Sir?«

»Habe ich dich geweckt?«

»Nein, Sir. Habe nur einen Moment die Augen ausgeruht. Kann ich Ihnen irgendwie behilflich sein?«

Das erinnerte Narrisch daran, wie müde seine eigenen Augen waren. Er lehnte sich zurück und massierte mit den Fingerspitzen sanft seine Schläfen.

»Unterhalte dich mit mir, Beek. Ich habe diese Dateien so lange angestarrt, daß sie anfangen, in meinem Kopf ineinanderzulaufen. Leg einfach von oben los und sag mir, was du denkst.«

Der Butler runzelte die Stirn, als er im Geiste seine Reaktionen auf diesen Auftrag organisierte. Es war keineswegs das erste Mal, daß sein Arbeitgeber ihn in Fragen von zentraler Bedeutung um seine Meinung gebeten hatte, auch wenn nie ein Zweifel daran bestanden hatte, wer die schlußendliche Verantwortung für alle Aktionen oder Entscheidungen trug. Trotzdem freute sich Beeker zu wissen, daß Narrisch seinen Rat hinreichend schätzte, um ihn von Zeit zu Zeit hören zu wollen.

»Die Kolonie auf Haskins Planet ist autark und zählt ungefähr hunderttausend Personen«, begann er langsam. »Das an sich hat wenig mit unserer Aufgabe zu tun, abgesehen von der Möglichkeit eines erträglichen kulturellen Angebots während unserer dienstfreien Zeit.

Oberflächlich betrachtet, scheint der Auftrag einfach genug zu sein«, fuhr er fort. »Obwohl der Mineralgehalt der Sümpfe auf Haskins Planet zu niedrig ist, um eine vollständige kommerzielle Ausbeutung zu rechtfertigen, gibt es eine Handvoll Individuen, die sich mehr schlecht als recht ihren Lebensunterhalt dadurch verdienen, daß sie in diesen Sümpfen nach Bodenschätzen schürfen. In der einheimischen Flora und Fauna gibt es keine großen Gefahren, wohlgemerkt, aber ein Sumpf ist ein Sumpf und damit hinreichend gefährlich, daß es unmöglich ist, gleichzeitig Wache zu halten und sich aufs Schürfen zu konzentrieren, weshalb die Schürfer sich in Gruppen zusammenschließen und eine Kompanie Legionäre engagieren, damit der Trupp sie beschützt, während sie arbeiten.«

Beeker schürzte die Lippen und legte eine Pause ein, bevor er den nächsten Teil seiner Zusammenfassung vom Stapel ließ.

»Der Job wird allerdings durch die Tatsache erleichtert, daß die Schürfer dank des Drucks von seiten verschiedener Umweltgruppen nur einen Tag pro Woche im Sumpf arbeiten dürfen ... Nebenbei bemerkt, ich vermute, daß die der Legion übertragene Aufgabe tatsächlich eine zweifache ist: nämlich die Schürfer zu beschützen und sie gleichzeitig zu überwachen, um sicherzustellen, daß sie sich an die ökologischen Richtlinien halten. Was auch immer zutreffen mag, von den Legionären wird nur verlangt, einmal in der Woche Dienst zu tun ... Obwohl es nach leichtem Dienst klingt, hege ich den Verdacht, daß es für die dort stationierten Legionäre nicht gut ist, so viel Freizeit zu haben.«

»Was uns auf die Legionäre bringt«, sagte Narrisch grimmig.

Der Butler nickte. »Ganz recht. Es ist ja nie ein Geheimnis gewesen, daß die Legion dank ihrer Politik der offenen Tür weitgehend aus Kriminellen besteht, die den Militärdienst einer etwaigen Gefängnisstrafe vorziehen. Nach Durchsicht der Personalakten Ihres neuen Kommandos ist man jedoch zu der Annahme gezwungen, daß dieser Außenposten mehr als den erwarteten Prozentsatz an ... äh ...«

»Schwierigen Fällen aufweist?«

»Nein. Damit hat es nicht sein Bewenden«, korrigierte Beeker. »Selbst wenn man nicht zwischen den Zeilen liest, wird deutlich, daß sich die Kompanie in zwei Hauptgruppen unterteilen läßt. Eine setzt sich, wie Sie richtig bemerken, aus jenen rowdyhaften Elementen zusammen, die sich nicht problemlos ins Militärleben einfügen können. Die zweite Gruppe stellt eher das andere Extrem dar. Sie sind von Natur aus oder durch eigene Entscheidung Pazifisten – ein Wesensmerkmal, das es ebenfalls schwierig macht, sie einer normalen militärischen Struktur einzuverleiben. Ich denke jedoch, es ist festzuhalten, daß anscheinend alle Angehörigen Ihres neuen Kommandos in die eine oder in die andere der beiden Gruppen fallen. Kurz gesagt, ist es meine wohlerwogene Meinung, daß Sie einer Truppe zugeteilt worden sind, die zur Gänze aus ... nun ja, Verlierern und Außenseitern besteht, in Ermangelung besserer Bezeichnungen.«

»Mich selbst eingeschlossen, nicht wahr, Beeker?« Narrisch lächelte schief.

»Es erweckt den Anschein, als würden Sie in bestimmten

Kreisen als solcher angesehen«, sagte der Butler mit betonter Gleichgültigkeit.

Narrisch streckte sich.

»Ich stimme mit deiner Analyse überein, Beek – bis auf einen Punkt.«

»Sir?«

»Wenn du davon sprichst, sie würden in eine von zwei Gruppen fallen … Ich sehe nichts von dem Zusammenhalt, der für eine Gruppe nötig ist, weder in den von dir angeführten Kategorien noch in der Kompanie selbst. Sie besteht aus einem Haufen von Individuen ohne jedes wirkliche Gruppen- oder Zugehörigkeitsgefühl.«

»Ich fühle mich zu recht korrigiert. ›Gruppe‹ war einfach nur ein bequemes Etikett.«

Plötzlich beugte sich Narrisch vor, und seine Augen leuchteten trotz seiner offensichtlichen Müdigkeit.

»Bequeme Etiketten sind eine Falle, Beek, in die hineinzutappen ich mir nicht erlauben kann. Nach allem, was ich weiß, waren es gerade die bequemen Etiketten, die dafür verantwortlich waren, daß ein großer Teil der Offiziere und Mannschaften als … – wie nanntest du sie? – in diese Kompanie versetzt wurden.«

»Verlierer und Außenseiter, Sir.«

»Richtig, Verlierer und Außenseiter. Ich muß sie zu einer Einheit formen, und um das zu bewerkstelligen, muß ich sie zuerst als Individuen sehen. Menschen, Beeker! Immer reduziert sich alles auf Menschen. Ob wir übers Geschäft oder übers Militär reden, Menschen sind der Schlüssel!«

»Natürlich sind Sie sich bewußt, Sir, daß nicht jeder in Ihrem Kommando unter die Kategorie ›Mensch‹ fällt?« kommentierte der Butler anzüglich.

»Du meinst die Nonhumanoiden? Stimmt, ich habe drei von ihnen. Was sind sie? Wollen wir mal schauen …«

»Zwei Sinthianer und ein Voltrone. Das heißt, zwei Schnecken und ein Warzenschwein.«

»So etwas will ich nicht hören, Beeker.« Narrischs Stimme war scharf. »Verunglimpfungen einer Gattung sind die schlimmste Art von bequemen Etikett, und so etwas dulde ich nicht ... nicht einmal von dir, nicht einmal im Scherz. Wer immer sie sein mögen, sie sind Legionäre unter meinem Kommando und werden mit angemessener Höflichkeit behandelt. Ist das klar?«

Der Butler hatte längst gelernt, zwischen den gelegentlichen Wutausbrüchen seines Arbeitgebers, die rasch wieder vergessen waren, und echtem Zorn zu unterscheiden.

»Verstanden, Sir. Es wird nicht wieder vorkommen.«

Narrisch entspannte sich in dem Gefühl, daß die Angelegenheit erledigt war.

»Ich gebe zu«, sagte er nachdenklich, »daß ich überrascht bin, von den drei nichtmenschlichen Spezies, mit denen wir Bündnisse eingegangen sind, ausgerechnet Angehörige dieser beiden Spezies in meinem Kommando zu finden. Ich nehme an, es wäre zuviel erhofft gewesen, ein oder zwei Gambolten zu bekommen.«

Beinahe hätte Beeker ›Die Katzen?‹ gesagt, aber er fing sich gerade noch rechtzeitig. »Ich glaube, Angehörige dieser Spezies, die das Bedürfnis verspüren, Soldat zu werden, verpflichten sich gewöhnlich bei der regulären Armee«, bemerkte er statt dessen. »Tatsächlich habe ich gehört, daß es eine ganze Kompanie von ihnen gibt.«

Narrisch verzog das Gesicht. »Mit ihren Kampfreflexen und -fähigkeiten können sie sich ihre Jobs wohl aussuchen.«

»Zweifellos eine ganz andere Rasse ... ein ganz anderes Kaliber als das, womit Sie werden arbeiten müssen«, pflichtete der Butler sogleich bei. »Sagen Sie, Sir, glauben Sie wirklich, daß Sie eine so ... vielfältige Ansammlung von Individuen zu einer funktionierenden Einheit formen können?«

»Früher ist das auch schon gelungen. Besonders die Teufelsbrigade ... die erste *Special Service Force*, aus der am Ende die ....«

»... *Special Forces* wurden«, vollendete Beeker. »Ja, ich kenne die Einheit. Wenn ich aber vielleicht darauf hinweisen dürfte, daß das eine amerikanisch-kanadische Gemeinschaftstruppe war. Zu Anfang stellten die Amerikaner ein buntes Gemisch aus Untauglichen und Kriminellen, ganz im Gegensatz zu den Kanadiern, die eine Elitekampfeinheit beisteuerten. Und während Sie zweifellos Ihre Zuteilung an Kriminellen haben, fehlt Ihnen, so befürchte ich, die ausgleichende Elitekampfeinheit, die als Beispiel dienen könnte.«

»*Touché.*« Narrisch lachte unbeschwert. »Ich sollte es besser wissen, als in deiner Gegenwart Militärgeschichte zu zitieren, Beeker. Um deine Frage zu beantworten, ich weiß nicht, ob es zu schaffen ist, aber eines weiß ich: Ich werde mein Bestes versuchen.«

»Was ganz bestimmt mehr ist, als sie verdienen.« Der Butler gähnte. »Für den Augenblick jedoch, es sei denn, es wäre noch etwas anderes ...«

Er ließ die Frage im Raum hängen.

»Geh und hau dich hin, Beek«, sagte Narrisch, während er nach seinem Laptop griff. »Tut mir leid, wenn ich dich wachgehalten habe, aber ich bin dir dankbar für die Unterhaltung.«

Beeker zögerte, wobei er das Terminal beäugte.

»Und Sie, Sir? Sie werden gut ausgeruht sein wollen, wenn wir Haskins Planet erreichen.«

»Ich möchte bloß noch ein wenig überprüfen, wer in der Kolonie wer ist. Ich würde gern wissen, was mir bevorsteht.«

Der Butler schüttelte den Kopf, während er zusah, wie Narrisch sich wieder über den Computer beugte. Er kannte die Art von Details, die sein Arbeitgeber brauchte, wenn er Nachforschungen über geschäftliche Konkurrenten anstellte, nur zu gut – Kreditwürdigkeit, Bildungshintergrund, Familie, Vorstrafen. Er nahm an, daß er sich auch bei diesem neuen Feldzug, den er unternahm, nicht mit weniger zufriedengeben würde. Es würde Stunden, wenn nicht Dutzende von Stunden, gewissenhafter Arbeit kosten – Arbeit, die erst begann, nachdem die meisten Menschen schon lange vor Müdigkeit zusammengebrochen wären. Trotzdem wußte er, daß es keinen Sinn hatte, zu versuchen,

Narrisch durch Überredung oder Schmeichelei von seinem einmal eingeschlagenen Pfad abzulenken. Beeker konnte lediglich anwesend sein, um diese außergewöhnliche Persönlichkeit zu stützen, wenn und falls sie doch einmal schwankte.

Immer noch kopfschüttelnd ging er hinaus zu seiner Kabine.

2

Tagebuchdatei # 013

Bei der Versammlung, auf der mein Arbeitgeber erstmals zu seinem neuen Kommando sprach, war ich nicht persönlich anwesend. Obwohl ich eine umfassende Kenntnis der Personalakten der Legionäre besaß und später viele von ihnen aus nächster Nähe kennenlernen sollte, wäre es unpassend für mich gewesen, an der Versammlung teilzunehmen, da ich nicht offiziell der Legion angehörte.

Deshalb nahm ich es auf mich, die Vorgänge zu belauschen, indem ich das Zweiweg-Funkrufsystem des Lagers anzapfte. Das ist lediglich eine hochtechnisierte Verfeinerung der altehrwürdigen Tradition des Schlüsselloch-Guckens. Auch wenn mein Arbeitgeber ein Recht auf seine Privatsphäre hat, ist es ohne eine angemessene Kenntnis seiner Aktivitäten und der in seinem Leben obwaltenden Zwänge nahezu unmöglich, seinen Bedürfnissen zu entsprechen oder sie gar vorauszusehen.

(Zugegebenermaßen habe ich diese Frage nie offen mit meinem Arbeitgeber diskutiert, aber obwohl ich oft aufgrund von Informationen gehandelt habe, die mir nicht direkt mitgeteilt worden waren, hat er die Tatsache, daß ich über diese Informationen verfügte, nie kommentiert oder mich deswegen getadelt.)

Obwohl es sich um den größten Saal der Garnison handelte, war der Freizeitraum der Kompanie abends normalerweise wie ausgestorben. Früher einmal war er in seiner Leblosigkeit bloß deprimierend gewesen, aber in den letzten paar Monaten hatten die Legionäre aufgehört, hinter sich aufzuräumen, und ein Durcheinander schimmeliger, halb verzehrter Essensreste verlieh der Umgebung ein ganz neues Flair. Einfacher ausgedrückt: Es stank.

Heute abend jedoch war er bis auf den letzten Platz gefüllt. Es hatte sich herumgesprochen, daß der neue Kommandant zu seiner Truppe sprechen wollte, und die Möglichkeit, daß ein Appell durchgeführt werden könnte, reichte als Drohung, um die Anwesenheit aller sicherzustellen. Obwohl sie versuchten, einen Anschein von gelangweiltem Zynismus zu bewahren, waren die Legionäre nichtsdestotrotz neugierig auf den neuen Befehlshaber, und dieses Thema beherrschte die Unterhaltung, besonders unter dem jüngeren, anständigeren Teil der Truppe.

»Lange genug gebraucht hat er ja, um dieses Treffen einzuberufen«, murrte einer von ihnen. »Jetzt ist er seit beinahe einer Woche im Amt und hat noch mit niemandem gesprochen ... schickt bloß diesen Butler in die Messe, um Essen zu holen, oder in die Stadt zu Besorgungen.«

»Schon mal irgendwer von einem Offizier gehört, der einen eigenen Butler hat?«

»Wen kümmert's? Das sind sowieso alles verzogene Kinder. Was erwartest du in einem Verein, wo man sich ein Offizierspatent kaufen kann?«

»Was, glaubt ihr, wird er sagen?«

Dieser letzte Kommentar erwies sich als zu verlockend, als daß der Kompaniefeldwebel, der in der Nähe herumgelungert und die Unterhaltung belauscht hatte, darüber hätte hinweggehen können. Der Kompaniefeldwebel war eine Frau mit grober Gesichtshaut, Anfang Dreißig und von so normalen Proportionen, daß man nicht bemerkte, wie groß sie war, bis sie aufstand.

»Ich werde euch sagen, was er sagen wird«, verkündete sie mit theatralischer Langeweile.

»Und was, Brandy?«

Abgesehen von ihrem Rang und ihrer Größe zeugten die Bewegungen des Kompaniefeldwebels von so müheloser Geschmeidigkeit und Selbstvertrauen, daß ihr eine respektvolle Behandlung und Beachtung sicher waren, wann immer sie sich dafür entschied zu sprechen.

»Es wird dasselbe sein, was jeder Kompaniechef sagen würde, der einen neuen Laden übernimmt«, sagte sie. »Zuerst wird er einen Witz erzählen. Ich glaube, es steht im Offiziershandbuch, daß man mit einem Scherz loslegen muß, wenn man zu Unteroffizieren und Mannschaften spricht. Auf jeden Fall wird er mit einem Scherz anfangen, dann wird er uns erzählen, daß alles, was früher passiert sein mag, jetzt Vergangenheit ist und daß er diesen Laden zur besten Einheit der Legion machen wird. Natürlich wird er nicht sagen wie, nur, daß er es tun wird ... was bedeutet, daß wir ein paar Wochen lang gedrillt und inspiziert werden, bis er diesen bunt zusammengewürfelten Haufen endgültig abschreibt und anfängt, alle Hebel in Bewegung zu setzen, um von hier wegzukommen.«

Ein paar der erfahreneren Legionäre in Hörweite grunzten zustimmend oder grinsten amüsiert. Auch sie hatten das alles schon früher gehört.

»Im Grunde habt ihr zwei Möglichkeiten«, fuhr Brandy fort. »Ihr könnt abwarten, bis er aufgibt, oder ihr könnt euch bei ihm einzuschleimen versuchen und hoffen, daß er euch mitnimmt, wenn er aus dieser Kloake versetzt wird.«

Einige Augenblicke herrschte unbehagliches Schweigen, bevor einer der jüngeren Legionäre den Gedanken aussprach, der ihnen allen durch den Sinn ging.

»Glauben Sie, in einem anderen Lager wären wir besser dran, Feldwebel?«

Der Kompaniefeldwebel spuckte geräuschvoll auf den Boden, bevor sie antwortete.

»Das kommt ganz darauf an, was ihr mit ›besser dran‹ meint. In einem Sumpf Wache zu schieben ist kein Picknick, aber es ist allemal besser, als unter Beschuß zu stehen. Was die Kompanie selbst angeht ...«

Sie warf einen raschen Blick zu den beiden Leutnants der Kompanie hinüber, die in entgegengesetzten Ecken auf der anderen Seite des Raumes herumzappelten, und senkte ihre Stimme.

»... alle Offiziere sind sich ziemlich gleich, und keiner von ihnen taugt zu mehr, als Berichte zu unterschreiben und Sachen auszubaden. Wenn ihr fragt, was ich vom arbeitenden Teil der Kompanie halte, den Frontschweinen, nun ja … wißt ihr, was eine Omega-Kompanie ist?«

Der plötzliche Lärm umgeworfener Stühle und zu Hurrarufen und Pfiffen erhobener Stimmen zog vorübergehend die Aufmerksamkeit aller Anwesenden auf sich. Länger brauchten die meisten der Kompanie nicht, um zu begreifen, daß es nur Supermücke war, die wieder einmal ausrastete.

Supermücke war die kleinste Legionärin in der Kompanie und hatte ein hitziges Temperament, das bei jeder Provokation – echt oder eingebildet – explodierte. Besonders empfindlich war sie gegenüber allen Kommentaren hinsichtlich ihrer Größe … oder des Mangels daran.

»Ich frage mich, was die Mücke diesmal in Wut gebracht hat?« sagte Brandy nachdenklich.

»Wer weiß?« meinte einer ihrer Zuhörer. »Neulich ist sie beim Frühstück in der Schlange vor der Essensausgabe auf mich losgegangen. Dabei hatte ich den Koch nur um einen *kleinen* Pfannkuchen gebeten.«

»Das ist mal wieder typisch für sie.« Der Kompaniefeldwebel nickte, während andere beifällig in sich hineinlachten. »Wißt ihr, bei den ganzen Kämpfen, die das Zwerglein austrägt, müßte es eigentlich schon besser darin sein. Nun schaut euch das an!«

Der angegriffene Legionär lachte unverhüllt, während er Supermücke vermittels der einfachen Taktik auf Armeslänge hielt, ihr die Hand vor den Kopf zu drücken, während sie blindwütig mit den Fäusten um sich drosch.

Brandy schüttelte betrübt den Kopf.

»Das sieht mehr wie ein Schulhof als wie eine Kompanie der Weltraumlegion aus. Das war's, was ich gerade über Omega-Kompanien sagen wollte. Wenn ich so die ganzen sonderbaren Käuze und Nervenbündel zusammenzähle, die wir in diesem Lager haben, ist es ein Wunder, daß …«

»Aaaach-TUNG!«

Leutnant Armstrongs Stimme hallte von den Wänden wider, aber niemand schenkte dem sonderliche Beachtung

Von ihm ging das Gerücht, er sei als untauglich von der regulären Armee ausgemustert worden und habe sich deshalb nie von dem Reflex freimachen können, einfache Soldaten zum Einnehmen der Grundstellung aufzufordern, sobald ein höhergestellter Offizier sich näherte. In der Legion wurden solche Traditionen nicht praktiziert. Höflichkeit zwischen den Rängen war eher eine Sache persönlicher Entscheidung als eine vorgeschriebene Pflicht. Sein Ausbruch lenkte jedoch immerhin die Aufmerksamkeit auf die Tatsache, daß soeben der neue Kompaniechef den Freizeitraum betreten hatte, und sämtliche Legionäre reckten die Hälse, um ihren neuen Boß zu sehen.

Eingerahmt von der Tür und in einer ›Rührt-euch‹-Haltung, die zugleich entspannt war und vor mühsam gebändigter Energie vibrierte, beherrschte der Kompaniechef die Versammlung allein durch seine bloße Anwesenheit. Seine Uniform bestand aus einem glänzend schwarzen Overall, der mit goldenen Paspeln besetzt und maßgeschneidert war, um seinem schlanken Körper zu schmeicheln. Ein Rapier mit einem polierten, bronzeverzierten Säbelkorb, der an einem Wehrgehenk an seiner Seite baumelte, hätte ihn vielleicht komisch wirken lassen, wäre diese Wirkung nicht von dem eisigen Blick ausgeglichen worden, den er auf die Kompanie richtete. So verunsichernd waren sein Starren und sein Schweigen, daß mehrere Legionäre nervös von ihren Plätzen aufstanden und sich zu einer vagen Annäherung an die Grundstellung zusammenrissen. Der Kompaniechef schien es jedoch nicht zu bemerken.

»Man hat mir berichtet, ihr wärt alle Verlierer und Außenseiter«, sagte er offen und ohne jede Einleitung. »Das glaube ich nicht ... auch wenn klar ist, daß die meisten von euch sich selbst für Verlierer halten, so, wie ihr euch benehmt.«

Die Kompanie wechselte rasche Blicke, sich plötzlich unangenehm ihrer schmutzigen Uniformen und des im Raum verteilten Mülls bewußt. Ein paar Augen waren auf den Kompaniefeldwebel gerichtet, wie um zu fragen, was wohl aus dem erwarteten Scherz geworden sein mochte.

Sie ignorierte sie, indem sie so tat, als konzentriere sie sich auf die Worte des Kompaniechefs, als er weitersprach.

»Ich bin mir bewußt, daß euch allen die Fähigkeiten und Wesensmerkmale fehlen, die normalerweise den sogenannten perfekten Soldaten ausmachen. Ich bin mir ebenso bewußt, daß der perfekte Soldat in Wirklichkeit nicht existiert. Ich verlange nicht von euch, daß ihr perfekte Soldaten werdet – bloß effektive Soldaten. ›Effektiv‹ bedeutet, seine Aufgabe zu erledigen … nicht euch von der Aufgabe oder der Welt unterkriegen zu lassen, während ihr dem nachjammert, was ihr nicht habt. Ihr alle habt so viel Zeit darauf verschwendet, euch auf eure Mängel zu konzentrieren, daß es euch schwerfällt, eure eigenen Stärken zu erkennen. Das ist der Punkt, an dem die innere Führung ins Spiel kommt.«

Wieder ließ er seine durchdringenden Blicke durch den Raum schweifen.

»Mein Name ist Hauptmann Joker, und ich bin euer neuer Kommandeur. Da ich alle eure Akten gesehen habe und eine ganze Menge über euch weiß, denke ich, ich sollte mich revanchieren und euch ein bißchen über mich erzählen … selbst wenn so ein Verhalten von der Tradition der Legion abweicht. Mein wirklicher Name ist Willard Narrisch, und meinem Vater gehören die Narrisch & Damlack-Rüstungswerke. Wie ihr daraus vielleicht ersehen könnt, bin ich nicht ganz unvermögend.«

Angesichts dieser Information gab es einen kleineren Tumult, aber die meisten hielten ihre Aufmerksamkeit unverwandt auf den Hauptmann gerichtet.

»Einigen von euch mißfällt die Legionspraxis, durch das Erheben einer Gebühr für die Offiziersprüfung Geld aufzubringen … das ›Verkaufen von Offizierspatenten‹, wie es oft genannt wird. Ich will mich nicht für dieses System oder dafür, daß ich es zu meinem Vorteil benutzt habe, entschuldigen. Offizierspatente zu kaufen war früher einmal im Britischen Empire durchaus üblich, und die Engländer waren militärisch recht erfolgreich. Aus jener Zeit rührt jedoch noch eine andere Tradition her, die ich wieder einzuführen gedenke: nämlich, daß der kommandierende Offizier die Einheiten unter seinem Kommando aus seiner eigenen Tasche finanziert. Darauf komme ich gleich noch, aber zuerst möchte ich eine Sache klarstellen: Ich habe mein Geld nicht geerbt. Auch wenn mein Vater mir anfangs etwas Startkapital zur Verfügung gestellt hat, geschah das in Form eines inzwischen längst zurückgezahlten Kredits. Ich war Multimillionär, bevor ich zwanzig wurde, und das habe ich geschafft, indem ich Firmen und Gesellschaften kaufte, die andere für Verlierer hielten, und sie zu Gewinnern machte. Genau das habe ich auch mit dieser Einheit vor. Es ist die Aufgabe des Managements, vorhandenes Rohmaterial weiterzuentwickeln und es nutzbringend einzusetzen, und wenn diese Kompanie keine schlagkräftige Truppe werden kann, so ist das mein Fehler, nicht euer.

Nun zur Spezialausrüstung ...«

Narrisch hielt eine Hand in die Höhe und benutzte die andere, um den Ärmel seiner Uniform zurückzuziehen, wodurch er ein breites Lederarmband enthüllte, das einen uhrenähnlichen Mechanismus beherbergte.

»An jeden von euch wird eines dieser Bänder ausgegeben. Es handelt sich um einen Armbandkommunikator, der sich entweder als Piepser oder als privates Telefon benutzen läßt. Diese Geräte ermöglichen es euch, jederzeit untereinander und mit dem Hauptquartier in Verbindung zu bleiben und umgekehrt. Wie ihr sicher bemerkt, trage ich auch eines von diesen Bändern. Ich bin also jederzeit, Tag oder Nacht, für jeden von euch erreichbar. Es liegt auf der Hand, daß ich manchmal schlafen oder mich um andere wichtige Dinge kümmern muß. In diesen Zeiten wird meine Nummer entweder von einem Sekretär oder von meinem Butler überwacht. Ich kann jederzeit geweckt oder gestört werden, wenn es wichtig ist ... aber ihr solltet euch besser sicher sein, daß es auch wirklich wichtig ist, oder wir werden ein Wörtchen miteinander zu reden haben.

Da ich gerade von meinem Butler spreche: Ihr habt ihn inzwischen vielleicht schon gesehen oder wenigstens von ihm gehört. Sein Name ist Beeker, und er ist nicht nur mein

Angestellter, sondern auch mein Freund und Vertrauter. Ich hege großen Respekt für ihn und würde es zu schätzen wissen, wenn ihr ihn mit der Höflichkeit behandeltet, die ihm gebührt. Ich kann und werde das nicht befehlen, sondern ich bitte euch darum. Denkt aber daran, daß er nicht in der Legion ist und deshalb nicht zu eurer Kommandokette gehört. Alles, was er sagt, solltet ihr bloß als seine persönliche Meinung betrachten und nicht als Befehl oder offizielle Erklärung von mir oder der Legion ansehen. Dementsprechend werdet ihr feststellen, daß er jede vertrauliche Mitteilung, die ihr ihm machen möchtet, respektiert und für sich behält, also fühlt euch frei, ohne jegliche Furcht, daß er mir oder irgendwem sonst in der Kommandokette davon berichtet, mit oder vor ihm zu sprechen. Sollten einige von euch das Gefühl haben, sein Job sei erniedrigend oder untergeordnet, möchte ich euch davon in Kenntnis setzen, daß er, nachdem er mehrere Jahre für mich gearbeitet und seine Ersparnisse investiert hat, inzwischen selber reich ist. Kurz gesagt, er arbeitet für mich, weil er es möchte, nicht, weil er es muß.

Das bringt uns zu einem anderen Punkt. Ich weiß nicht, welche Pläne irgendwer von euch für das Leben nach seiner Dienstzeit hat oder ob ihr einen Teil eures Soldes auf diesen Tag hin spart. Mit Geld umgehen ist etwas, auf das ich mich verstehe, und ich stelle diese Fähigkeit hiermit der Kompanie zur Verfügung ... genau wie ich hoffe, daß einige von euch bereit sein werden, ihre Stärken und Fähigkeiten, wie lobenswert oder anrüchig sie auch immer sein mögen, zum Vorteil aller einzusetzen. Ich werde ein Aktienportfolio eröffnen, um es jedem von euch, der sich daran beteiligen möchte, zu ermöglichen, seine Ersparnisse zu investieren. Wenngleich ich den Erfolg nicht garantieren kann, habe ich doch noch nie ein Portfolio verwaltet, das Geld verloren hat. Persönlich würde ich vorschlagen, ein Drittel eures Soldes für diesen Zweck beiseite zu legen, aber andererseits liegt die Höhe des Betrages ebenso wie eure Teilnahme allein bei euch. Wenn irgendwer von euch Fragen dazu hat, zögert nicht, mich in Pausen oder während eurer dienstfreien Zeit anzusprechen.«

Der Hauptmann ließ den Blick noch einmal aufmerksam durch den Raum schweifen.

»Obwohl es noch eine Menge mehr zu besprechen gibt, kann das warten. Ich wollte nur, daß ihr alle eine Vorstellung davon bekommt, wer ich bin und was ich mit dieser Einheit vorhabe. Wir alle jedoch wissen, daß Reden nichts kostet, und ich bin sicher, daß ihr alle mehr an meinen Taten interessiert seid als an meinen Worten, deshalb werde ich die Ansprachen fürs erste auf ein Minimum beschränken.

Mit den einzelnen Offizieren und Stabsangehörigen treffe ich mich in meinem Büro, nachdem wir hier fertig sind. Gibt es noch irgendwelche unmittelbaren Fragen, bevor wir Schluß machen?«

Es gab ein leises Gemurmel unter den Legionären, dann erhob sich im Hintergrund deutlich eine Stimme.

»Wir haben gehört, der Gouverneur hätte beschlossen, eine Fahnenwache vor seinem Dienstsitz aufzustellen.«

Der Kompaniechef legte den Kopf schräg.

»Das ist das erste, was ich davon höre, aber ich werde es morgen überprüfen. Spontan würde ich sagen, daß ich darin kein Problem sehe. Nach dem Sumpfdienst könnte das eine nette Abwechslung sein.«

»Äh ... entschuldigen Sie, Herr Hauptmann?« sagte Brandy gedehnt. »Ich glaube, Sie verstehen nicht ganz. Die Gerüchte besagen, daß er die reguläre Armee aufgefordert hat, diesen Dienst an unserer Stelle zu leisten. Die kriegen die Gelegenheit, in der Stadt mit ihren hübschen Paradeuniformen anzugeben, während wir draußen im Sumpf sitzen ... genau wie immer.«

Narrisch vernahm ein leises Murren, das durch die Versammlung lief, während seine Lippen sich zu einer dünnen Linie des Ärgers zusammenpreßten.

»Darum werden wir uns kümmern«, sagte er grimmig. »In Ordnung. Noch irgend etwas, das nicht bis morgen Zeit hat?«

Er wartete einen Augenblick, dann nickte er. »Sehr schön. Eine letzte Anmerkung: Ich möchte, daß ihr alle eure persönlichen Habseligkeiten zusammenpackt und euch gleich morgen früh zum Abrücken bereithaltet. Wir werden für eine Weile aus diesem Quartier ausziehen.«

Mit vereinzelten Lauten des Unmuts wurde diese Ankündigung quittiert. Es klang ganz so, als würde der neue Kompaniechef sie draußen kampieren lassen, während er sich ein Bild von ihnen machte.

»Warum? Wollen Sie den Laden ausräuchern lassen?«

Narrisch schien das Kichern, das auf die gerufene Frage folgte, nicht zu bemerken.

»Eigentlich wollte ich diesen Laden eher umbauen lassen«, sagte er beiläufig. »In der Zwischenzeit ziehen wir in die Stadt ins Plaza-Hotel.«

Plötzlich trat fassungsloses Schweigen ein. Das Plaza war das stinkvornehmste, teuerste Hotel auf dem Planeten. Die paar Male, bei denen Legionäre versucht hatten, in der Cocktailbar auf einen kurzen Drink haltzumachen, waren sie von den Preisen und den Kleidervorschriften gleich wieder vertrieben worden.

Zum erstenmal seit Betreten des Freizeitraumes gestattete Narrisch sich ein kleines Lächeln.

»Wie ich sagte, meine Herren ... und Damen ... von jetzt an wird alles anders werden. Offiziere und Stab ... vor mein Büro. Sofort!«

3

Tagebuchdatei # 014

Gemäß der Tradition der Weltraumlegion besaß – und verlangte – mein Arbeitgeber keinerlei Informationen über das Leben der Männer und Frauen unter seinem Kommando vor ihrer Anwerbung. Da ich jedoch kein Mitglied der Legion war, fühlte ich mich nicht zu einer derartigen Zurückhaltung verpflichtet und hatte folglich umfassendere Dossiers über die Individuen zusammengestellt, die meines Arbeitgebers und damit auch mein eigenes Leben und Wohlbefinden in näherer Zukunft beeinflussen würden.

Größtenteils ließ sich das relativ einfach bewerkstelligen. Ein Computercheck der polizeilichen Unterlagen und der Nachrichtensendungen um den Zeitpunkt und den Ort der Anwerbung eines jeden Legionärs herum bot einen Ausgangspunkt für die meisten Recherchen. Es gab jedoch ein paar, die wesentlich ausgedehntere Nachforschungen erforderten, und gelegentlich sah ich mich gezwungen, auf bloßes Extrapolieren und Raten zurückzugreifen. Das war auch der Fall bei den beiden Leutnants, die mein Arbeitgeber zusammen mit seinem Kommando übernommen hatte.

»Guten Abend, Leutnant Armstrong ... Leutnant Rembrandt. Bitte, nehmen Sie Platz.«

Narrisch hatte absichtlich sein Büro so klein und spartanisch wie möglich gehalten. Er huldigte dem Glauben, daß große Versammlungen lediglich für allgemeine Ankündigungen taugten. Folglich gab es nur zwei Besuchersessel in seinem Allerheiligsten.

Rembrandt nickte dankend und griff nach einem der Sessel. Sie war von mittlerer Größe – was sie neben Leutnant Armstrong klein wirken ließ – und hatte dunkles Haar, ein rundes Gesicht und einen irgendwie zylindrischen Körper ... nicht eben fett, aber doch breit um den Hintern herum und alles andere als schlank.

»Danke, Herr Hauptmann. Ich würde lieber stehen.«

Armstrong, korrekt wie der Anwerber auf einem Rekrutierungsplakat, bellte seine Entgegnung in dem Moment heraus, als das Hinterteil seines Gegenstücks seine Abwärtsbewegung auf den Sessel begann. Bei seinem Ausbruch gab Rembrandt jedoch ihr Manöver auf und entschied sich statt dessen, in einer ungefähren Kopie seiner Haltung neben Armstrong stehenzubleiben. An ihrer Grimasse und seinem affektierten Lächeln erkannte Narrisch, daß dieses kleine Spielchen in der Kunst, dem anderen immer eine Nasenlänge voraus zu sein, nichts Neues zwischen ihnen war.

»Na schön«, sagte er. »Ich werde versuchen, mich kurz zu fassen.

Vielleicht werde ich Ihnen gegenüber härter sein als gegenüber irgendwem sonst in der Kompanie ... mit der möglichen Ausnahme meiner selbst. Offizier zu sein bedeutet mehr, als nur seine Prüfungsgebühr zu bezahlen. Wie ich in der allgemeinen Versammlung sagte, benötigt diese Kompanie innere Führung, und wenn wir die Legionäre inspirieren und führen wollen, müssen wir ihnen stets einen Schritt voraus bleiben. Sie beide werden meine Vertreter sein, wenn ich anderweitig beschäftigt bin, aber obwohl ich versuchen werde, verständnisvoll zu sein, während Sie meine Prioritäten und meinen Stil kennenlernen, dulde ich doch keinen Schlendrian. Genaugenommen ist das einzige, was ich noch mehr verabscheue als Trägheit, Gedankenlosigkeit. Ich möchte, daß Sie beide die ganze Zeit über nachdenken und analysieren. Zum Beispiel ... Leutnant Armstrong.«

»Herr Hauptmann?«

»Ihrem Verhalten und Ihren Leistungsberichten nach zu urteilen, betrachten Sie sich selbst als strengen, aber korrekten Vorgesetzten ... richtig?«

Einen Augenblick war Armstrongs Selbstsicherheit erschüttert.

»Ich ... das ist ...«, stammelte er, offenbar unsicher, welche Antwort von ihm erwartet wurde.

»Nun?«

»Jawohl, Herr Hauptmann.«

»Sehr schön.« Der Hauptmann lächelte. »Dann denken Sie einmal über das hier nach ... ist es besser, Soldaten den Befehl zu geben, sich weiterzuentwickeln, oder sie durch das eigene Beispiel dahin zu führen?«

»Sie durch das Beispiel zu führen, Herr Hauptmann«, antwortete Armstrong schneidig.

»Warum tun Sie's dann nicht?«

Der in die Schußlinie geratene Leutnant runzelte die Stirn, während seine Augen abschweiften, um den Kommandanten zum erstenmal seit Beginn der Unterredung offen anzusehen.

»Ich ... ich verstehe nicht, Herr Hauptmann«, sagte er. »Ich versuche stets, mich in vorbildlicher Weise zu verhalten. Ich dachte, ich sei ... ich versuche, der beste Legionär in der Kompanie zu sein.«

»Das Potential dazu haben Sie«, räumte Narrisch ein, »aber ich glaube, Sie übersehen ein wichtiges Element. Die meisten Menschen möchten nicht als verkniffene, arrogante Pedanten angesehen werden ... aber genau das ist es, was Sie ihnen vorführen. Wenn überhaupt etwas, dann schreckt Ihre Art von korrektem militärischen Verhalten sie ab, weil niemand so sein möchte wie Sie.«

Armstrong öffnete den Mund, um zu antworten, aber der Kommandant unterbrach ihn mit einer Handbewegung.

»Ich möchte nicht darüber reden, Armstrong. Ich möchte, daß Sie darüber nachdenken. Dann reden wir vielleicht über Einzelheiten. Wenn Sie Ihre rigide Art durch ein wenig Mitgefühl abmildern können, wenn Sie zeigen können, daß jemand ein wie aus dem Ei gepellter Soldat und trotzdem ein Mensch sein kann, dann werden die Truppen Ihnen überallhin folgen – weil sie es wollen, nicht weil man es ihnen befiehlt.«

Mit einem Ruck zwang der Leutnant seinen erstaunten

Blick wieder zurück und nickte einmal abgehackt als einzige Bestätigung dafür, daß er Narrischs Worte vernommen hatte.

»Was Sie betrifft, Leutnant Rembrandt«, sagte der Kommandant, indem er seinen Stuhl herumschwenkte, um den zweiten seiner Unterführer anzusehen, »so scheint es, als erwarteten oder wollten Sie nicht, daß irgend jemand sich ein Beispiel an Ihnen nimmt.«

Der dunkelhaarige weibliche Leutnant blinzelte ihn überrascht an. Sie unternahm keine Anstrengung, Armstrongs distanziertes Starren zu kopieren, sondern begegnete Narrischs Blick direkt, während er fortfuhr.

»Den Eintragungen in Ihrer Akte nach zu urteilen scheint es, als seien Sie damit zufrieden, die Kompanie von den Feldwebeln leiten zu lassen, wenn eigentlich Sie das Kommando führen sollten, während Sie sich mit Ihrem Skizzenblock davonmachen und Ausschau nach Dingen halten, die Sie zeichnen könnten.« Er hielt inne und schüttelte wehmütig den Kopf. »Nun bin ich wirklich ein Freund der bildenden Kunst, Rembrandt, und es macht mir überhaupt nichts aus, wenn Sie ihr als Hobby nachgehen. Ich könnte vielleicht sogar ein paar Verbindungen spielen lassen, um Ihnen zu einer Ausstellung zu verhelfen, wenn Ihre Verpflichtung vorüber ist. Während der Dienstzeit erwarte ich jedoch, daß Sie Ihre volle Aufmerksamkeit der Kompanie widmen. Die Feldwebel mögen für sich genommen Experten sein und glauben, sie schmissen den ganzen Laden, aber ihre Aufmerksamkeit gilt den unmittelbar anstehenden Aufgaben und nicht der längerfristigen Planung. Das ist Ihre Arbeit genauso wie Armstrongs und meine, und wenn wir sie nicht tun, dann gerät die Kompanie ins Schwimmen. Wir können diese Arbeit aber nicht tun, wenn wir nicht wissen, was vorgeht, oder wenn wir nicht mit den Leistungen der Legionäre als Individuen oder als Gruppe vertraut sind. Also, wir treffen uns in wöchentlichem oder täglichem Turnus, um über die Mannschaften und die Kompanie zu diskutieren, und ich erwarte von Ihnen, daß Sie sich aktiv und kenntnisreich an diesen Diskussionen beteiligen. Habe ich mich klar ausgedrückt?«

»Ich ... ich werde mich bemühen, Herr Hauptmann.«

»Gut. Solange Menschen bereit sind, sich zu bemühen, kann ich mit ihnen arbeiten. Das gilt auch für Sie, Armstrong. Wir drei müssen die Augen und das Gehirn der Kompanie sein, und das bedeutet, als Team innerhalb des Teams zu funktionieren. Ich möchte keine kleinen Spielchen mehr zwischen Ihnen beiden erleben, wer denn nun der bessere Soldat ist. Von nun an sind Sie beide Partner ... und Ihr erster Tagesordnungspunkt ist, Toleranz für Ihre Unterschiede zu entwickeln. Ich bin der festen Überzeugung, daß diese Unterschiede sich zu Ihren Gunsten auswirken werden, wenn jeder von Ihnen lernen kann, sich auf die Stärken des anderen zu verlassen, anstatt neidisch darauf zu sein. Ich verlange keine gegenseitige Hochachtung, obwohl ich hoffe, daß das mit der Zeit kommen wird. Machen Sie sich einfach klar, daß Sie verschiedene Seiten desselben Eimers halten und daß Sie lernen müssen, sich zusammen zu bewegen, um ihn daran zu hindern, hinzufallen oder überzuschwappen.«

Der Kommandant lehnte sich in seinem Sessel zurück. »Jetzt schlage ich vor, daß Sie von hier verschwinden und sich bei Kaffee oder einem Drink zusammenzuhocken und damit anfangen herauszufinden, was Sie gemeinsam haben ...«

Er gestattete sich ein flüchtiges Lächeln. »... und zwar über die Meinung hinaus, daß Ihr neuer Kommandant ein unvernünftiger und unbillige Forderungen stellender Hurensohn ist.«

Escrima, der Küchenfeldwebel, war ein drahtiges, dunkelhäutiges Männchen mit welligem schwarzem Haar, dunklen, weit auseinanderstehenden Augen und einem fast ständigen Grinsen, das aus seinem zerknitterten Walnußgesicht strahlte.

Narrisch erwiderte seinen ein wenig übertriebenen Gruß und musterte ihn ein paar Augenblicke, bevor er sprach.

»Ohne in persönlichen Dingen herumschnüffeln zu wollen, Feldwebel: Habe ich recht, wenn ich aufgrund Ihres Namens annehme, daß Sie philippinischer Abstammung sind?«

Der kleine Feldwebel bewegte seinen Kopf in rascher Zustimmung ruckweise auf und ab, wobei das Lächeln keinen Augenblick ins Wanken geriet.

»Ich habe immer gehört, die Filipinos seien auf der Alten Erde einige der besten Köche und einige der wildesten Kämpfer gewesen.«

Das brachte dem Kommandanten ein bescheidenes Achselzucken ein, das Lächeln wurde jedoch eine Winzigkeit breiter.

»Dann können Sie mir vielleicht sagen, warum das Essen in der Messe nicht besser ist.«

Narrisch hatte die Formulierung dieser Frage sehr sorgfältig geplant. Seiner Akte zufolge hatte Feldwebel Escrima bei drei Gelegenheiten Leute angegriffen, die seine Kochkunst kritisiert hatten, und zwei davon ins Krankenhaus befördert. Deswegen war es wichtig, auf Nummer sicher zu gehen und nur zu sagen, daß das Essen besser sein könnte, nicht, daß es schlecht sei.

Trotz dieser Vorsichtsmaßnahme glitzerten die dunklen Augen des Kochs einen Augenblick lang. Dann verschwand der Ausdruck wieder, und er beschränkte sich auf sein übliches Achselzucken.

»Mmmm ... die Legion gibt mir Speiseplan. Sie sagen ... sie befehlen, ich sollen kochen, was draufsteht. Und das Fleisch, das sie mir geben ... ist, wie sagen Sie, steif ... zäh. Ich erzählen dem Versorgungsfeldwebel, ich sagen zu ihm: ›Wie kann ich kochen mit dieses Fleisch? Sehen Sie es sich an! Hier, Sie mir zeigen!‹, aber er zucken nur mit die Achseln und sagen: ›Das ist alles, was sich Budget von Legion leisten kann. Tun Sie das Beste, was Sie können.‹ Also tue ich das Beste, was ich können, mit Fleisch, was er mir geben ... und mit Speiseplan von Legion ... aber ...«

Der Feldwebel ließ seine Rede mit einem übertriebenen Achselzucken und einem bedeutungsschweren Rucken des Kopfes in Narrischs Richtung ersterben.

»Verstehe. Tja, vergessen Sie das mit dem Budget ... und dem Speiseplan. Ich möchte, daß die Kompanie gut ißt, und wir bezahlen ihnen nicht genug, um ständig auswärts zu essen. Solange ich Kommandant und Sie der Koch sind, möchte ich, daß dies die am besten versorgte Kompanie der Legion ist.«

Escrima bewegte seinen Kopf in rascher Zustimmung auf und ab.

»Gut«, sagte er kurz angebunden. »Wurde Zeit.«

»Dann betrachte ich die Angelegenheit als erledigt.« Der Kommandant nickte und strich einen Punkt auf seinem Notizblock durch. »Das wäre für den Augenblick alles, Feldwebel.«

Erneut salutierte der Feldwebel übertrieben, und Narrisch setzte eben an, den Gruß zu erwidern, als ihm noch ein Gedanke kam.

»Ach ... eines noch. Habe ich auch recht, wenn ich annehme, daß Sie Ihren Namen – Escrima – nicht von der philippinischen Form des Stockkampfes abgeleitet hätten, wenn Sie nicht darin bewandert wären?«

Das bescheidene Lächeln und Schulterzucken blitzte wieder vorüber.

»Dann würde ich es als persönlichen Gefallen betrachten, wenn Sie sich bereitfänden, die interessierten Mitglieder der Kompanie, mich selbst eingeschlossen, darin zu unterrichten. Ich weiß nicht viel darüber, aber jede Art von Stockkampf, die Magellan und seine Männer ausschalten konnte, obwohl sie bis an die Zähne bewaffnet waren, ist es wert, studiert zu werden.«

»Nehmen Sie Platz, Feldwebel ... Schokoladen-Harry, nicht wahr?«

»Einfach ›Harry‹ reicht, Herr Hauptmann«, erklärte der Feldwebel, während er sich in einem Sessel niederließ. »›Schoko‹ für meine Freunde.«

»Na schön. Dann bleiben wir doch gleich bei Schoko.« Narrisch nickte und machte sich einen raschen Vermerk auf seinem Block. »Vor allem in Anbetracht der Tatsache, daß wir doch wohl im Laufe der nächsten Monate unzertrennliche Freunde werden dürften.«

»Na, wie kommen Sie denn darauf?« Der Feldwebel runzelte mißtrauisch die Stirn. »Soll keine Beleidigung sein ... Herr Hauptmann ... aber meiner Erinnerung nach sind Offiziere nicht eben bekannt dafür, sich mit uns Mannschaftsdienstgraden zu verbrüdern.«

»Entschuldigung. Ich greife mir selbst vor«, antwortete der Kommandant geistesabwesend, während er seine Notizen durchblätterte. »Das gilt natürlich nur unter der Voraussetzung, daß Sie so unehrlich sind und so häufig ein Auge zudrücken, wie ich vermute.«

Die Augen des Versorgungsfeldwebels verengten sich, verschwanden beinahe in seinem fleischigen Gesicht, während er sich in seinem Sessel zurücklehnte.

»Wissen Sie, Herr Hauptmann, diese Bemerkung könnte man für mehr als nur ein bißchen rassistisch halten. Wollen Sie damit sagen, Sie dächten, wir Farbigen klauten alle?«

Wie sein Name vielleicht schon andeutete, war Schokoladen-Harry schwarz, auch wenn seine Haut eher zu einem sanften Braun als zu dem tieferen Schwarz neigte. Außerdem war er stark behaart; ein wilder, borstiger Bart sowie seine kurzgeschorene Haartracht zierten ihn. Eine auf die Stirn hochgeschobene Brille mit dicken Gläsern vervollständigte das Bild, das er bot, als er seinen Kommandanten mit einem finsteren Blick anschaute, der bei einem kleineren Menschen melodramatisch gewirkt hätte.

»Hmmm?« sagte Narrisch und sah endlich von seinen Notizen auf. »Eigentlich nicht, Schoko. Ich gründete meine Annahme auf die Tatsache, daß Ihre Akten zeigen, daß Sie überdurchschnittlich intelligent sind. Mein Gedanke ging dahin, daß jeder, der für die Versorgung dieses Haufens zuständig ist und auch nur über ein halbes Gehirn verfügt, seinen Sold aufstocken würde, indem er wenigstens am Rande mit dem Schwarzmarkt zusammenarbeitet. Sollte ich mich irren, entschuldige ich mich natürlich bei Ihnen.«

Harry lächelte breit. »Danke, Herr Hauptmann. Eine Entschuldigung von einem Offizier ist was, was ein altes Frontschwein wie ich nicht jeden Tag zu hören kriegt.«

»Verzeihen Sie, Feldwebel«, unterbrach ihn der Kommandant und erwiderte sein Lächeln, »aber ich sagte, ›sollte ich mich irren‹. Bevor es mir gerechtfertigt erschiene, diese Entschuldigung auszusprechen, müßte ich Sie bitten, hier zu warten, während Ihre Unterlagen konfisziert und das Vorratslager von amtlicher Seite versiegelt würde, damit eine Inventur und eine Revision durchgeführt werden könnten, um festzustellen, ob ich mich nun geirrt habe oder nicht.«

Das Lächeln des Versorgungsfeldwebels verschwand wie eine Maus bei einer Katzenausstellung, und er leckte sich nervös die Lippen, während seine Augen vom Kommandanten zur Tür huschten.

»Das ... wird nicht nötig sein, Herr Hauptmann«, sagte er vorsichtig. »Ich bin bereit zuzugeben, daß es ein paar Posten geben könnte, die im Laufe der letzten Monate, sagen wir mal, verkramt worden sind. Wenn Sie möchten, kann ich mal schauen, ob sich das vermißte Material in den nächsten Wochen wiederfinden läßt.«

»Das war nicht das, was ich im Sinn hatte, Schoko.« Narrisch lächelte.

»Na schön.« Harry beugte sich verschwörerisch in seinem Sessel nach vorn. »Ich nehme an, Sie und ich können irgendeine Übereinkunft ausarbeiten, was die Aufteilung des Profits angeht ...«

Der Kommandant ließ ein kurzes, bellendes Lachen ertönen und unterbrach damit den Feldwebel.

»Entschuldigen Sie, Harry, aber Sie verstehen mich da völlig falsch. Ich versuche nicht, Ihnen den Laden dichtzumachen ... oder Sie zu erpressen. Ich möchte, daß Sie Ihre Operation ausweiten, und ich denke, ich kann Ihnen dabei behilflich sein. Sie können damit anfangen, daß Sie den Großteil des Bestandes rauswerfen, den Sie im Augenblick im Lagerhaus haben.«

Der Versorgungsfeldwebel blickte finster. »Wie stellen Sie sich das vor, Herr Hauptmann? Ich meine, Ihr Stil gefällt mir wirklich, aber mir kommt da in den Sinn, daß doch irgendwer was merken muß, wenn wir diesen Haufen ausmisten. Haben Sie irgendeinen Plan, um die Tatsache zu verbergen, daß ich auf einem leeren Lagerhaus sitze?«

»Zuallererst einmal werden wir gar nicht versuchen, es zu verbergen.« Narrisch grinste. »Wir machen das strikt nach den Vorschriften ... insbesondere Abschnitt 954, Paragraph 27, der erklärt: ›Der Versorgungsfeldwebel kann alles überschüssige oder veraltete Material beseitigen, indem er derartiges Material vernichtet oder verkauft‹; und Abschnitt 987, Paragraph 8: ›Der befehlshabende Offizier soll entscheiden, ob irgendein Posten der Ausrüstung der Kompanie reparatur- oder verbesserungswürdig ist oder ob er als Ausschuß zu betrachten und zu beseitigen ist.‹ In meinen Augen nun ist der Großteil unserer Ausrüstung eher für ein Museum als für eine kämpfende Truppe geeignet, deshalb nehme ich an, Sie werden eine Menge zu tun haben.«

Harry nickte. »Sehr hübsch. Ich würd' sogar sagen, ein Kinderspiel ... bis auf eine Sache. Hinterher sitze ich immer noch mit einem leeren Lagerhaus da.«

»Nicht wirklich. Ich denke, Sie werden feststellen, daß das im Laufe der nächsten Wochen eintreffende Gerät den freien Raum mehr als ausfüllen wird. Wie ich der Kompanie sagte, habe ich mir die Freiheit genommen, die Qualität unserer Ausrüstung zu verbessern ... auf meine eigenen Kosten natürlich.«

»Natürlich«, echote der Feldwebel, während er sich in seinem Sessel zurücklehnte, um den Kommandanten durch halb zusammengekniffene Augen zu mustern. »Das bringt uns zu einer völlig anderen Frage, Herr Hauptmann. Wenn Sie auch nur annähernd so reich sind, wie Sie tun, dann bin ich mir nicht ganz sicher, weshalb Sie mich brauchen. Ich meine, wenn Sie sowieso für diese Einheit das Geschäft leerkaufen, warum wollen Sie sich dann mit Kleinvieh abgeben und Geld zusammenkratzen, indem Sie mich unsere Reste verscheuern lassen?«

Narrisch seufzte tief, als verlöre er die Geduld mit einem

Kind. »Schoko, Sie und ich wissen beide, daß es Dinge gibt, die man nicht in einem Geschäft kaufen kann. Mein Geld und meine Methoden mögen für normale Ausrüstungen und Materialien prima sein, aber ich rechne damit, daß wir von Zeit zu Zeit ein paar Posten brauchen könnten, die nur auf dem Schwarzen Markt zu finden sind. Deshalb erwarte ich von Ihnen, uns einen geheimen Draht zum Untergrund zu beschaffen, indem Sie den Verkauf unserer alten Ausrüstung als Passierschein benutzen. Verstehen Sie meinen Gedankengang?«

»Empfange Sie laut und deutlich, Herr Hauptmann«, sagte Harry. Sein Gesicht teilte sich zu einem breiten Grinsen. »Wissen Sie, ich hab' noch nie vorher einen weißen Mann ›Bruder‹ genannt, aber Sie könnten vielleicht dafür taugen.«

»Ich fürchte, fürs erste werde ich mich mit ›guter Kumpel‹ zufriedengeben müssen«, korrigierte Narrisch hastig. »Denn sehen Sie, Schoko, dieses Spiel hat ein paar Regeln – meine Regeln, nicht die der Legion.«

»Dachte ich mir doch, daß das ein bißchen zu gut klang, um wahr zu sein.«

»Zuallererst«, fuhr der Kommandant fort, wobei er die theatralisch beiseite gesprochene Bemerkung des Feldwebels geflissentlich überhörte, »möchte ich nicht, daß Sie irgend etwas verkaufen, das auf uns zurückfällt und uns Ärger macht. Wenn Sie ein Geschäft über unsere automatischen Waffen abschließen, dann stellen Sie sicher, daß Sie zuerst den Wahlschalter entfernt haben, der sie auf vollautomatisch umstellt – und das bedeutet nicht, daß Sie in der Woche darauf Wahlschalter im Angebot haben. Unsere Ausrüstungen mögen antik sein, aber es gibt eine Menge Zeug darunter, das ich nicht gerne gegen uns angewendet sehen möchte ... oder gegen die örtliche Polizei, was das angeht. Es wird schwierig sein, den Unschuldigen zu spielen, wenn wir die einzige Quelle für vollautomatische Waffen auf dem Planeten sind. Das gilt auch für die neuen Ausrüstungsgegenstände, die wir bekommen, einschließlich unserer Armbandkommunikatoren. Ich nehme an, Sie können ein paar der regulären Geräte vom rechten Wege abbringen, wenn das bedeutet, die richtigen Türen zu öffnen, aber die speziellen Kommandogeräte bleiben da, wo sie sind. Ich möchte nicht, daß irgend jemand außer uns die Möglichkeit hat, die privaten Verbindungen zu überwachen. Wenn Sie im übrigen ein bißchen darüber nachdenken, werden Sie mir sicherlich beipflichten, daß es in unserem eigenen Interesse ist, wenn niemand einige der privaten Gespräche mithören kann, die Sie und ich führen werden.«

Der Versorgungsfeldwebel verzog das Gesicht. »Ich schätze, da haben Sie wohl recht, aber es engt meinen Spielraum ziemlich ein.«

»Regel Nummer zwei: Die Gelder aus diesen Verkäufen werden in die Kompaniekasse geleitet. Nun macht es mir nichts aus, wenn Sie sich für Ihre Mühe ein bißchen was abschöpfen ... genaugenommen erwarte ich es und betrachte es nur als gerechte Belohnung dafür, daß Sie einen Teil Ihrer persönlichen Zeit dafür opfern, zu helfen, die Kompanie zu unterstützen. Leisten Sie nur anständige Arbeit beim Frisieren der Quittungen für die Unterlagen, und Sie werden keine Beschwerden von mir hören. Aber denken Sie stets daran, daß ich eine ziemlich genaue Vorstellung davon habe, wie die gängigen Preise aussehen, selbst auf dem Schwarzen Markt. Wenn ich Wind davon bekomme, daß Sie mehr als eine angemessene Kommission nehmen, sind Sie sofort draußen.«

»Wo draußen, Herr Hauptmann?« fragte Harry herausfordernd. »Es würde mir nicht das Herz brechen, von hier versetzt zu werden.«

»Ich spreche nicht von einer Versetzung.« Narrisch lächelte. »Ich würde Sie von Ihren Lektionen abschneiden. Sehen Sie, Schoko, im Augenblick sind Sie nur ein kleiner Schmalspur-Gauner. Halten Sie sich an mich, spielen Sie das Spiel nach meinen Regeln, und ich werde Ihnen nicht nur beibringen, in den großen Ligen zu spielen, sondern Ihnen auch zeigen, wie man die Art von Geldmitteln ansammelt, die Sie als Startkapital brauchen, wenn Ihre Dienstzeit erst einmal um ist. Ist das ein Handel?«

»Nehmen Sie doch Platz, Brandy«, sagte der Kommandant und winkte seinen weiblichen Hauptfeldwebel in einen der Besuchersessel. »Tut mir leid, daß ich Sie habe warten lassen, aber aus verschiedenen Gründen wollte ich mir das Gespräch mit Ihnen bis zum Schluß aufheben.«

»Kein Problem, Herr Hauptmann.« Der rangälteste Unteroffizier zuckte die Achseln, während sie in den ihr zugewiesenen Sitz sank. »Wenn es eines gibt, was ich beim Militär gelernt habe, dann ist es, auf Offiziere zu warten.«

Narrisch ignorierte den offenkundigen Seitenhieb.

»Angesichts der Tatsache, daß es schon spät ist und wir beide müde sind, werde ich versuchen, mich kurz zu fassen und auf das Wesentliche zu beschränken.« Er lehnte sich in seinem Sessel zurück, wobei er die Arme über der Brust verschränkte, als umarme er sich selbst. »Sagen Sie mir, Brandy, was ist Ihrer Meinung nach das größte Problem, dem ich mich hier in dieser Kompanie gegenübersehe?«

Der Hauptfeldwebel hob die Augenbrauen, während sie die Lippen zu einem lautlosen Pfiff spitzte. »Das ist schwierig zu beantworten«, sagte sie. »Ich wüßte wirklich nicht, wo ich anfangen sollte. Wenn Sie auch nur ein bißchen Grips haben, benötigen Sie mich nicht, um Ihnen zu sagen, daß diese Kompanie das absolut Letzte ist. Was die Frage angeht, ob es ein einzelnes Problem gibt, das größer ist als die anderen ...«

Ihre Stimme verlor sich, als sie den Kopf schüttelte.

»In meinen Augen gibt es ein Problem, das wie ein Leuchtfeuer heraussticht«, sagte Narrisch bestimmt. »Genaugenommen ist es das einzige, bei dem ich mir nicht sicher bin, ob ich damit fertigwerden kann.«

»Welches ist das, Herr Hauptmann?«

»Sie.«

Brandy zog den Kopf ein und runzelte die Stirn.

»Ich, Herr Hauptmann?«

»So ist es. Jetzt verstehen Sie mich bitte nicht falsch. Sie sind gut, Brandy ... haushoch allen anderen Mannschaftsangehörigen überlegen, die ich übernommen habe. Nach Ihrer Akte und nach meinen persönlichen Beobachtungen in der letzten Woche sind Sie ein exzellenter Führer, ohne Zweifel so gut wie oder sogar besser als ich.«

Der Kommandant schüttelte fast unmerklich den Kopf.

»Das Problem besteht darin, daß Sie eine Zynikerin sind. Wenn Sie schon gelebt hätten, als die Gebrüder Wright ihr erstes Flugzeug bauten, wären Sie diejenige gewesen, die gesagt hätte: ›Es wird nie fliegen.‹ Wenn es dann bei seinem Jungfernflug über Ihren Kopf hinweggeflogen wäre, wäre Ihr einziger Kommentar gewesen: ›Sie werden es nie runterkriegen!‹.«

Der Anflug eines Lächelns huschte über das Gesicht des Hauptfeldwebels.

»Da haben Sie mich ertappt, Herr Hauptmann«, gab sie zu.

Ihr Lächeln wurde nicht erwidert.

»Das ist das eine, was ich in dieser Kompanie nicht gebrauchen kann … jedenfalls nicht auf dem Platz des Hauptfeldwebels. Ich werde versuchen, diese Kompanie umzukrempeln, und ich fange damit an, daß ich jeden Legionär unter meinem Kommando dazu bringe, eine bessere Meinung von sich selbst zu entwickeln. Das kann ich aber nicht, wenn der wichtigste Führer der Unteroffiziere und Mannschaften ihnen immer wieder erzählt, daß sie Abschaum sind und es keinen Sinn hat, es auch nur zu versuchen. Ich rechne bereits auf einen Zweifrontenkrieg; mit dem Hauptquartier und mit den Legionären selbst. Ich kann es mir nicht leisten, eine dritte Front zu eröffnen, indem ich auch noch mit Ihnen kämpfe.«

Der Hauptfeldwebel sah ihn ruhig an. »Sprechen wir von einer Versetzung, Herr Hauptmann?«

Narrisch verzog das Gesicht. »Ich gebe zu, die Möglichkeit ist mir in den Sinn gekommen … und Sie sind der einzige, bei dem ich es ernsthaft erwogen habe. Es ist mir aber zu einfach, zu sehr so, als gebe man auf, ohne es überhaupt zu versuchen. Ich bewundere Ihre Fähigkeiten, Brandy, und Ihr Führungspotential. Ich hoffe, wir können zusammenarbeiten; *mit*einander arbeiten, nicht *gegen*einander. Die einzige Möglichkeit, die ich dafür sehe, wäre jedoch, daß es einige tiefgreifende Änderungen auf Ihrer Seite gibt.«

Brandy biß sich nachdenklich auf die Lippen, bevor sie antwortete.

»Um ehrlich zu Ihnen zu sein, Herr Hauptmann, ich bin nicht sicher, ob ich mich ändern könnte, selbst wenn ich es wollte. Alte Gewohnheiten lassen sich schwer ablegen, und ich bin schon lange so, wie ich bin.«

»Ich verlange keine Garantien«, drängte der Kommandant ernsthaft. »Fürs erste wäre ich zufrieden, wenn Sie bereit wären, es zu probieren. Sehen Sie, Brandy ... Ich hasse es, den Amateurpsychologen zu spielen, aber .. na ja, die meisten der Zyniker, mit denen ich in der Vergangenheit zu tun hatte, der harte Kern der ›Wen kümmert's‹-Typen, die kümmerte es in Wirklichkeit eine ganze Menge. Es war einfach so, daß sie an irgendeinem Punkt verletzt worden waren. So schlimm, daß Sie es sich nicht mehr gestatteten zu hoffen, aus Angst, daß sie wieder enttäuscht und verletzt werden könnten. Ich weiß nicht, ob das in Ihrem Fall zutrifft, und es ist mir auch egal. Ich verlange lediglich, daß Sie den Dingen eine Chance geben, bevor Sie sie abschießen. Geben Sie den Legionären eine Chance ... und geben Sie mir eine Chance.«

Einen Augenblick lang trat Schweigen ein, als sie beide die Peinlichkeit zweier Menschen verspürten, die eine plötzliche und unerwartete Nähe miteinander teilten. Es war Narrisch, der schließlich einen Rückzieher machte und die Spannung brach.

»Tja, denken Sie darüber nach, Feldwebel. Wenn Sie am Ende zu der Erkenntnis kommen, daß es nicht einmal einen Versuch wert ist, lassen Sie es mich wissen, und ich arrangiere Ihre Versetzung.«

»Danke, Herr Hauptmann«, sagte Brandy. Sie stand auf und salutierte. »Ich werde darüber nachdenken.«

»Und, Brandy ...«

»Ja, Herr Hauptmann?«

»Denken Sie auch mal darüber nach, sich selbst eine Chance zu geben.«

»Sir?«

Narrisch öffnete die Augen und stellte fest, daß sein Butler in der Tür seines Büros stand.

»Ja, Beeker?«

»Entschuldigen Sie mein Eindringen, Sir, aber ... in Anbetracht des für morgen angesetzten Umzugs ... Na ja, Sir, ich dachte, Sie sollten versuchen, sich wenigstens ein paar Stunden Schlaf zu gönnen.«

Der Kommandant erhob sich, gähnte und streckte seine verkrampften Glieder.

»Du hast wie immer recht, Beeker. Was würde ich ohne dich bloß machen?«

»Das weiß ich allerdings auch nicht, Sir. Sind die Besprechungen gut verlaufen?«

Narrisch zuckte die Achseln. »Nicht so gut, wie ich gehofft hatte ... besser, als ich befürchtet hatte. Es gab aber ein paar erfreuliche Momente. Brandy – das ist der Hauptfeldwebel – hat tatsächlich vor mir salutiert, bevor sie ging.«

»An sich betrachtet schon eine große Leistung, Sir«, sagte Beeker, während er seinen Schutzbefohlenen sanft durch die Tür lenkte.

»Und Rembrandt – das ist der weibliche Leutnant, die Künstlerin werden will – blieb nach meinem Gespräch mit ihr und Armstrong noch einen Augenblick lang da und fragte, ob ich bereit wäre, für sie Modell zu stehen. Ich dachte, sie meinte ein Porträt ... war doch ein wenig sprachlos, als ich begriff, daß sie eine Aktstudie anfertigen wollte.«

»Verstehe. Haben Sie zugestimmt?«

»Ich sagte ihr, ich würde darüber nachdenken. Auf eine Weise ist es ziemlich schmeichelhaft, wenn man die Zahl der Modelle bedenkt, zwischen denen sie wählen kann. Außerdem könnte es eine nette Geste sein, um ihr bei ihrer künstlerischen Karriere zu helfen ...«

Ich fand wirklich nicht, daß es meine Aufgabe war, meinen Arbeitgeber zu informieren ... Offengestanden hatte ich nicht das Herz oder den Mut, es ihm zu sagen, und überließ es daher ihm, es selbst herauszufinden. Ich hatte bereits Gelegenheit gehabt, Leutnants Rembrandts Arbeiten zu begutachten, sowohl beendete Gemälde als auch noch in Arbeit befindliche Werke. Sie hatte sich ausnahmslos Landschaften gewidmet ... jedenfalls bis jetzt.

4

Tagebuchdatei # 019

Die Verlegung der Kompanie, damit unsere normalen Quartiere umgebaut werden konnten, war ein gewaltiges Unternehmen. Die Legionäre selbst reisten mit leichtem Gepäck, da sie sich mit nur wenigen persönlichen Habseligkeiten abgeben mußten. Das Packen und Verladen der Ausrüstung der Kompanie – insbesondere der Küche – erwies sich jedoch als zeitraubende Aufgabe, obwohl alle sich tüchtig ins Zeug legten.

In seinem Wunsch, sowohl die Kompanie als auch die Kolonie zu beeindrucken, hatte mein Arbeitgeber die gängige Praxis vermieden, Truppen wie Vieh auf Lastwagen zu transportieren. Statt dessen hatte er sich entschlossen, eine kleine Flotte von Schwebelimousinen zu mieten, um seine neuen Schützlinge zu befördern. Wenngleich dies als eine extravagante Geste angesehen werden mag, so habe ich schon zuvor angemerkt, daß er nicht besonders knauserig ist, insbesondere, wenn es darauf ankommt, Eindruck zu schinden.

Während der Fahrt schienen die Legionäre ungewöhnlich guter Stimmung zu sein. Sie machten Blödsinn wie Schulkinder auf einer Klassenfahrt und spielten mit ihren Armbandkommunikatoren herum. Diejenigen, mit denen ich im selben Fahrzeug fuhr, nutzten jedoch die Gelegenheit, die Behauptung auszutesten, die mein Arbeitgeber am Vorabend aufgestellt hatte: nämlich, daß man auf vertraulicher Basis mit mir sprechen könne.

»Entschuldigung, Herr Beeker ...«

Der Butler sah vom Bildschirm seines tragbaren Computers auf, um mit einem Blick, der weder feindselig noch freundlich war, den Legionär zu mustern, der ihn angesprochen hatte.

»Einfach bloß ›Beeker‹ wird ausreichen, Sir. Ein anderer Titel ist nicht berechtigt oder vonnöten.«

»Ich hab' mich nur gefragt ... könnten Sie uns ein wenig über den neuen Kommandanten erzählen? Es klingt, als wären Sie beide schon eine ganze Weile zusammen.«

»Gewiß, Sir«, sagte Beeker, während er den Bildschirm zusammenfaltete und den Computer in die Tasche steckte. »Natürlich sind Sie sich im klaren darüber, daß meine Beziehung zu meinem Arbeitgeber vertraulicher Natur ist und daß ich mir deswegen nur die Freiheit nehmen kann, meiner persönlichen Meinung Ausdruck zu verleihen.«

»Was wollen Sie sagen?«

»Der Mann meinte«, warf Brandy von der anderen Seite der Limousine her ein, »daß er keine Geheimnisse oder Einzelheiten ausplappern wird ... nur das, was er selber denkt.«

»Oh. Okay.«

»Bitte seien Sie jedoch versichert, daß ich alle Diskussionen, die wir jetzt oder in Zukunft führen, mit ebensolcher Vertraulichkeit behandeln werde.«

Der Legionär wandte sich hilfesuchend an Brandy.

»Er meint, daß er auch nicht ausplappern wird, was du sagst.«

»Richtig. Nun, Herr ... Alles, was ich wissen will, Beeker, ist, ob der Mann echt ist. Ich meine, er kann gut reden und alles, aber wieviel davon ist heiße Luft?«

»Aha«, sagte Beeker und klopfte nachdenklich mit dem Finger gegen sein Bein. »Wenn ich Sie recht verstehe, fragen Sie, ob mein Arbeitgeber ... Ihr Kommandant ... vertrauenswürdig ist. Nach meinem besten Wissen ist er immer skrupulös – entschuldigen Sie – anständig in all seinen Handlungsweisen gewesen, sowohl geschäftlich als auch persönlich. Was seine Zuverlässigkeit angeht ... nun ja, ich glaube nicht, daß es einen Verstoß gegen das Gebot der Vertraulichkeit darstellt, auf etwas hinzuweisen, was auch der oberflächlichste Beobachter binnen kurzer Zeit bemerken würde: daß er ernstlich gestört ist.«

Einen Moment lang waren die Legionäre in der Limousine von der Mitteilung des Butlers bis zur Sprachlosigkeit schockiert. Es war der Hauptfeldwebel, die als erste ihre Stimme wiederfand.

»Was meinen Sie mit ›gestört‹, Beeker? Wollen Sie sagen, der Hauptmann sei plemplem?«

»Oh, ich will keineswegs sagen, daß er ein gefährlicher Irrer oder so etwas ist«, korrigierte der Butler hastig. »Vielleicht habe ich in meinem Bemühen, meine Wortwahl einfach zu gestalten, das falsche Wort gewählt. Mein Arbeitgeber ist nur in der Hinsicht gestört, wie es viele erfolgreiche Geschäftsmänner und -frauen sind, nämlich insofern, als er eine Neigung zur Besessenheit hat. Es geht nicht darum, zu beurteilen, wie seine Arbeit in sein Leben paßt. Seine Arbeit *ist* sein Leben, und alles andere im Universum sieht er nur im Hinblick darauf. Diese Kompanie der Legion ist sein derzeitiges Lieblingsprojekt, und all seine Energien und Ressourcen – entschuldigen Sie, seine *Reserven* – sind darauf ausgerichtet, es zu fördern und zu verteidigen. Offengestanden glaube ich, daß Sie alle sich sehr glücklich schätzen dürfen, zur rechten Zeit am rechten Ort zu sein, um Teil seiner Bemühungen zu sein. Ich habe die Erfahrung gemacht, daß er nur sehr selten, wenn überhaupt, scheitert, wenn er sich erst einmal etwas in den Kopf gesetzt hat.«

»Verzeihen Sie, Beeker«, wandte Brandy ein, »aber ich komme nicht umhin zu bemerken, daß Sie ausdrücklich ›sein *derzeitiges* Lieblingsprojekt‹ sagten. Was geschieht mit uns, wenn er von irgendeinem anderen glitzernden Spielzeug abgelenkt wird?«

»Oh, ich bezweifle sehr, daß das passieren würde. Er ist bemerkenswert hartnäckig, wenn er erst einmal etwas in Angriff nimmt. Es sei denn ...«

»Es sei denn was?«

»Nun ja ... Ihr Kommandant besitzt eine nahezu unbegrenzte Energie und einen inneren Antrieb, der Sie in seinem Kielwasser mitziehen wird, selbst wenn Sie sich dafür entscheiden, seinen Plänen und Maßnahmen gegenüber passiv zu bleiben. Das einzige, von dem ich mir vorstellen könnte, daß es ihn vielleicht decouragieren würde – was ihn dazu bringen könnte aufzugeben –, wäre aktive Opposition großen Umfangs aus den Reihen der Kompanie. Sie, meine Damen und Herren Legionäre, müßten schon eisern in Ihren Anstrengungen sein, Ihr gegenwärtiges Image aufrechtzuerhalten, individuell wie auch kollektiv.«

»Das verstehe ich nicht.«

»Er meint, wir würden daran arbeiten müssen, Versager zu sein, bevor der Kommandant uns aufgibt. Stimmt's nicht, Brandy?«

»Hmmm? Oh. Richtig. Da sehe ich kein Problem, Beeker. Im Augenblick mögen wir vielleicht ein bißchen mutlos sein, aber wir werden wenigstens *versuchen*, mit Ihrem Wunderknaben Schritt zu halten ... und jeder, der das nicht tut, wird sich dafür persönlich mir gegenüber verantworten müssen.«

In der angeregten Diskussion, die darauf folgte, bemerkte niemand, daß der Butler zwar schwieg, aber unentwegt lächelte.

Obwohl das Plaza-Hotel schon bessere Tage gesehen hatte, bewahrte es immer noch eine Aura von Würde und Eleganz. Der Springbrunnen im Park auf der anderen Straßenseite war mit den Graffiti unzähliger vorbeikommender Jungterroristen verziert, und der Park selbst war seit langem von jedermann außer von den Straßenbengeln aufgegeben worden, die seine Wege und Bänke tagsüber für ihre todesmutigen Glideboard-Mätzchen und des Nachts für ihre territorialen Streitigkeiten benutzten, aber das Hotel selbst schien stoisch zu ignorieren, was um es herum vorging.

Diese belagerte Ruhe wurde jedoch zerstört, als sich die erste der Schwebelimousinen vorsichtig in die Ladezone vor dem Plaza manövrierte und ihre Ladung von Legionären und Gepäck ausspie. Narrisch war im Führungsfahrzeug und ließ seine Chargen im Kampf mit ihrer persönlichen Ausrüstung zurück, während er über die Rezeption hereinbrach.

»Kann ich Ihnen helfen, mein Herr?« sagte der Empfangschef, nervös den sich versammelnden Mob beäugend, der durch die Vordertür zu sehen war.

»Ja. Ich bin Willard Narrisch. Ich glaube, Sie haben eine Reservierung für mich ... hundert Zimmer und das Penthouse?«

Der Empfangschef zögerte einen Augenblick, dann schob er sich vor sein Computerterminal. »Ja, mein Herr. Hier habe ich es. Willard Narrisch ... das Penthouse.«

»Und hundert Zimmer.«

»Ich ... es tut mir leid, mein Herr. Meine Unterlagen zeigen nur das Penthouse.«

Das Lächeln des Kommandanten wurde unmerklich verkniffener, aber davon abgesehen zeigte er keinerlei Verdruß.

»Könnten Sie das noch einmal überprüfen? Ich hatte vor einer Woche reserviert.«

»Ja. Ich erinnere mich daran, wie die Reservierung hereinkam. Sie scheint gestrichen worden zu sein.«

»Gestrichen?« Narrischs Stimme verhärtete sich. »Von wem?«

»Darüber werden Sie mit dem Manager sprechen müssen, mein Herr. Wenn Sie nur einen Moment warten würden, hole ich ihn.«

Ohne eine Antwort abzuwarten, schoß der Empfangschef durch die Tür hinter der Rezeption und ließ Narrisch ungeduldig herumzappelnd zurück, während die Hotelhalle hinter ihm sich mit Legionären zu füllen begann.

Lawrence (und niemals Larry!) Bombest mochte jünger als die meisten sein, die seinen Titel führten und seine Macht ausübten, aber schon in diesem frühen Stadium seiner Karriere war offensichtlich, daß er der geborene Hotelmanager war. Er regierte das Plaza mit eiserner Faust, und obwohl die Angestellten unter seiner Tyrannei stöhnten, waren sie trotzdem dankbar für seine unerschütterliche Sicherheit, wenn Krisen eintraten, wie es so oft im Hotelgewerbe geschieht. Manch eine Welle müder, verärgerter Reisender hatte sich an diesem Felsen gebrochen, ohne ihn im geringsten zu verrücken oder zu verändern. Bombest brachte daher die Sicherheit eines Veteranen mit sich, der die Lage auf einen Blick erfaßte.

»Ich bin der Hotelmanager. Was gibt es denn wohl für ein Problem, mein Herr?«

Der Kommandant schielte argwöhnisch auf das bronzene Namensschild des Managers.

»Ja, Herr Bombast. Mein Name ist Willard Narrisch, und ich würde gerne wissen, wer meine Reservierung über einhundert Zimmer gestrichen hat.«

Aus der Schußlinie geraten, kämpfte der Empfangschef darum, ein Lächeln zu verbergen. Narrisch hatte unabsichtlich den Spitznamen der Mitarbeiter für Bombest getroffen – Bombast –, auch wenn ihn bisher noch niemand ihm ins Gesicht gesagt hatte.

»Es heißt Bom*best*, mein Herr ... und ich habe diese Reservierung höchstpersönlich rückgängig gemacht.«

»Darf ich fragen, warum?«

»Gewiß. Ich nahm an, es habe ein Schreibfehler von seiten desjenigen vorgelegen, der die Reservierung vornahm. Sie geschah über Computer und nicht durch unseren Mitarbeiterstab, und ich habe festgestellt, daß solche Fehler gang und gäbe sind.« Der Manager zeigte ein selbstgefälliges Lächeln, das nicht erwidert wurde. »Da mir klar war, daß der Preis von einhundert unserer Zimmer über eine Zeitspanne von mehreren Wochen, sagen wir einmal, unerschwinglich wäre, und da ich nicht sicher war, ob die tatsächliche Anfrage ein oder zehn Zimmer betraf, machte ich die Reservierung aus purer Gefälligkeit rückgängig. Zu diesem Zeitpunkt ging ich davon aus, daß wir Sie an Ort und Stelle *ad hoc* entsprechend Ihren tatsächlichen Bedürfnissen unterbringen könnten.«

»Ich verstehe. Ich nehme nicht an, daß Sie sich die Mühe gemacht haben, die Kreditkartennummer, die der Reservierung beigefügt war, zu überprüfen?«

»Das ist korrekt. Wie ich schon sagte, die Kosten wären unerschwinglich.«

Narrisch vollführte einen Zaubertrick mit seiner Hand und warf seine Kreditkarte vor dem Manager auf die Rezeption.

»Ich denke, *das* sollte die Frage unerschwinglicher Kosten erledigen.«

Zu Bombests Ehre muß gesagt werden, daß er beim Anblick der Karte weder mit weit aufgerissenem Mund glotzte noch zurückschreckte, sich duckte oder katzbukkelte, sondern vielmehr ein großes Aufheben davon machte, sie herumzudrehen, um die Unterschrift auf der Rückseite zu überprüfen. Es war eine Dilithium-Expreßkarte, die für die Ultrareichen der Galaxis reserviert war und normalerweise nur dazu benutzt wurde, den An- und Verkauf von Firmen abzuwickeln. Trotz seiner äußerlichen Ruhe begann der Manager ein vages Nagen von Furcht zu verspüren.

»Ich verstehe«, sagte er langsam.

»Und nun, da ich an Ort und Stelle bin, wie Sie es auszudrücken belieben, sollten wir nicht zur Unterbringung entsprechend meinen Bedürfnissen schreiten? Was ich brauche, sind die hundert Zimmer, die ich reserviert habe ... wie Sie ja wohl sehen können.«

Der Kommandant deutete mit einem Rucken seines Kopfes auf die inzwischen volle Hotelhalle.

Bombest war sich der Menschenansammlung sehr wohl bewußt. Seit er die Dilithium-Expreßkarte gesehen hatte, hatte er den potentiellen geschäftlichen Gewinn gegen den Horror abgewogen, einer ganzen Kompanie Legionäre Zutritt zu seinem Herrschaftsbereich zu gewähren. Doch erst als er begriff, daß sein Gehalt weder auf die eine noch auf die andere Art betroffen sein würde, gelangte er zu einer Entscheidung.

»Bedauere, Herr Narrisch. Im gegenwärtigen Augenblick stehen uns nicht genügend Zimmer zur Verfügung, um Ihrer Bitte zu entsprechen. Wenn Sie möchten, könnte ich Ihnen dabei behilflich sein, andere, Ihrer ... Gruppe eher entsprechende Unterbringungsmöglichkeiten zu finden.«

Der Manager war völlig auf den Wutausbruch vorbereitet, den eine solche Ankündigung unweigerlich hervorrief. Folglich überraschte es ihn völlig, als Narrisch statt dessen mit einem trägen Lächeln reagierte.

»Ich möchte nicht darüber streiten, Bombast ...«

»Bom*best*.«

»... denn, sehen Sie, derselbe Computer, den ich benutzt habe, um diese Reservierung vorzunehmen, hat mir verraten, daß derzeit von Ihren einhundertundfünfzig Zimmern kaum ein Dutzend belegt sind. Statt dessen werde ich darauf hinweisen, daß es drei mögliche Lösungen für unser kleines Problem gibt. Erstens könnte ich eine Beschwerde gegen Sie und das Hotel nach dem Gesetz vorbringen, das bestimmt, daß man niemandem aufgrund seiner Rasse, seiner Religion, seines Geschlechts *oder* seines Berufs die Unterkunft verweigern kann ... aber das ist ein langwieriger, unangenehmer Prozeß und befriedigt mein unmittelbares Bedürfnis nach Zimmern nicht. Zweitens: Sie können wie ein braver Junge anfangen, die Schlüssel herauszugeben. Drittens ...«

Das Lächeln des Kommandanten wurde eine Spur verschmitzter.

»... kann ich dieses Hotel kaufen und Sie durch jemanden ersetzen lassen, der besser urteilen kann, wenn es darauf ankommt, die Interessen des Eigentümers zu wahren.«

Der beiläufige Hinweis auf die juristischen Schwächen seiner Position enervierte Bombest ein wenig, aber er war sich auch der puren Unmöglichkeit der dritten Lösung bewußt, die Narrisch vorgetragen hatte. »Ich wollte lediglich sagen, mein Herr, daß wir infolge der geringen Belegung derzeit personell zu unterbesetzt sind, um eine Gruppe Ihrer Größe in der Art und Weise unterzubringen, für die das Plaza berühmt ist, und statt diesen Ruf aufs Spiel zu setzen, würde ich lieber vorschlagen, daß Sie in einem anderen Hotel zufriedener wären. Was die Möglichkeit betrifft, daß Sie das Plaza wirklich kaufen könnten ...« Der Manager gestattete sich ein schwaches Lächeln »... so fürchte ich, daß das wohl eher eine leere Drohung ist. Sie scheinen sich nicht der Tatsache bewußt zu sein, daß wir keinen einzelnen Eigentümer haben, sondern Teil einer Hotelkette sind, die sich wiederum im Besitz eines ziemlich großen Konzerns befindet. Ich bezweifle, daß Sie diesen daran interessieren könnten, in Verhandlungen über ein einzelnes Hotel einzutreten.«

Narrisch schüttelte langsam und unbeirrt den Kopf.

»Tatsächlich, Bombast ...«

»Bom*best*.«

»... fürchte ich, daß *Sie* es sind, der sich nicht voll über die Lage im klaren ist. Ihre Kette gehört dem Webber-Konzern, und dessen GM – das heißt Generalmanager – ist Reggie Page ... wenigstens bis zum nächsten Treffen des Aufsichtsrats, das zufällig in drei Wochen stattfindet. Nun steckt er in der Klemme, weil er den Kredit des Konzerns bereits für dessen neues Ferienzentrum auf Parna II bis ans Limit überzogen hat und die Lieferanten soeben in Streik getreten sind. Das ist das dritte Desaster, das sie im letzten Quartal erlebt haben, und wenn er nicht etwas Bargeld lokkermachen kann, um sie schnell zu bestechen, dann geht das ganze Projekt – von seinem Job ganz zu schweigen – den Bach runter. *Deswegen* denke ich, daß er interessiert sein wird, wenn ich ihm anbiete, diesen Laden von ihm zu übernehmen.«

Bombest konnte spüren, wie seine Stirn feucht wurde, aber Narrisch hatte sein Pulver noch nicht verschossen.

»Ich möchte allerdings darauf hinweisen, daß meine Erwähnung dieser Option keine Drohung war. Ich könnte diesen Laden zwar kaufen, aber der damit verbundene Papierkrieg würde wenigstens vierundzwanzig Stunden in Anspruch nehmen, was bedeuten würde, daß ich meine Leute bis nach Abschluß des Geschäfts in ein anderes Hotel verlegen müßte. Ich habe ihnen bereits gesagt, daß sie *hier* wohnen werden, und wenn ich das zurücknehmen muß, wenn ich also wegen ihrer dämlichen Spielchen vor meinem neuen Kommando in Verlegenheit gebracht werde, dann sorge ich, *nachdem* Sie gefeuert worden sind, nicht nur dafür, daß Sie auf diesem Planeten nie wieder Arbeit finden, sondern ich werde Sie auch daran hindern, von hier wegzugehen, selbst wenn das bedeutet, jeden einzelnen Platz auf jedem Schiff aufzukaufen, das im nächsten Jahr den Planeten verläßt. *Das* ist eine Drohung. Sehen Sie den Unterschied?«

»Ja, Herr Narrisch.«

Narrischs Lächeln nahm wieder seine ursprüngliche, entspannte Dimension an.

»So, nachdem wir nun unsere kleine Plauderei hatten, bin ich sicher, Sie werden zustimmen, daß es für alle Seiten am besten ist, wenn Sie die Zimmer für uns freigeben und sich dann überlegen, was Sie tun können, um das Personal auf angemessene Stärke aufzustocken.«

So aufgeblasen und stur er auch sein mochte, dumm war Bombest nicht. Selbst ein Felsen mußte überleben, und es war offensichtlich, daß es nicht in seinem Interesse liegen konnte, in eine persönliche Fehde mit einem Megamillionär einzutreten. So traf er eine rasche Entscheidung und wandte sich zu dem Empfangschef um.

»Wir brauchen hier hundert Anmeldungskarten und zwei Schlüssel für jedes Zimmer ... Belegung erfolgt von der obersten Etage an abwärts unter Auslassung der Wohneinheiten am Pool. Geben Sie die Zimmerschlüssel erst aus, *nachdem* jede Karte ausgefüllt ist, damit wir einen Beleg in den Unterlagen haben, wer welches Zimmer bewohnt.«

Er wandte sich wieder Narrisch zu.

»Gäbe es noch etwas, *mein Herr*?«

»O ja, in der Tat ... wenn Sie einen Augenblick warten würden. Armstrong! Rembrandt!«

Die Leutnants bahnten sich einen Weg durch die Masse der Legionäre.

»Teilen Sie die Leute in Zweiergruppen ein, und überwachen Sie die Zimmerzuweisungen. Ich möchte Sie und den Stab in den Zimmern haben, die dem Penthouse am nächsten liegen ... das benutze ich als Hauptquartier und Einsatzleitung, solange wir hier sind. Fertigen Sie eine Liste für unseren Gebrauch an, wer wo ist, aber befehlen Sie allen, nicht auszupacken. Wir ändern die Zimmerzuweisungen später, nachdem die Partner zugeteilt sind.«

»Jawohl, Herr Hauptmann.«

»Beeker!«

»Sir?«

Der Butler hatte sich schon bereitgehalten, da er mit Narrischs Vorgehensweise vertrauter war.

»Kümmere dich um den Hausdiener, bevor er ohnmächtig wird. Er soll unseren Leuten ihre Zimmer zeigen, aber er soll Ihnen nicht – ich wiederhole, *nicht* – mit Ihrem Gepäck helfen, abgesehen davon, daß er Gepäckwagen für sie bereitstellt. Und Beek ... sorge dafür, daß er ein angemessenes Trinkgeld erhält. Alles verstanden?«

»Sehr wohl, Sir.«

»Nun denn, Bombest, wir werden noch einmal hundert Anmeldekarten zum Ausfüllen benötigen, wenn unsere Zimmerzuweisungen ihre endgültige Form angenommen haben.«

»Äh ... vielleicht wäre es am einfachsten, wenn wir das Ausfüllen der ersten Karten verschöben, bis Sie Gelegenheit gehabt haben, alles nach ihrem Gusto zu ordnen, Herr Narrisch.«

»Ich weiß Ihre Idee zu schätzen, Bombest, aber das kann eine Woche dauern. Es hat keinen Sinn, an Ihrem System herumzupfuschen, nur weil wir noch dabei sind, uns zu organisieren, oder?«

»Nein ... ich meine, ja ... ich meine, danke, Herr Narrisch.«

»Da wäre allerdings noch etwas. Der Park auf der anderen Straßenseite ... der gehört doch zum Hotel, nicht wahr?«

»Ja, schon ... aber er ist auch für die Allgemeinheit zugänglich.«

»Gut. Ich denke mir, wir werden ihn von Zeit zu Zeit für Übungsmanöver und Lektionen benutzen. Könnten Sie jemanden dazu anstellen, den Springbrunnen zu säubern ... und es auf meine Rechnung setzen?«

»Gewiß, Herr Narrisch ... das ist sehr großzügig.«

Langsam gewann Bombest sein Gleichgewicht zurück. Obwohl er von ihrem früheren Zusammenstoß immer noch ein wenig erschüttert war, stellte er zu seiner Überraschung fest, daß der Legionskommandant in seinem Triumph recht taktvoll – und großzügig – war. Vielleicht würde die Besetzung durch diese gefährlich aussehende Gruppe doch nicht so …

»*Herr* Bombest!«

Der Manager sah auf und erblickte Vincent, den Küchenchef des Restaurants, der mit langen Schritten durch die Hotelhalle auf die Rezeption zukam, das Gesicht düster umwölkt.

»Bitte, Vincent! Mäßigen Sie Ihre Stimme. Nun, was ist denn …«

»Da schnüffelt ein … *Mann* in meiner Küche herum! Gekleidet ist er wie einer von *denen da*!« Der Küchenchef wedelte mit einem anklagenden Finger in Richtung der uniformierten Legionäre, die sich neugierig um ihn scharten. »Ich *verlange*, daß er auf der Stelle entfernt wird! Ich kann nicht arbeiten, wenn *Fremde* mir unter den Füßen herumlaufen!«

Bombest fühlte sich plötzlich in der Falle. So kurz nach ihrem letzten Zusammenstoß wollte er keine neuerliche Auseinandersetzung mit Narrisch riskieren, aber ebensowenig konnte er es sich leisten, den Küchenchef zu vergrätzen.

»Äh … Herr Narrisch. Vielleicht könnten Sie …«

»Bitte. Ich fürchte, da liegt ein Mißverständnis vor«, sagte der Kommandant und hob beschwichtigend die Hand. »Ich habe unserem Messefeldwebel befohlen, unsere Kost zu verbessern … aber ich meinte eigentlich, erst nachdem wir in unsere eigene Basis zurückgekehrt sind. Lassen Sie mich mit ihm sprechen und erklären …«

»Verzeihung … bitte?«

Die kleine Gruppe wandte sich um und stellte fest, daß Feldwebel Escrima in ihrer Mitte aufgetaucht war.

»Ich möchte mich … wie sagen … entschuldigen. Ich wollte nur sehen, wie Anlage von Küche hier. Hätte gefragt, aber Koch war nicht in das Raum. Bitte. Ist mein Fehler. Sollte nicht gehen in Küche ohne fragen Koch zuerst. Muß entschuldigen.«

»Da. Sehen Sie?« Bombest strahlte und schlug seinem Küchenchef auf die Schulter. »Alles in bester Ordnung. Der Feldwebel entschuldigt sich.«

»Das will ich auch hoffen«, schniefte Vincent hochnäsig. »Man stelle sich vor … ein untalentierter Armeepanscher … in *meiner* Küche.«

Einen Augenblick lang glitzerten Escrimas Augen, aber er behielt sein Lächeln bei. »Bitte. Nehmen Sie meine …«

»Einen Moment mal.« Mit eisernem Gesicht war Narrisch plötzlich zwischen den beiden Männern. »Feldwebel Escrima hat seine Kompetenz überschritten, und er hat sich entschuldigt. Ich glaube aber *nicht*, daß Ihnen das irgendein Recht gibt, seine Fähigkeiten als Koch in Frage zu stellen. Er mag nicht so erfahren sein wie Sie, mein Herr, aber ein untalentierter Tellerwäscher ist er ganz gewiß nicht. Er ist Legionär. Meiner Ansicht nach schulden Sie ihm für Ihre Bemerkungen eine Entschuldigung.«

Bombest versuchte, den Blick des Küchenchefs auf sich zu lenken, aber Vincent hatte immer noch alle Segel gesetzt.

»Ha! Bevor ich eine solche Entschuldigung aussprechen würde, müßte er mir erst zeigen, daß ich mich täusche …, daß er eine Rührschüssel von einer Toilettenschüssel unterscheiden kann.«

Eingedenk Narrischs früherer Reaktion auf eine solche Anmaßung stellte der Hotelmanager fest, daß er sich zu fragen begann, wo er so kurzfristig einen anderen Küchenchef hernehmen sollte. Diesmal jedoch hatte der Kommandant eine andere Taktik im Sinn.

»Na schön«, sagte er. »Bombest, ich möchte, daß Sie Restaurant *und* Küche für einen vollen Tag vermieten … sagen wir übermorgen? Feldwebel Escrima wird sie brauchen, um das Essen für unsere Kompanie zuzubereiten.«

»*Meine* Küche?« kreischte der Hotelküchenchef. »Sie können nicht …«

Unheil ahnend, mischte sich der Hotelmanager ein. »Ich fürchte, Herr Narrisch, die Kosten wären …«

»Fünftausend müßten dafür ausreichen«, schloß der

Kommandant. »Natürlich stellen wir unsere eigenen Vorräte zur Verfügung. Die derzeitigen Küchenhilfen können sich den Tag bei voller Bezahlung freinehmen, es sei denn …«

Er wandte sich um, um den Küchenchef direkt anzusprechen. »Sie, mein Herr. Ich zahle Ihnen höchstpersönlich das Doppelte Ihres normalen Tageslohnes, allerdings nur, wenn Sie den ganzen Tag über in der Küche sitzen und *still* beobachten, wie unser Messefeldwebel sich beim Umgang mit Nahrungsmitteln anstellt. Außerdem sind Sie eingeladen, gemeinsam mit uns die Mahlzeit einzunehmen. Dann erhalten Sie dann Gelegenheit, sich bei Feldwebel Escrima zu entschuldigen … wenn Sie den Eindruck haben, daß er eine Entschuldigung verdient. Einverstanden?«

Der Küchenchef klappte den Mund mehrmals auf und zu, bevor er zum Zeichen seines Einverständnisses stumm nickte.

»Also gut, Feldwebel Escrima, erstellen Sie eine Liste der Legionäre, die Ihnen in der Küche helfen sollen, und geben Sie ihnen Brandy. Schoko!«

Diesmal brauchte er die Stimme nicht einmal zu erheben, da der Versorgungsfeldwebel während des gesamten Wortwechsels in der Nähe herumgelungert hatte.

»Ja, Herr Hauptmann?«

»Sie sind morgen vom normalen Dienst freigestellt. Holen Sie sich eine Liste von Feldwebel Escrima, was er an Vorräten braucht, und besorgen Sie ihm, was immer er verlangt … mit höchster Priorität. Verstanden?«

»Verstanden. Äh … Herr Hauptmann?« Harry senkte die Stimme und beugte sich zu seinem Komandanten hinüber. »Sind Sie sicher, daß Sie das wollen? Um die Wahrheit zu sagen, unser Fraß war nicht so doll.«

»Ich weiß Ihre Sorge zu schätzen, Schoko«, murmelte Narrisch zurück, »aber ich hege den Verdacht, daß Escrima ein besserer Koch ist, als Sie bisher mitbekommen haben. Aber selbst wenn er das nicht ist, werde ich nicht dabeistehen und zulassen, daß ein Außenseiter über einen der unseren herzieht, ohne daß der eine Chance erhält, es denen mal so richtig zu zeigen.«

»Wir gegen sie, was, Herr Hauptmann? Okay. Liegt ganz auf meiner Wellenlänge. Ich werde sehen, was ich tun kann.«

»Danke, Schoko. Ich verlasse mich darauf.« Narrisch grinste dem Feldwebel kurz zu. »Was allerdings das ›sie gegen uns‹ angeht … das mag stimmen, aber ich wünschte mir, ich könnte euch bessere Gewinnchancen bieten.«

»Habe unser ganzes Leben lang schlechtere gehabt, Herr Hauptmann.« Harry blinzelte. »Hat keinen Sinn, jetzt auf ein besseres Blatt zu warten.«

Der Kommandant winkte ihm zum Abschied nach, als der Versorgungsfeldwebel davonstrebte, dann wandte er sich wieder zur Rezeption um.

»Tut mir leid, daß ich so dazwischengegangen bin, Bombest, aber es erschien mir die beste Lösung für eine peinliche Situation zu sein.«

»Kein Grund, sich zu entschuldigen, Herr Narrisch. Unter den obwaltenden Umständen war Ihr Angebot … und Ihre Lösung … mehr als großzügig. Möchten Sie jetzt die Schlüssel zum Penthouse haben? Nach allem könnten Sie wahrscheinlich ein wenig Ruhe gebrauchen.«

»Sie haben recht …, aber das ist ein Luxus, den ich mir nicht leisten kann. Mein Butler, Beeker, wird die Schlüssel an sich nehmen und dafür sorgen, daß mein Gepäck hochgebracht wird. Ich muß jetzt erst einmal persönlich Besuch bei einigen führenden Persönlichkeiten hier in der Kolonie tätigen.«

»Der Gouverneur?«

Narrisch brachte ein mattes Lächeln zustande.

»Eigentlich hatte ich mehr an den Polizeichef gedacht.«

5

Tagebuchdatei # 021

Auch wenn in Abenteuerromanen, die sich mit dem Militär beschäftigen, selten vermerkt wird, ist es eine der Hauptaufgaben eines Kommandanten, als Verbindungsoffizier zwischen seiner Truppe und den Zivilisten zu fungieren. Entsprechend werden solche Kontakte auch im wirklichen Leben selten der Öffentlichkeit zur Kenntnis gebracht, es sei denn, ein Befehlshaber hat den Umgang mit den Medien gründlich verpfuscht, in welchem Falle der fragliche Kommandant oder die fragliche Truppeneinheit unweigerlich als blutrünstig, dumm oder beides dargestellt wird.

In Anbetracht des Charakters der Individuen, die wir gerade in die Kolonie verlegt hatten, war ein Besuch meines Arbeitgebers bei der örtlichen Polizeibehörde ein weiser, wenn nicht sogar notwendiger Schritt … ein Schritt, den ich normalerweise jederzeit begrüßt hätte. In diesem speziellen Fall jedoch gab es bei einer solchen Taktik ein leicht vorauszusehendes Problem: den gegenwärtigen Polizeichef.

Die Welt der Gesetzeshüter ist sehr komplex, aber die Individuen in ihr lassen sich für gewöhnlich in zwei Kategorien unterteilen: Verwaltungsbeamte und Polizisten. Der Verwaltungsbeamte der örtlichen Polizei trug nicht nur den Titel eines Chefs der Polizeibehörde, sondern er hatte auch einen Sitz im Rat der Kolonie inne. der Polizeichef, mit dem mein Arbeitgeber sich auseinanderzusetzen beschloß, war dafür verantwortlich, die tägliche Polizeiarbeit zu koordinieren und zu leiten und war nach übereinstimmender Definition aller ›ein Bulle‹.

In der Literatur wird viel Aufhebens um die augenblicklich einsetzende Kameradschaft zwischen zwei willensstarken Männern gemacht. In Wirklichkeit dürfte ein solches Treffen wahrscheinlich die gleichen Ergebnisse hervorbringen wie der Versuch, einen zweiten Tiger auf einem Hügel auszusetzen: Haß auf den ersten Blick.

Chief Goetz war ein Stier von einem Mann, der eher an der Seitenauslinie eines Footballspiels heimisch gewirkt hätte als hinter einem Schreibtisch. Sein Haar war kurzgeschoren, manche behaupteten, in einem vergeblichen Versuch, seinen zurückweichenden Haaransatz zu verbergen, und betonte nur die zerquetschte Kürbisform eines Kopfes, der direkt aus seinen Schultern zu wachsen schien. Die aufgekrempelten Ärmel seines welken weißen Hemdes schmiegten sich eng um seine muskulösen Oberarme, die keine Spur von Fett zeigten, und als fortdauernden Tribut an seine Zeit als Streifenpolizist hatte er ›Miranda‹ quer über die Knöchel seiner fleischigen rechten Hand tätowiert. Selbst wenn er lächelte, was selten der Fall war, verschwanden sein finsterer Blick und sein angespanntes Kinn nicht ganz …

Wenn überhaupt ein Gefühl, dann zeigte sein Gesichtsausdruck all die Wärme und Zuneigung, die man gewöhnlich für jenes Depositum reserviert, das ein verwurmter Hund auf dem neuen Teppich hinterläßt. »Wollen mal sehen, ob ich Sie richtig verstanden habe, General …«

»Hauptmann«, korrigierte Narrisch freundlich, aber Goetz sprach weiter, als habe er die Unterbrechung überhaupt nicht bemerkt.

»Sie haben etwa zweihundert Ihrer Soldaten in die Kolonie verlegt, solange die Kasernen und das Gelände, das die Legion gemietet hat, umgestaltet werden …«

»Das ist richtig.«

»In der Zwischenzeit werden sie in *meinen* Straßen herumstolzieren und sich großtun, wie Ärger, der nach einem Platz sucht, wo er losbrechen kann.«

»So würde ich es nicht ausdrücken …«

»Aber *ich* würde es verdammt noch mal so ausdrücken!« knurrte Goetz und wogte in seinem Sessel nach vorn. »Ihre Zinnsoldaten sind wie ein rotes Tuch für jeden Straßenschläger, der mal sehen möchte, wie er gegen eine echte Armeetype abschneidet.«

»Wirklich, Chief Goetz. Meine Legionäre waren doch schon früher in der Stadt. Ich verstehe nicht, warum es jetzt irgendeinen Unterschied geben ...« Narrisch ließ sich noch nicht aus der Ruhe bringen.

»Der Unterschied besteht darin, daß es vorher keine gottverdammten zweihundert waren!« tobte der Chief. »Vorher waren sie in der Unterzahl und hielten sich wohlweislich von wüsten Keilereien mit den Einheimischen fern! Jetzt haben sie ihr Manko ausgeglichen, also werden sie überall hingehen und alles tun wollen, wozu sie Lust haben, und Sie können Ihren Arsch darauf verwetten, wenn sie das versuchen, gibt es Ärger.«

»Verstehe.« Narrisch lächelte matt. »Anscheinend hatte ich die Kontrolle überschätzt, die die Polizei über die Straßen hat. Die mir vorliegenden Informationen enthielten keinen Hinweis darauf, daß die Kolonie eine kurz vor der Explosion stehende Brutstätte des Verbrechens ist.«

Das Gesicht des Polizeichefs blähte sich zu purpurfarbenen Sturmwolken auf, deren Anblick in der Vergangenheit viele der unter seinem Kommando stehenden Männer zum Wechsel der Hose in die Umkleideräumen geschickt hatte.

»Einen gottverdammten Augenblick!« explodierte er. »Wir haben die niedrigste Verbrechensrate aller ...«

Der Sturm ging so rasch vorüber, wie er aufgezogen war. In seinem Gefolge hinterließ er nur eine rötliche Gesichtsfarbe, und selbst die verblaßte rasch, während der Polizeichef den Kopf hängenließ und die Akten auf seinem Schreibtisch anstarrte.

Narrisch wartete geduldig.

Als Goetz den Kopf wieder hob, funkelten seine Augen düster unter schweren, mißtrauisch gekräuselten Brauen.

»Beinahe hätten Sie mich auf hundertachtzig gehabt, General«, sagte er verkniffen. »Irgendein besonderer Grund, daß Sie so hart an meiner Kette reißen wollten?«

»Ich dachte bloß, Sie sollten sich selber hören, Chief.« Der Legionär zuckte die Achseln. »Ihren eigenen Worten zufolge haben meine Truppen in der Vergangenheit nicht hingehen können, wohin sie wollten. Da sie dieselben Rechte wie jeder andere Bürger haben, in den Genuß dessen zu kommen, was die Kolonie zu bieten hat, und ihr Geld zweifellos an allen mir bekannten Orten in der Kolonie willkommen ist, vermag ich nicht einzusehen, wieso ich mich endschuldigen soll, wenn ich ihnen dieses Recht gewähre. Und es heißt ›Hauptmann‹, nicht ›General‹.«

Die Lippen des Polizeichefs preßten sich erneut zu einem verkniffenen Lächeln zusammen.

»Tut mir leid«, sagte er ohne eine Spur von Bedauern in der Stimme. »Ich habe noch nie besonders viele Gedanken auf Dienstgrade unter euch Soldaten verschwendet. Tatsache ist, ich ignoriere sie so ziemlich alle miteinander ... außer, sie benehmen sich daneben. Und wenn sie das tun ... nun, dann behandle ich sie so, wie ich auch jeden anderen behandeln würde, der den Frieden stört oder auf andere Weise das Gesetz bricht. Habe ich mich Ihnen verständlich gemacht?«

»Nun, Wachtmeister ...«

»Es heißt ›Chief‹!«

»Tut mir leid.« Narrisch zeigte seine Zähne. »Ich nahm an, da Sie Dienstgraden keine Bedeutung beimessen ...«

Goetz starrte ihn einen Augenblick lang haßerfüllt an. »Nun gut, *Hauptmann*«, knurrte er schließlich, »ich habe Sie verstanden.«

»Gut. Also, *Chief,* wie ich gerade sagen wollte, ich befürchte, daß meine Truppen nicht *ganz* so wie jeder andere Gesetzesbrecher behandelt werden dürfen. Ich glaube, es gibt diesbezüglich ein spezielles Gesetz, demzufolge sie dem örtlichen Kommandanten zur disziplinarischen Bestrafung zu übergeben sind – in diesem Falle also mir –, anstatt sie vor ein ziviles Gericht zu stellen.«

»Ach wirklich?«

»Ja«, erwiderte der Kommandant. »Falls Sie damit nicht vertraut sind, könnte ich Ihnen eine Kopie davon ...«

»Oh, ich bin damit vertraut«, sagte der Chief mit einer schroffen Handbewegung. »Doch wenn wir bisher eines Ihrer verirrten Lämmer in Gewahrsam genommen hatten und Ihren Stützpunkt anriefen, um jemanden darum zu bitten, ihn abzuholen, endete das Ganze normalerweise damit, daß er in einer unserer Zellen seinen Rausch ausschlief. Ich bin nur überrascht angesichts der plötzlichen Sorge um ein korrektes Verfahren, das ist alles.«

»Verschiedene Kommandanten setzen verschiedene Prioritäten«, sagte Narrisch. »Ich bin sicher, das gleiche gilt bei der Polizeiarbeit. Ich kann Ihnen allerdings versichern, solange *ich* das Kommando über die hier stationierten Legionäre habe, wird keiner von ihnen zurückgelassen, um in einer Ihrer Zellen zu vermodern ... vorausgesetzt, man informiert uns ordnungsgemäß darüber, daß sie eingesperrt worden sind. Ich vertraue darauf, daß Sie dafür sorgen werden, daß wir schnellstmöglich davon in Kenntnis gesetzt werden?«

»Keine Sorge, wir lassen es Sie wissen.« Goetz lächelte affektiert. »Ob natürlich schnellstmöglich oder nicht, wird wahrscheinlich davon abhängen, ob auf Ihrer Seite jemand den Hörer abnimmt oder nicht.«

»Wir benutzen das Penthouse des Plaza als unser Hauptquartier, während wir uns in der Kolonie aufhalten«, sagte Narrisch und kritzelte rasch etwas auf eine Seite seines Notizbuchs, die er herausriß und auf den Schreibtisch des Chiefs warf. »Das ist die Nummer, falls Sie sie nicht schon haben. Wenn ich nicht dort bin, um Ihren Anruf entgegenzunehmen, dann ist auf jeden Fall jemand anwesend, der die Information augenblicklich an mich weiterleiten kann.«

Goetz machte keine Anstalten, den Zettel aufzuheben, sondern blickte statt dessen den Legionär finster an.

»Entschuldigen Sie, wenn ich auf so etwas hinweise, *Hauptmann*«, sagte er ruhig, »aber haben Sie mir nicht gerade noch erzählt, daß ich keinen Ärger durch Ihre Mannschaft haben würde? Warum sind Sie dann so brennend darauf erpicht, daß wir wissen, was zu tun ist, wenn wir einen von ihnen festnehmen?«

»Ich sagte, ich würde nicht erwarten, daß es mehr Ärger als üblich gäbe«, korrigierte ihn der Kommandant. »Ich versuche nicht, Ihnen weiszumachen, daß es *keinerlei* Ärger geben wird, Chief. Wir wissen beide, daß sich ein paar gelegentliche Zwischenfälle nicht vermeiden lassen. Ich versuche nur, eine Übereinkunft zwischen uns herzustellen, um die Dinge zu erleichtern, wenn und falls irgend etwas passiert.«

»Tja, wenn und *falls* irgend etwas passiert, dürfen Sie versichert sein, daß ...«

Das Telefon auf dem Schreibtisch lärmte los und unterbrach den Chief mitten im Satz. Stirnrunzelnd griff er nach dem Hörer.

»Goetz. Was ist denn ... verstehe. Na los, stellen Sie ihn durch.«

Die Augen des Chiefs suchten und fanden die von Narrisch, als er ins Telefon lächelte.

»Polizeichef ... Ja, mein Herr ... Ich verstehe ... Einen Moment bitte.«

Den Hörer mit einer Hand zuhaltend, lehnte Goetz sich in seinem Sessel zurück und lächelte den Legionär in seinem Büro affektiert an.

»Wissen Sie was, *Hauptmann*? Wie es scheint, haben wir bereits einen *Zwischenfall*, wie Sie es nannten.«

»Was ist denn los?«

»Ich habe hier den Hotelmanager des Plaza am Apparat. Anscheinend prügeln sich ein paar von Ihrer gesetzestreuen Truppe in seiner Lobby. Möchten Sie das in die Hand nehmen, oder soll ich einige meiner Jungs rüberschicken, um dem ein Ende zu bereiten?«

Der Kommandant streckte die Hand nach dem Telefon aus, welches der Chief nach einem Augenblick des Zögerns an ihn weitergab.

»Narrisch hier, Bombast. Was für ein Problem haben Sie?«

»Mein Name ist Bom... oh! Herr Narrisch«, kam die Stimme des Hotelmanagers durch den Hörer. »Es ist ... äh ... eigentlich nichts.«

»Wenn es nichts ist, warum behelligen Sie dann die Polizei damit?«

»Ich wollte nur ... ich wußte nicht, wie ich Sie erreichen sollte, Herr Hauptmann, und ein paar von Ihrer ... Truppe kämpfen in der Lobby. Nun bin ich ja gerne tolerant, aber ich habe eine Verantwortung gegenüber den Eigentümern, falls irgendwelche Schäden entstehen, und meine Sicherheitskräfte können nicht ...«

»Ist eine Frau dabei?«

»Wie bitte?«

»Kommen Sie, Bombast, bestimmt kennen Sie den Unterschied. Ist eine Frau unter den Streithähnen ... ziemlich klein?«

»Um die Wahrheit zu sagen, ja.«

»Können Sie einen Moment dranbleiben?«

Narrisch hielt den Hörer mit einer Hand zu, während er langsam bis zehn zählte.

»Bombast?«

»Ja, Herr Narrisch?«

»Kämpfen sie immer noch?«

»Nun ... nein, Herr Hauptmann. Es scheint aufgehört zu haben.«

»Das wäre es dann wohl. Bombast?«

»Ja, Herr Narrisch?«

»Ich glaube nicht, daß es notwendig ist, die Polizei mit jeder kleinen Rauferei, die sich ereignet, zu behelligen. Wenn ich nicht greifbar bin, lassen Sie es einen von den Leutnants oder Feldwebeln wissen, und sie werden sich darum kümmern ... und ich hafte persönlich für jedweden Schaden am Hotel. In Ordnung?«

»J... ja, Herr Narrisch.«

»Fein. Fürs erste auf Wiedersehen.«

Kopfschüttelnd legte der Kommandant das Telefon des Chiefs zurück auf die Gabel.

»Tut mir leid, Chief Goetz. Ich denke, das wäre jetzt erledigt.«

»Nett von Ihnen, daß Sie sich so angestrengt bemühen, unsere Arbeitsbelastung so gering wie möglich zu halten.«

»Sollte ich diese Sache denn nicht in die Hand nehmen?« sagte der Legionär und zog die Augenbrauen hoch. »Ich dachte, Sie hätten mich gebeten ...«

»Was soll übrigens dieses ganze Gerede von ›Narrisch‹?« unterbrach ihn der Chief. »Ich dachte, Sie hätten gesagt, Ihr Name sei Joker ... entschuldigen Sie, *Hauptmann* Joker.«

»Hauptmann Joker ist mein offizieller Name innerhalb der Weltraumlegion«, stellte Narrisch klar. »Unglücklicherweise lauten meine Kreditkarten noch auf meinen Zivilnamen, und ich mußte den benutzen, als ich meine Kompanie im Hotel anmeldete.«

Jetzt war Chief Goetz an der Reihe, die Augenbrauen hochzuziehen.

»Ihre Kreditkarten? Dann haben Sie nicht nur einen Scherz gemacht, als Sie sagten, Sie würden persönlich für jeden Schaden am Hotel haften? Ich habe mich schon gefragt, wie eine so heruntergekommende Truppe es sich leisten kann, das Plaza als vorübergehende Unterkunft zu benutzen, aber jetzt sehe ich langsam klarer. Können Sie mir etwas über Ihren persönlichen Hintergrund sagen, Hauptmann?«

»In der Legion wird es im allgemeinen als schlechtes Benehmen angesehen, danach zu fragen, Chief.«

Goetz bleckte die Zähne zu einem wölfischen Grinsen.

»Nun gehöre ich zufällig nicht zu Ihrer Legion, Hauptmann. Ich bin dafür verantwortlich, in dieser Kolonie die Ordnung aufrechtzuerhalten, und das schließt ein, verdächtige Gestalten zu überprüfen, die hereingeschneit kommen ... wie etwa Leute, die anfangen, mit großen Geldmitteln um sich zu werfen. *Das* gibt mir das Recht, nach allem zu fragen, also *frage* ich Sie noch einmal: Was waren Sie, bevor die Legion Sie in Teer tauchte?«

Narrisch zuckte die Achseln. »Dasselbe, was ich jetzt bin: reich. Falls Sie eine Überprüfung durchführen möchten, bin ich sicher, daß Sie keine Schwierigkeiten haben werden, eine Bestätigung zu erhalten, daß mein Vermögen legal erworben ist. Narrisch schreibt sich zufällig N-a-r-r-i-s-c-h, wie in Narrisch & Damlack.«

»Na, das ist ja einfach großartig!« fauchte Goetz. »Wissen Sie, Hauptmann, wenn es irgend etwas gibt, das ich mehr hasse als Soldaten, die glauben, sie könnten alles kaputtmachen, ohne sich dafür vor dem zivilen Recht verantworten zu müssen, dann sind es reiche Jüngelchen, die glauben, sie könnten sich den Weg aus allem freikaufen. Tja, lassen Sie mich Ihnen sagen, *mein Herr,* das Gesetz in dieser Kolonie steht nicht zum Verkauf. Wenn Ihre Soldaten anständig bleiben, dann werden ich oder meine Leute ihnen keinen Ärger machen, aber wenn sie aus der Reihe tanzen ...«

»Werden Sie sie mir übergeben, und zwar ohne eine Schramme, wie wir es vorher besprochen haben«, schloß der Legionär. »Das *hatten* wir doch gerade gesagt, als das Telefon klingelte, nicht wahr, Chief?«

»Es wird kein Kratzer an ihnen sein ... es sei denn natürlich, sie widersetzen sich der Festnahme.«

»Falls irgendeiner von meiner Truppe verletzt wird, weil er oder sie sich der Festnahme widersetzt«, sagte Narrisch kalt, »dann will ich auch die Verletzungen sehen, die dem Beamten zugefügt wurden, der die Festnahme vornahm ... nur um sicher zu sein, daß sie ›Widerstand leisteten‹, *bevor* man ihnen die Handschellen anlegte.«

Goetzs Gesicht lief wieder purpurrot an.

»Meine Männer schlagen keine Verdächtigen zusammen, nachdem man ihnen Handschellen angelegt hat, wenn es das ist, was Sie sagen wollen.«

»Dann sollte es zwischen uns keine Probleme geben.« Narrisch lächelte. »Wirklich, Chief, ich bin nicht hergekommen, um Streit mit Ihnen vom Zaun zu brechen *oder* den Versuch zu machen, Sie oder irgendwen in Ihrer Truppe zu bestechen. Wenn Sie sich erinnern wollen, das Thema Geld kam überhaupt nicht zur Sprache, bis dieser Anruf vom Plaza kam. Ich wollte Sie nur wissen lassen, daß wir in die Stadt umgezogen sind und daß meine Kompanie gewillt ist, der Polizei zur Hand zu gehen, falls es irgendwelchen Ärger geben sollte.«

Der Polizeichef legte den Kopf schief.

»Wenn ich Sie richtig verstehe, Hauptmann, sind die Truppen unter Ihrem Kommando noch dieselben, die hier das letzte Jahr über stationiert waren?«

»Das ist richtig.«

»Dann kann ich mir offengestanden keine Situation denken, die verzweifelt genug wäre, daß ich mit ihnen zusammenarbeiten wollte.« – Er ließ sein wölfisches Grinsen wieder aufblitzen. – »Aber ich weiß Ihr Angebot wirklich zu schätzen, uns armen Plattfüßen auszuhelfen. Und jetzt verschwinden Sie gefälligst aus meinem Büro, und lassen Sie mich an meine Arbeit gehen.«

Narrisch ärgerte sich über sich selbst, als er denselben Weg, den er auch gekommen war, zum Plaza zurückging. Daß das Gespräch mit dem Polizeichef nicht so verlaufen war, wie er gehofft hatte, war eine Untertreibung. Anstatt eine Verständigung mit dieser wichtigen Persönlichkeit zu erreichen, hatte Narrisch offenbar Öl auf die unruhigen Wogen gegossen und sie in Brand gesetzt.

Indem er die Unterhaltung noch einmal Revue passieren ließ, versuchte der Kommandant abzuwägen, was am meisten zu seinem vorübergehenden Verlust an Kontrolle beigetragen hatte: der Mangel an Achtung gegenüber den Legionären von seiten des Chiefs oder die billigen Seitenhiebe auf seinen eigenen Status als ›reiches Jüngelchen‹. Obwohl er gerne geglaubt hätte, daß ersteres der Hauptgrund seiner Verärgerung sei, mußte Narrisch zugeben, daß vor allem die Seitenhiebe ein Faktor gewesen waren, der zu seiner Unfähigkeit, sich mit Goetz auseinanderzusetzen, beigetragen hatte. Die Anschuldigung, daß er dazu neige, seine Probleme zu lösen, indem er sich den Weg freikaufte, hatte ein wenig zu sehr ins Schwarze getroffen, um ihm zu behagen.

Die Ansprache über Effektivität, die er an die Truppe gerichtet hatte, war ein aufrichtiger Versuch gewesen, eine der wenigen Lehren weiterzugeben, die er sich von den Bemühungen seines Vaters, ihn auf ›den richtigen Weg‹ zu bringen, zu eigen gemacht hatte. Allein Resultate zählten, und es war nur richtig, daß der einzelne jedes Werkzeug und jede Waffe, die ihm zu Gebote stand, benutzte, um die Resultate zu erreichen, die er im Leben für wünschenswert oder notwendig erachtete. Natürlich hatte er sein Geld eingesetzt, das war nicht unfairer, als wenn Sportler ihre Kraft und Körperbeherrschung zu ihrem eigenen Vorteil gebrauchten oder attraktive Frauen ihre Schönheit.

»Psst! Herr Hauptmann! Hier drüben!«

Narrisch gewahrte den Versorgungsfeldwebel der Kompanie, der ihm von der Gasse neben dem Hotel her zuwinkte. Er war so in seine Gedanken versunken gewesen, daß er Schokoladen-Harry gar nicht bemerkt hatte. Da aber sah er, daß eine kleine Versammlung von Legionären nervös um die Ecke an der Hotelpforte herumspähte.

Sie erinnerten so sehr an eine Bande Schulkinder, die sich versteckten, nachdem ein Streich schiefgegangen war, daß Narrisch sein Lächeln verbergen mußte, als er sich zu ihnen gesellte.

»Was gibt's für Probleme, Harry? Geht es um die Polizei?«

»Schlimmer, Herr Hauptmann«, verkündete der Feldwebel kopfschüttelnd, während er immer noch den Hals reckte, um eine bessere Sicht auf die Tür des Hotels zu haben. »In der Hotelhalle ist ein Reporter, der mit irgendwem von der Legion reden will.«

Die Welle der Erleichterung, die Narrisch überspülte, ließ ihn beinahe das Bedürfnis verspüren zu lachen. Dann jedoch erfüllte ihn ein Gefühl aufrichtiger Verwirrung. Die Anwesenheit eines Reporters schien für sich genommen keine besondere Drohung oder Gefahr darzustellen, aber trotzdem trugen die Legionäre um ihn herum eine Besorgnis zur Schau, die zu echt war, als daß der Kommandant sie hätte auf die leichte Schulter nehmen können.

»Wir sollten nicht alle so auf einem Haufen stehen«, sagte der Kommandant. »So, wie wir uns jetzt darstellen, ziehen wir eher den Blick auf uns, als Aufmerksamkeit zu vermeiden.«

»Der Hauptmann hat recht«, schnarrte Harry lautstark. »Wir müssen nicht alle sehen, was los ist ... besonders, wenn nix passiert. Du ... und du! Bleibt hier und haltet die Augen offen. Die übrigen verschwinden, bevor die halbe Welt anfängt sich zu wundern, was wir vorhaben.«

Der Feldwebel hielt einen Augenblick inne, um sicher zu sein, daß die anderen seine Anweisungen befolgten, bevor er sich kopfschüttelnd an Narrisch wandte.

»Tut mir leid, Herr Hauptmann. Schätze, wir sind ein bißchen nervös. Gut, daß wir wenigstens *einen* klaren Kopf bei uns haben, um uns dran zu erinnern, wie man in Deckung geht.«

»Nicht der Rede wert, Schoko«, erklärte Narrisch. »Aber etwas begreife ich hier nicht. Wieso die große Aufregung wegen eines herumschnüffelnden Reporters?«

Harry versteifte sich, und seine Augen wurden für einen Augenblick schmal. Dann schüttelte er den Kopf und stieß ein humorloses Lachen aus.

»Verdammt!« rief er in verwundertem Tonfall aus. »Ist verflixt leicht zu vergessen, daß Sie ein Offizier sind, Herr Hauptmann. Sagen wir einfach, daß wir gemeinen Soldaten ein paar Probleme haben, die hohen Tiere wie Sie nicht haben, und lassen wir es dabei bewenden.«

»Nein, das lassen wir nicht«, entgegnete der Kommandant grimmig. »Ich habe es Ihnen schon einmal gesagt, Schoko. Wir sind alle ein Team, und was für einige ein Problem ist, das ist für alle ein Problem. Nun mag ich nicht imstande sein, alle Probleme zu lösen, denen wir uns gegenübersehen, aber ich kann überhaupt keines lösen, wenn ich nicht weiß, um was für ein Problem es sich handelt. Ich würde es zu schätzen wissen, wenn Sie sich die Zeit nähmen, einem begriffsstutzigen Offizier zu erklären, was das Problem ist.«

Der Versorgungsfeldwebel blinzelte überrascht, dann warf er wieder einen nervösen Blick zum Hoteleingang hinüber, bevor er antwortete.

»Tja, sehen Sie, Herr Hauptmann, Sie Offiziere mögen aus einem hübsch sauberen Milieu kommen, aber von uns sind viele in die Legion eingetreten, um aus ein paar ziemlich üblen Situationen rauszukommen. Manche von uns werden immer noch von irgendwelchen Leuten gesucht; Leute, die uns liebend gern das Fell über die Ohren ziehen möchten. Das allerletzte, was wir wollen, ist, daß irgendein Reporter Beschreibungen oder Bilder darüber veröffentlicht, wo wir jetzt sind und was wir so machen. Können Sie mir folgen? Das ist ungefähr so, als würde man uns eine Zielscheibe auf den Rücken kleben und rufen: ›Kommt und holt sie euch.‹«

»Ich verstehe«, sagte Narrisch nachdenklich.

»So ist das nun mal«, schloß Harry mit einem breiten Schulterzucken. »Manchmal müssen wir kneifen …«

»Sagen Sie das nicht, Feldwebel«, intonierte Narrisch kalt. »Was Sie *niemals* tun werden, solange Sie unter meinem Kommando stehen, ist kneifen.«

Er wandte sich von dem Leutnant ab und erhob die Stimme, um die Gruppe anzusprechen, die sich am anderen Ende der Gasse zusammendrängte.

»Legionäre! Bei mir versammeln … Sofort! Auch die Beobachtungsposten! Alle miteinander … Aber auf der Stelle!«

Die Flüchtlinge schoben sich vorsichtig nach vorn und wechselten verwirrte Blicke, während sie versuchten, den Grund für die offensichtliche schlechte Laune ihres Kommandanten herauszufinden.

»Man hat mich darauf aufmerksam gemacht, daß Reporter euch nervös machen …, daß ihr befürchtet, diverse Vergangenheiten könnten euch einholen, wenn euer Aufenthalt bekannt würde. Zuallererst einmal sage ich euch hier und jetzt: *Gewöhnt euch an Reporter.* Sie werden von nun an immer in der Nähe sein, weil das, was wir tun werden, viel Stoff bietet. Versteckt euch nicht vor ihnen, lernt, wie man so mit ihnen spricht, so daß sie das berichten, was ihr wollt. Nun, da ich um eure Probleme weiß, bin ich sicher, daß es Gelegenheit für euch geben wird zu lernen, wie man Interviews gibt und kontrolliert. In der Zwischenzeit sagt einfach ›Kein Kommentar‹ und verweist sie an einen der Offiziere. Allerdings werdet ihr euch durch sie oder irgendwen nicht von eurem eigenen Terrain vertreiben lassen, ob das nun die Kaserne ist oder ein Hotel.«

Er machte eine Pause, um seine Augen über die Versammlung schweifen zu lassen, bevor er fortfuhr.

»Das bringt uns zum zweiten Punkt. Es scheint, daß die Gruppe hier dachte, ich hätte zu jemand anderem gesprochen, als ich gestern abend meine Rede hielt. Einige von euch sind vor Menschen oder Umständen davongelaufen, als sie sich der Legion anschlossen. *Wenn* ein Reporter eure neue Identität und euren neuen Aufenthaltsort bekanntmacht oder *wenn* irgendeine andere Panne passiert – na und? Ihr gehört zur Kompanie, und jeder, der an euch heran will, muß sich zuerst mit der ganzen Kompanie herumschlagen. Wir sind jetzt alle eine Familie, und das heißt, das keiner von euch sich je wieder allein mit seinen Problemen auseinandersetzen muß. Habt ihr das kapiert?«

Ein leises: »Jawohl, Herr Hauptmann«, antwortete Narrisch.

»Ich kann euch nicht hören!«

»JAWOHL, HERR HAUPTMANN!«

Narrisch grinste angesichts der gebrüllten Erwiderung.

»Das ist schon besser. Und jetzt gehen wir zurück in *unser* Hotel. Ich spreche mit diesem Reporter in der Cocktailbar, falls irgendeiner von euch zuhören möchte. Bisher habe ich noch nie einen Reporter *oder* einen Legionär kennengelernt, der einen kostenlosen Drink ausgeschlagen hätte.«

Das wurde mit vereinzelten Rufen der Zustimmung und gegenseitiger Ermutigung aufgenommen, als die Legionäre ihr Versteck in der Gasse verließen und zum Hotel hinübergingen. Viel von dem neckischen Geplänkel hatte das übermäßig laute, übermäßig ausgelassene Flair von Leuten, die sich ihrer selbst nicht wirklich sicher waren und sich gegenseitig Mut machten, aber immerhin *bewegten* sie sich.

Narrisch wartete, bis die meisten von ihnen in einer Reihe aus der Gasse herausmarschiert waren, bevor er folgte, wobei er neben dem Versorgungsfeldwebel Tritt faßte.

»Na, Schoko. Was denken Sie jetzt?«

»Ich weiß nicht, Herr Hauptmann«, antwortete Harry mit einem gemächlichen Kopfschütteln. »Was Sie sagen, klingt schön und gut, aber ich glaube nicht, daß Sie wissen, was für harte Burschen hinter ein paar von uns herschnüffeln. Um die Wahrheit zu sagen, ich würde nicht viel auf die Chancen unserer Mannschaft setzen, wenn wir es eines Tages wirklich mal mit denen zu tun kriegen. Ich meine, wahrscheinlich bin ich einer der Besten in der Kompanie, wenn's drauf ankommt, irgendwen aufzumischen, aber in meiner alten Ga... meinem alten Club war ich eine ganz schwache Nummer.«

Der Kommandant ignorierte höflich den unabsichtlichen Hinweis auf die Vergangenheit des Feldwebels. Schon seit ihrem ersten Kennenlernen hatte er den Verdacht gehegt, daß Harry nie ein einsamer Wolf gewesen war.

»Dann, schätze ich, liegt es an uns, die Kompanie zu drillen, bis sie bereit ist, es mit allen Gegnern aufzunehmen. Wenn schon nichts anderes, können wir wenigstens mehr Feuerkraft aufbieten als die meisten. Wir müssen der Truppe lediglich beibringen, nicht versehentlich auf uns zu zielen.«

Narrisch hatte seine Bemerkung als Scherz gemeint, aber statt zu lachen, nickte Harry bedächtig.

»Das wäre schon mal ein guter Anfang«, sagte er langsam. »Wird aber nicht einfach sein. Ich sage Ihnen was, Herr Hauptmann. Falls das Angebot noch steht, werde ich mich Ihnen und diesem Reporter wohl auf einen Drink anschließen. Vielleicht können wir hinterher ein bißchen reden.«

»Von mir aus gern, Schoko, aber ich dachte, es machte Sie nervös, in der Nähe eines Reporters zu sein.«

Der Feldwebel nickte. »Das tut's auch, aber was Sie da drüben in der Gasse gesagt haben, hatte Hand und Fuß. Am Ende werden die Jungs, die nach mir suchen, mich auch finden, und daran zu denken macht mich durstig genug, um jeden Reporter zu ignorieren. Außerdem, wie viel kann bei so einem Interview schon schiefgehen?

»Sir? … wachen Sie auf, Sir!«

Beim drängenden Klang der Stimme seines Butlers kämpfte sich Narrisch aus den Tiefen des Schlafes empor.

»Ich bin … wach«, brachte er mit einiger Mühe hervor. »Mein Gott! Wieviel Uhr ist es, Beek? Ich fühle mich, als hätte ich gerade die Augen zugemacht.«

»Genaugenommen, Sir, sind es etwas mehr als zwei Stunden, seit Sie sich zur Ruhe begeben haben.«

»Wirklich? Zwei ganze Stunden?« Narrisch verzog das Gesicht, während er sich dazu zwang, sich aufrecht im Bett hinzusetzen. »Kann mir nicht vorstellen, warum ich mich immer noch flau fühle.«

»Es könnte etwas mit der Menge an Alkohol zu tun haben, die Sie konsumiert haben, bevor Sie sich zur Ruhe begaben, Sir«, meinte der Butler hilfreich. »Sie *waren* fröhlicher als sonst, als Sie hereinkamen.«

Beeker billigte es überhaupt nicht, wenn sein Schutzbefohlener trank, und er unternahm keine Anstrengung, den tadelnden Unterton aus seiner Stimme herauszuhalten.

»Schokoladen-Harry und ich haben uns noch ein paar Runden genehmigt, nachdem der Reporter gegangen war«, sagte der Kommandant verteidigend, während er sich mit den Fingerspitzen die Stirn rieb. »Ich hätte ja schon eher Schluß gemacht, aber Brandy kam herein und …«

»Entschuldigen Sie, wenn ich Sie unterbreche, Sir«, unterbrach der Butler, »aber im anderen Zimmer wartet ein Anruf auf Sie.«

»Ein Anruf?«

»Ja. Auf dem Holophon. Er ist vom Hauptquartier der Legion, was der Grund ist, warum ich es für notwendig erachtete, Sie zu wecken, statt einfach nur eine Nachricht aufzunehmen.«

»Genau das, was ich morgens als erstes brauche. Eine kleine Sekunde, während ich mir was überziehe.«

»Wenn ich darauf hinweisen dürfte, Sir, Sie sind noch von gestern abend angezogen. Ich merkte das bereits an, als Sie sich zur Ruhe begaben, aber Sie schienen sehr erpicht darauf zu sein, schlafen zu gehen.«

Tatsächlich stellte Narrisch fest, daß er noch voll angekleidet war. Seine Uniform schien sogar weniger Anzeichen für den ihr zugefügten Mißbrauch aufzuweisen als sein Gehirn und sein Verdauungstrakt. Sich rasch mit der Hand über Kinn und Oberlippe streichend, entschied er, daß er eher ohne eine Rasur auskommen würde, als das Hauptquartier noch länger als ohnehin schon warten zu lassen.

»Tja, ich schätze, es hat wenig Sinn, es noch hinauszuzögern«, sagte er und machte Anstalten, ins angrenzende Zimmer hinüberzugehen. »Irgendein Hinweis darauf, was los ist, Beek?«

»Keiner ... bis auf die offensichtlichen Anzeichen dafür, daß sie ein wenig beunruhigt zu sein scheinen.« Der Butler zuckte die Achseln. Dann gewann seine natürliche Besorgnis die Oberhand. »Sie sollten wissen, Sir, daß ich nicht umhin konnte, die Leitung offenzulassen, als ich kam, um Sie zu wecken, also werden Sie ›auf Sendung‹ sein, sobald Sie den Raum betreten.«

Die Hand auf dem Türknopf, hielt Narrisch inne und verzog das Gesicht.

»Toll«, sagte er. »Danke für die Warnung, Beek.«

»Ich dachte, Sie würden es gerne wissen, Sir. Sie neigen zu groben Gesten, wenn Sie überrascht werden ... besonders am frühen Morgen.«

Das Holophon war ein Gerät, das ein dreidimensionales Abbild des Anrufers zum Empfänger ins Zimmer projizierte und umgekehrt auch eines zurückschickte. Obwohl es eine beunruhigend wirkungsvolle Art der Kommunikation war, kostete der Betrieb eine Unmenge, weshalb die Legion sich für die routinemäßige Übermittlung von Nachrichten und Berichten normalerweise auf die konventionelleren Com-type-Systeme verließen. Com-type gestattete es, Daten zu speichern und sie in raschen Impulsstößen zwischen den Spitzenzeiten des interstellaren Datenverkehrs zu senden, wobei ankommende Nachrichten elektronisch per Computer gespeichert wurden. Das Holophon war dem Fall vorbehalten, wenn der Absender sichergehen wollte, daß der Empfänger die Nachricht erhielt oder direkt mit der

Person am anderen Ende in Verbindung treten wollte, also, zum Beispiel, für einen Verweis oder eine Standpauke. Folglich wurden Holophonanrufe im allgemeinen mit derselben Begeisterung aufgenommen, wie man Seuchen oder Steuerprüfungen aufnahm.

»Ja, Frau Oberst Streitaxt«, sagte Narrisch, als er die in den Raum projizierte Gestalt erkannte. »Was kann ich heute morgen für Sie tun?«

Die Holophonausrüstung der Legion war ein Auslaufmodell. Ohne jeglichen Wartungsservice für eine schon ursprünglich fragwürdige Konstruktion war seine Leistung normalerweise alles andere als stellar. Das Bild tendierte dazu, sich zu verdoppeln und/oder zu verschwimmen, ein Effekt, der nicht eben dazu beitrug, Narrischs Verfassung zu verbessern, als er versuchte, eine freundliche Miene zu machen. Wenn er jedoch gehofft hatte, sein Benehmen würde erwidert werden, hätte er sich die Mühe ersparen können.

»Nun, *Hauptmann* Joker«, begann die Frau Oberst ohne Begrüßung oder Vorrede, »Sie könnten damit anfangen, indem Sie den Artikel in den heutigen Nachrichten erklären.«

»Artikel?« Der Kommandant runzelte die Stirn. »Ich fürchte, da bin ich Ihnen gegenüber im Nachteil, Frau Oberst. Hier ist es noch sehr früh, und ich hatte bisher keine Gelegenheit, die heutigen Nachrichten zu sehen.«

Er warf seinem Butler, der hinter ihm in den Raum geschlüpft war, einen raschen Blick zu. Beeker nickte verstehend und langte nach seinem Taschenkommunikator, um den fraglichen Artikel abzurufen.

»Nein? Nun, dann lassen Sie mich Ihnen einige der Höhepunkte vorlesen ... speziell dieselben Höhepunkte, die *mein* Vorgesetzter mir vorgelesen hat, als er ihn mir zur Kenntnis brachte.«

Streitaxt zog einen elektronischen Notizblock ins Bild und senkte den Kopf, um davon abzulesen.

»Wollen wir mal sehen ... Wir beginnen mit der Schlagzeile, welche lautet: ›Ein Playboy als General?‹ Und darunter führt die Unterzeile weiter aus: ›Rüstungserbe Willard Narrisch soll Eliteeinheit auf Haskins Planet führen.‹«

Außerhalb des Aufnahmebereichs der Kamera hielt Beeker in seinen Bemühungen inne, um in übertriebener Verzweiflung die Augen zu rollen. Narrisch ignorierte ihn mit einiger Anstrengung und konzentrierte sich darauf, wie er dem Reporter den Hals umdrehen konnte.

»Ja. Ich kann verstehen, warum Sie aufgebracht sind, Frau Oberst. Lassen Sie mich der Frau Oberst aber versichern, daß ich zu keiner Zeit während des Interviews erklärt oder angedeutet habe, daß ich den Generalsrang innehätte. Ich kann nur vermuten, daß der Reporter mich entweder falsch verstanden oder um des Effekts willen übertrieben hat. Ich werde persönlich Sorge dafür tragen, daß eine Berichtigung veröffentlicht wird, die meinen korrekten Rang sowie eine Entschuldigung gegenüber sämtlichen Generälen der Vergangenheit, Gegenwart und Zukunft für diesen Irrtum enthält.«

»Ach, sprechen Sie doch weiter, Hauptmann. Ich brenne darauf, Ihre Erklärung für den Rest des Artikels zu hören.«

»Welchen Rest, Frau Oberst?« sagte Narrisch, während er den Schirm der tragbaren Kommunikationseinheit studierte, die Beeker ihm gereicht hatte. »Ich habe den Artikel jetzt vor mir liegen, und ich bin mir nicht sicher, wozu sonst die Frau Oberst noch einen Kommentar wünscht.«

»Meinen Sie das im Ernst? Zu allererst einmal, warum haben Sie überhaupt eine Presseerklärung herausgegeben?«

»Das ist leicht zu beantworten.« Der Kommandant lächelte. »Wie es scheint, hat jemand vom Hotelpersonal die Information an die Medien durchsickern lassen, als wir uns einschrieben, und ein Reporter tauchte auf und wollte ein Interview haben. Ich weiß nicht, wieviel Erfahrung die Frau Oberst mit den Medien hat, aber ich habe stets festgestellt, daß, sobald die Medien erst einmal hinter einer Geschichte her sind, es am besten ist, ihnen eine zu geben. Andernfalls neigen sie dazu, selbst eine eigene zu erfinden. Wenn man freiwillig mit einer Geschichte herausrückt, verstehen sie nur *einige* der Fakten falsch, anstatt ein Garn zu spinnen, das *völlig* falsch ist. In Anbetracht der nicht unbedingt makellosen Vergangenheit der Legionäre, die mir unterstellt sind, dachte ich, es wäre am klügsten, wenn das Interview sich auf mich konzentrierte, statt zuzulassen, daß es in Gebiete abdriftet, die wir lieber nicht publiziert sehen möchten.«

»Augenblick mal. Gehen wir noch einmal auf etwas zurück, das Sie vor einer Sekunde gesagt haben – darüber, daß das Hotelpersonal die Medien von Ihrer Ankunft unterrichtet hätte. Warum haben Sie dem Reporter Ihren richtigen Namen anstelle Ihres Legionsnamens gegeben?«

»Sie hatte ihn schon …«

»*Sie?*«

»Das ist richtig. Der Reporter war eine Frau … eine recht attraktive übrigens. Natürlich habe ich während des Interviews keinen Versuch unternommen, sie darauf hinzuweisen oder einen Vorteil daraus zu ziehen.«

»Hmmm … vielleicht war das das Problem.«

»Frau Oberst?«

»Nichts, nichts. Machen Sie weiter mit Ihrer Geschichte, Hauptmann. Ich beginne zu verstehen, was passiert ist. Wie war die Sache mit Ihrem Namen?«

»Nun, Sie suchte namentlich nach mir. Für mich ist das eigentlich ein ziemlich normales Ereignis, Frau Oberst. Die Medien haben oft Informanten in Hotels, die nach Berühmtheiten Ausschau halten, und ob es Ihnen nun gefällt oder nicht, mein Familienname zieht nun einmal die Aufmerksamkeit der Medien auf sich.«

»Und warum gaben Sie im Hotel Ihren Namen an?«

»Er stand auf meiner Kreditkarte, Frau Oberst. Die Banker sind sehr konservativ und geben keine Kreditkarten auf Spitz- oder Decknamen heraus, und wenngleich Frau Oberst wissen, daß ich finanziell gutgestellt bin, trage ich selten hinreichende Mengen an Bargeld mit mir herum, um eine ganze Kompanie von Legionären in einem guten Hotel einzumieten. Wenn ich darauf hinweisen dürfte, Frau Oberst, obwohl die Legion den Gebrauch von Decknamen ermutigt und sich zunutze macht, bin ich mir keiner Vorschrift bewußt, die Ihre Verwendung vorschreibt oder es den Legionären verbietet, ihre richtigen Namen zu verwenden.«

»Ein interessantes Argument, Hauptmann. Gehen wir für den Augenblick noch einen Schritt hinter Ihr Versäumnis zurück, Ihren Legionsnamen zu verwenden, und konzentrieren wir uns statt dessen auf diese Hotelgeschichte. Warum haben Sie Ihre Kompanie in ein Luxushotel verlegt?«

»Abermals, Frau Oberst, bin ich mir keiner Vorschrift bewußt, die es dem Kommandanten einer Kompanie verbietet, seine Legionäre unterzubringen, wo immer er es wünscht, insbesondere, wenn er die Kosten persönlich übernimmt.«

»Ich stelle nicht in Frage, ob Sie das Recht hatten, so etwas zu tun oder nicht«, warf Streitaxt ein. »Ich frage, *warum* Sie es getan haben.«

Wieder warf Narrisch einen flüchtigen Blick auf die tragbare Kommunikationseinheit.

»Ich glaube, das ist hier in dem Artikel abgehandelt, Frau Oberst. Unsere Kasernen werden umgebaut, was einen zeitweiligen Bedarf für eine anderweitige Unterbringung der Kompanie schuf.«

»Also ist dieser Teil des Artikels korrekt?«

»Ja, Frau Oberst.«

»Sind Sie sich bewußt, Hauptmann, daß wir diese Kasernen und das Land, auf dem sie sich befinden, von einem örtlichen Bauträger gepachtet haben? Wenn ja, sind Sie sich auch bewußt, daß wir die Einwilligung des Verpächters benötigen, bevor wir irgendwelche Renovierungen oder Verbesserungen an seinem Besitz vornehmen?«

»Ja, Frau Oberst. Tatsache ist, Frau Oberst, ich habe die gegenwärtig an die Legion verpachteten Gebäude und das Land von dem hiesigen Besitzer käuflich erworben. Von daher sind die Umbaugenehmigungen kein Problem. Für die Akten jedoch beeile ich mich, der Frau Oberst zu versichern, daß ich keinerlei Absicht hege, den Preis zu erhöhen, sollte der Vertrag der Legion hier lange genug dauern, um eine Erneuerung dieses Pachtverhältnisses zu erfordern.«

»Wirklich sehr anständig von Ihnen«, erwiderte die Frau Oberst sarkastisch. »Das ist alles sehr interessant, Hauptmann. Aber nur unter uns gesagt, was haben Sie mit Ihrem neuen Besitz vor, wenn und falls wir uns von dort zurückziehen?«

»Normalerweise würde ich jemanden am Ort anstellen, um die Immobilie für mich zu verwalten«, erläuterte Narrisch. »In diesem besonderen Fall jedoch besteht bereits Interesse, die umgebaute Anlage von mir zu erwerben, wann immer ich mich ihrer entledigen möchte. Wie es scheint, hat jemand die Entwürfe des Architekten gesehen und findet, daß sie einen exzellenten Sport- und Gesellschaftsclub abgeben würde.«

»Dieser Verkauf würde natürlich in einem Profit für Sie resultieren.«

»Natürlich.«

»Warum bin ich nicht überrascht? Um auf den Artikel zurückzukommen, Hauptmann, vielleicht würden Sie gerne erklären, warum es notwendig war, die Kompanie für ihre zeitweilige Unterbringung in das beste Hotel des Planeten zu verlegen? Und wie rechtfertigen Sie es, Ihre Truppe als Eliteeinheit zu bezeichnen?«

»Das war eine weitere Vermutung von seiten des Reporters. Ich sagte einfach, ich sei aufgrund eines ›speziellen Auftrags‹ hier, und sie zog voreilig ihre eigenen Schlüsse daraus. Was die Qualität der zeitweiligen Unterkünfte betrifft ... darf ich frei sprechen, Frau Oberst?«

»Ich bitte darum. Wenn Sie die Situation klarstellen können, ohne diese recht teure Unterhaltung zu verlängern, würde man das zu schätzen wissen ... obwohl ich, so wie die Dinge klingen, ein R-Gespräch hätte führen sollen.«

»Die Neugestaltung unserer Quartiere, das Luxushotel als zeitweilige Unterkunft und einige der anderen Dinge, von denen Sie zweifellos in Zukunft hören werden, all diese Dinge gehören zu meinem Plan, diese Kompanie umzukrempeln. Sehen Sie, man hat diese Leute so lange wie Verlierer *behandelt* und ihnen *gesagt*, daß sie Verlierer seien, daß sie kaum eine andere Wahl haben als zu *glauben*, daß sie Verlierer sind. Ich aber behandele sie so, als seien sie die Besten – wie Topathleten, die für einen Wettkampf aufgebaut werden. Ich wette, daß sie darauf reagieren werden, indem sie sich wie Sieger verhalten, weil sie sich selbst als Sieger *sehen*.«

»Die Theorie dahinter lautet ja wohl: Wenn sie nicht wie Soldaten aussehen und sich nicht wie Soldaten verhalten, wie können wir dann von ihnen erwarten, wie Soldaten zu kämpfen? Sie setzen eine ganze Menge auf eine Theorie, Hauptmann.«

»Ich glaube, es ist ein annehmbares Risiko«, erklärte Narrisch. »Und wenn nicht ... nun, es ist mein Geld, das ich riskiere, nicht wahr?«

»Allerdings.« Frau Oberst Streitaxt schürzte nachdenklich die Lippen. »Nun gut, Hauptmann. Ich lasse Ihnen in dieser Angelegenheit fürs erste Ihren Willen. Wenn Ihre Idee funktioniert, wird die Legion davon profitieren. Wenn nicht, sind wir nicht schlimmer dran als am Anfang. Natürlich wird es nun, da Ihr richtiger Name bekannt ist, schwieriger für Sie sein, in der Versenkung zu verschwinden, wenn Sie Mist bauen wie bei Ihrem letzten Auftrag.«

»Natürlich.«

»Ich möchte damit lediglich sagen, Hauptmann Joker, daß ich hoffe, Sie sind sich bewußte, daß Sie bei dieser Sache verwundbarer sind als die Legion.«

In der Stimme der Frau Oberst lag echte Sorge, was Narrisch trotz seiner frühmorgendlichen Benommenheit erwärmte.

»Natürlich«, wiederholte er. »Vielen Dank, Frau Oberst.«

»Nun gut. Ich werde versuchen, mich um den Krawall auf dieser Seite zu kümmern. Sie konzentrieren sich darauf, Ihre Truppen aufzumöbeln. Ich habe so eine Ahnung, daß das alle Zeit und Konzentration erfordern wird, die Sie darauf verwenden können. Aber in Zukunft versuchen Sie, mir eine Vorwarnung zukommen zu lassen, wenn die

Medien sich auf etwas stürzen wollen, was Sie oder Ihre Crew gerade machen. Sie sind nicht der einzige, der frühmorgendliche Überraschungen nicht mag.«

»Ja, Frau Oberst. Ich werde versuchen, mich daran zu erinnern.«

»Ach, und Hauptmann ...«

»Ja, Frau Oberst?«

»Die Neugestaltung Ihrer Kasernen. Wie lange, glauben Sie, wird das dauern?«

»Die Schätzung beläuft sich auf zwei Wochen, Frau Oberst.«

Ein triumphierendes Lächeln huschte über das Gesicht der Frau Oberst.

»Das dachte ich mir. Es mag Sie interessieren zu erfahren, Hauptmann, daß man meiner Schwester eine ähnliche Zeit nannte, als sie eine neue Veranda an ihr Haus angebaut haben wollte. Ende!«

Narrisch wartete, bis das projizierte Bild vollständig erloschen war, bevor er einen tiefen Seufzer der Erleichterung ausstieß.

»Das ging besser, als ich gehofft hatte«, verkündete er.

»Ja, Sir«, erwiderte Beeker. »Wie ich bemerke, haben Sie es unterlassen, der Frau Oberst zu erzählen, daß Sie nicht nur die Kasernen und das Land gekauft haben, sondern auch die Baufirma, die den Umbau durchführt.«

»Irgendwie schien es mir nicht der richtige Zeitpunkt zu sein.« Der Kommandant zwinkerte. »Nebenbei bemerkt, erinnere mich daran, einen Sekretär oder so etwas dafür anzustellen, die Kommunikationsgeräte hier drinnen zu überwachen. Du solltest das nicht auch noch zusätzlich zu deinen übrigen Pflichten tun müssen.«

»Sehr wohl, Sir ... und vielen Dank.«

»Nicht nötig, Beek. Ich möchte dir bloß nicht mehr Munition geben, als nötig ist, wenn die Zeit kommt, über deine nächste Gehaltserhöhung zu verhandeln.«

Narrisch streckte sich und schaute aus dem Fenster.

»So ... was steht heute auf dem Terminkalender?«

»Eine ganze Menge, Sir ... aber wie Sie so treffend bemerkten, als ich Sie weckte, es ist noch früh.«

»Tja, jetzt bin ich einmal auf. Gehen wir an die Arbeit. Und ruf die Offiziere und den Stab zusammen – besonders Schokoladen-Harry. Hat ja keinen Sinn, sie im Bett herumlungern zu lassen, während ich arbeite.«

6

Tagebuchdatei # 024

Ich will hier nicht versuchen, die wahren Empfindungen einzufangen, die das Wachestehen in einem Sumpf bei den Legionären auslöste, auch wenn die Eindrücke meines Arbeitgebers hinsichtlich ihres Dienstes am ersten Tag, als er gemeinsam mit ihnen dieser Pflicht oblag, zweifellos für manchen von Interesse wären. Es handelt sich dabei weniger um einen Mangel an Bereitwilligkeit oder Befähigung meinerseits, derartige Details mitzuteilen, als vielmehr um einen schlichten Mangel an Daten, da ich die Kompanie nie tatsächlich in den Sumpf begleitete – eine Tatsache, für die ich besonders dankbar war, als ich am Ende des Tages den Zustand ihrer Uniform registrierte.

Bombest hatte sich mit der Anwesenheit der Legionäre in seinem Hotel beinahe abgefunden. Der willkommene Zustrom von Einnahmen während einer für gewöhnlich flauen Geschäftsperiode ließ sich nicht leugnen, und die Truppe selbst hatten sich als wesentlich weniger wild erwiesen, als er ursprünglich befürchtet hatte.

Er unternahm sogar eine ehrliche Anstrengung, ein gewisses Maß an Begeisterung für ihre Anwesenheit aufzubringen. Die Fortschritte, die er in dieser Richtung erzielte, zerrannen jedoch rasch wieder, als er beobachtete, wie die Transportfahrzeuge der Legionäre spätnachmittags vor dem Vordereingang anhielten und etwas auf den Bürgersteig ausspien, das man nur als ›Schlammenschen‹ bezeichnen konnte.

Von der Hüfte an aufwärts waren sie durchaus als die jüngsten Gäste des Hotels zu erkennen. Von der ›Katastrophenlinie‹ an abwärts jedoch verschwand jedes vertraute Detail der Personen oder Uniformen unter einem Überzug aus graugrünem Morast. So klebrig er auch aussah, bemerkte Bombest doch, daß es dem Überzug an hinreichender Haftfähigkeit zu mangeln schien, um in vollem Umfang an seinen Trägern zu verbleiben. Beunruhigende Mengen davon fielen auf den Bürgersteig und mit offensichtlicher Unvermeidlichkeit auch auf den Teppich in der Hotelhalle.

»Sofort da stehenbleiben!«

Die Stimme des Kommandanten der Legionäre knallte wie eine Peitsche und veranlaßte die schlammverkrusteten Gestalten zu einem zwar vollständigen, aber auch verwirrten Stopp auf der Schwelle der Hotelhalle.

Mit einigem Erstaunen sah der Hotelmanager, wie Narrisch, dessen Uniform die gleiche dubiose Ansammlung von Sumpfschlamm aufwies, sich durch die vorderen Reihen zwängte und sich mit dem behutsamen Schritt von jemandem, der sich vorsichtig durch ein Minenfeld manövrieren will, auf den Empfang zubewegte.

»Guten Tag, Bombest«, sagte der Kommandant freundlich, als er sein Ziel erreichte. »Könnten Sie für mich die Putzkolonne anrufen und feststellen, ob sie einen ... Ach, vergessen Sie's. Die da genügen vollauf.«

Bei diesen Worten nahm er zwei Stapel Zeitungen vom Tage von der Theke (viele Leute bevorzugten immer noch Papierausdrucke), häufte sie übereinander und schob dann einen Arm darunter, während er aus der verhältnismäßig sauberen Brusttasche seines Uniformhemdes ein paar Geldscheine fischte.

»Hier ... das müßte genügen. Und, Bombest?«

»Ja, Herr Narrisch?« erwiderte der Manager geistesabwesend, während er herauszufinden versuchte, wie er das Geld zählen konnte, ohne sich die Hände schmutzig zu machen.

»Wissen Sie, ob im großen Ballsaal alles vorbereitet ist?«

»Gewissermaßen ja, Herr Narrisch. Einer Ihrer Feldwebel hielt es für das beste, wenn wir eine Trennwand aufstellten, damit Männer und Frauen ein wenig für sich sein könnten, und es war notwendig, einen der angrenzenden Konferenzräume zu öffnen, um zusätzlichen Platz ...«

»Ja, ja«, unterbrach Narrisch ihn. »Aber sind sie soweit, anzufangen?«

»Ja, Herr Narrisch. Wenn Sie wünschen, setze ich sie davon in Kenntnis, daß Sie eingetroffen sind.«

»Nicht nötig, Bombest. Danke jedenfalls«, sagte der Kommandant, während er begann, seine eigenen Fußspuren zur Tür zurückzuverfolgen.

»Okay! Hört zu!«

Die wartenden Legionäre verstummten.

»Ich möchte, daß die vorderen Legionäre diese Zeitungen nehmen und sie auf dem Teppich zwischen der Tür und den Aufzügen auslegen. Die übrigen bewegen sich langsam voran und bleiben so gut wie möglich auf diesem Pfad. Alle übrigbleibenden Zeitungen sind neben den Aufzügen zu deponieren, und ich möchte, daß ihr euch eine Handvoll davon nehmt, damit ihr sie vor euch auslegen könnte, wenn ihr auf eure Stockwerke kommt. Wir wollen versuchen, die Sauerei auf ein Minimum zu beschränken, bis wir uns gesäubert haben. Verstanden?«

»Jawohl, Herr Hauptmann!«

»Was ist mit dem Zimmerservice?«

Gelächter und ein paar vereinzelte rüde Entgegnungen begrüßten diesen Zwischenruf aus den hinteren Reihen, bis Narrisch der Kompanie mit einem Wink erneut Schweigen gebot.

»Ich möchte diese Frage ein für allemal beantworten«, verkündete er. »Solange wir Gäste dieses Hotels sind, steht eine Putzkolonne ebenso zu unserer Verfügung wie ein Wäschedienst. Desgleichen habe ich entsprechende Dienste unter Vertrag genommen, sobald wir in unsere neuen Kasernen einziehen.«

Eine Woge begeisterter Hochrufe wurde mit einer strikten Handbewegung unterbunden.

»*Jedoch* erinnere ich euch daran, daß dies ein Privileg ist und *nicht* mißbraucht werden darf. Wenn mir zu Ohren kommen sollte, daß das Personal dieser Dienste sich unnötigen Unannehmlichkeiten ausgesetzt sieht oder wegen der Faulheit oder Gedankenlosigkeit von jemandem unter meinem Kommando Überstunden machen muß, dann passieren mehrere Dinge. Erstens bekommen sie eine Gratifikation ausgezahlt, die der erforderlichen Arbeit angemessen ist. Zweitens wird euch diese Gratifikation von euren Gehaltsschecks abgezogen, statt zu den normalen Ausgaben zu rechnen, für die ich persönlich geradestehe. Endlich werden diese Dienste abbestellt und ihre Arbeit als Zusatzdienst unter der Kompanie aufgeteilt, bis ich davon überzeugt bin, daß ihr ihre Mühen hinreichend zu würdigen wißt, um euch mit der angemessenen Höflichkeit und Rücksichtnahme zu verhalten. Habe ich mich klar genug ausgedrückt?«

»*JAWOHL, HERR HAUPTMANN!*«

»In Ordnung! Jetzt möchte ich, daß ihr alle nach oben geht und euch säubert. Dann meldet ihr euch im großen Ballsaal zur ...«

Ein neuerlicher Ausbruch von Pfiffen unterbrach den Kommandanten, auch wenn klar war, daß er diesmal nicht den Mittelpunkt darstellte. Ohne seine Instruktionen zu beenden, wandte er sich um, um nachzusehen, was die Aufmerksamkeit der Kompanie erregt hatte.

»Hu-*iiii*!«

»Na, ist das nicht schnuckelig?«

»Paßt auf, Mädels!«

»Wie wär's mit 'nem Kuß, Süßer?«

Schokoladen-Harry stand eingerahmt in der Tür des Hotels, obwohl ›stand‹ nur sehr unzulänglich das Bild erfaßte, das er bot. Trotz seiner an einen aufgeblasenen Pfirsich erinnernden Statur war seine Haltung ladestockgerade; er trug zudem das selbstgefällige Lächeln eines reichen Barons zur Schau, der seinen Bauern betrachtete. Der offensichtliche Grund für seine Selbstzufriedenheit und der Auslöser der begeisterten Pfiffe war seine Uniform.

Anstelle seiner gewöhnlichen ausgefransten Uniform erstrahlte Harry in einem baumwollsamtenen Overall von reinstem Mitternachtsschwarz. Die Veränderung gegenüber seinem normalerweise wildverwegenen Aussehen war überwältigend, und der Kontrast zwischen ihm und seinen schlammverkrusteten Bewunderern ließ ihn wirken, als sei er soeben einem Rekrutierungsplakat entstiegen.

»Großer Ballsaal bereit, Herr Hauptmann!«

Jeglicher Ärger, den Narrisch seinem Versorgungsfeldwebel gegenüber verspürt haben mochte, wurde rasch von seiner Belustigung angesichts Harrys offensichtlicher Freude an der Uniform verdrängt. Es war klar, daß der Feldwebel es nicht fertiggebracht hatte, der Versuchung zu widerstehen, mit seiner neuen Aufmachung zu protzen, und den Vorwand, Meldung zu erstatten, nur benutzt hatte, um damit vor der Kompanie auftreten zu können. Narrisch unterdrückte ein Lächeln und erwiderte den Gruß.

»Danke, Schoko. Wir sind gleich da. Sagen Sie allen, sie sollen sich in Bereitschaft halten.«

»Jawohl, Herr Hauptmann!«

Eine auffällige Ehrenbezeigung folgte, die der Kommandant erwidern mußte, bevor er sich wieder der Kompanie zuwandte.

»Wie ich gerade sagte, sobald ihr euch gesäubert habt, meldet ihr euch im großen Ballsaal. Wie ihr vielleicht bemerkt habt, sind eure neuen Uniformen heute angekommen, und es warten bereits Schneider auf eure letzten Anproben. Weitermachen!«

Seine abschließenden Worte wurden beinahe von einem lauten Begeisterungsgeheul übertönt, als die Legionäre sich vorwärts in das Hotel ergossen, wobei sie sich kaum an den Befehl ihres Kommandanten bezüglich der Zeitungen erinnerten.

Narrisch bemerkte, daß Schokoladen-Harry von einem Pulk Legionäre umringt wurde, die seine Uniform bewunderten, während sie darauf warteten, bis sie bei den Aufzügen an der Reihe waren.

»Feldwebel?«

»Ja, Herr Hauptmann?«

Der Versorgungsfeldwebel riß sich von seinen Bewunderern los und eilte zu Narrisch hinüber.

»Entspannen Sie sich, Schoko. Die Uniform steht Ihnen großartig.«

»Danke, Herr Hauptmann. Ich meine … das tut sie doch wirklich, nicht wahr?«

Harry machte einen langen Hals und versuchte, ein Abbild von sich in einem der Spiegel in der Hotelhalle zu erhaschen.

»Ich war allerdings der Ansicht, bei dieser Uniform seien Ärmel vorgesehen gewesen.«

»Sie kam so auch aus der Schachtel«, gestand der Feldwebel, »aber ich habe ein paar Worte mit dem zuständigen Mann geredet und ihn davon überzeugt, daß die Ärmel abgeschnitten werden können. So gefällt es mir besser – man kann sich leichter drin bewegen.«

Er schwang die Arme vor und zurück und spannte dann, wie um seine Ansicht zu bekräftigen, seinen beachtlichen Bizeps.

»Ich sehe, was Sie meinen, Schoko. Vielleicht probiere ich das auch mal bei ein paar von meinen Uniformen aus.«

Narrisch unterdrückte die vor seinem inneren Auge aufblitzenden Visionen von der Konfrontation zwischen Harry und dem Designer der Uniform.

»Tun Sie das, Herr Hauptmann. Funktioniert prima. Muß jetzt gehen. Wird eine Zeitlang richtig was los sein da drinnen.«

»Gut. Weitermachen, Feldwebel.«

Der Kommandant blickte ihm nach, während er verschwand, dann ging er mit der übertriebenen Sorgfalt eines Schurken im Melodram auf Zehenspitzen hinüber zur Rezeption.

»Entschuldigen Sie, Bombest?«

»Ja, Herr Narrisch?«

»Irgendwann gleich wird ein Charlie Daniels vorbeikommen, der nach mir sucht. Wenn er an der Rezeption haltmacht, lassen Sie ihn bitte einfach hinauf in mein Penthouse kommen. Ich wäre Ihnen sehr verbunden.«

»Gewiß, H… äh, ist das zufälligerweise etwa Charles Hamilton Daniels III?«

»Ja. Schicken Sie ihn rauf, sobald er auftaucht.«

»Herr Daniels?«

Die drahtige Gestalt in der Penthousetür nickte als Antwort auf Beekers Anfrage.

»Ja. Ich möchte zu Hauptmann Joker.«

Der Butler zögerte nur einen winzigen Augenblick, bevor er beiseite trat, um den Besucher einzulassen.

»Netten Laden haben Sie hier«, sagte der Besucher. Er schaute sich genau um, während er durch das Penthouse schlenderte. »Schön viel Platz.«

»Eigentlich ist hier mehr Platz, als ich brauche ... oder als mir wirklich angenehm ist«, erwiderte Narrisch, als er, sich noch das Haar von der Dusche abtrocknend, aus dem Schlafzimmer trat. »Ich habe es nur gemietet, weil wir den Raum für das Hauptquartier brauchten.«

Er gestikulierte in Richtung des Durcheinanders an der Kommunikationsanlage auf der anderen Seite der Suite, wo ein Legionär saß und in aller Ruhe ein Stilett schärfte, während er auf die Apparaturen achtgab.

»Gut.« Daniels nickte beifällig. »Hab' noch nie viel davon gehalten, wenn man seinen Reichtum allzu offensichtlich zur Schau stellt. Entweder man hat ihn, oder man hat ihn nicht, sage ich immer.«

Ihr Besucher schien das, was er predigte, ganz eindeutig auch zu praktizieren, da seine Kleidung für das Treffen aus Blue Jeans, einem schlichten grauen Sweatshirt und einem Paar Cowboystiefel bestand. Nur wenn man seine halb geöffneten Augen genauer betrachtete, bekam man eine schwache Ahnung von der Wahrheit: daß Charles Hamilton Daniels III ganz und gar kein heruntergekommener Faulenzer war, sondern einer der mit Abstand reichsten Männer des Planeten.

»Kann ich Ihnen einen Drink anbieten, Herr Daniels?« sagte Beeker, deutlich beruhigt, daß er tatsächlich den Richtigen in die Gemächer seines Arbeitgebers eingelassen hatte.

»Na ja, wenn Sie ein paar Fingerhoch Brandy in der Bar haben, die ich da drüben sehe, würde ich nicht nein sagen ... Und ich heiße ›Charlie‹. ›Herr Daniels‹ bin ich nur für Rechtsanwälte – meine und die anderen Leute.«

»Sehr wohl, Herr ... Charlie.«

»Ich kümmere mich schon darum, Beeker«, sagte Narrisch. Er warf sein Handtuch ins Schlafzimmer zurück und schloß die Tür. »Ich möchte, daß du zum großen Ballsaal hinuntergehst und die Dinge dort im Auge behältst.«

»Ja!« warf der Legionär ein, der vor den Apparaten saß. »Sagen Sie ihnen, ich käme zu meiner Anprobe runter, sobald sich jemand hier raufbequemt, um mich abzulösen.«

Der Butler bedachte ihn mit einem eisigen Hochziehen der Augenbraue.

»... bitte«, ergänzte der Legionär hastig.

»Sehr wohl, Sir.«

»Warum gehen Sie nicht einfach jetzt mit ihm mit ... Schubidu, nicht wahr?« schlug der Kommandant von der Bar her vor. »Ich kann auf das Gerät achten, während ich mit Charlie hier plaudere.«

»Danke, Herr Hauptmann«, entgegenete der Legionär, sprang aus seinem Stuhl auf und ließ sein Messer in eine Tasche gleiten, bevor er dem Butler zur Tür hinaus folgte.

»Was für eine Wohltat«, kommentierte Daniels. Er drehte den Kopf und verrenkte den Hals, um zu sehen, ob Schubidu wirklich verschwunden war. »Einen Augenblick lang dachte ich, wir würden unseren Plausch halten, während einer Ihrer Jungs sein Messer gegen mich wetzt. Dann hätten Sie einen gewissen Vorteil mir gegenüber gehabt, wenn unsere Verhandlungen auf Messers Schneide stünden, falls Sie das Wortspiel entschuldigen. Vorausgesetzt natürlich, Sie haben mich nach hier oben eingeladen, um ein bißchen übers Geschäft zu plaudern.«

»Wäre mir so etwas je in den Sinn gekommen, hätte ich ihn vielleicht dableiben lassen.« Narrisch lächelte und reichte seinem Gast einen Schwenker mit warmem Brandy. »Aber ich weiß es wirklich zu schätzen, daß Sie hereinschauen, Charlie. Normalerweise wäre ich zu Ihnen gekommen, aber ich habe alle Hände voll mit dem Versuch zu tun, die Kompanie umzukrempeln und ich wollte nicht zu lange damit warten, mich mit Ihnen zu unterhalten.«

»Kein Problem, mein Lieber. Was geht eigentlich da unten im Ballsaal vor?«

»Die neuen Uniformen für die Kompanie sind heute gekommen. Sie sind eine gute Truppe, aber im Augenblick, benehmen sie sich wie ein Haufen Kinder, die sich darum zanken, wer zuerst mit einem neuen Spielzeug spielen darf. Jeder will bei der Anprobe der erste sein, um mit seinen neuen Sachen angeben zu können.«

Daniels nickte weise.

»So ist das also? Als ich reinkam, lief ein ganzer Haufen von ihnen in der Hotelhalle herum. Muß aber zugeben, die Uniformen, die sie trugen, haben keine allzu große Ähnlichkeit mit irgendeiner der Regierungslieferungen, die ich bisher gesehen habe.«

Er warf Narrisch einen Seitenblick zu, während er von seinem Brandy nippte.

»Nun ja, es sind nicht gerade Standarduniformen«, gestand der Kommandant verlegen. »Ich habe sie speziell für uns entwerfen lassen – genaugenommen eine komplette Garderobe: Felduniform, großer Dienstanzug, der ganze Krempel. Vielleicht kennen Sie den Designer. Es ist ein Einheimischer … heißt Olie VerDank.«

»Olie? Sie meinen Helgas Jungen?«

»Ich … ich glaube schon«, sagte Narrisch. »Er ist der einzige Designer in der Kolonie mit diesem Namen, den ich kenne.«

»Gut.« Daniels nickte. »Er ist ein talentierter Bursche und konnte die Arbeit gebrauchen – *und* die Möglichkeit zu einer Präsentation. Ich werd' Ihnen was sagen, ich dachte immer, Männer, die Kleider entwerfen, seien ein bißchen … na ja, Sie wissen schon … bis ich Olie kennenlernte. Schultern wie ein Ochse. Hat auch ein hübsches kleines Mädel geheiratet. Er ist aber ein bißchen hitzig und mag es nicht besonders, wenn man ihm sagt, was er entwerfen soll. Es überrascht mich ein wenig, daß Sie ihn dazu gebracht haben, für Sie zu arbeiten.«

»Ich bot ihm ein Honorar in Höhe der Gewinne seiner Herbstkollektion an.« Der Kommandant zuckte die Achseln und schaute in seinen eigenen Drink, während er ihn mit einem Finger umrührte. »Danach schien er nicht mehr allzu interessiert daran, zu diskutieren.«

»Das war ein überaus faires Angebot«, sagte Daniels. »Ich nehme an, bei ein paar hundert Soldaten, die alle gleichzeitig ausgestattet werden wollen, ist er da unten beschäftigter als ein Einarmiger bei einem Haut-den-Lukas-Wettbewerb.«

Narrisch grinste unverhohlen angesichts des anschaulichen Vergleichs, bevor er antwortete.

»Es sollte nicht allzu schlimm sein. Ich habe ein paar Dutzend Schneider, die ihm helfen – alle, die es in der Kolonie gab.«

Daniel prustete lauthals los. »Und ich bin sicher, Sie arbeiten alle liebend gern mit Ihnen. Sie haben Stil, mein Lieber, aber ich glaube, Sie wollten etwas Geschäftliches mit mir besprechen?«

»Das ist richtig«, sagte der Kommandant und beugte sich in seinem Sessel vor. »Ich wollte mit Ihnen über die heutige Arbeit im Sumpf reden.«

»Ich weiß nicht, was mit Ihrer Mannschaft ist«, sagte Charlie, »aber wir hatten einen recht guten Tag. Haben drei hübsche Steine gefunden. Ich habe Sie sogar dabei, wenn Sie sie gerne sehen möchten.«

Er zog einen kleinen Leinenbeutel aus der Tasche und warf ihn Narrisch zu. Der Kommandant öffnete den Beutel und drehte ihn um. Drei kleine Kiesel fielen heraus in seine Hand.

»Sehr hübsch«, sagte er und versuchte, enthusiastisch zu klingen.

In Wirklichkeit fand er die Steine ungeheuer unbeeindruckend. Sie waren klein, der größte annähernd von der Größe einer Murmel, während der kleinste kaum die Größe einer Erbse besaß. Mit ihrem stumpfen, marmorierten Braun schienen sie sich in nichts von anderen Kieselsteinen zu unterscheiden, wie man sie in jedem Garten fand.

»Oh, sie mögen nicht nach viel aussehen«, kommentierte Daniels, der Narrischs Gedanken zu lesen schien, »aber mit ein bißchen Arbeit lassen sie sich wirklich hübsch aufpolieren. Am Ende sehen sie dann so aus.«

Er streckte die Hand aus, um den Ring vorzuführen, den er trug. Der Stein in dem Ring war größer als jene, die Narrisch in der Hand hielt; er maß fast volle drei Zentimeter. Er war von demselben Braun wie die Rohsteine, strahlte aber in einem kostbaren Glanz. Maserungen aus verwirrend schönen Blau- und Rottönen tanzten in seinen Tiefen, als Daniels die Hand bewegte, so daß er wie das Produkt einer erfolgreichen Kreuzung zwischen Tigerauge und Feueropal wirkte.

»*Sehr* hübsch«, murmelte Narrisch. Er hatte noch nie irgend etwas Ähnliches gesehen, und einen Augenblick lang war er außerstande, die Augen von dem Farbenspiel in dem Ring abzuwenden.

»Dachte mir schon, daß Sie vielleicht gerne sehen würden, wonach wir geschürft haben, während Ihre Mannschaft Wache stand. Was den Preis hochhält, ist natürlich ihre Seltenheit. Dieser kleine Stein, den Sie in der Hand halten, wird wahrscheinlich genug einbringen, um drei Monate lang die Unkosten für Ihre Legionäre zu bezahlen.«

»Tatsächlich?« Der Kommandant war aufrichtig beeindruckt. Sorgfältig legte er die Steine wieder in ihren Beutel und gab ihn Daniels zurück. »Ich gebe zu, daß ich keine Ahnung hatte, daß sie so wertvoll sind. Es wäre vielleicht klug, ihren Wert nicht vor meinen Männern zu erwähnen. Ich meine, ich vertraue ihnen, aber …«

»… es hat keinen Sinn, sie unnötig in Versuchung zu führen. Richtig?« Charlie grinste. »Mein Lieber, ich weiß den Rat zu schätzen, aber darauf waren wir schon selbst gekommen. Doch selbst wenn sich jemand mit ein paar dieser Hübschen aus dem Staub machte, würde es ihm nicht viel nützen. Jeder hier in der Gegend weiß, wer wir sind, und jeder Fremde, der versuchte, einen dieser Steine zu verkaufen, würde auffallen wie ein Gorilla auf einem Schönheitswettbewerb. Man könnte sie nicht am Ort verkaufen, und wir würden keinem Schiff und keiner Raumfähre die Startfreigabe erteilen, solange einer fehlte.«

»Gut.« Narrisch nickte. »Dann gibt es ja keine Probleme. Worüber ich aber eigentlich mit Ihnen sprechen wollte, war die Art, wie meine Mannschaft heute Wache gestanden hat.«

Daniels kniff einen Augenblick lang nachdenklich die Augen zusammen, dann schüttelte er den Kopf und nahm ein weiteren Schluck von seinem Drink.

»Okay. Ich kann mich nicht erinnern, daß sie heute irgendwie anders gewesen wären als sonst, aber andererseits will ich zugeben, daß ich auch nicht besonders aufgepaßt habe.«

»Sie auch nicht«, sagte Narrisch ausdruckslos. »Wenigstens auf nichts anderes als auf ihre Scanner.«

»Ihre Scanner?«

»So ist es. Sie wissen schon, die, die darauf programmiert sind, sie zu alarmieren, wenn irgend etwas Gefährliches in das Gebiet eindringt?«

»Ich weiß, wovon Sie sprechen. Tatsache ist, daß wir sie zur Verfügung gestellt haben. Das gehört zu den Bedingungen, die die Versicherungsleute sich speziell für unsere Operation haben einfallen lassen. Ich bin mir nicht ganz sicher, warum Ihnen das Probleme bereitet.«

Narrisch sprang auf und begann, im Zimmer auf und ab zu gehen.

»Das Problem besteht darin, daß meine Leute sich, soweit ich sehen kann, zu sehr auf sie verlassen. Wenn sie versagen – oder wenn irgend etwas heranspaziert käme, das nicht von den programmierten Daten abgedeckt wird – würden wir das überhaupt nicht bemerken, bis jemand gebissen würde oder was auch immer.«

Daniels' Gesicht zerknitterte zu einem finsteren Blick.

»Daran habe ich noch nie gedacht, aber da haben Sie ein gutes Argument, mein Sohn.«

»Mir gefällt die Vorstellung nicht, daß meine Truppe von Maschinen abhängig ist, die das Denken für sie erledigen. Nun benutze ich andauernd selbst Computer, aber ich würde den menschlichen Verstand immer noch jederzeit für überlegen halten, wenn es um Urteilsfragen geht.«

»Was also genau schlagen Sie statt dessen vor?«

»Ich möchte einen Schulungskurs abhalten, um jeden Legionär unter meinem Kommando mit den gefährlichen Lebensformen des Gebiets vertraut zu machen. Sobald das geschehen ist« – Narrisch zögerte, holte tief Luft und fuhr dann plötzlich fort – »möchte ich die Maschinen abschalten, so daß die Crew sich bei der Ausführung der Arbeit auf ihre eigenen Beobachtungen und Urteile verläßt. Da ich mir sehr wohl im klaren bin, daß die Schürfer diejenigen sein werden, die darunter leiden, wenn irgend etwas schiefgeht, wollte ich Ihre Zustimmung als Leiter des Konzerns einholen, der uns engagiert hat, bevor ich meinen Plan in die Tat umsetze.«

»Verdammt«, sagte Daniels, »ich habe kein Problem damit, auch wenn ich es vielleicht hätte, wenn Sie sich nicht die Mühe gemacht hätten, zuerst mit uns Rücksprache zu nehmen. So viel Gefährliches gibt es da draußen sowieso nicht. Wie ich sagte, es geschah in erster Linie, um die Versicherungsleute glücklich zu machen. Früher sind wir auch ohne Scanner *oder* Wachtposten klargekommen, bevor diese Burschen sich auf uns einschossen und anfingen, darauf zu beharren, daß wir zivilisiert würden. Fangen Sie getrost mit Ihrer Schulung an. Ich werde mich darum kümmern, die anderen Schürfer wissen zu lassen, was los ist.«

»Danke, Charlie.« Der Kommandant lächelte, erleichtert, daß sein Vorschlag so einfach angenommen worden war. »Nun denn, was die möglichen Auswirkungen auf die Höhe Ihrer Versicherungsbeiträge angeht ...«

»Machen Sie sich auch darüber keine Sorgen«, beharrte der Schürfer. »Befehlen Sie Ihrer Crew nur, die Scanner auch weiterhin bei der Hand zu haben, selbst wenn sie abgeschaltet sind. Sollten wir dann jemals Probleme haben oder einen Schadensanspruch geltend machen müssen, werden wir uns überlegen, wie wir eine ›vorübergehende Fehlfunktion der Geräte‹ oder so etwas arrangieren. So gerne sich diese Versicherungsfritzen auch Vorschriften für uns ausdenken, ich hab' noch nie tatsächlich einen raus in den Sumpf kommen sehen, um zu überprüfen, ob wir uns auch an die Vorschriften halten.«

»Auf einen Versicherungsbetrug möchte ich mich lieber nicht einlassen«, sagte Narrisch vorsichtig, »aber wenn wir statt dessen ...«

Das beharrliche Piepsen seines Armbandkommunikators unterbrach ihn, und er hielt mitten in der Rede inne, um den Anruf entgegenzunehmen.

»Hauptmann Joker am Apparat.«

»Hier spricht Beeker, Sir. Tut mir leid, wenn ich störe, aber vielleicht möchten Sie hier herunterkommen, wenn Sie einen Augenblick Zeit hätten.«

»Worin besteht das Problem, Beek?«

»Nun, anscheinend gibt es einige Schwierigkeiten dabei, den Sinthianern ihre neuen Uniformen anzumessen. Insbesondere die Schneider argumentieren mit dem Couturier, es ließe sich nicht machen.«

Narrisch verzog das Gesicht. »Na schön. Ich komme runter, sobald ich hier fertig bin ... so etwa in fünfzehn Minuten. Joker Ende.«

»Was sind die Sinthianer?« fragte Daniels neugierig.

»Hmm? Oh. Tut mir leid, Charlie, eine kleine Ablenkung. Die Sinthianer sind ... na, Sie müssen sie im Dienst gesehen haben. Es sind die Nichtmenschen mit den Augenstielen und den spindeldürren Armen.«

»Die kleinen Burschen? Klar, die kenn' ich. Nette kleine Typen, wenn man einmal den Dreh raus hat, ihnen zuzuhören. Ich sag' Ihnen was, Hauptmann. Kann ich mal einen Augenblick über Ihren Kommunikator mit diesem Burschen Beeker reden?«

Der Kommandant zögerte nur einen Moment, bevor er zustimmte.

»Sicher doch, Charlie. Eine Sekunde mal.«

Rasch tippte er Beekers Com-Nummer in seinen Armbandkommunikator ein.

»Hier Beeker.«

»Beeker, hier spricht noch mal Joker. Charlie hat etwas, das er Ihnen sagen möchte.«

Er streckte Daniels seinen Arm entgegen und deutete dabei mit der anderen Hand auf das Mikrophon.

»Sind Sie da, Beeker?« rief der Schürfer, wobei er unbewußt die Stimme hob, als versuche er, die Distanz durch Lautstärke zu überbrücken.

»Ja, Sir.«

»Wissen Sie zufällig, ob einer der Schneider da unten bei Ihnen Giuseppe heißt?«

»Ich bin nicht sicher, Sir. Wenn Sie einen Moment dranbleiben, werde ich ...«

»So ein kleines Bürschchen. Sein Gesicht sieht aus wie eine Rosine mit Schnurrbart.«

»Ja, Sir. Der ist hier.«

»Dann gehen Sie mal zu ihm und sagen ihm, Charlie Daniels meint, wenn er es nicht fertigbringt, diesen kleinen Aliens Uniformen anzumessen, dann, schätze ich, habe ich dem Kommandanten hier oben gegenüber mit dem falschen Schneider geprahlt. Sagen Sie ihm das von mir.«

»Sehr wohl, Sir.«

Daniels lehnte sich zurück und zwinkerte Narrisch zu.

»So. Ich schätze, das müßte wirken.«

»Joker Ende«, sagte der Kommandant in den Kommunikator, um sich abzumelden, bevor er das Gerät ausschaltete. »Danke, Charlie.«

»Freut mich, wenn ich behilflich sein konnte«, sagte der Schürfer. Er setzte sein Glas ab und erhob sich. »Und machen Sie sich auch keine Sorgen wegen der Versicherung. Ich nehme an, wir werden uns etwas ausdenken können, wenn es jemals dazu kommen sollte. Mir scheint, als ob Sie schon alle Hände voll zu tun hätten, wenn Sie sich über Ihre Truppe Sorgen machen. Bei dieser kleinen Aufgabe wünsche ich Ihnen Glück!«

Natürlich tat mein Arbeitgeber erheblich mehr, als sich einfach nur Sorgen über die ihm unterstellten Legionäre zu machen. Beson-

ders in diesen Anfangstagen seines Kommandos trieb er sich gnadenlos in seinen Anstrengungen an, etwas über die Individuen zu erfahren, aus denen sich die Kompanie zusammensetzte. Ein Beispiel: Am selben Tag, der frühmorgens mit dem Anruf aus dem Hauptquartier begann und an dem er erstmals mit der Kompanie Wache stand und *ihre neuen Uniformen an sie ausgab* und *sich mit Charlie Daniels wegen des Gebrauchs der Scanner besprach, ließ mein Arbeitgeber, statt für heute Schluß zu machen, seine jüngeren Offiziere noch zu einer spätabendlichen Konferenz zu sich kommen.*

»Zu Beginn«, sagte der Kommandant und beugte sich in seinem Sessel nach vorn, »lassen Sie mich wiederholen, daß der Grund für dieses Treffen darin besteht, weitere Einsichten über und ein besseres Verständnis für die einzelnen von uns befehligten Legionäre zu gewinnen, indem wir unsere Gedanken und Beobachtungen zusammentragen. Während die Legionäre selbst die Wahl haben und sich aussuchen können, wem sie während der dienstfreien Zeit aus dem Weg gehen und mit wem sie sich anfreunden, ist uns als Offizieren dieses Privileg nicht vergönnt. Wir müssen mit jedem Individuum in der Kompanie arbeiten und es einsetzen, ob wir ihn oder sie nun persönlich mögen oder nicht, und dazu müssen wir wissen, mit wem wir es eigentlich zu tun haben. Sind wir uns darin einig?«

»Jawohl, Herr Hauptmann!«

Narrisch verbarg sein Zusammenzucken angesichts dieser verbissenen Reaktion, indem er sich die Augen rieb, als sei er müde – eine Geste, die er nicht vortäuschen mußte. Obwohl er versucht hatte, es seinen Leutnants auf dem Penthouse-Sofa bequem zu machen, damit sie unbefangener miteinander umgingen, war es doch offensichtlich, daß sie in Gegenwart ihres Befehlshabers immer noch recht nervös waren.

»Außerdem möchte ich mich für die Uhrzeit entschuldigen. Ich weiß, es ist spät, aber ich wollte die Liste ein erstes Mal durchgehen, solange unsere Erinnerungen an den heutigen Dienst noch frisch sind – besonders meine.«

Er lächelte die Leutnants kurz an, was aber nicht erwidert wurde. Der Kommandant seufzte innerlich und gab seine Bemühungen auf, die Stimmung des Treffens aufzuheitern. Er würde sich einfach darauf verlassen müssen, daß die Leutnants im Laufe der Zeit und bei wachsender Vertrautheit mehr aus sich herausgingen.

»Also schön. Wie ich bemerke, haben Sie eine ganze Reihe von Notizen, Leutnant Rembrandt. Fangen wir mit Ihren Beobachtungen an.«

Rembrandt versteifte sich leicht und warf einen raschen Blick im Raum umher, entweder als hoffe sie, er spräche mit jemand anders, oder als suche sie nach einem Fluchtweg.

»Ich, Herr Hauptmann? Ich ... Wo möchten Sie, daß ich anfange?«

Narrisch zuckte die Achseln. »Wie es Ihnen beliebt. Früher oder später werden wir über jeden diskutieren, also kommt es eigentlich nicht darauf an, mit wem wir beginnen ... Und, Leutnant?«

»Herr Hauptmann?«

»Versuchen Sie sich ein bißchen zu entspannen. Dies ist nur eine informelle Plauderei, um unsere Gedanken auszutauschen. Okay?«

Rembrandt holte langsam und tief Luft, dann nickte sie.

»Nun, ich sollte vielleicht gestehen, daß ich einen Großteil meiner Informationen aus Gesprächen mit Brandy, dem Hauptfeldwebel, gewonnen habe. Ich ... bei zahlreichen Legionären versuche ich immer noch, einen Zugang zu gewinnen, und ich dachte, das sei ein guter Ausgangspunkt.«

Der Kommandant nickte. »Vernünftiger Gedanke. Die Unteroffiziere arbeiten am engsten mit den Legionären zusammen, also sollten wir zuhören, was sie zu sagen immer, wann immer sie bereit sind, uns ihre Gedanken mitzuteilen. Machen Sie weiter.«

»Die beste Methode wäre wahrscheinlich, mit ein paar unserer ungewöhnlicheren Legionäre anzufangen«, begann Rembrandt, die langsam anfing, sich ein wenig zu entspannen. »Meiner Einschätzung nach werden wir eine Menge Zeit darauf verwenden, herauszuknobeln, was wir mit oder wegen ihnen machen sollen.« Sie hielt inne, um ihre Notizen durchzublättern, dann entschied sie sich für eine Seite.

»Wenn ich einmal von dieser Grundlage ausgehe, ist diejenige, bei der ich persönlich die größten Schwierigkeiten habe, sie in den Griff zu bekommen, eine von den Nieten. Sie hat ...«

»Eine von den was?«

Die Worte platzten über Narrischs Lippen, bevor er Zeit zum Nachdenken hatte. Beide Leutnants schraken sichtlich zusammen, und der Kommandant verfluchte sich im stillen selbst. Soviel also zu einem entspannten Treffen!

»Die ... die Nieten, Herr Hauptmann. So nennt Brandy sie jedenfalls. Als wir uns miteinander unterhielten, unterteilte sie die Problemlegionäre in zwei Gruppen: die Nieten und die schwierigen Fälle.«

»Ich verstehe.«

Der Kommandant schwankte innerlich ein paar Augenblicke, während die Leutnants ihn schweigend beobachteten. Schließlich schüttelte er den Kopf und seufzte.

»Es ist verführerisch, das durchgehen zu lassen, damit unsere Zusammenkunft entspannt bleibt«, sagte er, »und ich möchte *wirklich*, daß Sie beide sich wohl fühlen, während wir miteinander sprechen. Aber Sie haben da eine Sache berührt, Rembrandt, die ich nicht einfach ignorieren kann. Ich möchte nicht, daß irgendwer aus dem Führungsstab der Kompanie, sei es nun Offizier oder Unteroffizier, in die Gewohnheit verfällt, die Kompanie mit herabsetzenden Bezeichnungen zu belegen. Das trägt dazu bei, unsere eigenen Sichtweisen und Einstellungen zu beeinflussen, und selbst wenn es uns gelingt, dieser Falle zu entgehen, wird jeder, der uns zufällig hört, mit einiger Berechtigung glauben, daß wir nur Verachtung für die Legionäre übrighaben. Ich möchte, daß Sie beide aktiv der Versuchung widerstehen, diese Angewohnheit anzunehmen. Jeder in der Kompanie verdient unsere Achtung, und wenn wir

Schwierigkeiten dabei haben, sie zu bezeigen, dann liegt das daran, daß wir sie noch nicht lange genug studiert haben, *nicht* daran, daß etwas mit ihm – oder ihr – nicht in Ordnung ist. Sind wir da einer Meinung?«

Die Leutnants nickten zögernd.

»Gut. Aus diesem Grunde, Rembrandt, möchte ich, daß Sie mit Brandy über *ihre* Sprachgewohnheiten reden. Womöglich ist sie der schlimmste Übeltäter von uns allen.«

»Ich, Herr Hauptmann?« Rembrandt erbleichte. Es war klar, daß ihr der Gedanke nicht behagte, sich mit dem riesigen Hauptfeldwebel der Kompanie anzulegen.

»Ich werde das für dich erledigen, Remmie«, erbot sich Armstrong und machte sich eine rasche Notiz auf seinem Block.

»Danke, Leutnant Armstrong«, sagte Narrisch ruhig, »aber ich sähe es lieber, wenn Leutnant Rembrandt sich selbst darum kümmerte.«

»Jawohl, Herr Hauptmann. Ich verstehe.«

Narrisch musterte Armstrong, dann schüttelte er den Kopf. »Nein, Leutnant, das glaube ich nicht. Ich sagte danke, und das meinte ich auch. Ich weiß Ihr Angebot *wirklich* zu schätzen. Es zeigt, daß Sie beide sich gegenseitig zu helfen beginnen, und normalerweise würde ich das auch unterstützen.«

Er beugte sich ernst vor.

»Es ist nicht so, daß ich etwa Zweifel hätte, Sie verstünden es nicht, mit Brandy zu reden, es ist vielmehr, daß ich denke, Rembrandt sollte es machen ... aus zwei Gründen. Erstens war sie diejenige, die die Bezeichnungen erwähnte, die Brandy benutzt. Wenn Sie oder ich wegen etwas an Brandy herantreten, das Rembrandt gesagt hat, hinterläßt das den Eindruck, sie hinterbrächte uns Fakten für ein Disziplinarverfahren. Ich brauche zwei Offiziere, nicht einen Offizier und eine Informantin. Zweitens, Rembrandt, ist es für *Sie* wichtig, solche Probleme selbst in Angriff zu nehmen. Sicher, Brandy kann einen ganz schön einschüchtern, und ich glaube nicht, daß irgend jemand in diesem Raum der Gedanke behagen würde, mit ihr aneinanderzugeraten, aber wenn ich zuließe, daß Sie sich entweder hinter Armstrong oder mir versteckten, werden Sie nie selbst die Zähne zusammenbeißen und den Sprung wagen, was bedeutet, daß Sie nie das Selbstvertrauen entwickeln, das Sie benötigen, um ein guter, effektiver Offizier zu sein. Darum möchte ich, daß Sie derjenige sind, der mit Brandy redet.«

Er stellte nacheinander mit jedem der Leutnants Blickkontakt her, und sie bekundeten nickend ihre Zustimmung.

»Was die Art und Weise betrifft, *wie* Sie mit Brandy reden: wenn Sie einen ungebetenen kleinen Rat annehmen würden, würde ich vorschlagen, daß Sie einfach vermeiden, es als Konfrontation anzugehen. Ich weiß, Sie werden nervös sein, aber halten Sie es zwanglos und im Plauderton. Ich vermute, sie wird mitmachen, ohne zu merken, daß ihre Gewohnheiten Gegenstand einer Unterhaltung zwischen uns waren. Je weniger wir auf Befehle und Drohungen zurückgreifen müssen, desto reibungsloser wird diese Kompanie funktionieren.«

»Ich werde es versuchen, Herr Hauptmann.«

»Gut.« Der Kommandant nickte zufrieden. »Genug zu *diesem* Thema. Nun denn, bevor ich Sie unterbrach, wollten Sie gerade etwas über die Legionärin sagen, bei der Sie die größten Schwierigkeiten, sie in den Griff zu bekommen, haben?«

»Äh ... richtig«, sagte Rembrandt und stöberte wieder in ihren Notizen. »Diejenige, an die ich dachte, war Rose.«

»Rose?« schnaubte Armstrong. »Du meinst das Kräutlein-rühr-mich-nicht-an.«

»So nennen sie die anderen Legionäre«, pflichtete Rembrandt bei.

Narrisch runzelte die Stirn. »Ich glaube nicht, daß ich sie schon kennengelernt habe.«

»Das überrascht mich nicht«, sagte Rembrandt. »Hätten Sie es, würden Sie sich wahrscheinlich an sie erinnern. Rose muß der scheueste Mensch sein, den ich in meinem ganzen Leben kennengelernt habe.«

»Ich habe den Versuch aufgegeben, mit ihr zu sprechen«, warf Armstrong ein, »und nach allem, was ich weiß, haben das auch alle anderen Mitglieder der Kompanie. Ich meine, sie ist eine gutaussehende Frau, und als sie herkam, haben viele von den Jungs versucht, sie näher kennenzulernen, aber man wird es leid, so behandelt zu werden, als sei man Jack the Ripper.«

»Bei den Frauen ist es genauso«, sagte Rembrandt. »*Jeder* scheint sie nervös zu machen. Verdammt, es ist einfacher, mit den Nichtmenschen umzugehen. Wenigstens kommen sie einem auf halbem Wege entgegen.«

»Interessant«, murmelte der Kommandant nachdenklich. »Ich werde selbst versuchen müssen, mit ihr zu reden.«

Armstrong verzog das Gesicht. »Viel Glück, Herr Hauptmann. Wenn Sie sie dazu bringen können, ein halbes Dutzend Worte zu sagen, ist das schon mehr, als sie gesagt hat, seit sie angekommen ist.«

»Da wir gerade von den Nichtmenschen sprechen«, sagte Narrisch, »möchte ich Ihnen noch einen Gedanken unterbreiten. Vor allem möchte ich die beiden Sinthianer auseinanderreißen, wenn wir die Zweierteams festsetzen. Ich stelle mir vor, daß es schwierig für Menschen ist, sich Nichtmenschen gegenüber zu verhalten und eine Beziehung zu ihnen aufzubauen. Wenn wir die beiden zusammen lassen, macht es das nur noch schwieriger, sich ihnen zu nähern. Das einzige Problem ist, daß ich nicht sicher bin, wie die Sinthianer darauf reagieren, wenn man sie trennt. Was denken Sie darüber?«

»Ich glaube nicht, daß Sie sich Sorgen darüber machen müssen, daß sie sich beschweren, Herr Hauptmann.« Armstrong grinste und blinzelte Rembrandt zu. »Glaubst du das, Remmie?«

»Na ja«, erwiderte seine Partnerin mit gespieltem Zögern, »eigentlich erwarte ich nicht, daß das ein Problem sein wird.«

Der Kommandant ließ seinen Blick zwischen den beiden hin- und herschweifen.

»Langsam habe ich das Gefühl, da entgeht mir ein Witz.«

»In Wirklichkeit, Herr Hauptmann«, half Rembrandt aus, »kommen die beiden nicht besonders gut miteinander aus.«

»Nicht?«

»Die Sache ist die, Herr Hauptmann«, sagte Armstrong, »daß es auf ihrer Heimatwelt extreme Klassenvorurteile gibt. Beide haben sie ihre Welt verlassen, um den Verhältnissen dort zu entrinnen.«

»Ihre Namen sagen schon alles«, fuhr Rembrandt fort. »Einer von ihnen, Spartakus, ist ein Vertreter der unteren Klasse, während Louie, die Kurzform von Louis XIV. darstellt, der Aristokratie entstammt. Beide haben sich der Legion in dem Glauben angeschlossen, sie würden nie wieder mit irgend jemandem aus der verhaßten ›anderen Klasse‹ zu tun haben müssen, und Sie können sich vorstellen, wie überglücklich sie waren, als sie beide diesem Haufen zugeteilt wurden.«

»Ich verstehe. Wie stark beeinflußt ihre gegenseitige Abneigung ihre dienstlichen Leistungen?«

»Genaugenommen gehen sie ziemlich zivilisiert damit um«, sagte Rembrandt. »Es ist nicht so, als würden sie gewalttätig oder so. Sie meiden einander nur, wann immer das möglich ist, und funkeln sich vielleicht böse an und murren ein bißchen, wenn das nicht geht. Wenigstens *glaube* ich, daß es so ist. Bei ihren Augenstielen und den Translatoren läßt es sich ein bißchen schwer sagen.«

»Unter dem Strich, Herr Hauptmann, denke ich jedenfalls nicht, daß sie Einwände erheben werden, anderen Partnern zugeteilt zu werden.« Armstrong grinste.

»Sehr beruhigend.« Narrisch hakte einen weiteren Punkt auf seiner Liste ab. »Also dann. Wer ist der nächste?«

Die Atmosphäre der Zusammenkunft hatte sich erheblich entspannt, als der Kommandant die Besprechung endlich schloß. Alle drei Offiziere waren vor Müdigkeit wie besoffen und neigten dazu, beim schwächsten Versuch von Humor übertrieben zu kichern.

Narrisch war mit den Ergebnissen zufrieden, als er seine Offiziere zur Tür geleitete. Die lange Konferenz hatte sie einander nähergebracht.

»Tut mir leid, daß ich gar nicht mehr auf die Zeit geachtet habe«, meinte er zu ihnen. »Ich will Ihnen was sagen: Schlafen Sie morgen aus, und wir machen gegen Mittag weiter.«

Die beiden Leutnants stöhnten theatralisch.

»Und übrigens: Recht gute Arbeit ... von Ihnen beiden.«

»›Recht gute Arbeit‹ meint er«, sagte Armstrong und schnitt ihrem Partner ein Gesicht. »Ich hätte nicht gedacht, daß wir ein Schulterklopfen kriegen würden, bevor wir vor Erschöpfung umfallen. Natürlich müssen wir morgen da weitermachen, wo wir aufgehört haben.«

»Das sagt er nur, weil wir ein paar Sachen wußten, die er nicht wußte«, konterte Rembrandt eulenhaft. »Sobald er uns ausgequetscht hat, wirft er uns weg und vergißt uns.«

Narrisch stimmte in ihr Lachen ein.

»Jetzt gehen Sie und schlafen ein bißchen. Sie werden Ihre Kraft noch brauchen, bevor ich mit Ihnen fertig bin.«

»Ernsthaft, Herr Hauptmann, wozu die Eile?« sagte Rembrandt und lehnte sich gegen die Wand. »Was ist aus unseren entspannten, informellen Sitzungen geworden?«

»Vor einer Minute haben Sie den Finger darauf gelegt«, erklärte ihr der Kommandant. »Sie beide wissen ein paar Dinge über die Truppen, die ich nicht weiß. Ich möchte so viele Informationen aus ihnen herausholen, wie ich kann, bevor wir übermorgen alle über den Selbstvertrauenskurs schicken – na ja, eigentlich schon morgen.«

Er blickte von seiner Uhr auf und stellte fest, daß die Leutnants ihn anstarrten. Jede Spur von Humor war verschwunden.

»Was ist los?«

Armstrong räusperte sich.

»Entschuldigen Sie, Herr Hauptmann. Sagen Sie, daß wir übermorgen den Selbstvertrauenskurs machen?«

»So ist es. Habe ich das Ihnen gegenüber nicht erwähnt?«

Narrisch versuchte, seine Gedanken zu sammeln.

»Nein, das haben Sie nicht.«

»Tut mir leid. Ich dachte, ich hätte es getan. Ich habe dem Bautrupp Anweisung gegeben, den neuen Selbstvertrauenskurs vorrangig fertigzustellen, und wie ich hörte, sind sie heute mit den Arbeiten fertig geworden.«

»Sie meinen, Sie erwarten von unserer *Kompanie*, über einen Selbstvertrauenskurs zu gehen?« Rembrandt schien zu hoffen, daß er sich verhört hatte.

»Natürlich. Wir haben sie jetzt soweit, daß sie wie Soldaten aussehen. Es ist langsam an der Zeit, daß wir anfangen, darauf hinzuarbeiten, daß sie auch wie Soldaten handeln und fühlen, meinen Sie nicht auch?«

Zum erstenmal an diesem Abend ertönte keine automatische Zustimmung. Statt dessen standen die beiden Leutnants einfach da und sahen ihn an, als sei ihm ganz plötzlich ein zweiter Kopf gewachsen.

7

Tagebuchdatei # 087

Diejenigen unter den geneigten Lesern, die ebenso wie ich eingefleischte Zivilisten und deshalb mit den Wunderlichkeiten des militärischen Jargons nicht vertraut sind, sollten sich bewußtmachen, daß er eine ganz eigene Phantasiesprache darstellt, die speziell darauf abzielt, seine Geisteshaltungen unter gefälligen Platitüden zu verbergen. (Mein persönlicher Favorit ist die Bezeichnung ›nicht einsatzfähige Kampfeinheiten‹ für Gefallene.) Das gilt auch für den sogenannten Selbstvertrauenskurs.

Dabei handelt es sich um nichts anderes als einen in regelmäßigen Abständen mit Hindernissen gespickten Pfad, den die Soldaten in der kürzestmöglichen Zeit zurücklegen müssen. Einfach gesagt ist es das, was normale Menschen als eine Hindernisbahn bezeichnen würden. Es ist jedoch kein Zufall, daß niemand auf die Idee käme, militärisches Personal als ›normale Menschen‹ zu bezeichnen. Irgendwann in dunkler Vergangenheit faßte man den Entschluß, das Image der alten Hindernisbahn zu ändern. Statt aber die Bahn zu ändern, stimmte man lieber dafür, lediglich den Namen zu ändern.

Ich für meinen Teil hätte die Weisheit der Verwendung einer Hindernisbahn durch meinen Arbeitgeber als Mittel zur Herstellung oder Wiederherstellung des Selbstwertgefühls der unter seinem Kommando stehenden Individuen bezweifelt ... hätte man mich nur gefragt. Nach Durchsicht ihrer Personalakten, ganz zu schweigen von dem zweifelhaften Vergnügen, sie persönlich beobachtet und kennengelernt zu haben, hätte ich ernste Zweifel hinsichtlich ihrer Fähigkeit angemeldet, sich erfolgreich die Schnürsenkel zuzubinden, geschweige denn eine Hindernis... Verzeihung, einen Selbstvertrauenskurs zu überwinden. Nach dem, was ich ihren Kommentaren anläßlich ihrer ersten Versuche bei dieser Übung entnahm, entbehrte meine Einschätzung auch nicht einer gewissen Grundlage …

Unbehagliches Schweigen herrschte in der kleinen Gruppe von Beobachtern, die zusah, wie die Kompanie die Hindernisbahn überwand … oder es jedenfalls versuchte. Von den vieren schien nur der Kompaniechef die Szene mit sachlicher Aufmerksamkeit zu verfolgen. Brandy, der amazonenhafte Hauptfeldwebel, stand in entspannter Haltung da und bekundete grinsend ihre Verachtung für das Gekasper auf dem Kurs, während die beiden Leutnants peinlich berührt die Augen abwandten und unbehagliche Blicke wechselten.

Sicherlich hatte der Hauptmann doch gewußt, was passieren würde, als er die Übung anordnete … oder etwa nicht? Er war hinreichend gewarnt, daß seine Truppe schon aus reiner Gewohnheit Leistungen auf einem Niveau erbrachte, das noch weit unter den lockeren Standards der Legion lag. Trotzdem hatte er durch nichts zu erkennen gegeben, daß seine Erwartungen alles andere als hoch waren. Er hatte sogar neue Befehle ausgegeben, welche die Bedingungen, unter denen der Kurs zurückgelegt werden sollte, abwandelten. Statt die Zeit für jeden einzelnen zu nehmen, während sie in kleinen Gruppen von einem halben Dutzend durchgeschleust wurden, sollte die Einheit nach ihrer Gesamtleistung bewertet und eingestuft werden. Das bedeutete, die Stoppuhr würde gestartet und nicht eher wieder angehalten werden, bis der letzte Legionär die Ziellinie überquert hatte. Der Kommandant bestand darauf, daß die Legionäre die Bahn in voller Kampfausrüstung, komplett mit Waffen und Tornistern, zurücklegten, eine Ankündigung, die von der Kompanie mit einer Mischung aus Entsetzen und Gemurre quittiert worden war. Nach dem sie schon der Gedanke entsetzt hatte, den Parcours überhaupt zurücklegen zu müssen, raubten ihnen die neuen Bedingungen alles an Energie und Begeisterung, was sie sonst vielleicht noch hätten aufbringen können. Wenigstens für den Augenblick waren sie sich im Geiste einig, ihren neuen Chef lynchen zu wollen.

Das Ergebnis war, wie vorauszusehen, das totale Chaos. Wenn auch die meisten Mitglieder der Kompanie wenigstens mit ein paar von den Hindernissen fertig werden konnten, sie alle mit auch nur einem Anschein von Haltung und Geschicklichkeit überwinden konnte keiner. An den schwierigeren Hindernissen standen die Legionäre zu ratlosen Gruppen zusammen, oder sie starrten finster zu den Hügeln in der Nähe hinüber, wo sich ihr Kommandant aufhielt.

Obwohl Armstrong und Rembrandt all das vorausgesehen und sich erkleckliche Mühe gegeben hatten, ihren neuen Kommandanten darauf hinzuweisen, wurden sie immer noch von vagem Unbehagen geplagt. Narrisch hatte sie in die Pflicht genommen, indem er sie darauf hinwies, daß die Kompanie ihre persönliche Verantwortung sei. Kurz und gut fürchteten die beiden Leutnants, ihnen könnte für den gegenwärtigen Zustand der Kompanie der Schwarze Peter zugeschoben werden. Denn vielleicht hatten sie ja wirklich, was die Ausbildung der Truppe anging, in der Vergangenheit versagt. Hätten sie die Kompanie über diese Bahn schicken sollen? Vielleicht wäre die heutige Leistung ja nicht so grauenhaft gewesen, wenn sie im Bemühen, die körperliche Verfassung der Legionäre zu verbessern, auf täglicher Gymnastik bestanden hätten? Natürlich waren sie sich auch klar darüber, daß man sie, hätten sie versucht, ein solches Programm durchzuführen, vielleicht bei der ersten Gelegenheit ›versehentlich‹ in den Rükken geschossen hätte. Dennoch blieb die Tatsache bestehen, daß sie es nicht einmal versucht hatten.

Aber was vergangen war, war vergangen, und jetzt gab es nichts mehr, was sie noch hätten tun können, außer bedrückt auszusehen.

Supermücke, die lausbübische kleine Legionärin, näherte sich gerade der Drei-Meter-Bretterwand. Das war ein besonders schwieriges Hindernis, eines, das bis auf die sportlichsten Legionäre alle einschüchterte. Deswegen führte auch ein kleiner Pfad außen darum herum, damit die Entmutigten dieser Prüfung nach ein paar Versuchen ausweichen konnten, bevor sie völlig deprimiert waren. Unnötig zu sagen, daß das Gros der Kompanie nach einem symbolischen Anlauf auf die Wand diese Route wählte und viele nicht einmal so zu tun versuchten, als würden sie es probieren. Nicht so hingegen Supermücke.

Mit einem kurzen Zwischenspurt stürzte sie sich auf die Wand, nur um kaum auf halber Höhe mit einem Schlag, der noch für die Beobachter auf dem nahe gelegenen Hügel zu hören war, dagegenzuprallen. Es war ein aufrichtig gemeinter, aber vergeblicher Versuch. Einer, mit dem sie sich ganz bestimmt den Weg außen herum verdient hätte, den so viele andere so schamlos wählten. Es schien jedoch, als sei Supermücke anderer Meinung.

Nachdem sie sich aus dem Staub aufgerappelt hatte, pausierte sie nur gerade lang genug, um ihre Ausrüstung zurechtzurücken, dann warf sie sich wieder mit einer Wildheit auf das Hindernis, die diejenige ihres ersten Versuchs womöglich noch übertraf ... mit denselben bedauerlichen Ergebnissen. Wieder stürmte sie gegen die Barrikade an, und wieder drang das Geräusch, mit dem ihr Körper gegen die Wand prallte, den Hügel hinauf zu den Beobachtern. Und wieder ...

Andere Legionäre strömten an ihr vorbei, aber immer noch setzte sie ihren verbissenen Ansturm auf die Wand fort. Bei jedem Aufprall verzogen die Leutnants das Gesicht und zuckten mitfühlend zusammen, und selbst die hartherzige Brandy schüttelte angesichts der Hartnäckigkeit der kleinen Legionärin verwundert den Kopf. Narrischs Reaktion jedoch fiel anders aus, als sie es erwartet hatten.

Mit schwungvollen Schritten näherte sich der Kompaniechef selbst dem Hindernis. Während Supermücke wieder sprang, bückte er sich und legte eine unpersönliche Hand so unter ihren Po, daß er sie bei ihrem nächsten Sprung hoch- und über die Wand hinwegschob. Obwohl sie offensichtlich über die Hilfe erstaunt war, hielt die Legionärin nicht einmal inne, um einen Blick zurückzuwerfen, sondern hastete in gesegneter Ahnungslosigkeit, wessen Hand es gewesen war, die sie zum Erfolg getrieben hatte, weiter zum nächsten Hindernis.

Das auf dem Hügel zurückgebliebene Trio schaute zu, wie sie verschwand, dann richteten sie ihre Augen auf ihren Kommandanten, nur um einen wütenden, herausfordernden Blick zu ernten, als er sich wieder zu ihnen gesellte.

»Wenn die ein Verlierer ist«, fauchte Narrisch, »dann bin ich ein schlimmes Kreditrisiko!«

Diesmal beteiligte sich der Hauptfeldwebel an dem überraschten Blickwechsel, während sie alle nach Worten suchten. Glücklicherweise blieb ihnen die Mühe erspart, da der Kompaniechef mit ruhiger Stimme weitersprach.

»In Ordnung, Hauptfeldwebel«, sagte er. »Ich denke, wir haben genug gesehen. Rufen Sie sie herein. Zeit für eine Lektion.«

Mehr Ermunterung brauchte Brandy nicht. Obwohl sie den Änderungen, die Narrisch einführte, immer noch skeptisch gegenüberstand, mochte sie im stillen die Armbandkommunikatoren und freute sich über die erste Gelegenheit, ihr Band zu benutzen. Indem sie mit der Fingerspitze den ›Allgemeiner Rundruf‹-Knopf niederdrückte, richtete sie durch den Lautsprecher das Wort an die Kompanie.

»Übung abbrechen! Ich wiederhole: Abbrechen! Alle Mannschaften versammeln sich auf dem Beobachtungshügel! Ich meine *jetzt sofort*, Legionäre! *Setzt euren Hintern in Bewegung!*«

Ein paar müde Hurrarufe drangen von der Bahn herauf, als sie ihre Ankündigung beendete. Die meisten Mitglieder der Kompanie brachen jedoch ihre Anstrengungen ab und schleppten sich mit niedergeschlagenen Augen auf den Hügel zu. Sie wußten alle, wie schlecht sie ausgesehen hatten, und keiner war von der unvermeidlichen Standpauke begeistert, die mit Sicherheit kommen würde.

Obwohl Brandy sich davon überzeugte, daß ihr Gesicht

einen Ausdruck grimmigen Ärgers zeigte, während die Kompanie sich sammelte, war sie innerlich mehr als nur ein bißchen stolz. Ihr war klar, daß die heutige Vorstellung ihre schlechte Meinung, die Narrisch als Zynismus abzutun versucht hatte, mehr als nur bestätigte. Wenn überhaupt, dann freute sie sich schon darauf, ihn die Mängel des Pöbelshaufens aufzählen zu hören, den er so standhaft verteidigt hatte.

»Ich brauche es euch nicht zu sagen, daß das eine ziemlich jämmerliche Vorstellung war«, verkündete der Kompaniechef, als die letzten Nachzügler zu der Gruppe stießen. »Ich frage mich nur, ob irgendeiner den Grips oder den Mut hat, mir zu sagen, was falsch war.«

»Wir stinken sogar auf Eis!«

Es war die inzwischen schon obligatorische Stimme aus dem Hintergrund, die sich da erhob, auch wenn alle mit ihr übereinzustimmen schienen. Narrisch, so schien es, hatte jedoch nicht vor, das einfach so durchgehen zu lassen.

»Wer hat das gesagt?« verlangte er zu wissen und spähte in die Richtung, aus der die Stimme gekommen war.

Vor seinem Blick schmolz die Masse der Legionäre auseinander und ließ ein dunkelhaariges, rattengesichtiges Individuum zurück, das sich nun allein der Herausforderung stellen mußte.

»Schätze, das war wohl ich ... Herr Hauptmann«, gestand er unbehaglich.

»Sie sind Schubidu, nicht wahr?« sagte der Kommandant, als er den Legionär erkannte, der vor ein paar Tagen Kommunikationsdienst gemacht hatte.

»Jawohl, Herr Hauptmann!«

»Eigentlich heißt er Schubi-*Sie*«, flüsterte jemand laut, und ein Kichern durchlief die Versammlung, als Schubidu vor Wut und Verlegenheit errötete.

Narrisch ignorierte das alles.

»Nun, Schubidu, ich bewundere Leute, die offen sagen, was sie denken ... aber Sie liegen falsch. Total falsch sogar.«

Die Kompanie runzelte verwirrt die Stirn, bis auf den Hauptfeldwebel, der unverhohlen finster dreinblickte, als Narrisch fortfuhr.

»Falsch war nämlich, daß ihr da unten seid und wir« – seine Geste schloß alle vier Beobachter auf dem Hügel ein – »hier oben. Ich habe euch schon früher gesagt, daß es unsere Aufgabe ist, mit euch zu arbeiten, Wege zu finden, euch effektiv zu machen, nicht, hier oben zu stehen und den Kopf zu schütteln, während ihr euch abquält und den Mut verliert. Wenn überhaupt etwas, dann schulde ich euch eine Entschuldigung, weil ich euch durch diese erste Runde gejagt habe, aber ich fand, es sei nötig, um etwas zu beweisen. Ihr habt meine Zusicherung, daß es das letztemal war, daß ihr allein mit einer Übung fertig werden müßt.«

Die Kompanie reagierte mit wie vom Donner gerührtem Schweigen, als Narrisch vom Hügel herunterkam, um sich zu ihnen zu gesellen, während die anderen Beobachter ihm unbehaglich folgten. Ihr Gesichtsausdruck reichte von verwirrt bis empört, aber es gab wenig, was sie tun konnten, außer Narrischs Beispiel zu folgen.

»Also okay«, sagte der Kompaniechef und bedeutete denen in den vorderen Reihen, sich hinzuknien, damit die hinteren sehen und hören konnten, »ich habe euch bereits früher erklärt, daß wir ein Team sind. Der erste Fehler war, daß ihr versucht habt, diesen Parcours als Individuen zu durchlaufen. Wie bei allem übrigen, was wir uns jemals vornehmen werden, gibt es da draußen Hindernisse, die jeden von uns fix und fertig machen können. Aber gemeinsam, wenn wir als Team zusammenarbeiten, um uns gegenseitig zu helfen und jedes Problem zu durchdenken, gibt es nichts, was wir nicht schaffen können. Nichts! Brennt es in eure Hirne und Herzen ein, daß wir *alles* schaffen können. Dann bleibt uns nur noch, das ›Wie‹ herauszufinden.«

Die Kompanie hing ihm an den Lippen; sie *wollte*, daß er recht hatte.

»Nehmen wir uns mal ein konkretes Beispiel vor und schauen wir, wie das geht. Die Drei-Meter-Wand ist ein Problem.« Er deutete auf das Hindernis, und die Legionäre nickten, wobei ein paar schmerzlich das Gesicht verzogen.

»Schon wenn man es einfach nur ansieht, wird offensichtlich, daß man hinüberkommen kann, wenn man die nötige Größe und Kraft besitzt. Besitzt man sie jedoch nicht, kommt man nicht weiter. Das mag für einen Haufen einzelner zutreffen, aber wir sind ein Team, und wir lassen unsere Teamgefährten nicht zurück oder sehen mit an, wie sie steckenbleiben, nur weil sie nicht groß sind. Vergeßt, *euch* hinüberzubringen, und fangt an, darüber nachzudenken, *uns* hinüberzubringen. Wenn jemand hinaufklettern und dort bleiben würde, um denen, die nach ihm kommen, Hilfestellung zu leisten, kämen alle erheblich einfacher hinüber. Noch einmal: der Grundgedanke lautet, das zu maximieren, was ihr könnt, nicht, euch von dem unterkriegen zu lassen, was ihr nicht könnt.«

Allmählich sah man lächelnde Gesichter in den Reihen. Die unbezähmbare Energie des Hauptmanns begann ihre Wirkung bei den Legionären zu zeigen.

»Ein anderes Beispiel«, fuhr Narrisch fort. »Einige von euch sind langsamer als andere. Speziell die Sinthianer sind nicht für Geschwindigkeit gebaut. Langsam zu sein ist aber nichts, dessen man sich schämen müßte, besonders, wenn es durch den Körperbau bedingt ist. Sie sollten nicht mehr darunter leiden müssen, nicht schnell zu sein, als wir übrigens uns schämen müssen, weil wir nicht fliegen können. Es ist ein Problem, mit dem man fertig werden muß. Wir helfen ihnen, damit fertig zu werden, weil sie unsere Teamgefährten sind. Wenn es eine Situation gibt, wo es auf Zeit ankommt und wir nicht wollen, daß sie zurückfallen, helft ihnen weiter. Tragt sie, wenn ihr müßt, selbst wenn es bedeutet, daß einige doppeltes Marschgepäck schleppen. Jetzt laßt uns mal einen Blick auf ein paar der anderen Hindernisse werfen. ...«

Er schritt in Richtung der Hinderniskombination davon, die allgemein als ›Die Höllengrube‹ bezeichnet wurde. Die Kompanie folgte ihm dichtgedrängt. Als er die erste Station erreichte, wandte er sich wieder zu den Legionären um, und diesmal fielen die vorderen Reihen auf die Knie, ohne daß er ihnen ein Zeichen geben mußte.

Das Hindernis bestand aus einem etwa vier Meter breiten Graben, der beinahe bis zum Rand mit einer übel aussehenden Mischung aus Schlamm, Algen und Brackwasser gefüllt war. Über dem Graben erhob sich ein Gerüst, von dem drei schwere Taue hingen. Die Legionäre mußten sich an den Tauen über den Graben hinwegschwingen und dann weiterlaufen, ein Manöver, das in Wirklichkeit viel schwieriger war, als es aussah.

»Ich habe bemerkt, daß es an dieser Station immer einen Engpaß gab«, sagte Narrisch. »Auch wenn einige von euch den richtigen Gedanken hatten, euren Kumpels einen Stoß zu versetzen, um sie in Schwung zu bringen, liegt das wirkliche Problem darin, daß drei Taue nicht ausreichen, um den Verkehr in Gang zu halten.«

Er legte eine Pause ein und sah hinunter auf das Wasser im Graben.

»Nun weiß ich, daß ihr alle stolz auf eure neuen Uniformen seid, aber das hier soll Gefechtsbedingungen darstellen, und ein Gefecht ist nicht der richtige Augenblick, um sich Gedanken darüber zu machen, wie man seine Klamotten sauberhält. Weiß jemand, wie tief dieser Graben ist?«

Die Legionäre sahen sich an, aber der Kompaniechef machte sich nicht die Mühe, auf eine Antwort zu warten.

»Außer Initiative ist das Wertvollste bei einem Kampfeinsatz Information. Feldwebel Brandy!«

»Herr Hauptmann?«

»Würden Sie der Kompanie den schnellsten Weg demonstrieren, wie man herausfindet, wie tief dieser Graben ist?«

Die Kompanie staunte maßlos über den Wagemut des Hauptmanns, aber der vielgefürchtete Hauptfeldwebel zögerte nur einen Wimpernschlag, bevor sie plötzlich in Aktion trat. Gestärkte Uniform, mit Spucke geputzte Stiefel und alles machte einen langen Schritt und sprang kühn in den Graben. Dann, als sie feststellte, daß der Dreck kaum bis zur Unterseite ihrer ausladenden Brüste ging, watete sie mit so viel Würde, wie sie aufbieten konnte, zur anderen Seite, wobei sie der in den Hafen einlaufenden *Bismarck* nicht unähnlich sah.

Leutnant Armstrong, der die Haltung des Hauptfeldwebels immer beneidet hatte, gab sich keine Mühe, sein Grinsen zu verbergen, als er Rembrandt schadenfroh mit dem Ellbogen anstieß. Unglücklicherweise bemerkte Narrisch den Blickwechsel.

»Leutnants?«

»Herr Hauptmann?«

Die jüngeren Offiziere krümmten sich innerlich, als ihr Kommandant anzüglich in Richtung des Grabens nickte, aber sie sahen sich gezwungen, dem Beispiel des Feldwebels zu folgen. Zwei Sätze Offiziersuniformen landeten im Dreck, während die Kompanie entzückt zusah.

»Wie ihr sehen könnt«, kommentierte der Kompaniechef ruhig, »geht es tatsächlich schneller, einfach durch dieses Hindernis hindurchzuwaten, als sich anzustellen und auf ein Tau zu warten. Wenn ihr mir nun folgen wollt, dann werfen wir mal einen Blick auf das nächste Problem.«

Mit diesen Worten drehte er sich um, sprang selbst über den Rand des Grabens und nahm dankend Brandys Hand in Anspruch, als er die andere Seite erreichte. Hinter ihm stürzte sich die Kompanie wie Lemminge in den Graben, begierig darauf zu sehen, was ihr Kommandant noch in petto hatte.

Die nächste Station war ein breiter Graben, der von drei Baumstämmen überbrückt wurde. Diesmal zögerte Narrisch nicht, sondern hüpfte augenblicklich auf einen der Stämme und überquerte ihn zur gegenüberliegenden Seite, während er Armstrong bedeutete, ihm zu folgen.

»Dieses Hindernis ist nicht so schwierig«, rief er von der anderen Seite herüber, »wenn ihr einigermaßen beweglich seid. Natürlich sind einige von uns nicht einigermaßen beweglich, und selbst für die, die es sind, ist es zeitaufwendig, das Gleichgewicht zu halten. Deshalb wandeln wir die Welt einfach wieder ab, damit sie unseren Bedürfnissen entspricht ... Schoppen-Hauer! Könnten Sie das andere Ende des Stammes nehmen?«

Mit fast zwei Metern zehn war der große Voltone ohne Zweifel die stärkste und eindrucksvollste Gestalt unter den Legionären, selbst wenn sein langes dunkles Haar, die vorstehenden Hauer und der unförmige Kopf ihm nicht das Aussehen einer Kreuzung zwischen einem Warzenschwein und Frankensteins Monster verliehen hätten. Er trat vor und packte ein Ende des Stammes, während Narrisch und Armstrong das andere nahmen, und gemeinsam rollten sie ihn seitwärts, bis er gegen den mittleren Brückenbogen stieß. Noch einige Augenblicke, und der dritte Stamm wurde an den Platz neben die anderen geschoben.

»Das läßt sich leichter überqueren«, erklärte Narrisch, während er bis in die Mitte der improvisierten Brücke hinausging und sie mit den Füßen zum Wippen brachte, um ihre Festigkeit zu prüfen, »aber wenn wir alle schnell hinüber wollen, ist sie immer noch ein wenig zu wackelig. Hat jemand ein Seil in seinem Gepäck?«

Aber keiner hatte ein Seil.

»Nun, ich weiß, ihr habt alle Messer. Man hat sie an euch ausgegeben, und wenn sie auch nicht von bester Qualität sind, dürften sie doch für den Augenblick genügen. Schubidu?«

»Hier, Herr Hauptmann!«

»Schnappen Sie sich einen Partner und holen Sie uns ein Stück Seil, um diese Stämme damit zusammenzubinden.«

»Herr Hauptmann?«

»Nachdenken, Soldat! Ich glaube, Sie finden ein paar bei der letzten Station. Das heißt natürlich, wenn Sie nicht das Gefühl haben, daß es Ihre wohlbekannten Prinzipien verletzt, sich dazu herabzulassen, etwas zum Nutzen der Kompanie abzustauben.«

Bei diesen Worten stiegen Anfeuerungs- und Hurrarufe von den Legionären auf, da man sich normalerweise darauf verlassen konnte, daß Schubidu alles zu requirieren vermochte, was nicht niet- und nagelfest war.

»Während wir warten«, rief Narrisch und winkte, bis sie grinsend verstummten, »wollen wir schon mal ein paar Ideen diskutieren, wie wir mit dem nächsten Hindernis fertig werden. Hat jemand eine Idee?«

Wie das Schicksal es wollte, war Bombest nicht nur im Dienst, sondern auch in der Halle, als die Kompanie nach ihrem Kampf mit der Hindernisbahn ins Hotel stürmte.

Schubidu war der erste, auch wenn es schwierig war, ihn durch den Schleim und den trocknenden Schlamm, die seine Uniform verkrusteten, zu erkennen. Er war jedoch unleugbar gehobener Stimmung, als er ein Bündel nasser Banknoten auf die Rezeption warf und einen ganzen Stapel Zeitungen von der Theke nahm.

»He, Supermücke!« rief er durch die Tür der nächsten Gestalt zu, die nur an ihrer Größe – oder dem Mangel daran – erkennbar war. »Hilf mir mal hierbei. Du weißt, was der Hauptmann gesagt hat: Wenn diese Affen durch die Hotelhalle trampeln und dabei Spuren hinterlassen, müssen wir alle das Saubermachen von unserem Sold bezahlen.«

Der Manager beobachtete interessiert, wie die beiden gerade noch rechtzeitig mit Zeitungen einen Pfad zwischen der Vordertür und den Aufzügen auslegten, bevor der erste Schwung Legionäre hereingeplatzt kam.

»Hast du Brandys Gesicht gesehen, als der Hauptmann sagte ...«

»Ich sage euch, ich hätte nie geglaubt, daß ich das mal erleben würde ...«

»Ha, Bombast! Rufen Sie lieber den Wäschedienst an und lassen Sie ihn jemanden zum Abholen rüberschicken. Wir haben hier ein paar Überstunden für sie!«

Der Hotelmanager tat sein Bestes, um sich trotz des Gebrauchs des verhaßten Spitznamens an dem allgemeinen Gelächter zu beteiligen, das dieser Bemerkung folgte, aber das geplante Lächeln kam bloß als dünnlippige Grimasse heraus.

»Also, ich könnte jetzt so ein bis fünf Drinks gebrauchen.«

»Macht euch erst sauber. Die Zivis dürfen uns doch nicht so sehen!«

Eine Gestalt löste sich aus der jubelnden Menge und trat an die Rezeption.

»Sagen Sie, Bombest, könnten Sie jemanden losschicken, um den Pool zu öffnen? Ich glaube, die Crew möchte ein bißchen spielen, und es ist wahrscheinlich besser für uns alle, wenn sie es im Pool tut statt in der Bar oder im Restaurant.«

Diesmal versuchte der Manager gar nicht erst, den Ausdruck des Entsetzens von seinem Gesicht fernzuhalten. Wenn er nicht gesprochen hätte, hätte Bombest die schlammverkrustete Gestalt vor sich niemals als Narrisch erkannt. Sein Gehirn weigerte sich schlichtweg zu akzeptieren, daß jemand von Narrischs gesellschaftlichem Rang und Bildung sich herablassen könnte, sich mit den gemeinen Truppen im Dreck zu suhlen.

»Der Pool?« echote er schwach, außerstande, die Augen von dem besudelten Kommandanten loszureißen.

Narrisch fing seinen Blick auf, interpretierte ihn aber falsch.

»Keine Sorge, Bombest.« Er grinste. »Ich bin sicher, alle werden duschen, bevor sie in den Pool hüpfen.« Er deutete auf die mit Zeitungen übersäte Hotelhalle! »Wenn sie zu knauserig sind, dafür zu bezahlen, daß der Teppich gesaugt wird, lassen sie bestimmt auch nichts springen, um einen Ring um den Pool wegschrubben lassen zu müssen.«

»Vermutlich nicht.«

»Ach, und könnten Sie dafür sorgen, daß der Zimmerservice drei Servierwagen mit Bier auf jede unserer Etagen schickt? Natürlich auf meine Rechnung.«

»Es kommt alles auf Ihre Rechnung, Herr Narrisch«, kommentierte Bombest, der langsam anfing, seine Fassung wiederzugewinnen.

Der Kommandant war schon im Begriff gewesen, sich abzuwenden, aber statt dessen lehnte er sich auf die Rezeption. Anscheinend hatte die Begeisterung ihn gesprächig gemacht.

»Ich weiß, Bombest, aber das hier ist etwas Besonderes. Sorgen Sie auf jeden Fall dafür, daß ihnen gesagt wird, es sei mit den besten Empfehlungen des Kommandanten. Ich sage Ihnen, ich wünschte, Sie hätten sie heute sehen können. Natürlich werde ich es nachprüfen müssen, aber ich glaube nicht, daß irgendeine Einheit den Selbstvertrauenskurs in kürzerer Zeit zurückgelegt hat als sie.«

»Sie scheinen in der Tat gehobener Stimmung zu sein«, pflichtete der Manager bei, um den freundlichen Tonfall der Unterhaltung beizubehalten.

»Wissen Sie, daß wir diesen Parcours heute mehr als ein dutzendmal durchlaufen haben? Sie wären immer noch zugange, wenn ich ihnen nicht befohlen hätte, für heute Schluß zu machen.«

»Warum haben Sie das gemacht? Ich meine ... es ist noch ziemlich früh.«

»Die Bahn muß erst neu aufgebaut werden«, sagte Narrisch stolz, und sein Lächeln blitzte durch den Dreck auf seinem Gesicht. »Das erinnert mich daran ... ich muß den Bautrupp anrufen und feststellen, ob sie noch heute jemanden dort hinausschicken können, um damit anzufangen.«

»Das ... klingt, als hätten sie sich wacker geschlagen.«

»Das haben sie. Allerdings mache ich mir Sorgen um die Sinthianer. Sie sind einfach nicht imstande, ohne Hilfe mitzuhalten. Ich muß mir irgendeine Methode einfallen lassen, um ihnen zu helfen, schneller vom Fleck zu kommen, bevor sie völlig den Mut verlieren.«

Bombest suchte nach einer passenden Antwort, als er zwei Gestalten bemerkte, die sich ihrer Unterhaltung näherten.

»Willard? Bist du das?«

Narrisch drehte sich um und lächelte, als er die Reporterin erkannte, deren Interview zu dem Anruf aus dem Hauptquartier geführt hatte. Sie war Anfang Zwanzig, mit weichem, lockigem braunen Haar und einem kurvenreichen Körper, den selbst der konservative Schnitt ihres Geschäftsanzugs nicht verbergen konnte.

»Hallo, Jennie. Bin überrascht, daß du mich so erkannt hast.«

»Fast hätte ich's nicht, aber Sidney hier sagte, er meinte, du wärst es. Es ist nicht so einfach, einen Holofotografen zu täuschen.« Die Reporterin grinste und deutete auf ihren Partner. »Er ist darauf spezialisiert, Berühmtheiten zu erkennen, die versuchen, inkognito zu reisen.«

»Ja. Ich sehe schon, wieso das eine nützliche Fähigkeit ist«, sagte der Kommandant und zwang sich zu einem Lächeln. Er hatte die scharfsichtigen Holofotografen, die sich um Persönlichkeiten des öffentlichen Lebens scharten wie Geier um ein krankes Tier, nie besonders gemocht. Insbesondere stellte er fest, daß ihm das ungezwungene, breitschultrige, fönfrisierte gute Aussehen des Fotografen mißfiel, der so dicht neben Jennie stand. Er verströmte eine entspannte Aura, die stark gefühlsbetonte Menschen wie Narrisch immer beneideten, aber niemals zu meistern hoffen konnten. »Freut mich, Sie kennenzulernen, Sidney.«

Er bleckte die Zähne, als sie sich die Hand schüttelten.

»So! Was kann ich heute für dich tun, Jennie? Ich glaube nicht, daß wir diesen letzten Artikel, den du geschrieben hast, noch übertreffen können; es sei denn, wir lernen, auf dem Wasser zu wandeln.«

Jeglicher in seiner Frage verborgene Sarkasmus war an den Enthusiasmus der Reporterin verschwendet.

»Na ja, unser Chefredakteur hat uns beauftragt, eine wöchentliche Artikelserie über dich zu liefern, komplett mit Bildern ... das heißt, wenn du damit einverstanden bist. Ich hatte gehofft, wir könnten uns mit dir unterhalten und ein paar Schnappschüsse machen oder eine Zeit festlegen, die dir paßt.«

»Ich verstehe. Unglücklicherweise bin ich im Augenblick nicht recht vorzeigbar.« Narrisch deutete anzüglich auf seinen besudelten Zustand. »Wir sind heute über den Selbstvertrauenskurs gegangen ...«

»Wirklich? Das könnte ja einen guten Aufhänger abgeben ...«

»... und außerdem«, fuhr der Kommandant fort, »wäre es mir lieber, wenn du ein paar Geschichten über die Kompanie selbst bringen würdest. Ich bin sicher, die Öffentlichkeit fände das weitaus interessanter als eine Serie über mich allein.«

»Tja … vermutlich«, sagte die Reporterin zögernd. Anscheinend widerstrebte es ihr, ihre Chance verstreichen zu lassen, Zeit mit dem Kommandanten zu verbringen. »Wir könnten versuchen, etwas darüber einzubauen, wie andere Leute dich und deine Aktivitäten sehen.«

»Fein. Dann wäre das abgemacht. Mal sehen, was wir tun können, um dich mit ein paar von den Legionären zusammenzubringen … Schubidu! Brandy!«

Er winkte den beiden Gestalten zu, die gerade vom Aufzug zum Salon unterwegs waren, und sie kamen herangeschlendert, um sich der Unterhaltung anzuschließen.

»Diese beiden sind daran interessiert, eine Geschichte über unser Training auf der Hindernisbahn zu schreiben«, erklärte er. »Ich überlegte gerade, ob Sie beide bereit wären, sie mit den nötigen Informationen zu versorgen.«

»Mit Holos?« rief Schubidu aus, der die Ausrüstung des Holofotografen erspähte. »He, dufte! Klar doch, Herr Hauptmann.«

»Äh … das Dumme ist nur, daß sie nicht so aussehen, als hätten sie gerade irgend etwas hinter sich gebracht«, bemerkte die Reporterin taktvoll.

Die beiden Legionäre hatten bereits geduscht und sich umgezogen, und abgesehen von ihren feuchten Haaren gab es keine Spur mehr von ihrem kürzlichen Martyrium.

»Kein Problem«, beharrte Schubidu hastig. »Wir können eben nach oben flitzen und wieder unsere anderen Uniformen anlegen und …«

»Noch besser«, sagte Brandy vernünftig, wobei sie den Holofotografen beäugte, dessen gutes Aussehen ihr nicht entgangen war, »wir könnten einfach über die Straße zum Park gehen und mal schnell in den Brunnen springen, um uns ein bißchen einzuweichen. Ich bin mir nicht sicher, ob die Öffentlichkeit sehen will, wie schmutzig wir auf der Bahn wirklich werden.«

Der Holofotograf ließ einen abschätzenden Blick über die üppige Figur des Hauptfeldwebels wandern und stieß die Reporerin mit dem Ellbogen in die Seite.

»Das wäre genau richtig«, verkündete er. »Sollen wir gehen?«

Als die Gruppe aus dem Hotel strebte, schnappte sich Narrisch den Fotografen und zog ihn beiseite.

»Äh … Sidney? Wir wissen beide, daß Jennie über genügend Enthusiasmus verfügt, um eine ganze Brigade mitzureißen, wenn sie einmal in Gang kommt. Ich verlasse mich darauf, daß Sie einen etwas klareren Kopf bewahren.«

»Was wollen Sie damit …?«

»Ach, sagen wir einfach, es wäre klug, wenn Sie Rücksprache mit den einzelnen Legionären nähmen, bevor Sie Holos von ihnen machen oder gar veröffentlichen. Einige von ihnen haben sich der Legion angeschlossen, um ihrer Vergangenheit zu entkommen.«

»Wirklich?« Der Fotograf fing schon an, sich umzusehen, aber Narrisch war noch nicht fertig.

»Und falls sie Ihnen nicht Ihre Ausrüstung in die Kehle rammen, wenn Sie versuchen, die Fotos zu machen, könnte ich mich vielleicht geneigt sehen, ein *persönliches* Interesse an Ihrer Karriere zu zeigen – solange sie denn dauert. Verstehen wir uns?«

Sidney erwiderte den Blick des Kommandanten, und was er dort sah, brachte ihn zu dem Entschluß, daß dies nicht die Zeit war, ein Loblied auf den hohen Wert der Pressefreiheit zu singen.

»Verstanden, Herr Narrisch«, sagte er und salutierte mit einer militärischen Ehrenbezeigung, die nicht ganz spöttisch gemeint war.

Narrisch schenkte dem Fototermin nur beiläufige Beachtung. Statt dessen ertappte er sich dabei, wie er die Rasselbande der Jugendlichen aus der Nachbarschaft beobachtete, die ihr Herumgetobe mit den Glideboards unterbrachen, um die Versammlung näher in Augenschein zu nehmen. Nachdem die Reporterin sie zum fünftenmal von den Aufnahmen vertrieben hatte, wobei sie diesmal damit drohte, die Polizei zu rufen, nahmen die Jugendlichen ihre normalen Spiele wieder auf, nur vielleicht etwas schwungvoller wegen des nahen Holofotografen.

Obwohl sie am besten auf harten, glatten Oberflächen wie etwa Bürgersteigen funktionierten, konnten die Glideboards mit jedem Untergrund fertig werden, und die Jugendlichen brüsteten sich damit, ihr Können auch unter schwierigen Bedingungen zu zeigen. Sie steuerten sie über die Sitzflächen von Parkbänken und quer über das ungleichmäßige Gras. Ihr Lieblingsmanöver war es, einen bestimmten Abhang in eine Senke hinunterzugleiten, dann ihren Schwung dazu auszunutzen, um mit ihren Brettern über die Hecke zu springen und zufällig in dem Brunnen zu landen, den der Fotograf als Hintergrund benutzte. Auf Wasser waren die Bretter jedoch noch schneller, und es bereitete ihnen keine Schwierigkeiten, über den Brunnen hinwegzugleiten und sich davonzumachen, bevor die Journalisten protestierend die Stimmen erheben konnten.

Narrisch sah ihnen eine Weile aufmerksam zu, dann schlenderte er dorthin, wo sie sich sammelten, um ihre nächste Aktion zu planen. Die Jugendlichen beobachteten seine Annäherung, bereit, in die Sicherheit der Gassen zu flüchten, aber er lächelte und winkte ihnen zu, daher behaupteten sie ihren Platz, bis er näher herangekommen war.

»Was wollen Sie, Mann?« rief ihn der offensichtliche Anführer an. »Sieht aus, als könnten Sie selbst ein Bad im Brunnen vertragen.«

Narrisch lächelte wehmütig angesichts des Gekichers, das folgte. Er hatte noch keine Gelegenheit gehabt, sich zu säubern, und sah schlimmer als die Bengel aus.

»Ich habe mich nur gefragt, ob ihr mir ein bißchen was über eure Bretter erzählen könntet«, sagte er. »Ist es schwierig, damit umzugehen?«

Die Jugendlichen warfen sich rasche Blicke zu, hin- und hergerissen zwischen der Liebe zu ihren Brettern und der Versuchung, einen Erwachsenen zu ärgern. Die Bretter siegten.

»Zuerst sind sie ein bißchen knifflig«, gestand der Sprecher ein. »Man muß lernen, seinen Schwerpunkt niedrig zu halten, oder sie werfen einen ab.«

»Mit ein bißchen Übung …«

»Mit einer Menge Übung …«

»Können Sie fast alles damit machen …«

»Wollen Sie's mal versuchen?«

»Wenn Sie den Dreh einmal raushaben …«

Nun, da der Bann gebrochen war, strömten die Informationen in einem Sturzbach hervor, als alle Jugendlichen gleichzeitig versuchten, über ihre Leidenschaft zu sprechen. Narrisch hörte ein paar Augenblicke lang zu, dann brachte er sie mit einer Handbewegung zum Schweigen.

»Was ich eigentlich wissen möchte«, sagte er mit verschwörerischer Stimme, die die Jugendlichen veranlaßte, sich dichter um ihn zu drängen, »ist, ob ihr glaubt, ihr könntet einem Sinthianer beibringen, auf einem dieser Dinger zu reiten … Hat einer von euch überhaupt schon mal einen Sinthianer gesehen?«

8

Tagebuchdatei # 091

Ihr Erfolg auf der Hindernisbahn, ganz zu schweigen von ihrem Stolz auf ihre neuen ›Uniformen‹, schien einen Wendepunkt in den Einstellungen der Legionäre zu markieren. Die Kompanie begann, sich den Glauben ihres neuen Kommandeurs zu eigen zu machen, daß ›wir alles *schaffen können, wenn wir zusammenarbeiten und nicht zu wählerisch darin sind,* wie *wir es schaffen!‹*

Wie Kinder, die nach Entschuldigungen suchen, um ein neues Spielzeug vorzuführen, gaben die Legionäre ihre bisherige Gewohnheit auf, während der dienstfreien Zeit an ihrer Heimatbasis zu kleben. Statt dessen sah man sie überall in der Kolonie auf der Suche nach neuen Herausforderungen. Viele Bürger begannen allmählich zu glauben, daß diese extrovertierte Crew eine völlig neue Truppe sei, da die meisten ihrer ›Projekte‹ als ›gute Taten‹ oder ›soziale Verbesserungen‹ gewertet werden konnten. Unglücklicherweise spielten sich jedoch nicht alle ihre Freizeitaktivitäten auf der richtigen Seite des Gesetzes ab, eine Tatsache, die meinen Dienstherrn einigermaßen auf Trab hielt, da er zwischen ihnen und den örtlichen Behörden vermitteln mußte.

Darüber hinaus wurde ein Großteil seiner Zeit davon in Anspruch genommen, daß er sich zur Vorbereitung auf die Einteilung der Kompanie in Zweierteams aufrichtig darum bemühte, die Männer und Frauen unter seinem Kommando besser kennenzulernen.

Natürlich offenbarten seine Anstrengungen nur, was ich bereits von dem Augenblick an vermutet hatte, als er auf diesen Posten versetzt worden war: daß in eine Omega-Kompanie verbannte Legionäre nicht eben die Individuen im Universum sind, mit denen es sich am einfachsten umgehen läßt.

»Macht es Ihnen etwas, wenn ich mich zu ihnen setzte?«

Supermücke sah von ihrem Frühstück auf und stellte fest, daß der Kompaniechef neben ihrem Tisch stand. Mit einem Achselzucken winkte sie ihn in den Stuhl gegenüber.

Das kleinste Mitglied der Kompanie war keineswegs unattraktiv, auch wenn wohl kaum jemand sie als schön bezeichnet hätte. Ein auffälliges Band aus Sommersprossen, das sich über Wangenknochen und Nase zog, verband sich mit ihrem herzförmigen Gesicht und dem kurzen braunen Haar zum Eindruck einer Elfe – einer robusten jungen Elfe, nicht der niedlicheren, exquisiten Variante aus *Peter Pan*.

Narrisch rührte langsam in seinem Kaffee, während er versuchte, seine Gedanken in Worte zu fassen.

»Ich wollte schon seit einiger Zeit mit Ihnen sprechen«, begann er, aber die Mücke unterbrach ihn, indem sie eine Einhalt gebietende Hand hob, bis sie zu Ende gekaut und ihren Bissen hinuntergeschluckt hatte.

»Erlauben Sie, daß ich Ihnen ein bißchen Zeit spare, Herr Hauptmann. Es geht um meine ständigen Kämpfe. Stimmt's?«

»Nun ... ja. Sie scheinen in mehr als den normalen Anteil von ... Balgereien verwickelt zu sein.«

»Balgereien.« Die kleine Legionärin seufzte. »Wenn ich größer wäre, würde man es Schlägereien nennen. Ach, was soll's! Darf ich Ihnen etwas erklären, Herr Hauptmann?«

Sie wandte sich wieder ihrer Mahlzeit zu, während sie sprach.

»Ich war das kleinste von neun Kindern in unserer Familie – nicht das jüngste, das kleinste. Unsere Leute arbeiteten beide und waren nicht viel zu Hause, also blieb es so ziemlich uns Kindern überlassen, unsere Angelegenheiten selbst zu regeln, und wie die meisten Kinder waren wir nicht groß in Demokratie oder Diplomatie. Wenn man sich nicht selbst durchsetzen konnte, dann half einem niemand, und man endete ganz unten im Haufen. Da ich die Kleinste war, mußte ich natürlich mehr als die meisten anderen kämpfen, nur damit mein Anteil an der Hausarbeit nicht zu groß wurde. Wissen Sie, wie es ist, wenn man eine fünf Jahre jüngere Schwester hat, die versucht, einen herumzustoßen?«

Narrisch wurde von der Frage überrumpelt und suchte unsicher nach einer Antwort. Zum Glück schien Supermücke gar keine zu erwarten, denn sie fuhr fort: »Jedenfalls habe ich mir irgendwie angewöhnt, jedem an die Kehle zu gehen, der mich schikaniert. Sehen Sie, wenn Sie so groß sind wie ich, dann können Sie nicht darauf warten, daß der andere zuerst zuschlägt, oder alles ist vorbei, bevor es überhaupt angefangen hat. Sie müssen zuerst auf ihn losgehen, wenn Sie Ihre Treffer anbringen wollen. Selbst dann klappt es nicht immer, aber wenigstens haben Sie auf die Weise eine Chance.«

Sie machte eine Pause, um an ihrem Kaffee zu nippen, dann wischte sie sich entschieden mit der Serviette den Mund ab.

»Schätze, was ich eigentlich sagen will, Herr Hauptmann, ist: was man sieht, das kriegt man auch. Ich bin mir völlig darüber im klaren, daß meine ständigen Kämpfe störend sind, aber sie sind nun mal eine alte Angewohnheit, und ich persönlich würde nicht darauf wetten, daß sich daran etwas ändert. Wenn es Ihnen wirklich Probleme bereitet, könnte ich mich versetzen lassen. Es wäre weiß Gott nicht das erste Mal.«

Trotz seiner äußerlichen Gelassenheit war Narrisch angesichts der Offenheit dieser kleinen Legionärin sprachlos. Obwohl die Disziplin der Kompanie ihm Sorgen bereitete, stellte er fest, daß er die Mücke zu mögen begann.

»Ich ... glaube wirklich nicht, daß das nötig sein wird«, verwarf er diese Möglichkeit auf Anhieb. »Sagen Sie, macht es Ihnen denn nichts aus, daß Sie immer unterliegen? Warum brechen Sie andauernd weitere Kämpfe vom Zaun, die Sie nicht gewinnen können?«

Zum ersten Mal seit Beginn ihrer Unterhaltung wirkte Supermücke verlegen.

»Tja, sehen Sie, Herr Hauptmann, so, wie ich aufgewachsen bin, habe ich mir immer vorgestellt, daß es das wichtigste ist, für sich selbst und das, an was man glaubt, einzustehen, ganz gleich, ob man eine Chance hat oder nicht. Wenn Sie nur kämpfen, falls Sie gewinnen können ... nun, dann sind Sie einfach ein Tyrann, der die Schwäche der anderen ausnutzt. Ich schätze, so wie ich aufgewachsen bin, hatte ich nie viel für Tyrannen übrig, also reagiere ich irgendwie empfindlich darauf, selbst einer zu sein.«

Der Kommandant war beeindruckt. »Aber *würden* Sie gerne öfter gewinnen? Oder wenigstens manchmal?«

»Natürlich«, sagte sie. »Verstehen Sie mich nicht falsch, Herr Hauptmann. Bloß weil ich nicht wählerisch hinsichtlich meiner Kämpfe bin, heißt das nicht, daß ich auf Verlieren stehe. Wenn Sie irgendwelche Vorschläge in dieser Richtung hätten, würde ich sie zu schätzen wissen.«

»Na ja, ich dachte gerade, Sie könnten sich vielleicht mal mit asiatischen Kampfsportarten beschäftigen ... Sie wissen schon, Karate oder so. Vieles davon wurde von und für kleine Leute entwickelt, und ...«

Er brach ab, als er merkte, daß Supermücke ihn mit einem lausbübischen Grinsen anstarrte.

»Von asiatischen Kampfsportarten brauchen Sie mir nichts zu erzählen, Herr Hauptmann. Wissen Sie, ich habe Gürtel in drei Karateschulen – koreanisch, japanisch und okinawanisch –, dazu Judo und ein paar der chinesischen Formen. Das Problem ist, daß man einen klaren Kopf bewahren muß, damit diese Systeme funktionieren, und wenn ich wütend werde – und ich muß wütend sein, um zu kämpfen –, kriege ich es irgendwie nicht mehr geregelt und bin wieder nur ein Raufbold.«

»Drei Schulen«, echote Narrisch schwach.

»Ganz recht. Meinem ersten Ehemann gehörte eine Dojo-Kette, also war es ganz einfach für mich, Unterricht zu nehmen. Wenn Sie mich jetzt entschuldigen würden, Herr Hauptmann, ich müßte jetzt eigentlich gerade in der Küche helfen.«

Sie verschwand und ließ einen Narrisch zurück, der mit offenem Mund hinter ihr her starrte.

»Haben Sie einen Augenblick Zeit, Herr Hauptmann?«

Überrascht blickte Narrisch auf und sah vor der Penthousetür Schokoladen-Harry. Genaugenommen füllte der schwarze Versorgungsfeldwebel die Tür nicht nur aus; vielmehr beherrschte er sie und das Zimmer mit seiner Körperfülle.

»Sicher. Kommen Sie nur rein, Schoko. Was kann ich für Sie tun?«

Trotz seines bewußt beiläufigen Tonfalls war der Kommandant neugierig, was Harry aus seinem normalen Versteck im Versorgungslager hervorgelockt hatte. Seit die neuen Uniformen ausgegeben worden waren, hatten sie nur im Vorübergehen miteinander gesprochen, und obwohl sich der Versorgungsfeldwebel bei der Ausübung seiner erweiterten Pflichten als sehr tüchtig erwiesen hatte, wollte Narrisch nur zu gerne wissen, wie der Feldwebel die Veränderungen in der Kompanie aufnahm.

Harry manövrierte sich vorsichtig in den Raum, wobei er durch die dicken Gläser seiner Brille um sich spähte, als erwarte er, einen Eindringling in einer der Ecken lauern zu sehen. Schließlich strich er sich mit der Hand über das kurzgeschorene Haar und begann.

»Tja, Herr Hauptmann«, sagte er, wobei seine keuchende Stimme auf geheimnisvolle Weise aus seinem dichten, stoppeligen Bart drang, »ich hab' ein bißchen nachgedacht. Sie kennen die Probleme, die wir damit haben, Waffen für Spartakus und Louie zu finden?«

Narrisch nickte vorsichtig. Zwar verfügten die Sinthianer über genügend Kraft, um die meisten Feuerwaffen im Arsenal der Kompanie zu bedienen, aber mit ihren Augenstielen gab es ein Problem. Anscheinend paßten die Visiereinrichtungen, die für wie bei einem menschlichen Gesicht nebeneinander am Kopf angebrachte Augen konstruiert waren, aus irgendeinem Grund nicht zur sinthianischen Physiologie. Ebenso wie an die übrigen Mitglieder der Kompanie wurden zwar auch an sie Waffen ausgegeben, wenn sie zu Übungen auszogen, aber sie hatten strikte Anweisungen erhalten, nicht einen Schuß abzufeuern, bis sie ihre Fähigkeit unter Beweis gestellt hatten, ihre Schüsse wenigstens in die Nähe des anvisierten Ziels zu plazieren.

»Haben Sie eine Antwort gefunden, Schoko?«

»Vielleicht ja.« Der Feldwebel zappelte nervös herum. »Sehen Sie, bevor ich mich verpflichtet habe, war ich Mitglied in einem ... Club. Echt wilde Burschen. Na jedenfalls, wir hatten da einen Typ, blind wie eine Fledermaus, der war einer der wüstesten Macker, die wir bei einem Kampf hatten. Er schnappte sich eine abgesägte Schrotflinte und benutzte sie, wenn die Lage ernst wurde. Er mußte gar nicht genau zielen, solange nur die allgemeine Richtung stimmte. Ich dacht' mir ... Sie wissen schon, mit den Sinthianern ...«

Narrisch dachte darüber nach. Eine abgesägte Schrotflinte war eine klassische Nahkampfwaffe, besonders, wenn es sich dabei um eines der neuen, gürtelgespeisten Modelle handelte. Ihre Wirksamkeit war unbestritten, auch wenn sie beim Militär normalerweise nicht eingesetzt wurde. Natürlich benutzte die Polizei sie immer noch für wirklich häßliche Situationen, also war die Sache nicht ganz ohne Präzedenzfall. Außerdem war dies Harrys erster unabhängiger Versuch, der Kompanie zu helfen, und der Kommandant wollte ihn nur ungern entmutigen.

»Das ist eine ausgezeichnete Idee, Schoko«, sagte er, als er zu einem Entschluß gekommen war. »Tatsächlch erhalten wir in den nächsten Tagen Besuch von einem Vertreter der guten alten Narrisch & Damlack-Rüstungswerke. Wir müssen mal schauen, was er auf Lager hat, das sich für unsere Zwecke abwandeln läßt.«

»Toll, Herr Hauptmann. Hätte selbst nix dagegen, mal denen ihre Auswahl durchzugucken. Habe nicht so oft Gelegenheit gehabt, neues Zeugs zu sehen statt abgemusterte Ware und Schwarzmarktausschuß.«

»Oh, Sie werden bei der Auswahl beteiligt sein, Feldwebel.« Der Kommandant lächelte. »In dieser Hinsicht brauchen Sie keine Befürchtungen zu haben. Um jedoch auf die Schrotflinten zurückzukommen: Ich sehe nur ein mögliches Problem, wenn wir sie an die Sinthianer ausgeben.

Es wird von allergrößter Bedeutung sein, daß sie wenigstens ungefähr in die richtige Richtung zielen, wenn sie feuern. Wir müssen also sicherstellen, daß sie mit jemanden zusammen sind, der zuverlässig ist. Nicht, daß viele unserer tüchtigeren Legionäre Bereitschaft gezeigt haben, sie als Partner zu akzeptieren … Anscheinend befürchten alle, daß ihre Langsamkeit beim Kampf eine Belastung wäre. Das mag sich ändern, wenn sich die Glideboard-Idee bewährt, aber in der Zwischenzeit …«

»Na, das ist kein Problem, Herr Hauptmann.« Der Feldwebel strahlte, daß seine Zähne durch seinen grimmigen Bart blitzten. »Ich hätte Platz für sie im Beiwagen von meinem Bock. Ich kann selbst ein Auge auf sie halten!«

»Ihres was?«

»Von meinem Bock … meinem Schwebemotorrad. Ich sage Ihnen, Herr Hauptmann, ich habe nie herausfinden können, warum das Militär die nicht im Gefecht einsetzt. Im Zivilleben haben sie prima für uns getaugt, und sie können überall hin, wo eins von diesen Glideboards auch hinkommt.«

Narrisch hatte das vage Gefühl, daß er soeben dazu gebracht worden war, Schokoladen-Harry zu gestatten, auf seinem Schwebemotorrad in den Kampf zu fahren. Trotzdem, wenn es effizient war …

»Ich sag' Ihnen was, Schoko. Bringen Sie Ihren … Bock … morgen nach Dienstschluß vorbei. Ich würde ihn mir gerne mal selbst ansehen.«

»Kla', Herr Haup'mann!«

»Ach, und Schoko, wo wir gerade beim Thema Nichtmenschen in der Kompanie sind, welche Waffe, denken Sie, wäre am besten für Schoppen-Hauer geeignet?«

»Hauer?« Der Feldwebel blickte verständnislos drein. »Verdammt, Herr Hauptmann. Ist ganz egal, womit Sie ihn bewaffnen. Schießen tut er sowieso nicht damit.«

»Wie bitte?«

»Ich dachte, Sie wüßten das, Herr Hauptmann. Der Voltrone sieht ja vielleicht wie ein ganz großer Plattmacher aus, aber er ist eingefleischter Pazifist. Hebt nicht mal die Stimme gegen wen, und eine Waffe schon gar nicht.«

Es war schon spät, als der Kommandant sich von dem Durcheinander von Notizen auf dem Tisch in seinem Schlafzimmer zurücklehnte, seinen Rücken streckte und entschied, für heute Schluß zu machen. Kaum hatte er jedoch diese Entscheidung getroffen, als er merkte, daß er hungrig war. Er hatte während der Essenszeit durchgearbeitet und wußte, daß das Hotelrestaurant schon lange geschlossen hatte. Doch da seine Konzentration unterbrochen war, gemahnte ihn eine Leere in seinem Magen daran, daß er ihn mit *etwas* füttern sollte, oder er würde Schwierigkeiten mit dem Einschlafen haben.

Es gab einen Verkaufsautomaten, wo man Kleinigkeiten ziehen konnte, der befand sich allerdings zwei Stockwerke tiefer (offenbar rechnete niemand damit, daß Leute, die in Penthouse-Suiten wohnten, Verkaufsautomaten frequentierten). Er hatte Beeker schon vor mehreren Stunden entlassen und mochte ohne eine andere Rechtfertigung als seine eigene Faulheit nur sehr ungern die Dienste der Legionäre in Anspruch nehmen, die Kommunikationsdienst im Hauptraum tun würden. Wie es schien, blieb ihm demnach keine Wahl, als sich in Bewegung zu setzen und die Besorgung selbst zu erledigen.

»Ich geh' runter und hole ein paar Happen zu essen«, verkündete er, während er die Verbindungstür öffnete und in seiner Tasche nach Kleingeld suchte. »Kann ich Ihnen irgendwas mitbringen, wenn ich einmal dabei bin?«

Die diensttuende Legionärin schrak zusammen und schaute von ihrem Magazin auf, als hätte er auf sie geschossen, sie schüttelte rasch den Kopf, aber nicht schnell genug, um die Tatsache zu verbergen, daß ihr Gesicht so rot geworden war wie eine Tomate in einem Samenkatalog.

Der Kommandant hielt inne, musterte die Frau, während sein Gedächtnis Daten aus Akten und Gesprächen vor seinem inneren Auge abrollen ließ.

Richtig! Das war die Legionärin namens Rose, von der die Leutnants gesprochen hatten. Wie sie richtig bemerkt hatten, war sie durchaus attraktiv, mit aschblondem Haar und der Art von Figur, die normalerweise als ›gertenschlank‹ beschrieben wird. Natürlich trug ihre Neigung, wie eine Schildkröte in ihre Uniform zurückzukriechen, wenn man mit ihr sprach, nicht gerade dazu bei, ihr Äußeres vorteilhaft zur Geltung zu bringen.

Brandy hatte vorgeschlagen, sie zu übergehen, wenn ihr Name auf dem Dienstplan an die Reihe kam, aber Narrisch hatte darauf bestanden, sie wie jeden anderen auch zum Kommunikationsdienst einzuteilen. Nach der Art und Weise zu urteilen, wie sie sich benahm, würde sie allerdings eher ohnmächtig werden als an den Apparat gehen, wenn ein Anruf kam.

»Sagen Sie, Sie haben nicht zufällig etwas Kleingeld?« versuchte er es noch einmal und ignorierte damit die Münzen in seiner Tasche.

Als einzige Reaktion auf seine Frage errötete Rose noch heftiger und schüttelte wieder den Kopf.

Hartnäckig schlenderte der Kommandant näher, wobei er versuchte, sich in ihr Blickfeld zu schieben.

»Wo wir gerade miteinander reden: Ich bin neugierig, was Sie von meiner Reorganisaiton der Kompanie halten. Sehen Sie sie als eine Verbesserung oder einfach bloß als Zeitverschwendung an?«

Rose wandte den Kopf von ihm ab, sprach aber endlich.

»Mmphl gump hmm ol.«

Narrisch blinzelte ein paarmal, dann beugte er sich näher zu ihr.

»Entschuldigen Sie … was sagen Sie doch gleich? Ich konnte Sie nicht ganz verstehen.«

Die Legionärin schien in sich zusammenzufallen und antwortete nur mit einem schwachen Kopfschütteln und Achselzucken.

Der Hauptmann gab seine Bemühungen auf, da er einsah, daß jeder weitere Vorstoß bestenfalls eine Grausamkeit gewesen wäre.

»Tja, ich geh' dann jetzt«, sagte er und setzte sich in Richtung Tür in Bewegung. »Ich bin nur ein paar Minuten weg, falls irgend jemand anruft.«

Rose entspannte sich ein wenig, als er den Rückzug antrat, und bestätigte seinen Weggang mit einem nicht sehr lebhaften Nicken.

Sobald er die Tür hinter sich geschlossen hatte, blähte Narrisch die Backen und atmete so tief aus, als hätte er die ganze Zeit über den Atem angehalten. Zu seiner nicht geringen Überraschung stellte er fest, daß der Umgang mit jemanden, der so scheu war wie Rose, den Effekt hatte, *ihn* nervös zu machen. Die quälende Schüchternheit der scheuen Legionärin machte ihn ungeheuer befangen, und während der gesamten ›Unterhaltung‹ hatte er sich dabei ertappt, wie er versuchte, herauszufinden, was er wohl sagte oder tat, daß sie sich so unwohl fühlte. Alles in allem hinterließ es ein Gefühl bei ihm, als sei er derjenige, der Bambis Mutter erschossen hatte.

Gedankenverloren entschied sich Narrisch, die Treppe hinunter zum Verkaufsautomaten zu gehen, statt auf einen Aufzug zu warten.

Es war leicht zu erkennen, warum die Leutnants sie für einen Problemfall hielten. Er würde noch einmal versuchen, mit Rose zu sprechen – irgendwann, wenn er nicht so müde war. Dann würde er es ja vielleicht schaffen, einen Weg zu finden, ihr ihre Befangenheit zu nehmen. So, wie die Dinge lagen, war es schwierig, sich in Gegenwart von jemanden zu entspannen, der konstant auf einen reagierte, als sei man eine Art Monster.

Wie aufs Stichwort erhob sich ein Alptraum von den Stufen zu seinen Füßen. »*Wa* … Oh! Mein Gott, Schoppen-Hauer. Haben Sie mich erschreckt … Ich hatte Sie da gar nicht gesehen.«

»Keine Entschuldigung, Hauptmann. Viele vor mir erschrecken, wenn erwarten. Sie nicht erwarten, mich zu sehen, also erschrecken.«

Der große Voltrone schüttelte den Kopf, wenngleich Narrisch bemerkte, daß er ihn eher wie ein Hund um die Nase rotieren ließ, statt sein Kinn auf seinem Genick vor und zurück zu schwenken, wie ein Mensch es gemacht hätte. Es ließ sich nicht bestreiten, daß dieser nichtmenschliche Legionär selbst unter den günstigsten Umständen eine eindrucksvolle, wenn nicht gar furchteinflößende Gestalt abgab, erst recht, wenn man ihm spätnachts unerwartet in einem Treppenhaus begegnete.

Nahezu zwei Meter zehn groß, mit einer massigen, tonnenförmigen Brust, überragte Schoppen-Hauer alle bis auf die größten Menschen. Seine braunolivfarbene Haut erinnerte in Farbe und Musterung eher an ein Tierfell als an menschliches Fleisch, besonders, da sie durch erhebliche Mengen stumpfschwarzer Haare vervollständigt wurde. Gekrönt wurde der Gesamteindruck von einem mißgestalteten Gesicht, das nur eine barmherzige Mutter – oder ein anderer Voltrone – lieben konnte. Es war langgezogen und sprang in einer unverkennbaren Schnauze vor, und aus dem Unterkiefer ragten beiderseits der Nase zwei hauerartige Eckzähne hervor, vermutlich das charakteristische Merkmal, von dem der Legionär seinen Namen ableitete.

»Nebenbei bemerkt tut es mir leid, daß wir nicht schon früher miteinander gesprochen haben«, sagte der Kommandant, der immer noch darum rang, die Fassung zurückzuerlangen.

»Nochmals, keine Entschuldigung, Hauptmann. Wissen, Sie beschäftigt. Auch machen gute Arbeit. Werden helfen jede Art Sie wollen.«

Narrisch hörte der Antwort des Voltronen nur mit halbem Ohr zu, da der Rest seiner Aufmerksamkeit von dem Stapel Bücher im Treppenhaus in Anspruch genommen wurde.

»Was haben Sie hier überhaupt gemacht, Schoppen-Hauer? Gelesen?«

Der Legionär nickte, wobei sein Kopf sich übertrieben auf und ab bewegte, wie der eines Pferdes, das gegen eine Kandarre ankämpft.

»Ich nicht brauchen viel Schlaf, daher viel lesen. Kommen hierher, damit Zimmerkameraden nicht müssen schlafen mit Licht an in Zimmer.«

Narrisch hatte sich hingehockt, um die Bücher durchzusehen, und schaute mit neu erwachter Nachdenklichkeit in den Augen auf.

»Das ist ziemlich schwere Lektüre. Wie kommt es, daß Sie so viele mitgebracht haben?«

»Werden lesen ganzen Stapel heute nacht.«

»Den ganzen Stapel?«

Wieder warf der Voltrone zustimmend den Kopf hoch.

»Lesen schnell. Menschen viel Wissen haben. Angeschlossen Legion zu lernen menschliches Wissen. Wollen sein Lehrer wenn Dienstzeit beendet.«

Hastig revidierte der Kommandant seine Einschätzung des Voltronen. Weil er riesig war und die Menschensprache nur gebrochen sprach, war es so einfach, anzunehmen, daß seine Intelligenz ein wenig niedriger sei als die des durchschnittlichen Legionärs. Aber wenn man erst einmal darüber nachdachte, dann verriet die Tatsache, daß der Voltrone eine fremde Sprache gut genug erlernt hatte, um sie – wie schwerfällig auch immer – zu sprechen, statt auf die Translatoren zurückzugreifen, die die Sinthianer benutzten, einiges über seine geistigen Fähigkeiten ... und seinen Stolz!

»Warum benutzen Sie nicht das Dienstzimmer in meinem Penthouse?« sagte Narrisch, dessen Gedanken sich angesichts dieser neuen Entdeckung überschlugen. »Dort hätten Sie es gemütlicher, und ich denke, das Licht ist erheblich besser zum Lesen.«

»Dank, Hauptmann. Sehr großz... zügig.«

Der Voltrone stolperte ein bißchen über das Wort, begann jedoch, seine Bücher einzusammeln.

»Lassen Sie mich Ihnen doch zur Hand gehen. Wissen Sie, Schoppen-Hauer, wenn Ihnen das mit dem Helfen ernst war – über den Ruf der Pflicht hinaus, ... da wäre *tatsächlich* etwas, wobei sie mir behilflich sein könnten.«

»Sein was?«

»Ich bekomme jede Menge Meldungen vom Hauptquartier: Kopien von Berichten und Änderungen der Bestimmungen und Dienstvorschriften. Das meiste davon ist nutzloser Papierkram, aber am Ende muß ich doch immer alles lesen, um die paar Punkte zu finden, die uns *tatsächlich* betreffen, besonders die Änderungen der Dienstvorschriften. Wenn Sie das nun für mich durchlesen und die wirklich wichtigen Sachen herausziehen könnten, damit ich anschließend einen Blick darauf werfe …«

Das Summen von Narrischs Armbandkommunikator unterbrach seine Erklärung. Einen langen Augenblick kämpfte er mit sich, ob er ihn ignorieren sollte, um seine Unterhaltung mit Schoppen-Hauer fortzusetzen. Dann erinnerte er sich daran, daß Rose sich darum kümmern müßte, wenn er es nicht tat, und er langte nach dem Einschaltknopf.

»Kommunikationszentrale und Zentrum der Arbeit«, drang eine Stimme aus dem Lautsprecher des Geräts. »Aus welcher verzweifelten Lage können wir Sie heute nacht befreien?«

Der Kommandant erstarrte, sein ›Am Apparat‹ unausgesprochen auf den Lippen. Wer immer da anrief, war offensichtlich von der Reaktion ebenso aus dem Konzept gebracht, da eine bedeutungsschwangere Pause eintrat, bevor eine Antwort über den Äther kam.

»Ist … ist Hauptmann Joker da?«

Diese Stimme war für den Kommandanten eindeutig als die Brandys zu erkennen, was bedeutete, daß die andere Stimme …

»Der Große Weiße Vater, oder Big Daddy, wie er manchmal auch genannt wird, ist im Augenblick nicht anwesend, Hauptfeldwebel. Er hat sich auf Zehenspitzen davongeschlichen, um sich ein bißchen Hammi-hammi ins Gesicht zu schieben, wodurch er die Behauptung Lügen straft, daß der Mann niemals ißt oder aufs Klo geht.«

»Wer … wer *ist* denn da?« verlangte die Stimme des Hauptfeldwebels der Kompanie zu wissen.

»Rose ist's in der Leitung, Rose wie in Rosemarie, Rosenblatt oder Rosenkohl. Getreulich und wachsam überwache ich heute abend unser phantastisches Kommunikationsnetzwerk, wie es meine verdammte Pflicht und Schuldigkeit ist gemäß dem Dienstplan, den Sie an ebendiesem Morgen abgezeichnet und aufgehängt haben.«

»Sein Rose?« grollte Schoppen-Hauer, aber Narrisch

bedeutete ihm mit einem Wink, zu schweigen, während er auf den nächsten Wortwechsel lauschte.

»Rose?« Brandys Überraschung war deutlich an ihrer Stimme zu erkennen. »Ich hätte nicht ... Ach, sagen Sie dem Hauptmann, wenn er zurückkommt, daß ich mit ihm sprechen möchte.«

»Immer langsam mit die jungen Pferde, Brandy-Dandy. Bevor ich ihm dergleichen sage, möchten Sie Ihre Bitte nicht vielleicht noch einmal überdenken? Der Große Boß versucht, von Kartoffelchips und zwei Stunden Schlaf am Tag zu leben, und ich hatte irgendwie gehofft, daß er Gelegenheit bekäme, aufs Gesicht zu fallen und für ein paar Stunden zu sterben, wenn er zurückkommt – das heißt, falls es nicht einen Notfall oder dergleichen gibt, daß er die ganze Nacht aufbleiben muß. Glauben Sie nicht, daß dieses geschäftige alte Universum bis morgen früh auch ohne ihn weitertaumeln könnte, hm?«

»Rose, haben Sie etwas getrunken?«

Narrisch unterdrückte ein Kichern und hörte begierig weiter zu.

»Nicht einen Tropfen, der nicht so rein gewesen wäre wie die Tugend einer Jungfrau, o Ladestock und gestrenge Vorgesetzte der Massen ... und versuchen Sie bloß nicht, das Thema zu wechseln. Ist es absolut, Hand-aufs-Herz-und-nicht-geflunkert, nötig, daß Sie heute nacht mit dem Großen Meister sprechen, oder kann ich ihm vielleicht ein Liebesbriefchen für den Zeitpunkt hinterlassen, da er aufwacht?«

»Nun, Rosenblatt, wenn Sie's so sehen, nehme ich an, daß es warten kann, bis der Morgen schüchtern graut. Fürs erste kann ich drumherum arbeiten.«

»Halt, stopp, Brandy-Wein. In letzter Zeit haben Sie selbst das alte Gaspedal arg bis zum Bodenblech durchgetreten, stimmt's oder doch? Und da ich ganz gut weiß, daß Sie in tippy-topper Feldwebelform sein müssen, um Ihrer Rasselbande ein bißchen Sinn und Verstand einzubleuen, solange die Offiziere nicht hinsehen, meinen Sie da nicht, es wäre eine gute Idee, selbst mal ein kleines Nickerchen zu halten, solange gerade Ebbe ist?«

»Was sind Sie? Meine Mutter?«

»Nur Ihr durchschnittlicher Legionär, der versucht, sein Bestes zu tun, damit die Räder unserer mächtigen Kriegsmaschine sich munter drehen, statt einen Platten zu kriegen. Mag es auch nicht viel geben, das ich persönlich tun kann, um unseren Furchtlosen Führer zu fördern, so finde ich doch, daß es mir wohl ansteht, wenigstens dafür zu sorgen, daß jene, die etwas bewirken *können*, auf den Beinen bleiben und mit wenigstens annähernd maximaler Effizienz funktionieren. Verstehen Sie, was ich meine, oder bin ich zu schnell für Sie?«

Brandys Lachen war über den Kommunikator deutlich zu hören.

»Na schön. Sie haben gewonnen. Ich werde mich ein bißchen hinhauen und morgen weitermachen. Fürs erste gute Nacht ... Mutter. Brandy Ende.«

»Sein Rose?« wiederholte Schoppen-Hauer seine Frage von vorhin, als der Kommunikator verstummte.

»Und ob sie das war.« Narrisch grinste. »Kommen Sie rauf, wenn Sie soweit sind, Schoppen-Hauer. Ich *muß* mit dieser Frau sprechen!«

Der Kommandant flog die Stufen hinauf und brach in seiner Begeisterung und seinem Eifer beinahe die Tür des Penthouses ein.

»Ich habe das letzte Gespräch mitgehört, Rose«, rief er aus, als er in den Raum platzte. »Sie waren phantastisch!«

»Uggle mpt.«

Verblüfft blieb der Hauptmann abrupt stehen und starrte die Legionärin an, die einen Moment zuvor verbal ein Ausbund an Selbstvertrauen und Witz gewesen war. Mit gesenktem Kopf und errötend, war sie wieder genauso, wie sie gewesen war, als er den Raum verlassen hatte.

»Es ... es tut mir leid. Ich wollte nicht schreien«, sagte er behutsam. »Ich wollte Sie nur dazu beglückwünschen, wie Sie auf Brandys Anruf reagiert haben.«

Rose errötete und zuckte die Achseln, hielt aber die Augen abgewandt.

»Tja, ich schätze, ich werde Ihrem Rat folgen und jetzt ein bißchen schlafen. Ach … ich habe Schoppen-Hauer gesagt, er könne auch hier oben lesen. Er wird in ein paar Minuten hochkommen.«

Damit erntete er lediglich ein Nicken. Nach einem Moment des Zögerns zog er sich durch die Verbindungstür in sein Schlafzimmer zurück.

Einmal in seinem Heiligtum, lehnte Narrisch sich gegen die nun geschlossene Tür und dachte mehrere Minuten lang angestrengt nach. Endlich, nach reiflicher Überlegung, hob er die Hand und drückte die entsprechende Taste auf seinem Armbandkommunikator.

»Hier ist Ihre nächtliche Stimme aus der Kommunikationszentrale«, ertönte die inzwischen vertraute Stimme. »Wie können wir Ihnen dabei helfen, sich zu entscheiden, was Sie mit dem Rest Ihres Lebens anfangen wollen?«

»Rose? Hauptmann Joker hier«, sagte Narrisch und ließ sich mit einem Lächeln in einen Sessel sinken.

»Aber, aber, Sie hochdekorierter Schlingel! Hatten Sie mir denn nicht versprochen, Sie würden gleich in Ihr Bettchen hüpfen?«

»Um die Wahrheit zu sagen, Rosie, ich kann einfach nicht einschlafen, ohne Ihnen noch einmal zu sagen, wie sehr ich es zu schätzen weiß, daß Ihre goldenen Töne den Ätherwellen Glanz verleihen.«

»O danke, Herr Hauptmann. Meine einsame Nacht hier in der Kommunikationszentrale wird auf das Wunderbarste aufgehellt durch Ihre Huldigung.«

»Und außerdem«, fuhr Narrisch rasch fort, »*muß* ich einfach wissen, warum Sie so ganz anders sind, als wenn wir uns von Angesicht zu Angesicht begegnen.«

»Hmmm … ich nehme an, dieses eine kleine Streichholz der Erleuchtung kann ich für Sie entzünden, weil heute nacht so wenig los ist – aber nur, wenn Sie mir versprechen, sich gleich ins Bettchen zu kuscheln, wenn ich fertig bin.«

»Top, der Handel gilt. Also, was steckt dahinter?«

»Eigentlich gibt's da nicht viel zu erzählen. Ich habe schrecklich gestottert, als ich klein war. Ich meine, manchmal habe ich eine Viertelstunde gebraucht, nur um jemandem ›Hallo‹ zu sagen. Die anderen Kinder in der Schule haben mich deswegen immer furchtbar gehänselt, also habe ich lieber gar nichts mehr gesagt, damit sie mich nicht auslachten.«

Der Kommandant nickte verständnisvoll, so von Roses Geschichte gefesselt, daß er gar nicht daran dachte, daß sie seine Reaktion nicht sehen konnte.

»Jedenfalls, endlich kam jemand auf den Gedanken, mich ein paar Tests zu unterziehen. Sie klatschten mir ein Paar Kopfhörer auf die Ohren und drehten die Lautstärke auf, bis ich mich nicht mehr selber reden hören konnte, und wissen Sie was? Auf diese Weise konnte ich so normal sprechen wie nur irgendwer! Das Problem war anscheinend, daß ich Angst vor dem Klang meiner eigenen Stimme hatte! Nachdem ich das einmal rausgefunden hatte, wurde die Chose ein bißchen besser, aber ich hatte immer noch Schwierigkeiten, vor anderen Leuten zu sprechen. Was also tat ich? Ich besorgte mir einen Job bei einem schnuckeligen kleinen Radiosender, und ich sage Ihnen, da habe ich alles gemacht. Ich war der Disjockey, der Nachrichten- und Wettersprecher, der Werbesprecher. In der Hauptsache aber machte ich Sendungen mit Zuhörern, die beim Sender anriefen. Alles lief prima, solange ich nicht von Angesicht zu Angesicht mit den Leuten reden mußte. Praktisch hab' ich fünf Jahre lang im Sender gewohnt … bis er aufgekauft wurde und der neue Eigentümer den ganzen Laden umkrempelte und mich feuerte.«

»Und deshalb sind Sie in die Legion eingetreten«, schloß Narrisch nachdenklich an ihrer Stelle.

»Na ja, erst habe ich noch ein paar andere Sachen gemacht, aber im Grunde ist es genau so gelaufen. Aber jetzt zerfließen Sie bloß nicht vor Mitleid für mich, Big Daddy. Ich bin jetzt ein großes Mädchen, und ich habe selbst den Entschluß gefaßt einzutreten.«

»Eigentlich«, sagte der Kommandant, »dachte ich gerade ernsthaft darüber nach, Ihnen einen Dauerposten in der Kommunikationszentrale anzubieten – das heißt, wenn Sie auf das Vergnügen verzichten können, im Sumpf Wache zu schieben.«

»Na, das ist mal ein Gedanke. Lassen Sie mich drüber nachdenken, dann sprech' ich Sie noch mal darauf an. In der Zwischenzeit glaube ich, Sie wollten ein bißchen schlafen? Kommt mir ganz so vor, als würde ich mich erinnern, daß mir jemand vor einem kleinen Weilchen ein diesbezügliches Versprechen gegeben hat.«

»Okay. Ich tu's.« Narrisch grinste. »War nett, mit Ihnen zu plaudern ... Mutter. Joker Ende.«

Indem er seinen Kommunikator ausschaltete, stand der Kommandant auf, streckte sich und steuerte geradewegs auf sein Bett zu. Alles in allem war es ein recht guter Tag gewesen. Es sah ganz so aus, als hätte er einen neuen Sekretär *und* eine neue Kommunikationsspezialistin gefunden. Wenn alles klappte, würde er sich darum kümmern müssen, jedem der beiden einen Extrastreifen zu besorgen.

Erst als er sich bis auf die Unterhose entkleidet hatte, fiel ihm ein, daß er überhaupt nicht dazu gekommen war, etwas zu essen.

9

Tagebuchdatei # 104

Die Zuteilung der Partner war ein Meilenstein in der Entwicklung der Kompanie. Obwohl sie sich genaugenommen über den Zeitraum von mehreren Wochen hinzog, wurden die Auswirkungen beinahe augenblicklich sichtbar.

Obwohl große Sorgfalt auf die Entscheidung verwandt worden war, wer mit wem zusammengekoppelt werden sollte und die Entscheidungen größtenteils von den Legionären akzeptiert worden waren, war zu erwarten gewesen, daß es einige Klagen und Proteste geben würde. Es erübrigt sich wohl zu sagen, daß mein Dienstherr in diesem Punkt nicht enttäuscht werden sollte.

»Entschuldigen Sie, Herr Hauptmann. Hätten Sie wohl eine Minute Zeit?«

Narrisch sah von seinem Kaffee auf und erblickte zwei seiner Legionäre, Schubidu und Sushi, die nervös neben seinem Tisch standen und von einem Bein aufs andere traten. Wie es schien, würde seine erholsame morgendliche Tasse Kaffee nicht ganz so friedlich verlaufen.

»Sicher. Möchten Sie sich setzen?«

»Es dauert sicher nicht so lange«, sagte Schubidu und schüttelte den Kopf. Er war von mittlerer Größe und Gewicht, mit grober Gesichtshaut und schwarzem, lockigem Haar, das immer so aussah, als benötige es dringend eine Wäsche. »Wir hatten uns überlegt, ob es möglich wäre, andere Partner zugeteilt zu bekommen. Ich meine, es gibt da immer noch ein paar, die nicht zugeteilt ...«

»Sie empfinden das beide so?« unterbrach der Kommandant.

»Das ist korrekt, Herr Hauptmann«, bestätigte Sushi

schneidend. Er war einen ganzen Kopf kleiner als Schubidu, ein schmächtiger Orientale, der sich mit peinlich genauer Exaktheit kleidete und benahm. »Unsere Persönlichkeiten und Werte sind inkompatibel. Ich fürchte, daß jede permanente Assoziation zwischen uns beiden sich als abträglich für das reibungslose Funktionieren der Kompanie erweisen würde.«

»Ich verstehe.« Narrisch blickte grimmig. »Setzen Sie sich. Beide.«

Diesmal war es ein Befehl, keine Einladung, die da ausgesprochen wurde, und die Legionäre suchten sich widerwillig Sitzplätze aus.

»Nun denn, erzählen Sie mir mehr über diese inkompatiblen Werte, die Ihnen Probleme bereiten.«

Die beiden Männer wechselten einen raschen Blick, da es offensichtlich beiden widerstrebte, der erste zu sein, der seine Beschwerden vorbrachte. Schließlich war es Schubidu, der den entscheidenden Schritt wagte.

»Er spricht immer so herablassend mit mir«, kam die Klage. »Bloß weil er eine Menge große Worte kennt ...«

Der Kommandant hob Einhalt gebietend die Hand.

»Ich denke wirklich nicht, daß der Umfang des Wortschatzes Ihres Partners hier ein Faktor sein sollte.«

»Es ist nicht bloß das«, sagte Schubidu und errötete leicht. »Er hat mich einen Halunken genannt – ins Gesicht!«

»Ich sagte, du wärst ein Bagatelldieb – und das stimmt auch!« korrigierte Sushi scharf. »Jeder, der die Einheit der Kompanie für Pfennigbeträge gefährdet ...«

»Da! Sehen Sie?« appellierte der andere an seinen Kommandanten. »Wie soll ich denn mit jemandem ein Team bilden, der ...«

»Einen Augenblick!«

Narrischs Stimme knallte wie eine Peitsche und schüchterte beide Männer so ein, daß sie schwiegen. Er wartete einen Moment, bis sie sich in ihren Stühlen zurückgelehnt hatten, dann wandte er sich Sushi zu.

»Ich hätte hier gerne eine kleine Klarstellung«, sagte er. »Wie würden Sie einen *Bagatelldieb* definieren?«

Der Orientale warf dem Hauptmann einen raschen Blick zu, dann richtete er seine Augen auf die Decke.

»Ein Bagatelldieb ist jemand, der bei seinen kriminellen Aktivitäten Risiken eingeht, die einer potentiellen Beute disproportional sind.«

»Kriminelle Aktivitäten!«

»Setzen Sie sich, Schubidu!« befahl Narrisch, ohne die Augen von Sushi abzuwenden. »Wenn Sie den Mund halten und zuhören können, lernen Sie vielleicht noch etwas.«

Der lockenhaarige Legionär sank langsam in seinen Stuhl zurück, und der Kommandant setzte die einmal eingeschlagene Richtung seiner Befragung fort.

»Wenn ich Sie richtig verstehe, Sushi, ist Ihr Einwand gegen Schubidu nicht die Tatsache, daß er stiehlt, sondern vielmehr die Größenordnung, in der er arbeitet.«

Die Andeutung eines Lächelns huschte über Sushis Lippen.

»Das ist richtig, Herr Hauptmann.«

»Also erzählen Sie uns, welches Ergebnis würde *Ihrer* Ansicht nach … wie war doch gleich die Formulierung? Ach ja … kriminelle Aktivitäten rechtfertigen?«

»Nicht weniger als eine Viertelmillion«, sagte der Orientale bestimmt und ohne zu zögern.

Schubidus Kopf ruckte hoch wie ein Schuß.

»Eine Viertel … Ach, Quatsch!«

Die beiden anderen Männer ignorierten ihn.

»Natürlich«, sagte Narrisch gleichmütig, »wären acht oder neun Millionen sogar noch besser.«

»Natürlich.« Sushi nickte, und starrte Narrisch an.

Schubidus Kopf schwenkte hin und her, als er nacheinander beide mit gerunzelter Stirn ansah.

»Wovon, zum Teufel, redet ihr Burschen eigentlich?« verlangte er schließlich zu wissen.

Der Orientale brach den Anstarrwettbewerb ab, indem er mit einem Seufzen den Kopf schüttelte.

»Wovon Hauptmann Joker mit höflicher Umwegigkeit

spricht, ist etwas, das nicht zuzugeben er sorgsam bedacht gewesen ist, seit er das Kommando über unsere Einheit übernommen hat. Insbesondere, daß er und ich uns schon vor unserem Eintritt in die Legion begegnet sind ... bei gesellschaftlichen und geschäftlichen Anlässen.«

»Ihr kennt euch?«

»Mehr noch«, fuhr Sushi fort, »er überläßt es mir, ob ich erwähne oder nicht, daß ich mich unter dem Schatten eines schweren Verdachts aus der Geschäftswelt verabschiedet habe – eine Frage der Unterschlagung von mehreren Millionen Credits.«

»Sie wurde nie nachgewiesen«, sagte Narrisch.

Der Orientale lächelte. »Computer sind wunderbare Einrichtungen, nicht wahr?«

»He, einen Moment mal!« explodierte Schubidu. »Versuchst du mir zu erzählen, daß du neun Millionen Credits hast?«

»Genaugenommen *habe* ich sie nicht.« Sushi verzog das Gesicht. »Sie wurden von einer Reihe ... nun, sagen wir, ungünstiger Investitionen aufgezehrt.«

»Ungünstige Investitionen?«

»Ein anderer Ausdruck für Spielschulden«, informierte ihn Narrisch.

»Entschuldigen Sie. Herr Hauptmann?«

Während ihrer Diskussion war der Hauptfeldwebel der Kompanie an den Tisch getreten.

»Äh ... kann das nicht warten, Brandy?« sagte Narrisch und lehnte sich zurück. »Wir sind hier gerade mitten in einer wichtigen Angelegenheit.«

»Es dauert nur eine Sekunde«, versicherte ihm der Feldwebel und fuhr unverdrossen fort. »Einige der Soldaten haben wegen des Jobs als Ehrengarde nachgefragt, und ich hätte gerne gewußt, ob es da neue Informationen gibt.«

»Ich habe nächste Woche eine Verabredung beim Gouverneur«, informierte der Kommandant sie. »In der Zwischenzeit muß ich versuchen, einen Hebel zu finden, damit er die Dinge aus unserer Sicht sieht.«

»Hab' verstanden. Danke, Herr Hauptmann. Tut mir leid, daß ich Sie unterbrochen habe.«

Nachdem die Ablenkung abgehakt war, wandte sich Narrisch wieder der aktuellen Problematik zu. Sushi schaute mit dem einstudierten unergründlichen Gesichtsausdruck des Orientalen in die Ferne, während Schubidu ihn mit etwas anstarrte, das Ehrfurcht schon sehr nahe kam.

»Na schön. Jetzt hören Sie mir mal gut zu. Und zwar beide. Ich habe nicht einfach bloß Namen aus einem Hut gezogen, als ich Sie zwei zu Partnern machte. So wie ich es sehe, können Sie beide voneinander lernen.

Sushi, Sie müssen ein bißchen lockerer werden, und Schubidu hier ist genau der Mann, um Ihnen zu zeigen, wie man Dinge aus Spaß heraus macht. Und Schubidu, vielleicht wird die Zusammenarbeit mit Sushi Ihnen helfen, Ihre ... Ziele im Leben ein bißchen höher zu stecken. Auf jeden Fall würde ich es zu schätzen wissen, wenn Sie beide es eine Weile mit dieser Partnerschaft versuchen würden, bevor Sie zu der Überzeugung kommen, daß sie nicht funktioniert.«

»He! Wollen Sie damit sagen, Sie denken, ich bin ein Dieb, Herr Hauptmann?« schnaubte Schubidu.

Der Kommandant starrte ihn mit seinem eisigsten Blick an.

»Ich wollte es nicht erwähnen, Schubidu, aber es liegen in der Kompanie *tatsächlich* eine Reihe von Anzeigen betreffs verschwundener persönlicher Habseligkeiten vor.«

»Dafür können Sie mich nicht verantwortlich machen! Die Schlösser in diesem Hotel sind eine Katastrophe! Ich könnte jedes davon aufbrechen, ohne auch nur stehenzubleiben.«

»Tatsächlich?« Der Kommandant wirkte plötzlich interessiert. »Glauben sie, Sie könnten den anderen Legionären beibringen, wie man das macht?«

»Kleinigkeit.« Der Legionär strahlte. »Wie ich schon sagte, das könnte jeder.«

»Fein«, sagte Narrisch. »Dann werde ich eine Ankündigung machen, damit sich alle Interessenten morgen bei Ihnen zum Unterricht melden.«

»Ist mir ein Vergnügen, Herr Hauptmann.«

»Vor Ihrem Zimmer.«

Schubidu erbleichte.

»Meinem Zimmer?«

»So ist es. Ich möchte, daß Sie ihnen beibringen, wie man die verschiedensten Schlösser knackt – Türen, Koffer, der ganze Krempel –, und Sie können die Schlösser an *Ihrem* Zimmer und *Ihren* persönlichen Habseligkeiten dazu verwenden.«

»Aber ...«

»Sollte natürlich etwas bei Ihrer Ausrüstung sein, das sich während der letzten paar Wochen dorthin ›verirrt‹ hat, könnte es ratsam sein, es zu seinen Eigentümern ›zurückzuverirren‹, bevor Sie mit den Lektionen beginnen. Sind Sie da nicht ganz meiner Meinung?«

Schubidu klappte wie ein gestrandeter Fisch den Mund mehrmals auf und zu, aber es kamen keine Worte heraus.

»Komm, Partner«, lachte Sushi und schlug ihm auf die Schulter. »Ich denke, in dieser Runde sind wir überlistet worden. Scheint so, als sollten wir heute nachmittag besser ein bißchen Fundbüro spielen.«

Nicht alle Paarungen waren so turbulent, aber manche waren bemerkenswert unkonventionell. Die seltsamste kam vielleicht nach einem denkwürdigen Zwischenfall außerhalb der Dienstzeit in der Cocktailbar des Hotels zustande.

Auch wenn die Legionäre die Tendenz hatten, das ›Wasserloch‹ für sich mit Beschlag zu belegen, gab es unter den Anwesenden immer auch ein paar verstreute Zivilisten. Manche davon wurden durch die Berichte angezogen, die es in den Massenmedien über die Chaos-Kompanie gegeben hatte, und kamen, um die Legionäre heimlich zu begaffen, während andere überrascht waren, so viele Uniformen in einer ihrem Empfinden nach zivilisierten Bar zu finden, und sich ganz einfach weigerten, das Terrain zu räumen. Im allgemeinen neigten die beiden Gruppen jedoch dazu, einander standhaft zu ignorieren.

Nicht, daß die Legionäre sich der Zivilisten nicht bewußt gewesen wären, wohlgemerkt. Ein Gutteil des lauten, nekkischen Geplänkels und das ganze gegenseitige Piesacken, das sich neuerdings innerhalb der Gruppe breitgemacht hatte, blieben außen vor, wenn sie in die Bar herunterkamen. Sie alle hegten immer noch schmerzliche Erinnerungen daran, wie sie vor Narrischs Ankunft und ihrem Umzug ins Plaza keinen Zutritt zu diesem Lokal gehabt hatten, und befleißigten sich in stillschweigender Übereinkunft ihres besten Benehmens, wenn sie sich in der Hotelbar entspannten.

An diesem Abend jedoch lag Ärger in der Luft. Ein Trio männlicher Zivilisten hockte an der Theke und schien fest entschlossen zu sein, Unruhe zu stiften. Sie waren zu jung, um Verantwortungsbewußtsein zu besitzen, aber zu groß, um nicht ernst genommen zu werden. Ihre Kleidung wies sie als Studenten aus, da sie zu teuer für gewöhnliche Straßenrowdys war. Andererseits wiederum haben Straßenrowdys im allgemeinen einen gewissen Überlebensinstinkt, wie laut sie sich manchmal auch gebärden mögen.

Diese drei hatten jenen Zustand gezwungener Heiterkeit erreicht, den man so oft bei einer Gruppe findet, die nach Aufmerksamkeit, nach Ärger oder nach beidem sucht. Andauernd steckten sie die Köpfe zusammen und flüsterten miteinander, während sie die ganze Zeit über ihre Augen auf einen speziellen Tisch oder eine spezielle Person gerichtet hielten, dann brachen sie plötzlich in Lachsalven aus, und das so unnatürlich laut, daß sie gefährlich auf ihren Hockern ins Schwanken gerieten. Wenn keiner zu ihnen herüberkam, um sie zu fragen: »Was ist denn so lustig?«, stürzten sie sich auf ein anderes Opfer und wiederholten den Vorgang noch ein wenig lauter.

Die Legionäre ignorierten den Auftritt standhaft, aber ohne Worte zu wechseln wußten alle, daß hinsichtlich der

Jünglinge etwas geschehen mußte. Allerdings schien niemand gewillt zu sein, den ersten Schritt zu tun. Nicht, daß sie Angst vor den Jugendlichen gehabt hätten! Obwohl die Radaubrüder recht gesunde Exemplare waren, die den Legionären bei einer Rauferei durchaus Paroli hätten bieten können, war die Kompanie hinreichend in der Überzahl, daß es eine simple Angelegenheit gewesen wäre, sie einfach zu überwältigen und hinaus auf die Straße zu schmeißen ... und genau das wurde ernsthaft erwogen. Unglücklicherweise war keiner der Legionäre erpicht darauf, den Tanz zu eröffnen.

Sich gegen die Unruhestifter zusammenzuschließen, besonders, während andere Zivilisten zuschauten, konnte der Kompanie nur Kritik eintragen. Außerdem hielten sich der Kompaniechef und sein Butler in der Bar auf, an einem Hintertisch versteckt, wo sie über ihren Taschencomputern brüteten. Und wenn die Legionäre zögerten, einen Kampf vor Zivilisten vom Zaun zu brechen, dann wollten sie erst recht nicht die Verursacher einer Rauferei zwischen Militärs und Zivilisten unter den taxierenden Augen ihres eigenen Vorgesetzten sein.

Folglich krampften die Soldaten den Griff fester um ihre Gläser und weigerten sich, die Spötteleien von der Theke wahrzunehmen, während sie die ganze Zeit hofften, daß die Geschäftsleitung oder der Hauptmann selbst sich einmischten, bevor die Lage zu angespannt wurde. Unglücklicherweise war Narrisch in eine angeregte Unterhaltung mit Beeker versunken, und beide schienen blind gegenüber dem zu sein, was am anderen Ende des Raumes vor sich ging.

Dann kam Supermücke hereinmarschiert.

Einen Augenblick lang erstarrten die Legionäre in stummem Schrecken. Wenn dies ein Western gewesen wäre, hätte jemand gerufen: »Hol' einer den Marshal! Gleich gibt es Ärger!« Da es jedoch das wirkliche Leben war, taten sie das nächstbeste.

»He, Supermücke!«

»Hier rüber, Mücke!«

»Wir haben hier einen freien Stuhl!«

Die kleine Legionärin blieb abrupt stehen, verblüfft von dem plötzlichen Schwall an Einladungen, als ihre Teamgefährten verzweifelt versuchten, das Unvermeidliche abzuwenden. Natürlich war alles umsonst.

»VERDAMMT, ICH WÜRD' IHR JA EINEN AUSGEBEN, ABER SIE IST NICHT GROSS GENUG, UM BIS OBEN AN DIE THEKE ZU KOMMEN!«

»HA! HA! HA!«

Schweigen lastete schwer über dem Raum, als die Mücke langsam den Kopf drehte, um in die Richtung des Lärms zu schauen.

»OH, SEHT MAL! JETZT IST SIE WÜTEND! UND WAS WILLST DU MACHEN, DU LÄCHERLICHER ZWERG?«

Die Kompanie war hin- und hergerissen, als der Kopf der kleinen Legionärin zwischen ihre Schultern sank und sie grimmig durch den Raum auf ihre Peiniger zustakste. Es war Tradition, sich nicht in die Kämpfe anderer einzumischen, aber trotz all ihrer komischen Wildheit gehörte Supermücke zur Familie, und keiner wollte danebenstehen und zuschauen, wie ihr weh getan wurde. Im stillen zweifelte keiner daran, wie das Ergebnis der Schlägerei aussehen würde, da es zweifelhaft war, ob die Mücke es mit auch nur einem der Großmäuler, geschweige denn mit allen dreien, würde aufnehmen können.

Unruhig rutschten die Legionäre auf ihren Stühlen hin und her, während die einzelnen Legionäre mit ihrer Entscheidung rangen. Eines war klar. Wenn die Eindringlinge der Mücke ernstlichen Schaden zufügten, würden sie Schwierigkeiten haben, an einem Stück aus der Bar herauszukommen – und zum Henker mit der öffentlichen Meinung!

Plötzlich tauchte aus der von Kerzen beleuchteten Dunkelheit schemenhaft eine Gestalt auf und schob ihren massigen Rumpf zwischen die Zivilisten und die anrückende Supermücke.

»Äääåh ... Mücke?« grollte Schoppen-Hauer mit einer Stimme, die zugleich schnarrend und melodiös war. »Soll sagen dir von Hauptmann ... wenn du Lokal kaputtmachen, dann du bezahlen ... ganze Schaden.«

Die kleine Legionärin schwenkte herum, und ihre Augen suchten den Kompaniechef, um gegen einen solchen Befehl zu protestieren. Während sie Ausschau nach Narrisch hielt, musterten ihre Gegner die Gestalt zwischen sich und ihrem geplanten Opfer.

Wie bereits angemerkt, sind Voltronen schon sehr imposant, wenn man ihnen bei Tageslicht begegnet und damit rechnet. In einer schwach beleuchteten Cocktailbar mit niedriger Decke kann der Eindruck entstehen, ein Teil der Wand habe beschlossen, auf deinen Hocker zuzugehen ... wenn eine Wand einen großen, mißgestalteten Kopf mitsamt Hauern und dunklem, verfilztem Haar hätte, das lang über ihren Nacken herunterhängt.

Die drei Unruhestifter versuchten aufzustehen, nur um festzustellen, daß sie diesen Akt bereits ohne nachzudenken ausgeführt hatten. Was hieß: sie wurden gewahr, daß sie gar nicht saßen ... Schoppen-Hauer war wirklich so groß!

»Äh ... gehören Sie zu ihr?« brachte einer von ihnen endlich heraus.

»Was er eigentlich fragen will«, warf ein anderer ein, »ist, ob wir auch mit Ihnen kämpfen müssen, wenn wir uns mit ihr anlegen?«

Der Voltrone reagierte darauf, indem er sich in empörter Überraschung einen Schritt zurückzog.

»Mit ihr? Nein ... sie nix brauchen meine Hilfe. Sie wüster als ich ... viel wüster!«

Wie ein Mann schluckte das Trio schwer und musterte Supermücke noch einmal.

»Wollen Rat?« setzte Schoppen-Hauer eifrig nach. »Jetzt gehen. Wenn nein, dann jemand werden weh getan ... sehr vielleicht.«

Die offene Aufrichtigkeit und Sorge in der Stimme des Voltronen waren nicht zu verkennen; seine für gewöhnlich friedliche Natur indes war schwieriger festzustellen. Sich plötzlich ihrer eigenen Sterblichkeit bewußt, warfen die eingeschüchterten jungen Männer ein paar Münzen auf die Theke und bliesen zu einem hastigen Rückzug, um das Lokal zu räumen, bevor die Mücke es schaffte, Narrischs Aufmerksamkeit auf sich zu lenken, da ihr Boß schon wieder in eine Unterhaltung vertieft war.

Nach der ›Supermücke in der Bar‹-Episode war es nur naheliegend, daß sie und Schoppen-Hauer einander als Partner zugeteilt wurden. Die volle Wirkung, welche die hitzige kleine Mücke und der sanfte Riese aufeinander haben würden, ließ sich nicht einmal vermuten – bis zu einem Ereignis mehrere Tage später. Anders als bei dem Zwischenfall in der Bar gab es keine Anzeichen oder Warnung für die Explosion, bevor sie sich ereignete.

Die Legionäre hatten sich daran gewöhnt, das Restaurant des Plaza nach dem Dienst als einen Treffpunkt zu Lektüre, ruhiger Unterhaltung und jeder anderen Tätigkeit zu benutzen, die mehr Platz als ein Hotelzimmer und mehr Licht erforderte, als in der Bar zur Verfügung stand. Für gewöhnlich hielten sich ein paar Dutzend Leute dort auf, und das war es, wonach Brandy suchte, als sie auf eine spätabendliche Tasse Kaffee und eine kleine entspannende Unterhaltung hereinschaute, bevor sie zu Bett ging.

Als sie, ihren Becher in der Hand, den Blick durch den Raum schweifen ließ, blieb ihr Auge an Schoppen-Hauer hängen, der über einem Zeitungsstapel hockte.

»He, Hauerchen!« sagte sie, wobei sie sich an seinem Tisch niederließ. »Wie läuft's denn so zwischen dir und dem Zwerg? Läßt sie dich nicht auf dem Zimmer arbeiten?«

Der Voltrone hob den Kopf und sah sie mit seinem schwarzen Murmelaugen an.

»Brandy. Nix nennen Partner Zwerg. Sie nicht mögen.«

Überrascht versuchte der Hauptfeldwebel, die Abfuhr durch ein Lachen zu überspielen.

»Teufel auch ... das sollte keine Beleidigung sein. Ich weiß, daß der Zwerg wegen seiner Größe empfindlich ist, aber ...«

»NIX NENNEN PARTNER ZWERG!«

Der Voltrone erhob sich wütend auf die Füße, und Brandy wurde gewahr, daß sich Köpfe in ihre Richtung drehten.

»Immer ruhig Blut, Hauerchen«, warnte sie. »Warum regst du dich überhaupt so auf?«

»SIE DICH HÖREN, SIE WÜTEND WERDEN. DU MÜSSEN KÄMPFEN MIT IHR. VIELLEICHT WEH TUN. DU SIE NIX NENNEN ZWERG!«

Der ganze Raum beobachtete jetzt die Konfrontation der beiden Giganten der Kompanie, und plötzlich wurde der Hauptfeldwebel sich bewußt, daß ihr Status und ihre Autorität herausgefordert wurden.

»Hör mal, Schoppen-Hauer!« knurrte sie. »Keiner schreibt mir vor, wie ich zu reden habe – nicht einmal der Hauptmann! Wenn ich die Mücke einen Zwerg nennen will, dann tu ich's auch … und nichts, was du sagen oder tun kannst …«

Die geballte Faust des Voltronen krachte ihr auf den Kopf und schleuderte sie rücklings von ihrem Stuhl.

Die anderen im Raum sahen in verblüfftem Schweigen zu, wie ihr pazifistischer Teamgefährte vor Wut bebend über dem gestürzten Feldwebel aufragte.

»ICH DICH WARNEN, BRANDY. NIX NENNEN PARTNER ZWERG!«

Es war lange her, seit irgend jemand Brandy körperlich herausgefordert hatte, aber manche Dinge vergißt man nie. Noch während sie den Kopf schüttelte, um ihn zu klären, tastete sie um sich und fand ein Stuhlbein.

»Ich glaube, das ist mein Tanz!« zischte sie und stürzte sich auf den Voltronen.

Narrisch seufzte und überprüfte seine Uniform, während das plötzliche kurze Hämmern gegen die Tür seiner Suite explodierte.

»Kommen Sie rein, Supermücke«, rief er, als die Attacke von neuem begann.

Das kleinste Mitglied der Kompanie platzte ins Zimmer, mit rotem Gesicht und blind gegenüber dem verbalen Hinweis darauf, daß sie schon erwartet wurde.

»Herr Hauptmann! Wußten Sie, daß mein Partner mit einem Verband um den Kopf unten in unserem Zimmer liegt? Daß der Doktor sagt, er könnte sogar eine leichte Gehirnerschütterung haben?«

»Dessen bin ich mir bewußt.«

»Und wußten Sie, daß dieses Miststück Brandy ihm das angetan hat?«

»Auch das hörte ich schon.«

»Nun, was werden Sie deswegen unternehmen?«

Narrisch sah sie gleichmütig an.

»Nichts.«

»*Nichts*? Aber sie ...«

»Weil ich annehme, daß es besser ist, nichts zu tun, als dafür zu sorgen, daß Ihr Partner vor ein Disziplinargericht gestellt wird.«

Supermücke blinzelte und stockte in ihrer Tirade.

»Ein Disziplinargericht? Ich verstehe nicht, Herr Hauptmann.«

»Setzen Sie sich, Mücke«, wies Narrisch sie ruhig an. »Wenn ich offiziell von dem Notiz nehme, was geschehen ist, dann muß ich auch alle Augenzeugenberichte akzeptieren, daß Schoppen-Hauer einen Angriff auf Feldwebel Brandy unternommen hat ... einen Angriff, der erst endete, als sie ihn in Selbstverteidigung k. o. schlug. Das möchte ich nicht müssen, daher bin ich gewillt, so zu tun, als sei die ganze Sache nie passiert, es sei denn, dieses Miststück, wie Sie sie genannt haben, entschließt sich, auf einer Anklage zu bestehen.«

Die Mücke runzelte einen Augenblick lang grimmig die Stirn, dann schüttelte sie den Kopf.

»Ich kann es nicht glauben, Herr Hauptmann. Schoppen-Hauer ist die sanfteste Seele in dieser ganzen Kompanie. Weswegen sollte er auf Brandy losgehen wollen?«

»Gestatten Sie, daß ich Ihnen eine Frage stelle«, sagte der Kommandant langsam. »Würden Sie sich mit Brandy anlegen wollen?«

Die kleine Legionärin verzog den Mund zu einer Grimasse.

»Da ist jemand, dem ich aus dem Weg gehen würde, wenn die Möglichkeit bestünde«, gestand sie. »Selbst wenn ich den Kopf behielte und mich an das erinnerte, was ich in diesen Kursen gelernt habe, von denen ich Ihnen erzählte, würde sie mich wahrscheinlich schälen wie eine Weintraube. Das ist eine verdammt üble Dame.«

Narrisch nickte weise.

»Darum ging es bei dem Kampf.«

»Herr Hauptmann?«

»Wie es scheint, hat Brandy sich in nicht gerade schmeichelhaften Worten über Sie geäußert, und Ihr Partner hatte Angst, daß Sie sich mit ihr anlegen und möglicherweise verletzt würden, wenn sie so in Ihrer Gegenwart spräche.«

»Nur zu. Das können Sie noch mal sagen. Die könnte mich glatt ...«

Die Mücke brach mitten im Satz ab, als sie die Implikationen dessen, was sie gehört hatte, begriff.

»Augenblick mal. Wollen Sie sagen, das alte Hauerchen hätte sich meinetwegen mit ihr angelegt?«

»Das genau sagen die Zeugen. Wie es scheint, dachte er wohl, er hätte eine bessere Chance gegen Brandy als Sie. Natürlich hat er nicht Ihre Ausbildung. Er versuchte, das durch Mut und Begeisterung zu kompensieren.«

Supermücke schüttelte mitleidig den Kopf.

»Bei schwerem Beschuß reicht das nicht«, sagte sie. »Glauben Sie mir!«

»Er tat das, was er glaubte, tun zu müssen, um seinen Partner zu schützen«, sagte Narrisch. »Ich darf vielleicht vorschlagen, daß Sie sich überlegen, dasselbe zu tun.«

»Herr Hauptmann?«

»Denken Sie darüber nach, Mücke. Ihr Partner, der vorher noch nie die Hand im Zorn erhoben hat, läßt sich auf Kämpfe ein, um Sie vor Ihrem Temperament zu schützen. Wenn Sie sich schon nicht um Ihrer selbst willen beherrschen können, könnten Sie wenigstens an ihn denken, bevor Sie das nächstemal hochgehen.«

Ein leises Klopfen an der Tür unterbrach ihn. Auf Narrischs Aufforderung hin schob sich der Hauptfeldwebel der Kompanie vorsichtig in den Raum.

»Guten Abend, Herr Hauptmann. Hallo, Mücke.«

Supermücke nahm die Wärme eines Eiszapfens an, aber Narrisch ließ sich nicht erschüttern.

»Guten Abend, Herr Hauptfeld«, sagte er. »Ich nehme an, Sie sind wegen Schoppen-Hauer hier?«

»O nein ... na ja, in gewisser Weise schon, nehme ich an. Eigentlich suchte ich Supermücke. Die Mannschaft sagte, sie wäre in diese Richtung gegangen.«

»Sie haben mich gefunden.«

»Tja, wie die Dinge liegen, Mücke, schulde ich dir wohl eine Entschuldigung, denke ich.«

»Eine Entschuldigung?«

»Ja. Ich habe über das nachgedacht, was passiert ist, und um die Wahrheit zu sagen, ich habe mich wohl im Ton vergriffen. Nicht, daß ich es irgendwie böse gemeint hätte, wohlgemerkt, aber ich schätze, ich habe mir nie die Zeit genommen, darüber nachzudenken, wie sehr die Neckerei dich wirklich stört. Zum Henker, wenn einer wissen sollte, wie es ist, wenn man seiner Größe wegen aufgezogen wird, dann ich. Jedenfalls hätte ich es besser wissen müssen, also möchte ich mich entschuldigen. Ich werde versuchen, in Zukunft besser achtzugeben.«

»Ich weiß das zu würdigen, Brandy. Wirklich. Allerdings denke ich, du solltest dich bei Hauer entschuldigen.

Brandy ließ ein kurzes Lächeln aufblitzen.

»Da unten war ich zuerst. Er beharrte aber darauf, daß ich dir die Entschuldigung schulde, nicht ihm.«

»Oh.«

»Jedenfalls entschuldige ich mich bei euch beiden. Nicht böse?«

Supermücke ergriff die ausgestreckte Hand, und die beiden tauschten einen feierlichen Händedruck.

»Tja, das war alles, was ich wollte. Vielleicht kannst du runter in mein Zimmer kommen, wenn du hier fertig bist, Mücke. Ich hab da ein paar Tips auf Lager, wie man mit

Scherzen über Körpergröße fertig wird, die ich dir bei einem Gläschen verraten möchte.«

»Ich bin hier so gut wie fertig«, sagte die kleine Legionärin und sah den Kommandanten mit hochgezogenen Augenbrauen an.

»Nur eines noch, wo Sie gerade hier sind, Mücke. Tut mir leid, wenn ich Sie damit überfalle, aber wie ist Ihre Meinung über Feldwebel Escrimas Stockkampf-Kurse?«

Supermücke kaute an der Lippe, bevor sie antwortete.

»Um die Wahrheit zu sagen, Herr Hauptmann, ich glaube nicht, daß sie besonders viel bringen. Der Feldwebel versteht seine Sache, aber er ist kein besonders guter Lehrer. Er geht einfach zu verflixt schnell vor, so daß die meisten Leute dem, was er da eigentlich macht, gar nicht folgen können ... bis auf solche wie mich, die schon früher eine Ausbildung in asiatischen Kampfsportarten absolviert haben und nur die Varianten beobachten.«

»Genau so sehe ich es auch«, sagte Narrisch. »Wenn Sie einverstanden sind, möchte ich, daß Sie die Kurse übernehmen.«

»Ich? Hören Sie, ich weiß nicht viel über Stocktechniken.«

»Ich möchte, daß Sie Privatstunden bei Escrima nehmen und dann das, was Sie lernen, der restlichen Kompanie beibringen. Zumindest hält es sie vielleicht davon ab, Sie ganz so viel zu necken, wenn sie sehen, was Sie in einer Unterrichtssituation zu leisten vermögen.«

»Ich werde es versuchen, Herr Hauptmann«, sagte die Mücke zweifelnd, dann teilte sich ihr Gesicht in einem raschen Lächeln. »Ich sag' Ihnen was. Ich mache es, wenn Sie mir ein paar Privatstunden im Fechten geben. Abgemacht?«

»Abgemacht«, sagte der Kommandant. »Und jetzt machen Sie, daß Sie beide hier rauskommen, damit ich noch ein bißchen Arbeit erledigen kann.«

10

Tagebuchdatei # 111

Wenn schon die Veränderungen im Urteil der Legionäre über sich und andere auffallend waren, so war der Umschwung in der Einstellung gegenüber der Kompanie von seiten der ortsansässigen Bürger mindestens ebenso bemerkenswert. Die radikalste Veränderung aber fand auf seiten des Polizeichefs, Chief Goetz, statt.

»Ich weiß es wirklich zu schätzen, daß Sie vorbeischauen, Chief«, sagte der Kompaniechef und schüttelte dem Polizeichef schneidig die Hand, als sie sich in der Hotelhalle des Plaza trafen.

»Tja, ich dachte, wenn Sie so nett sind, mich zu dieser außerplanmäßigen Waffenvorführung einzuladen, wäre es das wenigste, Ihnen eine Mitfahrgelegenheit anzubieten«, sagte Goetz. »Ach, nebenbei bemerkt, ich bin noch gar nicht dazu gekommen, mich bei Ihnen dafür zu bedanken, daß Sie mich an dem fürstlichen Mahl haben teilnehmen lassen, das Ihr Küchenchef zubereitet hat. Es war köstlich ... auch wenn ich mir die Hälfte der Zeit nicht sicher war, was ich da eigentlich gegessen habe.«

»Um Ihnen die Wahrheit zu sagen«, sagte Narrisch grinsend, »ich auch nicht. Ich nehme an, es wäre auch unhöflich gewesen – wenn nicht sogar geradewegs gefährlich für Ihre Gesundheit –, danach zu fragen. Escrima hat sein Vorstrafenregister, weil er mehr als nur ein bißchen empfindlich ist, was sein Kochen anbelangt. Es *hat* aber doch großartig geschmeckt, nicht wahr?«

»Ganz gewiß«, pflichtete der Chief bei. »Besonders lekker fand ich den Schweinebraten. Überrascht hat mich natürlich der Zufall mit der Anzeige, die auf meinem Schreibtisch landete ... hinsichtlich der drei Schweine, die am Vortage von der Viehzucht-Abteilung der Universität als vermißt gemeldet wurden.«

Narrisch fluchte innerlich. *Er* hatte erst am Tag *nach* dem Fest herausgefunden, daß Schokoladen-Harry mehr als nur ein bißchen freizügig bei seiner Akquisition der Vorräte für Escrimas Anstrengungen gewesen war. Hätte er es vorher gewußt, hätte er Abstand davon genommen, den Polizeichef einzuladen, oder wenigstens darauf bestanden, daß die Schweine vor dem Servieren in weniger kenntliche Stücke aufgeschnitten wurden. Bis jetzt jedoch hatte er geglaubt, die Sache sei unbemerkt durchgegangen.

»Wenn Sie uns ein paar Tage Zeit lassen«, sagte er steif, »können wir die Quittungen für diese speziellen Waren beibringen, dessen bin ich sicher.«

»Ein paar Tage?« Goetz' Augenbrauen schossen in die Höhe. »Ihr Versorgungsfeldwebel muß schwer nachlassen, wenn er mehr als ein paar Stunden brauchen würde, um gefälschte Verkaufsbelege aus dem Ärmel zu zaubern.«

»Nun hören Sie aber mal, Chief ...«

»Immer mit der Ruhe, Hauptmann«, sagte der Polizist mit einem plötzlichen lausbübischen Grinsen. »Ich ziehe Sie doch nur ein bißchen auf. Diese Universitätsstudenten stauben genug Zeug aus der Kolonie für die Aufnahmeriten ihrer Studentenverbindungen, ihre Wohltätigkeitsbasare und für was sonst nicht alles ab. Ich bin sicher, es wären mehr als nur ein paar Schweine nötig, um das Konto auszugleichen. Ich wollte Sie nur wissen lassen, daß wir nicht ganz ... Was, zum Teufel, ist *das*?«

Narrisch schaute dorthin, wohin der Chief deutete, und ließ ein plötzliches Lächeln aufblitzen.

»Das? Ach, das ist nur eines unserer Mobilitätsexperimente. Es funktioniert überraschend gut.«

Der Gegenstand ihrer Aufmerksamkeit war Spartakus. Der proletarische Sinthianer balancierte am oberen Ende der langen, geschwungenen Treppenflucht, die vom Zwischengeschoß des Plaza zur Haupthalle führte, auf seinem Glideboard. Noch während sie zusahen, verlagerte er sein Gewicht nach vorne und stürzte sich mit dem Brett die Stufen hinunter. Weder die Krümmung seiner Bahn noch die erschreckende Beschleunigung schienen dem Sinthianer

Sorge zu bereiten, als er auf dem Glideboard eine Ebene tiefer und quer durch die Hotelhalle fuhr, wobei er es geschickt in einem Bogen um eine Gruppe von Legionären herumlenkte, die dort standen. Die Legionäre machten sich nicht einmal die Mühe aufzuschauen, als er vorüberschoß; sie ignorierten ihn genau wie die Hotelbediensteten an der Rezeption.

»Scheint, als seien die Leute einigermaßen an dieses Treiben gewöhnt«, sagte Goetz trocken, als er den Mangel an Reaktion in der Hotelhalle bemerkte.

»Wenn wir ihn darin bestärken, fängt er höchstens noch an, damit anzugeben«, sagte Narrisch. »Und dann geht normalerweise etwas zu Bruch. Aber er ist wirklich sehr gut auf dem Ding ... er lebt praktisch darauf. Es überrascht mich, daß sie ihn vorher noch nicht gesehen haben. Normalerweise ist er jeden Abend im Park auf der anderen Straßenseite und übt Kunststückchen mit den Jugendlichen, die dort rumhängen.«

»Entschuldigen Sie, Herr Hauptmann?«

Narrisch blickte in die Runde, dann straffte er sich und erwiderte den zackigen Salut, der ihm vom Versorgungsfeldwebel der Kompanie entboten wurde, welcher es geschafft hatte, sich unbemerkt zu nähern.

»Guten Morgen, Schoko. Wir haben gerade vor einer Sekunde noch über Sie gesprochen. Was gibt es für ein Problem?«

»Kein Problem, Herr Hauptmann. Es wird allmählich Zeit für die Waffendemonstration, und ich dachte mir, ich sollte Sie vielleicht fragen, ob Sie nicht auf meinem Bock mitfahren wollen.«

»Nicht diesmal, Feldwebel. Chief Goetz nimmt mich schon mit ... Oh, entschuldigen Sie. Sie beide kennen sich bereits, nicht wahr?«

Harrys Augen schlüpften zur Seite, um dem starren Blick des Polizisten zu begegnen.

»Ich ... klar habe ich schon von Chief Goetz gehört.«

»Und ich habe von Ihnen gehört, Feldwebel«, gab Goetz mit einem verkniffenen Lächeln zurück. »Aber wir wollen

Sie nicht aufhalten. Ich bin sicher, Sie und ich werden uns irgendwann noch … unterhalten.«

»In *einem* hat Harry aber recht«, warf Narrisch hastig ein. »Wir sollten uns langsam auf den Weg machen.«

Die neuen Einrichtungen für die Legionäre näherten sich ihrer Fertigstellung, und alle warteten in gespannter Vorfreude darauf, wieder einzuziehen. Eines der ersten Dinge, die fertiggestellt werden sollten (nach dem Selbstvertrauenskurs), war der Schießstand, und genau dort versammelte sich die Kompanie auch für die Demonstration.

Der Handelsvertreter der Narrisch & Damlack-Rüstungswerke hatte ein eindrucksvolles Aufgebot an Waffen und die dazu passende Revolverschnauze, mit der er Punkt um Punkt der Präsentation abhakte. Abgesehen von seiner Neigung, den Kompaniechef ›Willie‹ zu nennen, eine Gewohnheit, die Narrisch jedesmal zusammenzucken ließ und alle anderen, besonders den Polizeichef, zu einem Lächeln veranlaßte, verdienten das Wissen des Verkäufers und die Fertigkeiten seiner kleinen Totmacher die Aufmerksamkeit und den Respekt der ganzen Versammlung.

Der Höhepunkt der Demonstration kam, als die Legionäre dazu aufgefordert wurden, von ihren Tribünen herunterzukommen und ein paar der Waffen selbst auszuprobieren. Eine Zeitlang hatten die Feldwebel alle Hände voll zu tun, dafür zu sorgen, daß die Begeisterung die Truppe nicht in einen Mob verwandelte, aber schließlich beruhigten sich die Dinge, und bald war die Luft vom *Knall* und *Bumm* der Schüsse erfüllt, mit denen die Legionäre fröhlich ausgesuchte Ziele unter Beschuß nahmen.

»Eine beachtliche Kollektion«, sagte Chief Goetz, während er sich auf einen Tribünensitz neben dem Kommandanten fallen ließ.

»Ja. Ich dachte mir, daß Sie sie interessant finden würden. Besonders ein paar von den Plastik- und Gummi-›Befriedungsgeschossen‹, die sie entwickelt haben.«

Der Polizist verzog das Gesicht. »Natürlich ist das nett,

falls der Verdächtige irgendeinen Augenschutz trägt, wenn man auf ihn schießt. Ging es nach mir, würden wir dabei bleiben, uns beim Schießen entweder zurückzuhalten oder aber final zu schießen, statt uns vorzumachen, wir könnten jemanden treffen, ohne ihn zu verletzen. Ich habe festgestellt, daß meine Truppen auf dem Schießstand erheblich besser schießen als auf der Straße. Um die Wahrheit zu sagen, unter Druck sind sie beinahe so schlechte Schützen, wie Ihre Crew es normalerweise zu sein scheint.«

Es war offensichtlich, daß die Legionäre alles andere als Meisterschützen waren. Welche Schäden auch immer den Zielen zugefügt wurden, sie waren mehr das Ergebnis der geballten Feuerkraft als der Zielgenauigkeit.

Narrisch verzog das Gesicht. »Ich habe schon Schlimmeres gesehen, auch wenn es mir schwerfällt, mich auf Anhieb an eine Gelegenheit zu erinnern, bei der ich mehr lausige Schützen auf einem Fleck versammelt gesehen habe. Wichtiger ist, ich habe schon schlechteren Scharfschützen *beigebracht*, wie man schießt. Ich hätte diese Vorführung beinahe abgesagt, bis ich mehr Zeit hatte, mit der Truppe zu arbeiten, aber das hier ist eine der turnusmäßigen Wandervorführungen von Narrisch & Damlack. Jetzt wird es große Anstrengungen kosten, die Truppen lange genug von den vollautomatischen Waffen und den Laservisieren fernzuhalten, um ihnen die Grundlagen einzuhämmern.«

Goetz nickte, ohne die Augen von der Feuerlinie zu nehmen.

»Klingt, als seien wir da gleicher Meinung, Hauptmann. Wenn Sie es Ihnen nicht gleich von Anfang an richtig beibringen, werden sie sich immer auf Feuerkraft und technische Tricks verlassen, anstatt zu lernen, wie man schießt.«

Der Kommandant drehte den Kopf und starrte den Polizeichef einige Augenblicke lang an.

»Vielleicht sollte ich Sie das nicht fragen, Chief«, sagte er endlich, »aber ich komme nicht umhin zu bemerken, daß Ihre Einstellung mir und meinen Legionären gegenüber sich seit unserem ersten Treffen erheblich gemildert hat.«

»Nun, ich werde Ihnen was sagen, Herr Narrisch. Ich mag manchmal starrköpfig sein, aber meistens versuche ich, unvoreingenommen zu bleiben. Die meisten meiner Streifenbeamten haben Ihre Truppe ziemlich freimütig gelobt. Wie es scheint, ist *jemand* in Ihrem Haufen dazu übergegangen, den Polizeifunk abzuhören, und bei einigen der unangenehmen Meldungen, die wir während der letzten Wochen erhielten, sind ein paar von Ihren Jungs aufgetaucht. Nach dem, was ich höre, mischen sie sich nicht ein oder kommen uns in die Quere, aber wir wissen beide, daß es Gelegenheiten gibt, wo es ausreicht, ein paar zusätzliche Uniformen gleich welcher Farbe dabei zu haben, um eine Menschenansammlung davon abzuhalten, zu übermütig zu werden.«

»Das paßt«, sagte der Kommandant. »Ich war immer der Auffassung, daß die meisten Leute im Grunde ein positives Selbstbild haben. Nachdem meine Truppe einmal davon überzeugt ist, daß sie etwas bewirken *kann*, überrascht es mich nicht, daß sie versucht, etwas zum Besseren hin zu bewirken.«

Der Chief hob eine Einhalt gebietende Hand.

»Verstehen Sie mich bitte nicht falsch. Niemand macht irgendwem vor, daß Ihre Crew bei der ersten Weihnacht zu dem Chor über dem Stall gehörte, aber sie haben sich in der Abteilung genügend Wohlwollen erworben, daß ich ihnen – und Ihnen – die Zügel ein bißchen locker lassen kann.«

»Nicht locker genug, stelle ich fest, um Sie davon abzuhalten, jedesmal Berichte an das Legionshauptquartier zu schicken, wenn aus einer meiner Crew eine Vorstellung bei Ihnen auf der Wache gibt«, bemerkte Narrisch trocken.

Goetz seufzte und zuckte die Achseln.

»Das ist das Ergebnis eines direkten Ersuchens von seiten Ihres Hauptquartiers. Erfolgte etwa zur selben Zeit, als Sie ankamen. Ich will mich ja nicht in Ihre Angelegenheiten mischen, aber mir scheint, als mag jemand in den höheren Rängen der Legion Sie nicht besonders. Zumindest haben sie ein scharfes Auge darauf, ob Sie einen Fehler machen.«

Der Kommandant runzelte die Stirn. »Das wußte ich nicht. Jedenfalls vielen Dank für die Warnung.«

»Warnung?« Das Gesicht des Chiefs bot ein Bild der Unschuld. »Ich habe nur auf ein offizielles Auskunftsersuchen von einem der Einwohner der Gemeinde geantwortet, denen zu dienen und die zu beschützen ich vereidigt bin.«

»Habe schon verstanden.« Narrisch nickte. »Trotzdem danke ... inoffiziell. Ich frage mich, ob es Ihnen möglich wäre ...«

»Herr Hauptmann!«

Die Dringlichkeit in der Stimme, die ihn anrief, ließ sich nicht leugnen.

»Entschuldigen Sie mich, Chief. Was ist denn, Schoppen-Hauer?«

»Spartakus werden Gewehr abschießen!«

Ein rascher Blick auf die Feuerlinie reichte aus, um die Information zu bestätigen. Der Sinthianer hockte auf seinem Glideboard, eine Schrotflinte unter den spindeldürren Arm geklemmt, während Schokoladen-Harry ihm die Waffe mit übertriebenen Gesten erklärte.

»Das sehe ich«, sagte der Kommandant. »Aber es scheint mir, als sei die Situation völlig unter ...«

»Nicht kennen Newtons drittes Gesetz von Physik?«

Narrisch runzelte die Stirn. »Welches Gesetz?«

»Ist das nicht das mit ...« setzte Chief Goetz an, aber der Satz wurde nie beendet.

KA-WUMM!

Die Geschicklichkeit des Sinthianers auf dem Glideboard war so groß, daß er sich, anstatt vom Rückstoß der Schrotflinte von dem Gerät geschleudert zu werden, wild herumdrehte wie ein Kreisel ... Jeder, der nicht kürzlich Gelegenheit gehabt hatte, sich Newtons drittes Gesetz ins Gedächtnis zu rufen, wurde nun bildhaft daran erinnert, daß es für jede Kraft eine gleiche und entgegegesetzt wirkende Gegenkraft gibt. Gebildet oder nicht, gute Schützen oder nicht, am Überlebensinstinkt der Legionäre gab es nichts auszusetzen, und in der Zeit, die man zu einem Augenzwinkern braucht, lag jeder der Anwesenden zusammengekauert hinter einer Deckung oder flach auf dem Boden, einschließlich der Beobachter auf den Tribünen.

Zum Glück feuerte Spartakus nur Einzelladungen ab, während er die Schrotflinte testete, daher war das Chaos eher komisch als gefährlich. Hätte er die gürtelgespeiste Selbstlader-Option benutzt, wären die Ergebnisse vielleicht nicht so amüsant gewesen.

»Mir scheint«, sagte Chief Goetz schleppend, während er den Kopf hob und Narrisch ansah, »der Rückstoß bei dieser Waffe ist ein bißchen stark für diesen Burschen – jedenfalls solange er auf dem Brett da steht.«

»Derselbe Gedanke kam mir auch gerade«, sagte der Kommandant, der über den Tribünensitz spähte, hinter dem er lag. »Das ist ein echtes Problem. Die Augenstiele der Sinthianer machen es ihnen unmöglich, eine Waffe mit hinreichender Genauigkeit zu benutzen, um so etwas wie Treffsicherheit zu erzielen. Deswegen probieren wir es bei ihnen ja mit Schrotflinten. Ich würde ›zum Teufel damit‹ sagen und vollautomatische Waffen an sie ausgeben, aber ich fürchte, das würde das Rückstoßproblem nur verschlimmern.«

»Sie brauchen etwas, das nicht so viel Kick hat.« Goetz runzelten die Stirn. »Haben Sie mal daran gedacht, es mit Farbgewehren bei ihnen zu probieren?«

»Farbgewehre?«

»Druckluftgewehre, die kleine Farbkügelchen verschießen. Ein paar der Jungs in der Abteilung benutzen sie in einem Wochenend-Kriegsspiel-Club, dem sie angehören.«

»Ach, diese Dinger.« Narrisch schüttelte den Kopf. »Ich dachte immer, das wären eher Spielzeuge als Waffen.«

»Manche dieser ›Spielzeuge‹ sind vollautomatisch und haben eine Mündungsgeschwindigkeit von über einhundert Metern pro Sekunde«, belehrte ihn der Chief.

»Tatsächlich?« Der Kommandant hob überrascht die Augenbrauen. »Das wußte ich nicht. Trotzdem bin ich mir nicht sicher, wozu es gut sein soll, jemanden im Gefecht mit einem Farbkügelchen zu treffen, egal wie schnell es fliegt.«

»Nun« – Goetz grinste wölfisch, während er sich behutsam wieder zurück auf seinen Tribünensitz manövrierte – »ich wäre vielleicht in der Lage, eine Bezugsquelle für ein paar HE-Farbkügelchen-Ladungen ausfindig zu machen.«

»Hochexplosiv?« Jetzt war Narrisch ausgesprochen interessiert. »Sind die denn legal?«

»Es mag Sie überraschen, Herr Narrisch, aber manchmal hat die Polizei Kenntnis von Gütern, die zwar verfügbar sind, aber nicht so ganz dem Buchstaben des Gesetzes entsprechen.«

»Aha. Und was wird mich diese Information kosten?«

»Betrachten Sie es als Gefälligkeit«, sagte der Chief. »Natürlich wäre es nett, wenn Sie mir im Gegenzug einen kleinen Gefallen täten – wie, sagen wir, Ihren Koch vielleicht der Abteilung für unser jährliches Bankett auszuleihen, das nächsten Monat ansteht?«

»Ich denke, das können wir unter ›Verbesserungen der Beziehungen zur Kolonie‹ abbuchen.« Der Kommandant grinste. »In der Zwischenzeit möchte ich herausfinden, ob es nicht *irgendeine* Möglichkeit gibt, wie wir diese völlig legalen Schrotflinten dazu bringen können, in unserem Sinne zu funktionieren.«

»Wenn es Ihnen nichts ausmacht«, sagte Goetz und glitt von seinem Sitz herunter, um sich wieder flach auf den Bauch zu legen, »möchte ich Ihre Experimente lieber von hier aus beobachten.«

Wie sich herausstellte, weigerte Spartakus sich, einen zweiten Versuch zur Handhabung der Waffe zu unternehmen, weil er es vorzog, bei seinem geliebten Glideboard zu bleiben, statt es für einen Zugewinn an Feuerkraft aufzugeben.

Unverzagt nötigte Schokoladen-Harry die Schrotflinte Louie auf, dem aristokratischen Sinthianer. Außerstande, es mit Spartakus' fachmännischem Können auf dem Glideboard aufzunehmen, hatte Louie längst seine Bemühungen aufgegeben, das Gerät zu meistern – er behauptete, es sei seiner nicht würdig –, daher stellte der unsichere Stand, den jenes Gefährt bot, kein Problem dar. Fest am Boden verankert oder schließlich im Beiwagen von Harrys Bock war er besser imstande, die Waffe zu kontrollieren oder wenigstens eine so annähernde Kontrolle auszuüben, daß Narrisch ihm erlauben konnte, sie weiterhin zu benutzen.

Als krönenden Touch hatte einer der Legionäre einen antiken Wehrmachtsstahlhelm gefunden und an der Oberseite Löcher für Louies Augenstile hineingeschnitten. Das Bild, das sie boten – Schokoladen-Harry rittlings auf seinem wuchtigen Schwebemotorrad mit Louie hingehockt im Seitenwagen, veranlaßte mehr als einen Bürger dazu, abrupt stehenzubleiben, um nochmals genauer hinzuschauen. In der Tat bemerkte Chief Goetz, daß das Erscheinen dieses merkwürdigen Teams am Schauplatz eines Verbrechens ein wirkungsvolleres Abschreckungsmittel darstellte, als eine ganze Einheit uniformierter Polizisten.

Seltsam genug: Seine neue Akzeptanz durch die Kompanie schien Louies Abneigung gegen seine klassenniederen Mit-Sinthianer zu verringern, bis zu einem Punkt, an dem er wahrhaftig eine Geschäftspartnerschaft mit Spartakus einging, um die Glideboards auf ihrem Heimatplaneten einzuführen. Spartakus nahm eine Reihe von Demonstrations- und Lernbändern auf, während Louie die Verbindungen und den Einfluß seiner Familie dazu benutzte, um bürokratische Hindernisse bezüglich der notwendigen Lizenzen und Geschäftsgenehmigungen aus dem Weg zu räumen. Die gesamte Kompanie steuerte ihr Scherflein zum Startkapital bei, eine Geste, die niemand bedauerte, weil sie ihnen in der Zukunft Profite einbringen sollte, die ihre ursprüngliche Investition weit übertrafen.

Zahllose Fehden und Meinungsverschiedenheiten wurden beigelegt, als ein neues Gemeinschaftsgefühl innerhalb der Kompanie aufblühte. Einfach formuliert: Als jedes Individuum seine oder ihre Unterlegenheits- oder Unzulänglichkeitsgefühle überwand, wurde er oder sie toleranter den Fehlern anderer gegenüber.

Bei einigen stellte sich diese Akzeptanz nicht so einfach ein, was sie gelegentlich zu extremen Schritten veranlaßte.

Es war die letzte Nacht der Kompanie im Plaza. Die Gestaltung ihrer neuen Unterkünfte war abgeschlossen, und es war Befehl erteilt worden, für den Umzug am Morgen zu packen. Nachdem sie gepackt hatten, versammelten sich die meisten der Legionäre in stillschweigender Übereinkunft zu einer kleinen Abschiedsfeier in der Bar des Plaza. Natürlich gab es nicht genügend Sitzplätze, um die ganze Kompanie gleichzeitig unterzubringen, aber die Stimmung war vergnügt und die meisten der Anwesenden zufrieden, sich gegen die Wände zu lehnen, in Gruppen auf dem Fußboden zu sitzen oder zwanglos von Unterhaltung zu Unterhaltung zu schlendern. Wie es bei solchen geselligen militärischen Zusammenkünften üblich ist, schlugen ein paar der Unterhaltungen in Prahlereien um, als einzelne Legionäre sich darüber beklagten und damit aufschnitten, wer im Laufe seiner Karriere den schwersten Dienst geschoben hatte.

»... ihr denkt, Sümpfe seien schlimm?« grinste Brandy und gestikulierte Aufmerksamkeit heischend mit ihrem Glas. »Hört zu, einmal war ich einer Truppe zugeteilt, die – stellt euch das vor – einen verdammten *Eisberg* bewachen mußte! Hab' nie herausgefunden, warum, aber es war unmöglich, sich mit der Ausrüstung, die man an uns ausgegeben hatte, warmzuhalten, es sei denn, man fand jemanden, an den man sich wirklich *eng* anschmiegen konnte, wenn ihr versteht, was ich damit sagen will. Nachdem wir uns ein paar Wochen das Ballettröckchen abgefroren hatten, sahen selbst einige der *häßlichsten* Legionäre richtig gut aus!«

Der Legionärshaufen lachte anerkennend, aber kurz, da jeder sich begierig vorbeugte, um der nächste zu sein.

»Wo wir gerade von schwerem Dienst sprechen«, verkündete Supermücke. »Meine zweite Stationierung – oder war es meine dritte? ... na, egal! Jedenfalls hatte die Kompaniechefin echt was gegen kleine Leute, und die einzige Möglichkeit für mich, Basketball zu spielen, ist nun mal, wenn man mich als Ball benutzt. Also ruft sie mich eines Tages in ihr Büro und sagt ...«

»Ich werde euch sagen, was ein Scheiß-Dienst ist!«

Verärgert über die Unterbrechung mitten in der Geschichte sah die Gruppe auf und gewahrte Leutnant Armstrong, der sich schwankend und im Zickzack einen Weg in ihre Richtung bahnte.

»Es ... hat überhaupt nichts damit zu tun, *wo* ihr Dienst tut oder *was* ihr tun müßt. Wenn ihr unter einem beschissenen Gespenst dient ... und dieses Gespenst ist euer ... Vater *und* einer der höchstdekorierten Soldaten aller Zeiten, dann ... müßt ihr euer ganzes Leben damit zubringen, zu beweisen, daß ihr ein Zehntel so gut seid, wie jeder es von ihm behauptet. *Das* ist ein Scheiß-Dienst! Ich wünschte nur, der Hurensohn wäre lange genug am Leben geblieben, um mal einen Fehler zu machen.«

Die Legionäre warfen sich unbehagliche Blicke zu, während Armstrong versuchte, Lippen und Glas zu koordinieren.

»Äh ... finden Sie nicht, daß es Zeit wäre, ein bißchen zu schlafen, Herr Leutnant?« sagte Brandy vorsichtig, um das Schweigen zu brechen.

Armstrong spähte sie eulenhaft an und blinzelte heftig, als er versuchte, seine Augen scharfzustellen.

»Sie ... haben recht, Feldwebel Brandy. Darf einem Offizier nichts Ungebührl... Ungebührliches sagen oder tun. Ich ... denke, ich werde aber erst mal ein bißchen frische Luft schöpfen. Gute ... Nacht alle miteinander.«

Der Leutnant richtete sich auf und versuchte einen militärischen Gruß, bevor er in Richtung Tür zur Straße davontorkelte.

Die Gruppe verfolgte seinen Abgang schweigend.

»Ein Offizier und Gentleman ... Gott helfe uns«, sagte jemand und hob sein Glas zu einem spöttischen Toast.

»Äh .. ich sage es nur äußerst ungern«, meinte Supermücke gedehnt, »aber es ist schrecklich spät für ihn, in diesem Zustand auf der Straße herumzulaufen.«

»Na und? Er ist ein Trottel!«

»Ja, aber er ist *unser* Trottel. Ich würde nicht gerne erleben wollen, daß ihm etwas passiert, solange er die gleiche Uniform trägt wie ich. Komm, Mücke. Spielen wir Begleitgeschwader für den Mann, bis er abstürzt.«

Unbemerkt hinter einer Topfpflanze an die Wand gelehnt, lächelte Narrisch über diesen Wortwechsel. Mehr und mehr begannen die Legionäre, sich umeinander zu kümmern. Einiges davon war Kumpanei, einiges eine allgemeine Verteidigung des Rufs der Kompanie, aber alles zusammen ergab *Esprit de corps*. Wenn das anhielt, dann würde schließlich …

Das Piepsen seines Armbandkommunikators unterbrach seine Gedanken.

»Mutter?« sagte er, als er das Gerät einschaltete. »Was machst du denn da oben? Komm runter und …«

»Ich glaube, wir haben da ein Problem, Big Daddy«, fiel ihm die Kommunikationsspezialistin ins Wort. »Der Polizeichef ist für Sie in der Leitung. Sagt, es sei dringend.«

Narrisch verspürte ein flaues Gefühl im Magen, das nichts mit der Trinkerei zu tun hatte.

»Stellen Sie ihn durch.«

»Hier ist er. Sie sind drauf, Chief.«

»Willard? Sie kämen besser mal fix hier rüber. Ein paar von Ihren Jungs sitzen in der Klemme, und es besteht keine Möglichkeit, wie ich sie decken könnte.«

»Wessen werden sie beschuldigt?« fragte der Kommandant, obwohl er sehr wohl wußte, wie die Antwort lauten würde.

»Wie es scheint, hat man sie auf frischer Tat bei einem Einbruchsdiebstahl überrascht«, informierte ihn der Polizeichef. »Das wäre vielleicht noch nicht so schlimm, aber es war die Villa des Gouverneurs, in die sie eingebrochen sind, und er hat sie höchstpersönlich erwischt!«

11

Tagebuchdatei # 112

Wenn es auch so scheinen mag, als habe mein Arbeitgeber eher als andere die Neigung, sich aus Schwierigkeiten und Notlagen freizukaufen, habe ich doch bemerkt, daß er stets dort die Trennungslinie zieht, wo er es mit Politikern zu tun hat. Dies ist nicht, wie man vielleicht annehmen könnte, das Ergebnis irgendeiner Abneigung seinerseits gegen die Einflußnahme von ›Lobbyisten‹; ebensowenig war er der Meinung ›Ein ehrlicher Politiker ist einer, der, ist er einmal gekauft, auch gekauft bleibt‹. Vielmehr rührt es aus dem unverrückbaren Glauben her, daß gewählte Amtsträger nicht auch noch dafür bezahlt werden sollten, ihren Pflichten nachzukommen.

Wie er zu sagen pflegt: »Serviererinnen und Croupiers werden Minimalgehälter gezahlt, weil man bereits davon ausgeht, daß sie ihr Einkommen durch Trinkgelder aufbessern; wenn man kein Trinkgeld gibt, beraubt man sie also de facto ihres Lebensunterhalts. Von Amtsträgern hingegen wird erwartet, *daß sie mit ihrem Gehalt auskommen, so daß jeder Versuch von ihrer Seite, zusätzliche Einkünfte aus der schlichten Erfüllung ihrer Pflichten zu ziehen, Geldschneiderei der übelsten Machart ist und eine Freiheitsstrafe nach sich ziehen sollte.«*

Es erübrigt sich zu erwähnen, daß diese Einstellung nicht dazu angetan ist, seine Beliebtheit bei den Politikern, mit denen er in Berührung kommt, zu steigern.

Gouverneur Wieney (oder Windei, wie ihn seine Rivalen nannten) konnte einen Anflug von wohliger Selbstgefälligkeit nicht unterdrücken, als der Kommandant in sein

Arbeitszimmer geführt wurde. Seit er aus der Presse erfahren hatte, daß ein Mega-Millionär in der Kolonie residierte, hatte sich der Gouverneur das Hirn zermartert, auf welchem Wege er dieser bemerkenswerten Persönlichkeit eine fette ›Wahlkampfspende‹ entlocken konnte. Allerdings waren sämtliche Einladungen zu Parties und Abendessen unbeantwortet geblieben, ebenso seine persönlichen Schreiben, die um Spenden warben und in denen er in aller Zurückhaltung die Möglichkeit einer ›für die Legion vorteilhaften Gesetzgebung‹ andeutete.

Nun endlich erhielt er nicht nur Gelegenheit, den Erben des Waffenimperiums kennenzulernen, sondern diese Gelegenheit ergab sich auch unter Umständen, die man nur als ›günstig für Verhandlungen‹ bezeichnen konnte. Laienhaft ausgedrückt: angesichts zweier Legionären, die hinter Schloß und Riegel saßen, hatte er den Kommandanten im Schwitzkasten und nicht die Absicht, ihn billig – oder auch nur leicht – davonkommen zu lassen.

»Endlich also treffen wir uns, Herr Narrisch ... oder sollte ich Sie ›Hauptmann Joker‹ nennen?« Der Gouverneur lächelte und lehnte sich in dem Ledersessel hinter seinem Schreibtisch zurück, während sich sein Gast in einem der Besuchersessel niederließ.

»Belassen Sie es bei ›Hauptmann Joker‹«, sagte Narrisch, ohne das Lächeln zu erwidern. »Dies ist kein Höflichkeitsbesuch. Ich bin in einer offiziellen Legionsangelegenheit hier.«

»So ist es«, nickte Wieney vergnügt. »Sie sind ja derjenige, der gesellschaftliche Einladungen ausschlägt. Also dann, sollen wir zum Geschäft kommen? Was kann ich für Sie tun ... Offengestanden, hatte ich Sie schon früher einmal erwartet.«

»Ich hatte vorher noch einige andere Besuche zu erledigen«, erwiderte der Kommandant gleichmütig. »Was das betrifft, was Sie für mich tun können – ich bin hier, um Sie zu bitten, die Klage gegen die beiden Legionäre, die sich zur Zeit im Gefängnis befinden, fallenzulassen.«

Der Gouverneur schüttelte den Kopf.

»Das könnte ich gar nicht. Die Männer sind Kriminelle. Ich habe sie höchstpersönlich draußen vor dem Fenster eben dieses Zimmers erwischt. Nein, Hauptmann, ich sehe keine Möglichkeit, sie auf freien Fuß zu setzen, nur damit sie wieder stehlen ... es sei denn natürlich, Sie gäben mir ... nun, sagen wir, einen *Grund* dafür, Milde walten zu lassen?«

»Ich kann Ihnen gleich zwei Gründe dafür geben, Herr Gouverneur«, sagte Narrisch durch zusammengepreßte Lippen, »obwohl ich glaube, daß nur einer davon wirklich von Bedeutung für Sie sein wird. Zunächst einmal sind die Männer nicht in Ihr Haus *ein*gebrochen ...«

»Vielleicht haben Sie mich nicht verstanden, Hauptmann.« Der Gouverneur lächelte. »Ich habe sie selbst ertappt!«

»... sondern sie sind aus Ihrem Haus *aus*gebrochen«, beendete der Kommandant seinen Satz, als sei er gar nicht unterbrochen worden. »Sehen Sie, meine Legionäre sind sehr erpicht darauf, eine Chance bei diesem Ehrengardenjob zu erhalten, den Sie der Armee gegeben haben, und diese beiden Männer, Schubidu und Sushi, sind hier eingebrochen, weil sie etwas zu finden versuchten, das ich als Druckmittel verwenden könnte, um Sie zu zwingen, uns diese Chance zu geben.«

Narrisch hielt inne und schüttelte den Kopf.

»In gewisser Weise ist es meine Schuld. Ich sprach davon, ein Druckmittel zu finden, während sie zuhörten, und sie nahmen es auf sich, mir eines zu besorgen. Jedenfalls brachten sie mir, was sie gefunden hatten, und ich befahl ihnen, es zurückzuschaffen. Das taten sie, und Sie überraschten sie, als sie gerade wieder *weggingen*. Kurz, es gab kein Verbrechen, und das sollte Ihnen wohl als Rechtfertigung reichen, um die Klage fallenzulassen.«

»Kein Verbrechen?« schnaubte der Gouverneur. »Selbst wenn ich Ihnen diese Geschichte glauben sollte, Hauptmann – was ich übrigens nicht tue –, sind sie *trotzdem* in mein Haus eingebrochen. Zweimal sogar, wie Sie selbst sagen.«

Der Kommandant ließ ein kurzes Lächeln aufblitzen, sein erstes seit seinem Betreten des Amtszimmers.

»Entscheiden Sie sich, Herr Gouverneur. Sie können mir glauben, oder auch nicht. Falls Sie aber Entscheidungsschwierigkeiten haben sollten …« Er streckte die Hand aus und deutete auf den Schreibtisch des Gouverneurs. »Untere Schublade links, in einem Ordner mit dem Schild ›Alte Geschichten‹. *Das* ist es, was sie zurückgebracht haben. Überzeugt?«

Das Lächeln des Gouverneur verschwand wie Wahlkampfhelfer nach einer verlorenen Wahl.

»Wollen Sie damit sagen, daß …«

»Offengesagt, Herr Gouverneur«, fuhr Narrisch fort, »ist es mir egal, welche sexuellen Vorlieben Sie haben und mit wem Sie sie ausleben – obwohl ich meine Neigungen auf unsere eigene Rasse beschränke. Es ist mir auch egal, ob Sie Fotos davon als Andenken behalten oder nicht. Ich will nur meine Männer zurückhaben. Sollte die Sache allerdings vor Gericht gehen, sähe ich mich natürlich gezwungen, zu ihren Gunsten auszusagen, was die detaillierte, plastische und medienwirksame Beschreibung der Bilder, die sie angeblich gestohlen haben, mit einbeziehen *würde*.«

»Sie können nichts beweisen!« schnappte der Gouverneur und wurde blaß. »Aber … Sie haben doch nicht etwa Abzüge der Fotos behalten?«

»Ich könnte bluffen und ja sagen«, meinte Narrisch, »aber in Wirklichkeit habe ich das nicht. Wie ich schon sagte, Herr Gouverneur, ich hatte nie die Absicht, diese Informationen auszunutzen, deshalb habe ich meinen Leuten ja auch befohlen, sie zurückzubringen. Trotzdem – der Ruf eines Politikers ist eine zerbrechliche Angelegenheit, nicht wahr? Der winzigste Schatten eines Skandals kann ihn ruinieren, ob er nun tatsächlich je bewiesen wird oder nicht. Stellen Sie sich selbst die Frage, ob die Klage gegen meine Männer es wert ist, Ihre politische Karriere zu gefährden.«

Wieney starrte Narrisch einige Sekunden an, dann riß er

den Hörer vom Telefon und tippte wutentbrannt eine Nummer ein.

»Polizeichef Goetz, bitte. Hier spricht Gouverneur Wieney. Hallo, Chief? Hier ist der Gouverneur. Ich ... Ja, ihr geht es gut, danke ... Hören Sie, Chief, ich habe beschlossen, die Anklage gegen die beiden Legionäre, die Sie festhalten, fallenzulassen ... Ja, richtig. Lassen Sie sie frei ... Fragen Sie nicht! Tun Sie's einfach!«

Er knallte den Hörer auf die Gabel und starrte dann aus dem Fenster, um seine Wut verrauchen zu lassen, bevor er sich wieder Narrisch zuwandte.

»Na gut, Hauptmann Joker. Das wäre erledigt. Tja, wenn das alles war, möchte ich Sie bitten, mich zu entschuldigen. Ich glaube, ich habe da noch ein paar Bilder zu verbrennen.«

Zu seiner Überraschung machte der Hauptmann keine Anstalten, sich zu erheben.

»Wo ich schon einmal hier bin ... da ist in der Tat *noch* eine Sache, die ich mit Ihnen besprechen möchte, Herr Gouverneur.«

»Tatsächlich?«

»Tatsächlich. Der Ehrengardenkontrakt, von dem ich eben schon sprach.«

»O ja. Der Vertrag, bei dem Sie die Bilder nicht als Druckmittel benutzen wollten, um ihn zu bekommen.«

Mit bewundernswerter Schnelligkeit schüttelte der Gouverneur seinen Ärger ab. In der Politik war kein Platz für Leute, die die Gangart nicht schnell genug wechseln konnten und die sich dem zügellosen Vergnügen hingaben, einen Groll gegen jemanden zu hegen, der ein potentieller Verbündeter oder Spender war. Einen Moment lang gestattete sich Wieney die Hoffnung, daß am Ende doch noch eine Spende drin sein könnte.

»Es geht um folgendes, Herr Gouverneur«, sagte Narrisch. »Ich denke, wir sind vielleicht in der Lage, in der wir einander von Nutzen sein könnten.«

Die Hoffnungen des Gouverneurs nahmen reale Gestalt an. Er hatte genügend Bestechungsversuche erlebt, um die

Umwege dorthin sofort zu erkennen. Es war seltsam, aber zumeist kamen die Leute nicht sofort mit ihrem Anliegen oder ihren Angeboten heraus. Man mußte einfach nur lange genug warten, während sie sich zu ihrem endgültigen Vorstoß vorarbeiteten.

»Darum geht es in der Politik«, sagte er unverbindlich.

Der Kommandant sah sich gezielt im Zimmer um, und sein Blick verweilte auf den ledergebundenen Büchern und den Originalkunstwerken, die die Wände schmückten.

»Sie haben wirklich ein schönes Haus, Herr Gouverneur.«

»Danke. Wir ...«

»Obwohl es wahrscheinlich längst nicht so schön ist wie Ihr Stadthaus drüben in Altair, wo Ihre Frau wohnt.«

Trotz seines Vorsatzes, geduldig zu bleiben, verspürte der Gouverneur einen Anflug von Ärger bei der Erwähnung seines Privatbesitzes ... und seiner Frau.

»Ja. Also, um eine Wahlkampfspende in welcher Höhe geht es denn nun?«

»Spende?« Narrisch runzelte die Stirn. »Ich glaube, hier liegt ein Mißverständnis vor, Herr Gouverneur. Ich habe nicht von einer Spende für Ihren ... Wahlkampf gesprochen. Jedenfalls nicht, wenn Sie sowieso schon über Ihre Verhältnisse leben.«

Wieney lief dunkelrot an. »Wer sagt Ihnen, daß ich über meine Verhältnisse lebe?« verlangte er zu wissen.

»Nicht *wer*, Herr Gouverneur«, sagte der Kommandant, »eher schon *was* – speziell, wie Sie es schaffen wollen, bis zum Ende des Jahres *nicht* bankrott zu sein, wenn sie keinen Kredit eingeräumt bekommen.«

»Es geht nur um ein Überbrückungsgeld, damit ich ... He, Moment mal! Diese Information sollte doch eigentlich vertraulich sein! Welches Recht haben Sie, in meinen privaten Geldangelegenheiten herumzuschnüffeln?«

»Oh, diese Information ist schon vertraulich«, versicherte ihm Narrisch. »Ich sitze nur zufällig im Aufsichtsrat der Bank, die Ihren Antrag prüft, und in dieser Funktion habe ich all meine Urteilsfähigkeit einzusetzen, um das

Risiko bei Großkrediten einzuschätzen, und ein solcher ist Ihr Kredit, fürchte ich.«

Der Gouverneur fiel in seinen Sessel zurück, als wäre er geschlagen worden.

»Wollen Sie damit sagen, daß Sie meine Kreditgewährung blockieren, wenn ich die Legion nicht mit der Ehrengarde betraue?«

»Sagen wir, es fiele mir schwer, das nicht in meine Einschätzung Ihrer Urteilsfähigkeit und Verläßlichkeit einfließen zu lassen.« Der Kommandant lächelte.

»Ich verstehe.«

»Indes möchte ich eine Sache, die Sie eben sagten, klarstellen. Ich bitte Sie nicht, der Legion den Kontrakt auf dem Silbertablett zu servieren. Geben Sie ihnen einfach die gleiche Chance wie der Armee, sich den Auftrag zu *verdienen*.«

Wieney legte den Kopf schräg und sah Narrisch aus zusammengekniffenen Augen an.

»Wenn es Ihnen nichts ausmacht, Hauptmann: Darf ich fragen, warum Sie sich den Kontrakt nicht einfach nehmen? Ich bin nicht gerade in einer günstigen Position, um mit Ihnen zu argumentieren.«

»Das ist eine berechtigte Frage, Herr Gouverneur«, sagte der Kommandant. »Sehen Sie, ich versuche, das Selbstvertrauen meiner Legionäre aufzubauen. Wenn sie sich den Kontrakt in einem fairen Wettbewerb mit der regulären Armee verdienen können oder auch nur eine in ihren eigenen Augen passable Vorstellung abliefern, sollte das ihr Selbstbewußtsein steigern. Den Kontrakt zu kaufen oder Ihnen abzupressen könnte tendenziell den gegenteiligen Effekt haben. Es sähe unweigerlich so aus, als glaubte ich, daß die einzige Möglichkeit, ihnen den Auftrag zu verschaffen, bestünde darin, ihn für sie zu kaufen. In Wirklichkeit aber traue ich meinen Leuten zu, in einem offenen, fairen Wettkampf genausogut oder besser abzuschneiden als alles, was die reguläre Armee aufzubieten hat.«

»Interessant«, murmelte der Gouverneur gedankenvoll. Er blickte aus dem Fenster, dann schüttelte er den Kopf.

»Nein. Das kann ich nicht machen. Da Sie mir die Pistole

an die Brust gesetzt haben, kann ich genausogut ehrlich zu Ihnen sein. Normalerweise würde ich Ihr Geld nehmen, um Ihnen dann irgendwann zu erzählen, daß ich ausgetrickst worden sei. So, wie die Sache steht, würden Sie das aber wahrscheinlich für doppeltes Spiel halten und mir was auf meinen Kreditantrag scheißen. Konkret sieht die Situation so aus, daß ich Ihren Jungs nicht helfen *kann*, nicht einmal soweit, ihnen eine Chance zu geben. Ich habe den Vertrag mit der Armee bereits unterschrieben, und ich könnte da nicht mehr raus, selbst wenn ich wollte.«

»Oh, das habe ich erwartet, Herr Gouverneur«, sagte Narrisch leichthin. »Ich denke, es gibt *eine* Hintertür, durch die sie hinausschlüpfen könnten ... sofern Sie das wollten.«

»Und das wäre?«

»Na, natürlich die Verordnung, die die einseitige Vergabe von Aufträgen ohne vorherige Prüfung von Konkurrenzangeboten verbietet.«

»Tut mir leid, an eine solche Verordnung kann ich mich nicht ...«

»Zufällig habe ich gerade ein Exemplar des Verordnungstextes bei mir, Herr Gouverneur.«

Der Kommandant zog ein Stück Papier aus der Tasche und breitete es vor dem Gouverneur auf dem Tisch aus.

»Sie werden bemerken, daß es von den Mitgliedern des Kolonierates unterschrieben ist und daß es auf eine Woche *vor* Ihrem Vertrag mit der regulären Armee datiert ist ... Herr Gouverneur.«

Wieney machte keine Anstalten, das Dokument in die Hand zu nehmen. Statt dessen verengten sich seine Augen, als er Narrisch mißtrauisch ansah.

»Hauptmann ... warum ertappe ich mich bloß bei dem Gedanken, daß, wenn ich mir das Original dieses Dokuments kommen ließe, einige der Unterschriften darauf noch feucht wären?«

»Ich glaube, ich sagte schon, daß ich noch ein paarmal außer der Reihe Station machen mußte, bevor ich heute abend zu Ihnen kam«, bemerkte der Kommandant richtig.

Der Gouverneur warf zum Zeichen seiner Kapitulation theatralisch die Arme hoch.

»Schon gut, ich gebe auf. Sobald die Armee eintrifft, veranstalten wir einen Wettkampf, bei dem Sie und Ihre Kompanie eine Chance bekommen, den Kontrakt zu kriegen. War's das, oder wollen Sie auch noch meinen Hund? Eine Tochter habe ich nicht.«

»Das wäre alles, Gouverneur Wieney«, sagte Narrisch, während er aufstand und das Papier auf dem Schreibtisch des Gouverneurs wieder an sich nahm. »Ich brauche Ihnen wohl nicht zu sagen, wie froh ich über unsere kleine Unterhaltung bin. Ich war ganz sicher, daß wir eine Lösung finden würden.«

»Hauptmann Narrisch!«

Die Stimme des Gouverneurs ließ ihn innehalten, als er die Hand schon am Türgriff hatte.

»Herr Gouverneur?«

»Haben Sie je daran gedacht, für ein öffentliches Amt zu kandidieren?«

»Nein, Herr Gouverneur.«

»Gut!«

12

Tagebuchdatei # 121

Beim nochmaligen Lesen meiner bisherigen Eintragungen fällt mir auf, daß sie den Eindruck vermitteln, mein Arbeitgeber sei konstant Herr der Situation gewesen und habe jede Widrigkeit vorausgesehen. Dies ist nicht der Fall. Er war sicherlich eine Ausnahmeerscheinung, was die schnelle Anpassung an Situationen oder das Überspielen von Überraschungen anging, aber er war auch zu überraschen, und zwar öfter, als er bereit gewesen wäre, zuzugeben.

Ich kann das mit Bestimmtheit sagen, denn ich hatte das Privileg, mehr als nur einmal zugegen zu sein, als er eindeutig kalt erwischt wurde.

Die neuen Unterkünfte der Kompanie, oder *Der Club*, wie die Legionäre begonnen hatten, sie zu nennen, waren nach dem Komfort, den sie während ihres Aufenthalts im Plaza genossen hatten, gewiß kein Abstieg. Zusätzlich zur schon erwähnten Hindernisbahn und dem Schießstand gab es ein Schwimmbad mit Sauna, eine mittelgroße Sporthalle und genügend Räume, um einen mittleren Kongreß unterbringen zu können. Wie sich die Dinge aber entwickelten, wurde der kombinierte Speise-, Versammlungs- und Cocktailraum zum Treffpunkt der Legionäre. Hier in einem bequemen Ambiente wurden die neusten Informationen und Gerüchte ausgetauscht.

Narrisch hielt einen Moment lang inne, bevor er sich zum Frühstücken setzte, und ließ seinen Blick noch einmal über die rege Betriebsamkeit im Speisesaal schweifen. Für ihn war es offensichtlich, daß an diesem Morgen irgend etwas im Gange war. Die Legionäre saßen in Gruppen an verschiedenen über den Raum verteilten Tischen, steckten die Köpfe zusammen und tuschelten untereinander. Gelegentliches Kichern ertönte, und ein paar forschende Blicke wurden in seine Richtung geworfen … außerdem knufften sie sich auffällig mit den Ellenbogen, nachdem sie seine Anwesenheit bemerkt hatten.

Es versteht sich wohl von selbst, daß der Kommandant dieses Verhalten rätselhaft und mehr als nur ein wenig seltsam fand. Die Legionäre führten sich wie Schulkinder auf, die verstohlene Blicke auf einen Frosch warfen, der in die Klasse geschmuggelt worden war; die ganze Zeit gespannt, was die Lehrerin wohl sagen würde, wenn sie ihn entdeckte. Das Problem war, daß er sich nicht um alles in der Welt vorstellen konnte, was ein derartiges Verhalten bei seiner eigenen kunterbunten Truppe hervorrufen mochte. Schließlich gab er das Spekulieren auf und ließ sich auf einen Stuhl am Tisch seines Butlers nieder.

»Guten Morgen, Beeker«, sagte er abwesend, während er immer noch im Saal umherspähte. Wäre er nicht so mit seinen Gedanken beschäftigt gewesen, hätte er vielleicht gemerkt, daß sein Butler nicht einmal den Blick von seinem Port-a-Brain hob, über das er gebeugt war.

»Morgen, Sir.«

»Sag mal, Beeker … die Leute erzählen dir doch Sachen, die sie *mir* nicht sagen würden … nur wenn es kein Vertrauensbruch ist, hast du vielleicht irgendeine Ahnung, warum heute morgen alle so aufgeregt sind?«

»Ich denke, ich könnte eine ziemlich genaue Vermutung darüber anstellen.«

Narrisch richtete seinen Blick auf Beeker, nur um festzustellen, daß er jetzt dessen Haarschopf ansah.

»Also?« fragte er.

Der Butler riß seine Augen vom Computer los und begegnete dem Blick seines Arbeitgebers mit kaum verhohlener Belustigung.

»Ich glaube, sie erklärt auch die stattliche Summe, die

Brandy der Kompaniekasse gespendet hat … die, die sie so merkwürdig fanden.«

»Hör mal, Beek. Würdest du mir jetzt sagen, was los ist, oder …«

»Ich denke, es geht um das hier … Sir«, sagte Beeker todernst, während er den Computerbildschirm drehte, so daß der Kommandant ihn ebenfalls sehen konnte.

Der Schirm zeigte eine Doppelseite aus einer Zeitschrift, aber die Verkleinerung beeinträchtigte keineswegs die Wirkung der Balkenüberschrift, die quer über das Bild verlief:

DIE SCHÄRFSTEN WAFFEN
DER CHAOS-KOMPANIE
… GIBT'S IN ALLEN KALIBERN:
KLEIN, MITTEL UND (SEHR) GROSS!!

Ausgebreitet über die Seite sah man in ihrer vollen natürlichen Schönheit (wie man es vielleicht hätte höflich formulieren können) die nur zu deutlich erkennbaren Gestalten von Brandy, Supermücke und … Mutter!

Beeker beobachtete gespannt die Miene seines Arbeitgebers, um irgendein Zeichen von Überraschung oder Erregung zu finden, aber Narrischs Gesichtsausdruck war so unverbindlich, als prüfe er die Gewinn-/Verlustaufstellung einer Firma, die er zu kaufen erwog. Der einzige Hinweis darauf, daß an seiner Reaktion irgend etwas ungewöhnlich war, war die Zeit, die er auf das Betrachten des Bildes verwendete. Für gewöhnlich war Narrisch in der Lage, auf einen Blick Informationen in sich aufzunehmen und Entscheidungen zu treffen, aber in diesem Falle starrte er auf den Bildschirm, als wäre dort ein fast kompletter Royal Flush zu sehen, den er durch bloße Willensanstrengung vervollständigen könnte.

»Ich könnte es laden und eine Vergrößerung davon ausdrucken lassen, wenn Sie es wünschen, Sir«, sagte der Butler schließlich, als er es sich nicht mehr verkneifen konnte, Narrisch aus seinem Schweigen zu reißen.

»Dessen bin ich mir durchaus bewußt, Beeker«, lautete

die ruhige Antwort, während Narrischs Blick weiterhin am Bildschirm klebte.

»Es würde keinerlei Mühe machen«, bemerkte Beeker unbarmherzig. »Ich habe schon einige Anfragen von Ihren Legionären. Ein oder zwei Kopien mehr fielen da nicht weiter ins …«

»Ist das lokal oder interstellar?«

»Was glauben *Sie*, Sir?«

Endlich hob Narrisch den Kopf, um einige Augenblicke lang mit leerem Blick die gegenüberliegende Wand anzustarren, bevor er antwortete.

»Ich glaube …«

»Oh, Sie haben es schon gesehen! Hallo, Beeker!«

Der Butler erhob sich höflich, um den Kompaniefeldwebel zu begrüßen.

»Guten Morgen, Brandy. Ja, der Hauptmann und ich unterhalten uns gerade darüber.«

»Wirklich? Was finden Sie, Herr Hauptmann? Nicht schlecht für so 'n altes Mädchen, wie?«

»Es ist … Sie sehen gut aus, Brandy«, brachte Narrisch mit einem seltsam verkniffenen Lächeln heraus. »Ihr alle seht gut aus.«

»Das finde ich auch«, strahlte der Feldwebel. »Ich gebe ja zu, anfangs habe ich mir ein bißchen Sorgen gemacht, diesen alten Schrotthaufen neben den neueren Modellen auszustellen« – sie wippte leicht auf der Stelle, um ihr Problem zu verdeutlichen – »aber die Probeabzüge waren prima, also habe ich meine Einwilligung erteilt.«

Der Butler nickte weise.

»Ach ja. Die zusätzlichen Ausdrucke, um die Sie baten, werden heute nachmittag fertig sein.« Er lächelte.

»Das ist prima! Wieviel bin ich Ihnen dafür schuldig?«

»Nichts. Betrachten Sie es als Aufmerksamkeit von mir – oder genauer, vom Herrn Hauptmann. Schließlich benutze ich seinen Drucker.«

»He, danke, Herr Hauptmann. So, ich muß los … darf meine Fans nicht warten lassen.«

Jetzt brach Narrisch das selbstauferlegte Schweigen.

»Äh ... Brandy?«

»Ja, Herr Hauptmann?«

Er mußte zweimal zum Sprechen ansetzen, bevor er es schaffte, sich für eine Frage zu entscheiden.

»Wie habt ihr Mutter bloß dazu gekriegt mitzumachen?«

»Mitzumachen? Es war ihre Idee. Tja ... bis später!«

Die beiden Männer sahen ihr nach, als sie zu einem der Grüppchen hinübermarschierte und fröhlich angesichts der Pfiffe und Zoten winkte, die bei ihrer Ankunft ertönten.

»Es war Mutters Idee ... Sir«, wiederholte Beeker verbindlich.

Narrisch grinste leer in den Saal.

»Und Jesus weinte ...« sagte er und kam damit einer Gotteslästerung so nahe wie schon seit Jahren nicht mehr. »Ist dir klar, was ...«

Mitten im Satz unterbrach ihn der Piepton seines Armbandkommunikators – der schrille Notfallton, der so gestimmt war, daß er jedem intelligenten Wesen im bekannten Universum durch Mark und Bein ging. Narrisch brachte ihn mit dem einzig möglichen Mittel zum Schweigen: Er ging auf Empfang.

»Ja, Mutter?«

»Wie ich es hasse, Big Daddy, Sie beim Frühstück zu stören, aber eine Frau Oberst Streitaxt ist am Holo vom HQ. Sie will Sie *sehr* dringend sprechen.«

»Komme«, sagte Narrisch, während er schon aufsprang. »Joker Ende.«

»Wie die Dame bereits sagte«, bemerkte Beeker, »Ihre Fans warten.«

Wie während der Zeit ihres Penthouse-Hauptquartiers war das Kommunikationszentrum in einem Zimmer neben dem Büro des Kommandanten eingerichtet worden. Der Standort hatte allerdings nicht die Qualität der Holo-Projektionen verbessert, von deren Inhalt ganz zu schweigen.

»Was ist das jetzt wieder für eine Glanzleistung, Hauptmann?«

Das Abbild von Frau Oberst Streitaxt schwebte einen knappen Meter über dem Teppich, was aber angesichts der Tatsache, daß sie vor Wut bebte, nicht unbedingt an einem Übermittlungsfehler liegen mußte. Der aufgelöste Zustand ihrer Uniform deutete mehr noch als ihr erregtes Auftreten an, daß sie ohne ihre üblichen Vorbereitungen auf Sendung gegangen war.

»Glanzleistung?«

»Kommen Sie mir nicht so, Joker! Ich spreche von dem Bildbericht über Ihre Mädchen in diesem grauenhaften Titten- und Arsch-Magazin!«

»Ach, das ...« sagte Narrisch, während er im stillen die Wunder des modernen Zeitschriftenvertriebs segnete. »Ja, Frau Oberst. Wo liegt da das Problem?«

»Wo das Problem liegt? Ihnen ist wohl nicht klar, was das für die Würde der Legion bedeutet?«

»Verzeihung, Frau Oberst ... Würde? Sprechen wir über ein und dieselbe Legion?«

»Sie wissen ganz genau, was ich meine, Joker!«

Jahrelange Erfahrung, im Angesicht von Katastrophen die Fassung zu bewahren, kam Narrisch nun zu Hilfe.

»Ich bin nicht so sicher, ob ich das weiß. Ich glaube, es waren Frau Oberst selbst, die bei unserem letzten Gespräch sagte, sie wären es leid, in den Medien ständig Berichte darüber zu lesen, daß meine Kompanie in Kneipenraufereien verwickelt sei. Um aber auf den eigentlichen Punkt zu kommen: Meines Wissens waren die Legionäre nicht im Dienst, sondern haben den bewußten Fototermin in ihrer Freizeit wahrgenommen. Die Legionsvorschriften beschränken aber eindeutig den Umfang, in dem sich der Kommandant in das außerdienstliche Verhalten seiner Leute einmischen kann ... Artikel 147 bis 162, soweit ich weiß.«

Das Abbild der Frau Oberst funkelte auf ihn herab.

»Na gut, Joker, wenn wir schon bei diesem Spiel sind – Artikel 181 verbietet es Legionären insbesondere, Lohn, Geschenke oder jede andere Form von individueller Bezahlung für Beschäftigungen oder Dienstleistungen anzunehmen, während sie in der Legion sind – außer Dienst oder nicht.«

»Aber Artikel 214 gestattet es Legionären ausdrücklich, Beschäftigungen oder Dienstleistungen in ihrer Freizeit anzunehmen oder zu erbringen, sofern die Entlohnung dafür entweder direkt oder vom Empfänger in die Kompaniekasse gezahlt wird, statt als privater Gewinn vereinnahmt zu werden. Ich kann der Frau Oberst versichern, daß das Honorar der Legionäre für den Abdruck ihrer Bilder in der bewußten Zeitschrift pflichtgemäß in die Kompaniekasse geflossen ist, wie es die Buchstaben dieses Artikels verlangen.«

»Auch ich bin mit diesem Artikel vertraut, Joker«, schoß Streitaxt zurück, »und eigentlich überrascht es mich nicht, daß Sie ihn auswendig können. Soweit ich mich aber erinnern kann, setzt sich der Artikel mit der Bestimmung fort, daß für solche außerdienstlichen Aktivitäten die Zustimmung des Kompaniekommandanten eingeholt werden muß. Wollen Sie mir etwa erzählen, daß Sie diesem Auftritt zugestimmt haben?«

Narrisch kreuzte die Finger hinter dem Rücken, aber gerade noch rechtzeitig fiel ihm seine Faustregel ein, nicht zu lügen oder zumindest nichts zu sagen, was sich hinterher als Lüge herausstellen könnte. Eingedenk dessen entkreuzte Narrisch seine Finger wieder und formulierte seine Antwort sehr sorgfältig.

»Frau Oberst Streitaxt ... offen gesagt, sind es nun einmal *ihre* Körper. Ich glaube nicht, daß ich das Recht habe, ihnen zu befehlen, sie *nicht* zu entblößen, genausowenig, wie ich das Recht hätte, ihnen zu befehlen, sie *zu* entblößen.«

Für einen Augenblick kniff das Abbild der Frau Oberst die Lippen zusammen, dann schien es durch ein tiefes Ausatmen auf Normalmaß zu schrumpfen.

»Ich verstehe. In Ordnung, Hauptmann, Sie kommen noch einmal davon. Trotzdem ist Ihnen wohl hoffentlich klar, wieviel Freude es mir machen wird, das alles hier im Hauptquartier zu erklären.«

»Darüber bin ich mir im klaren, Frau Oberst«, sagte Narrisch, während er bei der bildlichen Vorstellung stoisch ein Lächeln unterdrückte, »und ich möchte hinzufügen, daß ich und der Rest der Kompanie die Bemühungen der Frau Oberst zu unseren Gunsten zu schätzen wissen.«

»Nun, Sie können Ihrem Zirkus von mir ausrichten, daß sie mir ihren Dank zeigen können, indem sie versuchen, mir ein paar Anlässe *weniger* für Erklärungen zu geben. Okay?«

»Jawohl, Frau Oberst. Ich werde das mit Sicherheit weitergeben.«

»Sehr schön. Streitaxt Ende.«

Die Übermittlung brach nicht sofort ab, und einen Augenblick lang glaubte Narrisch, ein Lächeln über das Gesicht der Frau Oberst huschen zu sehen, als ihr Bild verschwand.

Die vielleicht rätselhafteste Sache überhaupt ist für mich der Umstand, daß erfolgreiche Menschen stets über ihren eigenen Erfolg überrascht zu sein scheinen. Im vorliegenden Falle beispielsweise hatte mein Arbeitgeber die Omega-Kompanie mit dem Ziel übernommen, sie zu einer effizienten Einheit zu machen. Er hatte geplant, dies zu erreichen, indem er das Selbstbewußtsein der Legionäre stärkte, und arbeitete unablässig auf dieses Ziel hin. Als seine Arbeit schließlich Früchte zu tragen begann, schien ihn das jedoch vollkommen unvorbereitet zu treffen.

Allerdings war die Schnelligkeit der Entwicklung, welche die Kompanie nahm, auch wirklich atemberaubend. Rückblickend denke ich, daß es wohl niemanden gibt, der so treu ergeben ist wie ein Stromer, der ein Heim gefunden hat. Zu jener Zeit aber war der plötzliche Enthusiasmus der Legionäre wirklich schon ziemlich beunruhigend.

»... und schließlich freue ich mich, berichten zu können, daß der Bestand der Kompanie-Portfolios seit meinem letzten Bericht beträchtlich angewachsen ist. Für alle Interessierten wird in Kürze eine detaillierte Aufstellung zur Verfügung stehen. Wir haben um den Faktor acht zugelegt, daß heißt, jede Credit-Einheit, die seit dem letzten Bericht in unseren Fonds investiert wurde, ist jetzt acht wert.«

Bei dieser Ankündigung ging ein gedämpftes Raunen durch die Versammlung. Einige Legionäre flüsterten aufgeregt darüber, was sie mit ihrem neugewonnenen Reichtum anfangen würden, während andere über die Profite murrten, die ihnen entgangen waren, weil sie ihr Geld nach den zuletzt berichteten Steigerungen ganz oder zum Teil abgehoben hatten.

Die Kompanie war komplett angetreten, um eine von Narrischs periodischen, informellen Informationen zu hören. Ob Dinge zur Sprache kamen, die zu unbedeutend waren, um eine Ankündigung über den Armbandkommunikator zu rechtfertigen, andererseits aber zu wichtig, um sie einer allgemeinen Bekanntmachung am Aushangbrett anzuvertrauen, oder Themen, die Narrisch von Angesicht zu Angesicht mit den Legionären besprechen wollte – der Kommandant spürte, daß es wichtig war, diesen Gesprächsweg offenzuhalten, und die Kompanie honorierte dieses Anliegen mit vollzähligem Erscheinen, wann immer die Nachricht die Runde machte, daß eine Versammlung bevorstand.

Nachdem er einige Sekunden gewartet hatte, um die Reaktionen abebben zu lassen, hob Narrisch Ruhe gebietend die Hand.

»Also schön«, sagte er. »Soweit erst einmal zum abgelaufenen Geschäftszeitraum. Hat noch jemand Fragen oder Anmerkungen, bevor ich zu den neuen Geschäften komme?«

»Jawohl, Herr Hauptmann!«

Leutnant Armstrong stand mit unbeweglicher Miene in der klassischen ›Hab-acht‹-Stellung da. Der Hauptmann bemerkte, daß einige der Legionäre kicherten, tat es aber als ihre normale Belustigung über Armstrongs Armeegebaren ab.

»Ja, Leutnant? Was gibt es?«

Statt eine Antwort zu geben, marschierte der Leutnant buchstäblich nach vorne. Als er unmittelbar vor dem Kommandanten haltgemacht hatte, richtete er sich kerzengerade auf und salutierte zackig, bis Narrisch, befremdet von diesem merkwürdigen Verhalten, den Gruß erwiderte.

»Melde gehorsamst, Herr Hauptmann, die Kompanie hat mich beauftragt, in ihrem Namen eine Beschwerde vorzubringen!«

Während er sprach, standen alle anwesenden Legionäre schweigend auf und nahmen Haltungen ein, die Armstrongs Bilderbuchpositur nahekamen.

»Rühren Sie sich, Leutnant ... und alle anderen auch. Das hier ist eine informelle Versammlung. Also, wo drückt der Schuh?«

»Nun, Herr Hauptmann, die Kompanie ist nicht zufrieden mit den Uniformen, mit denen Sie sie ausgestattet haben.«

»Ich verstehe. Welche Uniform im besonderen?«

»Alle, Herr Hauptmann. Wir finden, es fehlt ihnen an Farbe.«

»Farbe?«

Narrisch konnte sich nicht verkneifen, einen Blick in die Runde zu werfen. Wie ein Mann grinsten ihn alle an.

»Ich glaube, ich verstehe nicht ganz. Schwarz ist die für alle Uniformen der Weltraumlegion vorgeschriebene Farbe. Auch wenn das einfallslos sein mag, sehe ich keinen Grund, das zu ändern, selbst wenn wir die Zustimmung vom Hauptquartier bekämen ... was ich bezweifle.«

»Wir wollen nicht die Farbe der Uniformen ändern, Herr Hauptmann. Wir bitten nur um die Erlaubnis, als besondere Note etwas hinzufügen zu dürfen. Genauer gesagt ...«

Der Leutnant zog etwas aus seiner Uniformtasche und reichte es Narrisch.

»... bitten wir um die Erlaubnis des Herrn Hauptmann,

dieses Emblem als Erkennungszeichen unserer Einheit einführen und tragen zu dürfen.«

Bei dem Abzeichen handelte es sich um ein grellrotes, rautenförmiges Stück Stoff. In Schwarz darauf aufgestickt war ein Totenkopf, der keck eine schief aufgesetzte Narrenkappe mit Glöckchen trug.

Narrisch musterte es eine ganze Minute lang, während lastendes Schweigen im Raum hing. Dann zog er, weil er seiner Stimme noch nicht wieder traute, die Schutzfolie von der selbstklebenden Rückseite des Abzeichens ab und drückte es mit der Handfläche auf den Ärmel seiner Uniform. Langsam und präzise nahm er selbst Haltung an und hob die Hand, um der Kompanie zu salutieren.

Wie ein Mann grüßte die Kompanie zurück ... und dann erzitterte der Raum von Hochrufen und Jubel.

»Wie gefällt es Ihnen, Herr Hauptmann?«

»Leutnant Rembrandt hat es entworfen. Ist es nicht großartig?«

»Wir haben alle zusammengeworfen ...«

Während sie sich um ihn scharten, stellten die Legionäre das Reden und Schulterklopfen für eine Weile ein, um sich gegenseitig beim Anbringen der neuen Abzeichen auf ihren Ärmeln zu helfen. Aufgrund der Schnelligkeit, mit der die Stoffstücke auftauchten, war dem Kommandant klar, daß die Abzeichen vorher verteilt und von allen sorgfältig vor seinen Blicken verborgen worden waren, damit sie ihn gemeinsam damit überraschen konnten.

Narrisch saß allein in seinem Zimmer und starrte das Abzeichen auf seiner Uniform an, als Beeker hereinkam.

»Hast du das schon gesehen, Beeker?«

»Ja, Sir. Wenn Sie einen Blick in Ihren Schrank werfen, werden Sie feststellen, daß es bereits an allen Ihren Uniformen angebracht ist.«

»Also warst du auch eingeweiht, stimmt's?«

»Man hatte mich gebeten, die Angelegenheit vertraulich

zu behandeln, Sir. Es sollte eine Überraschung für Sie sein.«

Staunend schüttelte Narrisch den Kopf.

»Die ist weiß Gott gelungen. Mir wäre im Traum nicht eingefallen, daß sie so etwas aushecken würden.«

»Ich denke, Sie sollten es als Kompliment betrachten. Mein Eindruck ist, daß sie damit ihren Dank für Ihren Einsatz für sie zum Ausdruck bringen und zugleich ihre Loyalität geloben wollen.«

»Ich weiß. Es ist nur ... ich wußte gar nicht, was ich sagen sollte, Beek. Weiß ich übrigens immer noch nicht, was das angeht. Ich mußte mich klammheimlich von der Party davonstehlen, bevor ich mich auf der Suche nach einer Möglichkeit, mich zu bedanken, zum Narren gemacht hätte.«

»Ich denke, es genügt, daß Sie das Abzeichen tragen, Sir. In etwa wie ein Vater, der die künstlerischen Bemühungen seiner Kinder würdigt, indem er sie an die Bürowand hängt.«

Narrisch schüttelte erneut den Kopf.

»Es geht weit darüber hinaus. Selbst mein günstigstes Szenario hätte nicht vorausgesehen, wie schnell die Mannschaft inzwischen zusammenwächst. Ich sage dir, Beeker, ich könnte nicht stolzer auf sie sein, als sie meine eigenen Kinder *wären*.«

»Nun, Sir, wie man so schön sagt, Probieren geht über Studieren. Wie haben sie die Ankündigung aufgenommen, daß die Armee morgen eintrifft?«

»Das habe ich gar nicht erwähnt.« Der Kommandant seufzte und rutschte etwas tiefer in den Sessel. »Sie haben mich mit dem hier überfallen, bevor ich dazu kam, und ich konnte mich nicht überwinden, die Stimmung zu dämpfen, nachdem sie einmal so schön in Fahrt waren. Ich entschied mich, sie heute abend feiern zu lassen ... morgen ist es früh genug für diese Ankündigung.«

Historiker werden wissen, daß während des sogenannten Dreißigjährigen Krieges, einer militärischen Auseinandersetzung auf der Alten Erde, die (wen würde es überraschen?) ziemlich genau dreißig planetare Jahre dauerte, eine der kriegführenden Parteien von so verdienstvollen und heute längst vermoderten Feldherrn wie Tilly und Wallenstein angeführt wurde, die ihrerseits wiederum im Dienste eines sogenannten ›Kaisers‹ standen. Näherten sie sich einer Stadt des Feindes, konnte man von den Wällen herab oftmals nicht erkennen, welcher der Feldherrn die jeweilige Streitmacht denn nun konkret anführte, und deshalb hieß es dann zumeist pauschal: »Die Kaiserlichen kommen!«

In Anbetracht dieser Tatsache sollte es niemanden wundern, daß die Legionäre unter dem Kommando meines Arbeitgebers bei ihren Streifzügen durch die Straßen der Kolonie von der Bevölkerung mit dem Ausdruck begrüßt wurden: »Die Narrischen kommen!« – ein Spitzname, der ihnen eine ganze Weile anhängen sollte.

13

Tagebuchdatei # 122

Wenn ich schon angemerkt habe, daß mein Arbeitgeber nicht immun gegen Überraschungen ist, sollte ich auch hinzufügen, daß er sich bei mancher Gelegenheit selbst austrickst. Obgleich er normalerweise den Umgang mit den Medien meisterlich beherrscht, hat ihn doch sein ausgeprägter Hang dazu, Gegenstand medialer Berichterstattung zu sein, öfter als nur einmal vewundbar gemacht.

Eine Aura deutlich spürbarer Nervosität hing über den Legionären, als sie in voller Kompanieformation auf die Ankunft des Raumtransporters warteten. Obwohl sie offiziell ›Rührt-euch‹-Haltung eingenommen hatten, was bedeutete, daß sie einen Fuß bewegen und mit dem Nachbarn sprechen durften, fand keine Unterhaltung statt. Statt dessen standen sie schweigend da und zupften nervös an ihren Uniformen herum, jeder tief in den eigenen Gedanken versunken.

»Sind Sie sicher, daß das so eine gute Idee ist, Herr Hauptmann?«

Den Offizieren der Kompanie war es gestattet, sich frei zu bewegen; trotzdem zwang sich Narrisch, vor der Formation stehenzubleiben. Er bemühte sich, der Kompanie ein gutes Beispiel zu geben, indem er Ruhe ausstrahlte, statt seinem natürlichen Drang, auf und ab zu laufen, nachzugeben. Dennoch war er erleichtert, als er Leutnant Rembrandts leise Frage vernahm, denn sie bot ihm etwas, auf das er seine Gedanken konzentrieren konnte.

»Finden Sie nicht, daß es höflich ist, bei der Ankunft der Gegenseite da zu sein, um sie willkommen zu heißen, Leutnant?« fragte er mit gespieltem Ernst.

»Ich denke schon, Herr Hauptmann«, erwiderte Rembrandt, die die Antwort offenbar ernst nahm. »Aber um aufrichtig zu sein, habe ich bisher nichts von Höflichkeit der regulären Armee gegenüber der Legion gespürt.«

»Ich auch nicht«, räumte Narrisch grimmig ein. »Zu Ihrer Information, Leutnant, der *wahre* Grund, warum wir hier stehen, hat nichts mit Höflichkeit zu tun.«

»Herr Hauptmann?«

»Denken Sie doch mal nach. Alle sind nervös, weil sie befürchten, daß uns die Armee bei dem bevorstehenden Wettkampf das Fell über die Ohren zieht. Das ist nicht weiter überraschend, wenn man berücksichtigt, daß sie darauf *gedrillt* sind zu glauben, die Armee bestünde aus lauter Supermännern, während die Weltraumlegion sich für ihre Mannschaften den Bodensatz zusammenkratzen muß. Wenn wir also eine passable Vorstellung liefern wollen, müssen wir diesen Glauben erschüttern, und unsere Anwesenheit hier ist der erste Schritt in diese Richtung. Ich möchte, daß alle die Gegenseite so bald wie möglich zu sehen bekommen, damit sie merken, daß auch Armeesoldaten Menschen sind, die nur mit Wasser kochen. Verstehen Sie das?«

»Ich ... ich glaube schon, Herr Hauptmann.«

Obwohl sie ganz offensichtlich keineswegs überzeugt war, blieb dem Leutnant eine weitere Lektion erspart, weil Rufe aus der Gruppe laut wurden.

»Im Landeanflug!«

»Da kommen sie!«

»Schickt meine Leiche meiner ersten Frau, die hat eine anständige Mahlzeit nötig!«

Der Raumgleiter war durch die Wolkendecke gestoßen und bewegte sich nun auf die Landebahn zu.

»In Ordnung. Fertig machen!«

Obwohl sie noch in ›Rührt-euch‹-Haltung standen, waren diese Worte das Signal für alle, sich auf das ›Stillgestanden‹-Kommando vorzubereiten. Die Legionäre, die sich hingesetzt hatten, rappelten sich eilig auf, klopften die

Hosenböden ihrer Uniformen ab und nahmen ihren Platz in der Formation wieder ein.

Alle Blicke richteten sich auf den Gleiter, als dieser aufsetzte und langsam zum Raumhafengebäude rollte. Knapp fünfzig Meter vor der Stelle, an der die Kompanie wartete, kam er zum Stillstand. Nach einer halben Ewigkeit öffnete sich die Luke, und eine Rampe senkte sich herab. Sekunden später tauchten die ersten Passagiere auf.

Es dauerte einen Herzschlag lang, bis das Erkennen einsetzte, und dann begann ein Raunen durch die Formation zu gehen.

»Herr Hauptmann«, kam Leutnant Armstrongs dringliches Flüstern. »Wissen Sie, wer das ist?«

»Ich weiß, Leutnant.«

»Das sind die *Red Eagles*!«

»Ich sagte, *ich weiß*, Leutnant!«

»Aber Herr Hauptmann ...«

»Kompaniiieee – *AAAACH-tung*!«

Narrisch bellte das Kommando ebensosehr, um das Gerede zu beenden wie um ein ordentliches militärisches Bild abzugeben.

Hauptsächlich aber wollte er Zeit gewinnen, um seine eigenen Gedanken sammeln zu können.

Mit ihren schmucken Ausgehuniformen und den roten Baretten, die ihr Erkennungszeichen waren, ließen die Soldaten, die nunmehr hintereinander die Rampe hinabmarschierten, keinen Zweifel daran, welcher Einheit sie angehörten: den Red Eagles! Aus irgendeinem Grund hatte die Armee entschieden, für diesen Auftrag ihre Elitekampfeinheit zu schicken!

Und die war eher ungewöhnlich für die reguliäre Armee. In gewisser Weise ähnelten die Red Eagles eher der Legion, weil sie eine bunte Mischung von planetarischen Kulturen darstellten, statt wie andere Einheiten von einem einzigen Planeten zu kommen. Hier hörten die Gemeinsamkeiten aber auch schon auf. Die Eagles – hochdekoriert und stets im Mittelpunkt der Berichterstattung – galten die als

Crème de la crème der Armee. Buchstäblich Hunderte von Soldaten rissen sich um die Ehre, in ihre Reihen aufgenommen zu werden, sobald ein Platz frei wurde, und entsprechend hart war der Konkurrenzkampf. Mehr als nur ein Versuch, eine ›homogenere Zusammensetzung der Einheit‹ zu erreichen, war schon mit dem Hinweis darauf abgeschmettert worden, daß die Red Eagles in diesem Punkt nur ein Kriterium akzeptierten: Sie wollten die Besten!

All das und noch mehr wirbelte in Narrischs Kopf herum, während er zusah, wie die Soldaten ziellos am Fuße der Rampe herumliefen. Die Eagles ihrerseits ignorierten die Formation der Legionäre völlig und würdigten sie nicht einmal eines neugierigen Blicks, während sie durcheinanderschwatzten.

Endlich schritt eine beeindruckende Gestalt die Rampe hinab. Weder nach links noch nach rechts blickend, stolzierte sie mit den leichten, federnden Schritten des trainierten Athleten über die Landebahn und nahm unbeirrbar Kurs auf Narrisch.

»Hauptmann Joker, nehme ich an? Ich bin Major Matthew O'Donnel.«

Obwohl er überrascht war, namentlich begrüßt zu werden, brachte Narrisch einen zackigen Gruß zustande.

»Willkommen auf Haskins Planeten, Major!«

O'Donnel erwiderte weder den Gruß, noch machte er Anstalten, Narrisch die Hand zu schütteln.

»Ja, da bin ich mir sicher«, sagte er mit einem dünnen, humorlosen Lächeln. »Hören Sie, Hauptmann, ich kann mir vorstellen, Sie sind wahrscheinlich ähnlich beglückt, uns hier zu sehen, wie wir es sind, hier zu sein. Also, können wir uns irgendwo unterhalten? Nach Möglichkeit an einem klimatisierten Ort. Ich möchte diesen Unsinn so schnell wie möglich hinter mich bringen.«

Benommen deutete Narrisch auf das Raumhafengebäude, und der Major fegte in seinem mittlerweile vertrauten Schritt an ihm vorbei.

»Leutnant Armstrong, Rembrandt«, rief der Kommandant seine jüngeren Offiziere zu sich.

»Herr Hauptmann?«

»Führen Sie die Einheit zurück zur Unterkunft, und warten Sie dort auf mich. Ich komme, sobald ich herausgefunden habe, was, zum Teufel, hier los ist.«

»Aber, Herr Hauptmann ...«

»Machen Sie schon. Aber lassen Sie mir einen Fahrer hier. Ich werde das Gefühl nicht los, daß mir nicht nach Laufen zumute sein wird, wenn die ganze Sache erst vorbei ist.«

Beim Betreten des Raumhafengebäudes mußte Narrisch feststellen, daß die unangenehmen Überraschungen keineswegs vorüber waren. Das erste, was ihm ins Auge fiel, war Major O'Donnel, der ... Gouverneur Wieney steif die Hand schüttelte!

»Ah, Hauptmann!« strahlte der Gouverneur. »Gesellen Sie sich doch zu uns. Wie ich höre, haben Sie Major O'Donnel bereits kennengelernt.«

»Ja, das habe ich«, sagte der Kommandant. »Obwohl ich zugeben muß, daß ich überrascht bin. Ich hätte nicht erwartet, daß die Armee wegen eines schlichten Kontrakts für eine Ehrengarde die Red Eagles schickt.«

»Wenn es Sie tröstet, Hauptmann«, knurrte O'Donnel, »uns hat es auch überrascht. Wie es aussieht, haben die hohen Tiere die Berichte in den Medien über Sie und diese heiße Truppe gelesen, die Sie da zusammenstellen, und beschlossen, daß sie ihren höchsten Trumpf ausspielen müßten, um den Ruf der Armee zu wahren. Und mir nichts, dir nichts werden wir direkt aus einem Feuergefecht abgezogen und nach hier verschifft mit dem *Befehl*, Sie ernst zu nehmen.«

Sein Tonfall ließ deutlich erkennen, was der Major von einem solchen Befehl hielt.

»Also, wenn es Ihnen recht ist, lassen Sie uns anfangen.

Ich will die Spielregeln dieses sogenannten Wettkampfs klar haben, damit meine Leute sich einquartieren können.«

»Ich … nehme an, Sie wissen schon alles über den Wettkampf?« fragte Narrisch vorsichtig.

»Jawohl. Der Gouverneur war so freundlich, uns vor unserer Ankunft zu unterrichten.«

Der Legionskommandeur schoß einen Blick auf den Gouverneur ab, der lächelte und ergeben die Schultern hob.

»Ich hielt das für das mindeste, was ich tun konnte, weil ich doch schließlich zuerst die Armee beauftragt hatte.«

Narrisch entschied sich, Wieney nicht den Triumph einer Explosion zu gönnen, obwohl er innerlich ob dieses Verrats kochte.

»Ja, ich sehe schon, wieso das fair ist«, brachte er schließlich heraus.

»Wie ich es verstehe, Hauptmann«, fuhr O'Donnel energisch fort, »sollen wir durch einen Wettkampf über drei Disziplinen unter Aufsicht neutraler Schiedsrichter entscheiden, wer die Ehrengarde stellt. Die Armee wählt eine Disziplin, Sie wählen eine, und über die dritte müssen wir uns gemeinsam einigen. Ist das so richtig?«

Narrisch nickte steif. Er mochte die Art nicht, wie der Major die Kontrolle über die Besprechung an sich zog.

»In Ordnung. Als unsere Disziplin nehmen wir Exerzieren, weil es das ist, was von einer Ehrengarde hauptsächlich verlangt wird. Welches ist Ihre?«

Der Mut des Hauptmanns begann zu sinken. Von allen Disziplinen, die normalerweise mit dem Militär in Verbindung gebracht werden, beherrschte seine Kompanie am wenigsten den Formaldienst.

»Die Hindernisbahn.«

Zum ersten Mal zeigte sich der Major überrascht, und seine Augenbrauen verschwanden fast hinter dem Schweißband seines Baretts.

»Die Hindernisbahn?« wiederholte er. »Na schön, Hauptmann, es ist ja nicht meine Beerdigung. Nun zur dritten Disziplin, vorausgesetzt, wir kommen überhaupt soweit …«

Er deutete auf Wieney. »Der Gouverneur hier sagte mir, Sie und Ihre Truppe hielten sich für Fechter. Was halten Sie von einem Drei-Waffen-Kampf ... Florett, Säbel und Degen ... zwei von drei gewinnt?«

In Narrischs Kopf begann eine Alarmglocke zu schrillen. Das klang alles etwas zu glatt.

»Hört sich an, als hätte der Gouverneur Ihnen so einiges erzählt«, sagte er, um Zeit zu gewinnen.

»Ist das nun ein Ja oder ein Nein? Kommen Sie, Hauptmann, wir wollen doch nicht den ganzen Tag hier sitzen.«

»Sagen Sie, Major, fechten Sie eigentlich selbst?«

»Ich? Ich habe ein bißchen mit dem Degen herumgespielt. Wieso?«

»Dann erlauben Sie, daß ich Ihren Vorschlag um einen kleinen Zusatz ergänze. Derselbe Drei-Waffen-Kampf, aber das Degenfechten zuletzt ... zwischen den Kommandanten der beiden Einheiten. Sollte es hart auf hart kommen, können wir die Sache auf diese Weise unter uns ausmachen.«

Ein breites Grinsen spaltete Major O'Donnels Gesicht.

»Nichts würde mir eine größere Freude bereiten, Hauptmann. Also abgemacht ... obwohl ich bezweifle, daß wir soweit überhaupt kommen.«

»Sie könnten eine Überraschung erleben, Major«, erwiderte Narrisch mit einem schmalen Lächeln. »Meine Mannschaft hat schon eine Menge Leute überrascht, mich eingeschlossen.«

»Na, dann überraschen Sie mich mal«, schoß O'Donnel zurück. »Aber entschuldigen Sie, wenn ich nicht vor Angst mit den Zähnen klappere.«

»Nachdem das nun entschieden ist, meine Herren ...« sagte der Gouverneur und erhob sich hastig.

»Nur eine Frage noch ... wenn es Ihnen recht ist, Major«, fragte der Legionskommandant nach. »Mal angenommen, die Red Eagles gewinnen *tatsächlich*, würde die Armee dann wirklich ihre Elite-Einsatztruppe als Ehrengarde abkommandieren?«

O'Donnels reptilienartiger Blick fiel einen Moment lang auf den Gouverneur.

»Wo wir schon davon sprechen, Hauptmann: meines Wissens gibt es eine Klausel in unserem Standardvertrag, die besagt, daß zwar jede Einheit der regulären Armee für einen bestimmten Einsatz abkommandiert werden kann, die Armee sich aber das Recht vorbehält, auszuwählen, welche Einheit zum Einsatz kommt ... *und* daß sie besagte Einheit je nach den Erfordernissen ihres Personalbedarfs zu gegebener Zeit ersetzen kann.«

»Also schicken Sie die Red Eagles, um den Kontrakt an Land zu ziehen, nur um sie dann, sobald der Vertrag abgeschlossen ist, gegen eine völlig andere Einheit auszutauschen. Stimmt das?«

Narrisch wandte sich Gouverneur Wieney zu, der hilflos die Schultern hob.

»Das ist Showbusineß, Hauptmann ... oder Politik!«

Ich bin sehr offen darin gewesen, die Fehlbarkeit meines Arbeitgebers aufzuzeichnen. Damit jedoch kein falscher Eindruck entsteht, möchte ich mich beeilen hinzuzufügen, daß er ohne Zweifel der beste Kämpfer ist, den zu beobachten – und erst recht dem zu dienen – ich bisher das Privileg hatte, wenn er in die Ecke gedrängt wird.

»Von allen doppelzüngigen, hinterfotzigen ...«

»Das reicht, Armstrong!« Die Stimme des Kompaniechefs knallte wie eine Peitsche. »Wir haben nicht die Zeit, die moralischen oder genetischen Defizite des Gouverneurs zu diskutieren. Jedenfalls nicht, wenn wir vor dem Wettkampf morgen einen Schlachtplan aufstellen wollen.«

»Die Kompanie wartet immer noch im Speisesaal, Herr Hauptmann«, verkündete Brandy, die den Kopf zur Tür des Kommandeurbüros hereinsteckte. »Was soll ich ihnen sagen?«

»Sagen Sie ihnen, ich käme in einer halben Stunde runter, um zu ihnen zu sprechen. Ach, und Brandy ... fangen

Sie in der Zwischenzeit schon mal an, herauszustreichen, daß wir bereits gewonnen haben!«

»Haben wir?«

»Sicher. Wir haben in dem Moment gewonnen, als die Armee entschied, es bräuchte die Red Eagles, um gegen uns anzutreten. Selbst wenn sie uns in Grund und Boden stampfen, werden die Leute immer die Frage im Kopf haben, ob eine *normale* Armee-Einheit uns hätte schlagen können oder nicht.«

»Wenn Sie meinen, Herr Hauptmann.« Die Stimme des Hauptfeldwebels klang zweifelnd. »Ach ... fast hätte ich es vergessen. Schubidu sagte, Sie wollten das hier haben.«

»Was ist das, Herr Hauptmann?« fragte Rembrandt und machte einen langen Hals beim Versuch, das Blatt Papier zu lesen, das Narrisch nun studierte.

»Mmh? Ach, das ist eine Kopie der Personalliste der Red Eagles. Ich nehme an, sie haben sie irgendwo am Raumhafen liegengelassen.«

»Soll ich Beeker bitten, sie durch seinen Computer laufen zu lassen?«

»Schon gut, Armstrong. Ich habe es schon gefunden. Verdammt! Ich hätte es wissen müssen!«

»Was haben Sie gefunden?«

Beide Leutnants drängten sich jetzt dicht an Narrisch und starrten die Liste an, als handele es sich bei den Namen um eine Art verschlüsselter Nachricht.

»Dachte ich mir doch, daß O'Donnel ganz versessen darauf war, einem Fechtkampf zuzustimmen!« murmelte der Kommandant fast wie zu sich selbst. »Sehen Sie diesen Namen? Den dritten von oben? Isaac Corbin! Er war fünf Jahre in Folge triplanetarischer Meister im Säbelfechten! Was, zum Teufel, macht *der* in der Armee?«

»Sich vorbereiten, uns das Licht auszuknipsen, würde ich sagen.« Armstrong verzog das Gesicht. »Zum Glück ist das nur eine von drei Teildisziplinen.«

»Vielleicht, vielleicht auch nicht«, murmelte Narrisch gedankenvoll. »Ich denke, wir werden ...«

»Frau Oberst Streitaxt wünscht, Ihr klassisches Antlitz zu sehen, Herr Hauptmann.«

»Na großartig. Bin schon unterwegs, Mutter.«

»Wie ich sehe, sind Sie in üblicher Breite in der Presse vertreten, Hauptmann. Die Armee zu einem öffentlichen Wettkampf zu fordern ist aber auch ein ehrgeiziges Unterfangen.«

»Hören Sie, Frau Oberst, ich wußte nicht, daß sie uns die Red Eagles schicken würden. Ich gebe ja sogar zu, daß es mein Fehler war, weil ich zugelassen habe, daß die Medien uns ins Rampenlicht rückten, aber …«

»Entspannen Sie sich, Hauptmann«, sagte Streitaxt nachdrücklich. »Ich versuche gar nicht, Sie unter Druck zu setzen. Ich habe nur angerufen, um Ihnen Glück für den morgigen Wettkampf zu wünschen. Ich glaube, Sie werden es brauchen.«

»Das können Sie laut sagen«, schnaubte Narrisch. »Verzeihung, Frau Oberst. Ich wollte Sie nicht anschnauzen. Ich stehe nur ein bißchen unter Druck, weil ich versuche, mich für morgen vorzubereiten.«

»Dann will ich Sie auch gar nicht aufhalten. Aber nur so unter uns, Joker, glauben Sie, daß Sie auch nur die geringste Chance haben, die Sache für sich zu entscheiden?«

»Es besteht *immer* eine Chance, Frau Oberst«, antwortete er mechanisch. »Aber ernsthaft … ich würde so weit gehen und das Exerzieren einfach abschreiben, wenn ich nicht fände, daß wir niemals kampflos aufgeben sollten. Ich hätte gewettet, daß wir es auf der Hindernisbahn mit jeder normalen Armee-Einheit aufnehmen könnten, aber so … ich weiß nicht. So ziemlich das einzige, was definitiv für uns spricht, ist die Tatsache, daß meine Truppe mittlerweile ziemlich gut mit den Leuten hier auf Haskins Planeten auskommt. Und obwohl die Schiedsrichter eigentlich neutral sein sollen, könnte das einen Heimvorteil für uns bedeuten.«

»Sie überraschen mich, Hauptmann.« Streitaxt lachte.

»Erst recht bei Ihrem finanziellen Hintergrund. Vielleicht haben Sie sich damit sogar unabsichtlich noch weitere Steine in den Weg gelegt. Ich will Ihnen ja nicht die Parade verhageln, aber wir wissen beide, daß ein Experte jemand mit Aktenkoffer ist, der von einem anderen Planeten kommt. Ich hoffe nur, daß Ihr Erfolg bei den Einheimischen nicht bewirkt hat, daß Ihre Leute allzu vertraute Gestalten geworden sind, so daß sie die Red Eagles nur noch um so mehr wie Exoten erscheinen lassen … oder wie Experten!«

14

Tagebuchdatei # 129

Ich war in der glücklichen Lage, die Ereignisse, die den Wettkampf ›Armee gegen Legion‹ begleiteten, aus erster Hand miterleben zu dürfen … wenn auch nur als Beobachter, nicht als Schiedsrichter. Obgleich ich mich im Normalfall auf emotionaler Distanz zu den Mätzchen der Kompanie halte, die über das hinausgehen, was meinen Arbeitgeber direkt betrifft, will ich gerne zugeben, daß ich eine gewisse Zuneigung zu den Legionären als Individuen und als Gruppe entwickelt hatte und spürte, daß sie jede moralische Unterstützung brauchten, die sie bei diesem Kampf erhalten konnten. Wie sich herausstellen sollte, hatte ich damit recht.

Der Wettkampf selbst fand auf dem Gelände der Legion statt, das die Red Eagles zu beeindrucken schien, wenn schon die Legionäre selbst dies nicht vermochten. Gouverneur Wieney war anwesend, ebenso der gesamte Kolonierat und diverse lokale Würdenträger, die als Schiedsrichter fungieren sollten, und natürlich auch die Presse.

Je weniger Worte man abgesehen von der Erwähnung, daß er stattfand, über den Exzerzierteil des Wettkampfs verliert, desto besser. Die Legionäre schafften es, durch ihre Aufgabe zu stolpern, ohne allzu viele Fehler zu machen, die einem Zivilisten ins Auge gefallen wären, womit sie erreichten, peinliche Momente zu vermeiden. Es stand jedoch außer Frage, welche Gruppe über das größere Können verfügte.

Statt sich auf das normale Formaldienst-Handbuch zu beschränken, holten die Eagles ihre Kenntnisse der Präsentations-Formaldienst-Vorschrift hervor. Zur Erleuchtung meiner nichtmilitäri-

schen Mitmenschen: Diese Vorschrift besteht aus einer Reihe von Gewehrdrehungen, Auf-und-ab-Bewegungen und fliegenden Gewehrwechseln vermittels Zuwerfen, die meistens ausgeführt wurden, während die Teilnehmer zugleich in erstaunlich viele verschiedene Richtungen marschieren. Überflüssig zu sagen, daß dies die Schiedsrichter und Zuschauer auf den Tribünen beeindruckte, die die Eagles dann auch mit häufigem und starkem Applaus bedachten. Irgendwie gelang es mir, mich zurückzuhalten, aber mir fiel auf, daß ich der einzige Zuschauer zu sein schien, der sich diese Selbstbeherrschung auferlegte.

Als Höhepunkt wurde angekündigt, daß die Eagles eines ihrer komplizierteren Manöver wiederholen würden, nur diesmal mit verbundenen Augen und ohne die Hilfe von jemandem, der den Takt zählte oder Kommandos gab ... was sie dann auch mit beängstigender Präzision taten.

Man hätte erwarten mögen, daß diese Vorführung die ohnehin schon nervösen Legionäre endgültig zur Verzweiflung treiben würde. Erstaunlicherweise aber schien sie den gegenteiligen Effekt zu haben. Von dort, wo ich saß, war es mir möglich, einige der Kommentare zu belauschen, die innerhalb der Reihe der Kompanie hin- und hergeflüstert wurden, während die Eagles ihre Vorstellung gaben. Die vorherrschende Meinung der Legionäre war, daß sie fanden, die Eagles hätte die Disziplin auch für sich entscheiden können, ›ohne auf die Show-Einlagen zurückzugreifen‹, daß die Soldaten aber diese speziellen Routinen ausgesucht hätten, ›um damit anzugeben‹ und um die Legionäre ›schlechter aussehen zu lassen, als wir es wirklich sind‹! Gegen Ende der Eagles-Präsentation hatte sich eine wilde, düstere Entschlossenheit unter den Legionären breitgemacht. Was ursprünglich ein Wettstreit um einen belanglosen Kontrakt gewesen war, war in ihren Augen plötzlich zu einer ausgewachsenen Vendetta eskaliert.

Ich spürte, daß diese Entwicklung nichts Gutes für die anstehende Hindernis-Disziplin verhieß.

Hauptfeldwebel Spengler stand auf seinem Posten an der Stacheldraht- und Maschinengewehr-Sektion des Hindernisparcours und schüttelte zum wiederholten Male erstaunt den Kopf.

Vor allen verrückten Dingen, die er während seiner Armeezeit gesehen und getan hatte, fiel das hier sicher in eine ganz eigene Kategorie. Diese Legionäre hatten Mumm, das mußte er ihnen lassen. Dafür schien es ihnen allerdings an Verstand zu mangeln ... Nach der Abreibung, die die Armee ihnen beim Formaldienst verpaßt hatte, hätte es ihn nicht überrascht, wenn sie zum Rest des Wettkampfs gar nicht mehr angetreten wären, um nicht weitere Demütigungen hinnehmen zu müssen. Statt dessen wollten sie nicht nur mit dem Wettkampf weitermachen, sondern hatten auch auf einer der härtesten Regeln beim Absolvieren der Hindernisbahn bestanden, von der Spengler je gehört hatte!

Der Feldwebel nahm für einen Moment sein geheiligtes rotes Barett vom Kopf und wischte sich mit dem Ärmel die Stirn ab, bevor er es wieder aufsetzte. Er schwitzte immer noch von der Runde der Eagles über die Hindernisstrecke, und die Barette – mochten sie auch noch so schneidig aussehen – neigten dazu, die Hitze zu speichern.

Hätte er nicht mitangehört, hätte er nie geglaubt, daß der Legionskommandant diese Regeln selbst aufgestellt hatte.

Zunächst einmal sollten sie den Kurs unter, wie er es nannte, ›vollen Gefechtsbedingungen‹ absolvieren, was hauptsächlich hieß, daß Waffen und Sturmgepäck mitgeführt werden mußten. Es hatte eine längere Debatte darüber gegeben, ob einige der Legionäre ihre Gleitbretter und Schwebemotorräder benutzen durften, aber der Major war hart geblieben, und so waren diese Ausrüstungsgegenstände vom Rennen ausgeschlossen worden.

Die wirkliche Überraschung aber kam, als der schwarzuniformierte Offizier darauf bestanden hatte, daß die Gruppen den Kurs *als Einheit* und nicht als Einzelteilnehmer zurücklegen sollten und ihre Zeit auch so gestoppt werden sollte, mit Zeitstrafen für jedes ausgelassene Hindernis. Der Major hatte protestiert, indem er darauf hinwies, daß sein Rivale ›Ballast abwerfen‹ könne, da den zwanzig Eagles fast zweihundert Legionäre gegenüberstanden und der Hauptmann, reduziere er seine Gruppe auf vergleichbare Größe, nur seine zwanzig besten Leute gegen die Eagles ins Rennen schicken könne. Hauptfeldwebel Spengler hatte zwar gedacht, daß selbst dieser Vorteil für die Legionäre kaum ins Gewicht fallen dürfte, aber damals hatte er lieber geschwiegen, als sich in ein Gespräch zwischen Offizieren einzumischen. Unglaublicherweise hatte der Legionskommandeur jedoch erklärt, daß er nicht die Absicht habe, die Stärke seiner Kompanie auszugleichen oder überhaupt zu verringern, und daß er die für den Durchlauf seiner Gesamttruppe gestoppte Zeit mit der der zwanzig Red Eagles zu vergleichen wünsche! Der Major war so überrumpelt von dieser Ankündigung gewesen, daß er den Bedingungen ohne jede weitere Änderung zugestimmt hatte.

Selbst jetzt, wenn er noch einmal daran zurückdachte, ertappte sich der Hauptfeldwebel bei einem ungläubigen Kopfschütteln. Obwohl er gelegentlich kurze Anflüge von Bewunderung für einen Kommandanten empfand, der so viel Vertrauen in seine Leute hatte, sprach so gut wie alles dafür, daß der Mann verrückt war. Selbst wenn die beiden Gruppen hinsichtlich ihrer Fähigkeiten auch nur annähernd ausgeglichen gewesen wären, war es logistisch betrachtet Selbstmord, eine solche Anzahl Menschen in einer Welle über eine Hindernisbahn zu schicken, erst recht, wenn ihre Zeit gestoppt wurde.

Die Leistung der Red Eagles auf dem Hindernisparcours hatte ein wenig unter den ›vollen Gefechtsbedingungen‹ gelitten. Nicht, daß sie etwa von ihren Waffen und ihrem Sturmgepäcken besonders behindert worden wären – mit diesen Utensilien hatten sie oft genug im wirklichen Einsatz gelebt und geschlafen, so daß ihnen das zusätzliche Gewicht und die Einschränkung ihrer Bewegungsfreiheit längst in Fleisch und Blut übergegangen waren. Andererseits aber war es wahrlich auch kein Spaziergang, solchermaßen eingeschränkt die ›Micky-Maus-Übungen‹ (wie die grundlegenden Trainingsmanöver einer Hindernisbahn abschätzig genannt wurden) zu absolvieren. Auch wenn die Hindernisse auf dem Rundkurs extra dafür konstruiert waren, die Teilnehmer zu testen und zu drillen, traf man solche Herausforderung nach der Grundausbildung doch nur noch selten an. Beispielsweise war es dem Hauptfeldwebel während seiner gesamten Zeit bei der kämpfenden Truppe noch niemals abverlangt worden, sich mit dem Gewehr in der Hand an einem Seil über einen Graben zu schwingen ... jedenfalls nicht bis heute nachmittag. Außerdem gab es da noch das Problem, den Wettkampf überhaupt ernst zu nehmen. Jeder einzelne der Red Eagles *wußte*, daß die Weltraumlegion aus einem Haufen Clowns bestand, und nichts, was sie seit ihrer Ankunft auf Haskins Planeten gesehen hatten, hatte sie bisher eines Besseren belehren können. Somit war es schwierig, wenn nicht unmöglich, Ehrgeiz zu entwickeln, der nötig ist, sich bei einer Übung selbst zu übertreffen. Vielmehr bestand eine Tendenz darin, zu trödeln oder auch zu bummeln. Die Eagles hatten den Rundkurs in achtbarer Zeit bewältigt und natürlich keines der Hindernisse ausgelassen; die erreichte Zeit war jedoch weit von ihrer Bestleistung entfernt.

Spengler schirmte die Augen vor der Sonne ab und blinzelte in Richtung der Startlinie, wo die Legionärskompanie dabei war, sich zu sammeln.

Lange konnte es nun nicht mehr dauern. Höchstens vielleicht noch eine halbe Stunde, und die ganze blödsinnige Veranstaltung würde vorbei sein. Jedenfalls nahm er an, daß die Legionäre nicht länger als das brauchen würden, um den Parcours zurückzulegen ... oder aufzugeben. Die Armee hätte ihren Kontrakt – und die Publicity –, und die Eagles bekämen ihren versprochenen Zug durch die Gemeinde.

Mit der Gewissenhaftigkeit, die ihm die Streifen auf seinen Schultern eingebracht hatte, begann der Hauptfeldwebel, seine Position zu überprüfen. Sobald die Legionäre diese Stelle des Kurses erreichten, würde es seine Aufgabe sein, einen stetigen Strom von MG-Kugeln über ihre Köpfe hinweg abzufeuern, während sie unter den Stacheldrahtsträngen herkrochen, die in passender Höhe an Pfosten befestigt waren – eine weitere Hürde, die im richtigen Gefecht niemals anzutreffen war. Das Hindernis sollte den Teilnehmern klarmachen, daß sie auch unter feindlichem Beschuß noch Bewegungsfreiheit besaßen. Unvermeidlicherweise war es auch der größte Engpaß im Parcours und damit die Stelle, an der bei einem Rennen auf Zeit die meisten Minuten verlorengingen. Es gab eben einfach keine Möglichkeit, schnell unter dem Stacheldraht hindurchzukriechen, vor allem, weil die Übung von den Kämpfern verlangte, daß sie sich auf dem Rücken liegend mit den Beinen vorschoben.

Als Spengler auf die erhöhte, in etwa zwanzig Metern Entfernung vom Stacheldraht selbst errichtete Plattform stieg, die das Maschinengewehr beherbergte, bemerkte er sofort, daß etwas nicht stimmte. Genauer gesagt, fehlt die kleine Metallführung, die normalerweise die Mündung der Waffe auf einer vorgegebenen Höhe hielt. Und das wiederum bedeutete, daß einzige, was die Wettkämpfer davor bewahrte, von Kugeln durchsiebt zu werden, war die ruhige Hand desjenigen, der die Waffe bediente!

Der Hauptfeldwebel ließ einen leisen Fluch los.

Hatte er doch noch *gedacht*, daß das Feuer verdammt niedrig lag, als er unter dem Draht durchging! Aber dieses Spielchen konnten auch zwei spielen ... Wenn das alles vorbei war, würde er sich den Unteroffizier der Legion vorknöpfen, der das MG bedient hatte, als die Eagles den Kurs absolvierten. Wie war doch gleich ihr Name ... Brandy? Ja, so hieß sie wohl.

Spengler gestattete sich ein flüchtiges Lächeln, als er sich an die Zeitschrift erinnerte, die vor diesem Einsatz die Runde gemacht hatte. Er mußte zugeben, daß sie in ihrer Kompanie nichts hatten, was *so* aussah. Es *gab* zwar Frauen in den Reihen der Red Eagles, aber sie machten sich besser hinter dem Lenker eines Lastzugs oder Bulldozers als auf dem Tanzboden oder in einem Herrenmagazin. Womöglich sollte er nicht *zu* hart zu dieser Dame Brandy sein. Vielleicht ein gemütliches Gläschen oder auch fünf und dann ...

Der scharfe Knall einer Pistole holte den Unteroffizier in die Realität zurück. Die Legionäre waren gestartet. Sie mußten etliche Hindernisse überwinden, bevor sie an seiner Position ankamen, und weil es sinnlos gewesen wäre, Kugeln über den Stacheldraht zu versprühen, ohne daß sich jemand darunter befand, hatte der Feldwebel Zeit, eine Weile zuzusehen, bevor er sich hinter dem Maschinengewehr einrichtete.

Als ein halbes Dutzend Gestalten vom Start aus losstürzte, dachte er zunächst, die Legionäre hätten ihre verabredeten Zeichen durcheinandergebracht und würden der gewöhnlichen Prozedur folgen, den Kurs in Gruppen zu absolvieren. Dann stellte er fest, daß tatsächlich die gesamte Kompanie in Bewegung war, aber in einem gleichmäßigen, raumgreifenden Trab statt in einem stürmischen Sprint.

Interessant. Die Einheit war besser organisiert und gedrillt, als er erwartet hatte. Späher vorauslaufen zu lassen – denn das war die offensichtliche Rolle der Läufer – war eine innovative Idee. Fast wie unter wirklichen Gefechtsbedingungen. Wer hätte gedacht, daß das Rollenspiel in der Weltraumlegion so ernst genommen wurde?

Spengler nahm amüsiert zur Kenntnis, daß die beide verwegen ausehenden Nichtmenschen von ein paar ihrer Kameraden buchstäblich getragen wurden. Der Hauptfeldwebel hatte ähnliche Übungen als Ausbildung zum Transport verwundeter Kameraden sowohl durchgeführt als auch überwacht, aber er hatte noch nie jemanden gesehen, der so etwas über eine ganze Hindernisstrecke hinweg versucht hatte. Und war das nicht ... ja! Der Kommandant der Einheit, den er schon früher gesehen hatte, war mit seinen Leuten zusammen unterwegs! Und überhaupt war offensichtlich der gesamte Stab dabei!

Die Verachtung, die der Hauptfeldwebel normalerweise für die Legion empfand, schwand allmählich und wich widerstrebend einer gewissen Bewunderung für diesen Sauhaufen. Natürlich waren sie nicht die Red Eagles, ganz gewiß nicht ... Doch wenn man bei einer *richtigen* Truppe nicht angenommen wurde, war das hier ganz bestimmt nicht der schlechteste Haufen, zu dem man gehören konnte.

Eine flüchtige Bewegung auf der Bahn vor der Hauptgruppe erregte die Aufmerksamkeit des Unteroffiziers.

Das durfte doch nicht ... Einer der ›Späher‹ hatte offensichtlich das Holzgestell des ersten Hindernisses erklommen und war dabei, die Schwingseile abzuschneiden und sie seinen Kameraden zuzuwerfen, die ihrerseits mit diesen ›Trophäen‹ weiter die Bahn entlanghasteten.

Das konnten sie doch nicht machen! Und was wollten sie damit wohl erreichen? Wie sollten die anderen Legionäre den Graben überqueren, da die Seile abgeschnitten waren?

Als wollten sie seine unausgesprochene Frage beantworten, erreichten die ersten Läufer der Hauptgruppe den Grabenrand. Ohne sich weiter um die verbliebenen Seile zu kümmern, sprangen sie einfach vom Ufer in den brusttiefen Schlamm ... und blieben dort stehen! Die nachfolgenden Legionäre stiegen auf ihre Schultern, warfen sich dann vor ihnen in den Graben, um ähnliche Positionen weiter vorn einzunehmen, bis ...

Trittsteine! Im gleichen Moment, als Spengler klar wurde, was sie da machten, waren die Ketten auch schon komplett, und die Hauptgruppe passierte den Graben, ohne an Tempo zu verlieren, indem sie von Schulter zu Schulter über ihre im Schlamm stehenden Teamkameraden hinwegtraten. Der Reibungslosigkeit nach zu urteilen, mit der es ausgeführt wurde, war das Manöver sorgfälig eingeübt worden. Es gar sogar einige Ketten, bei denen die ›Trittsteine‹ dichter beieinander standen, um den kleineren Mitgliedern der Kompanie die Überquerung zu ermöglichen.

Eine Kurzgeschichte, die er in der Schule gelesen hatte – eine der wenigen, an die er sich noch erinnerte – fiel Spengler ein. *Lennington gegen die Ameisen* hieß sie, und sie erzählte die Geschichte vom Kampf eines Plantagenbesitzers gegen eine anrückende Armee von Wanderameisen. Während er zusah, wie sich die Legionäre stetig seiner Position näherten, überkam den Hauptfeldwebel für einen Augenblick ein leichtes Frösteln, als er vor seinem geistigen Auge das Bild dieses gnadenlosen, unaufhaltsamen Ameisenschwarms auf die schwarzuniformierten Gestalten übertrug, die auf ihn zutrabten. Diese Legionärstruppe machten gar nicht mehr so einen lächerlichen Eindruck wie noch heute morgen. Wenn sie weiter so ...

Das dumpfe *Wumm* einer Explosion ließ den Unteroffizier automatisch in Deckung gehen. Zuerst dachte er, auf dem Parcours hätte sich irgendein katastrophaler Unfall ereignet, aber dann begann ihm die Wahrheit zu dämmern.

Sie sprengten die Hindernisse!

Nackte Angst und Wut kämpften in ihm, als er ein weiteres Hindernis – diesmal die Dreimeterwand – in Rauch und Flammen aufgehen sah. Bevor das Echo der Explosion verhallt war, tauchte die anrückende schwarze Truppe auf und setzte ihren hartnäckigen Vormarsch durch die Staubwolken fort.

Mit der eisernen Disziplin eines schlachterprobten Veteranen kehrte der Hauptfeldwebel dem Geschehen den Rükken und begann, den ersten Patrtonengurt in das MG einzulegen.

Sollte doch der Major sich darum kümmern, ob die Taktik der Legionäre den Regeln entsprach oder nicht. Er hingegen mußte dafür sorgen, daß sie ihre Köpfe unten behielten, während sie unter dem Draht herrobbten. *Niemand* bewältigte *dieses* Hindernis schnell. Nicht mit Leuchtspurkugeln, die ihm um die Ohren ...

Plötzlich stand die Welt rings um ihn kopf. Als der Feldwebel gewaltsam umgestülpt und auf die Plattform geknallt wurde.

Benommen und durcheinander versuchte er sich aufzurappeln, nur um erneut flach hingestoßen zu werden, diesmal mit einer solchen Wucht, daß ihm die Zähne klapperten.

»Mmmhh ... du ... schön *unten* bleiben. Okay?«

Ein beerenbraunes Gesicht mit obsidiandunklen Augen rückte in sein Blickfeld. Einer der schwarzuniformierten Legionäre hockte auf dem zu Fall gekommenen Hauptfeldwebel, und Spengler spürte den leichten Druck einer Messerspitze unter seinem Kinn.

»Wa... was macht ihr denn da?« keuchte er und bemühte sich zu sprechen, ohne seine Kinnlade zu bewegen. »Das könnt ihr doch nicht ...«

Er verstummte, als sich der Druck unter seinem Kinn verstärkte.

»Hauptmann befiehlt mir, er sagen: ›Escrima, will ich, daß du sollst helfen, Hindernisse beseitigen‹. In diesem Fall, *du* sein Hindernis, ja? Ich dich beseitigen mit Gefangennahme. Du wollen, dann ich dich *töten* statt dessen.«

Nachdem er blitzschnell alle Möglichkeiten durchgegangen war (denn der Feldwebel war keineswegs geneigt, sein Leben darauf zu verwetten, daß der Legionär scherzte), entschied Spengler sich dafür, ruhig dort liegenzubleiben, wo er war. Das hinderte ihn natürlich nicht daran, innerlich zu kochen, während er zusah, wie der Stacheldraht an seinem Standort mit Drahtschneidern beseitigt wurde und nur wenige Sekunden später die ganze Kompanie über dieses eigentlich schwierige Hindernis hinwegstürmte, ohne aus dem Tritt zu kommen.

»Aber Sie können sie doch nicht einfach so davonkommen lassen ... Herr Major!«

Hingelümmelt in einem der ›Gästezimmer‹ der sagenhaften Unterkünfte der Weltraumlegion, die ihnen für die Dauer des Wettkampfes zur Verfügung gestellt worden waren, bedachte Major O'Donnel seinen Kompaniefeldwebel mit einem finsteren Blick.

»Ich habe nicht gesagt, daß wir sie davonkommen lassen wollen«, sagte er gepreßt. »Ich sagte, daß ich keinen förmlichen Protest einlegen werde.«

»Aber sie haben die Hindernisbahn nicht bewältigt ... sie haben sie niedergemacht!«

»Und das hätten wir auch tun können .. wenn wir darauf gekommen wären«, brüllte der Major. »Wir hatten die Ausrüstung in unserem Gepäck, und es *waren* Gefechtsbedingungen vereinbart. Wir hätten im Gefecht auch so gehandelt. Wir sind bloß in die Falle gestolpert, konventionell zu denken, das ist alles.«

»Jedenfalls entsprach das, was die getan haben, ganz sicher nicht den Regeln«, knurrte der Feldwebel.

»Das tat die Präsentationsformation, die wir heute morgen eingesetzt haben, auch nicht. Gut, wir hatten unsere Chance, anzugeben, ohne daß sie gemault haben, und nun hatten sie ihre. Im Moment steht es unentschieden.«

»Also lassen wir das als Sieg der Legion durchgehen?« fragte Spengler in einem Versuch, den Ehrgeiz des Majors anzustacheln.

»Sehen Sie den Tatsachen ins Auge, Hauptfeld. Wir haben verloren. Sie haben unsere Zeit unterboten, ohne irgendwelche Hindernisse auszulassen ... *und* sie haben es mit zehnmal so vielen Leuten geschafft. Natürlich haben wir es ihnen leichtgemacht. Das war eine ziemlich müde Vorstellung, die unsere Jungs da heute geboten haben. Offengestanden, ich finde, daß wir es nicht *verdient* hätten, diese Disziplin zu gewinnen. Wir haben rumgesessen, während sie sich den Arsch aufgerissen haben. So steht man halt nicht oben auf dem Siegertreppchen!«

Der Hauptfeldwebel hatte den Anstand, schuldbewußt dreinzublicken.

»Wir wußten nicht, daß sie derart auftrumpfen würden, Herr Major«, sagte er und wich dem Blick des Offiziers aus.

»Wir sind zu überheblich und selbstsicher geworden, bis zu dem Punkt, den Gegner grob zu unterschätzen«, stellte O'Donnel klar. »Zuallermindest, Haupfeld, schulden wir diesen Legionären Dank dafür, daß sie uns eine wichtige Lektion erteilt haben. Ich schätze, wir haben verdammtes Glück, daß wir sie nicht im *echten* Gefecht gelernt haben. Auf diese Weise sind wir immerhin am Leben ... *und* wir haben noch eine Chance.«

»Wissen Sie, Herr Major«, sagte Spengler vorsichtig, als

sei er über seine eigenen Worte überrascht, »ich hätte nie gedacht, daß ich so etwas sagen könnte, aber ich glaube, ich hätte keinen Spaß daran, denen in einer wirklichen Auseinandersetzung gegenüberzustehen!«

Der Major verzog das Gesicht. »Kein Grund, sich zu schämen. Ich denke die ganze Zeit so ziemlich das gleiche. Hätte aber nichts dagegen, wenn sie unsere Flanken deckten ... solange wir sicher sein können, daß sie uns nicht mit dem Feind verwechseln.«

Er grinste freudlos über seinen eigenen Scherz, dann schüttelte er den Kopf.

»Aber genug davon. Ich muß mich langsam auf das Fechtturnier heute abend konzentrieren. Das ist unsere letzte Chance, die Kastanien für die Armee aus dem Feuer zu holen, von unserem eigenen Ruf mal ganz zu schweigen.«

»Meinen Sie, daß das ein Problem werden könnte, Herr Major?« Der Hauptfeldwebel zog die Augenbrauen in die Höhe. »Ich meine, wir haben doch *Corbin* auf unserer Seite.«

»Ja, das schon.« O'Donnel nickte. »Aber das ist nur eine von drei Disziplinen. Und nach diesem Nachmittag würde ich mein Geld nicht darauf verwetten, daß diese Clowns uns die beiden anderen auf einem Silbertablett servieren.«

15

Tagebuchdatei # 130

Es steht zu bezweifeln, das der geneigte Leser je bei einem Fechtturnier anwesend war, sofern er nicht direkt mit diesem Sport zu tun hat – entweder als Aktiver oder durch eine wie auch immer geartete Verbindung mit einem Fechter. Dies liegt schlicht in der Tatsache, daß Fechten kein Zuschauersport ist, weil der Ablauf viel zu schnell für das ungeübte Auge ist.

Normalerweise wird ein solches Turnier in einer großen Turn- oder Sporthalle abgehalten, und zwar auf Kampflinien, von denen zwischen einem halben und mehreren Dutzend auf den Boden aufgebracht sind. Die Wettkämpfer sind in Gruppen aufgeteilt und fechten gegen jeden der anderen Teilnehmer in der eigenen Gruppe. Die ersten zwei oder drei rücken in die nächste Runde vor, wo sie neuen Gruppen zugeteilt werden und der Vorgang von neuem beginnt. Die meisten Anwesenden halten sich in der Kampfzone auf und sind zumeist fast ausschließlich Sportler oder Trainer, während versprengte Zuschauer – Freunde oder Eltern der Kämpfenden – auf den Bänken hocken und sich langweilen. Nur die letzten Gefechte erreichen größere Aufmerksamkeit, aber selbst dann gibt es wenig Zuschauer, da die meisten Athleten ihre Ausrüstung zusammenpacken und gehen, sobald sie ausgeschieden sind.

Es erübrigt sich, zu erwähnen, daß der letzte Teil des Wettstreits zwischen den Red Eagles und der Kompanie meines Arbeitgebers nicht unter solchen Umständen vonstatten ging.

Major O'Donnel hielt in seinen Aufwärmübungen inne, um einen Blick auf die wachsende Zuschauermenge zu werfen. Obwohl er entschlossen war, jegliche Ablenkung von seiner geistigen Vorbereitung auf die Wettkämpfe zu ignorieren, spürte er, wie seine Konzentration zunehmendem Staunen wich.

Verrückt!

Die Taktik der Legionäre auf der Hindernisbahn war ja schon unorthodox gewesen, aber das hier ... das hatte es noch nicht gegeben. Es sah aus, als wäre die gesamte Kompanie der Weltraumlegion anwesend und hätte die Tribünenplätze an einem Ende der Halle besetzt, während seine Red Eagles, unzufrieden darüber, keinen direkten Einfluß auf den entscheidenden Wettkampf zu haben, unruhig auf den Stuhlreihen hin- und herrutschten, die am anderen Ende der Halle für sie aufgestellt waren.

Was ihn aber wirklich überraschte, waren die Zuschauer. Er hatte natürlich gewußt, daß Zuschauer da sein würden, aber er hatte nicht die Mengen erwartet, die die Bänke an den Längsseiten der Halle füllten ... um ein *Fechtturnier* zu sehen, verdammt noch mal! Sogar die Medien hatten ihre Holo-Kameras aufgestellt. Das alles erinnerte eher an ein Volleyball- oder Basketballspiel ... oder an eine Arena, in der man auf das Erscheinen der Gladiatoren wartete!

Schnell vertrieb der Major diesen beunruhigenden Gedanken aus seinem Kopf, ebenso den nagenden Verdacht, daß er irgendwie in eine Falle getappt war. Sicher, er war von der Hindernisstrecke überrascht worden, aber es gab Grenzen für das, was auf einer Fechtkampflinie möglich war. Hier galten immerhin festgelegte Regeln!

Offensichtlich war dieser Narrisch keineswegs überrascht von dem Zulauf. Er hatte sogar vor einigen Minuten eine Vorführung von Stockkampftechniken durch einen seiner Männer angekündigt, um die Aufmerksamkeit der Zuschauer bis zum Beginn des ersten Kampfes zu fesseln.

Die Figur im Kampfanzug, die auftrat, erregte indes Aufsehen bei den Red Eagles, erkannte man sie doch schnell als den Legionär, der ihren Hauptfeld Spengler während des Wettbewerbs am Nachmittag mit dem Messer in Schach gehalten hatte. Nachdem er zugesehen hatte, wie die kleine, braune Gestalt ihre Stäbe in einem verwirrenden und verwischten Muster von ineinandergreifenden Kreisen und Luftschlägen umherwirbelte, machte O'Donnel sich jedoch keine Gedanken mehr über eine ›inoffizielle Revanche-Forderung‹, seiner Truppe. Die Red Eagles waren allesamt Nahkampf-Experten, und diese Sachkenntnis schloß die Weisheit ein, sich *niemals* mit jemandem anzulegen, der eine Kampftechnik beherrschte, mit der man selbst nicht vertraut war.

Ohne noch länger von der fesselnden Vorführung in der Halle Notiz zu nehmen, musterte der Major einen Augenblick lang die unscheinbare Gestalt, die sich ruhig im Hintergrund der Halle aufwärmte.

Er hatte schon wieder eine Überraschung erlebt, als die Kombattantenlisten ausgetauscht wurden und er feststellte, daß die Legion für den Florettkampf eine Frau ins Rennen schickte. Nachdem der erste Schreck verflogen war, hatte er angeboten, den Teilnehmer, den er für diesen Teil des Wettkampfs nominiert hatte, durch eine Frau zu ersetzen, aber der gegnerische Kommandant hatte es abgelehnt, ihm beim Wort zu nehmen. Sein einziger Kommentar war gewesen: »Sie haben *Ihre* besten Leute ausgesucht und wir unsere.«

Das Florettfechten war die schwächste Disziplin der Red Eagles. Im Normalfall hätte O'Donnel selbst mit dieser Waffe gefochten, weil er der beste Fechter der Einheit nach Corbin war, der wiederum natürlich Säbel fechten würde. Das hätte möglicherweise den Wettstreit nach nur zwei Teildisziplinen beendet, ohne daß sie ihren schwächsten Fechter hätten aufbieten müssen. Unglücklicherweise hatte Narrisch ihn auf den Degen festgenagelt, so daß die Möglichkeit bestand, daß sich alles in der dritten und letzten Runde entscheiden würde. Mit dem Degen kämpfen war eine kitzlige Angelegenheit. Wenn man die Spitze seiner Waffe nicht genau kontrollierte oder das Timing nur eine Winzigkeit danebenlag …

Einmal mehr zwang der Major seine Konzentration zurück auf seine eigenen Vorbereitungen. Es hatte keinen Sinn, sich mit Spekulationen verrückt zu machen. In Kürze würde der Fall ein für alle Male *in praxi* erledigt sein.

Die Stock-Demonstration war inzwischen vorbei, und der Schiedsrichter – Trainer des Universitäts-Fechtvereins – trat ans Mikrofon, um sich an das Publikum zu wenden. O'Donnel hatte ihn bereits vorher kennengelernt – ein drahtiger, kleiner Mann, der offensichtlich nervös war, angesichts des Publikums diese Begegnung zu leiten. Dennoch klang seine Stimme fest und selbstsicher, als er begann, dem Publikum die genauen Regeln dieser Sportart zu erklären.

Der Major nahm seine Dehn- und Streckübungen wieder auf. Er wußte, daß es ungemein schwierig ist, einige der Feinheiten des Fechtsports, wie das ›Stoßrecht‹, denjenigen zu erklären, die nur darauf warteten, zu sehen, wie sich ›Leute von Seil zu Seil schwingen und dabei mit Schwertern aufeinander einhacken‹.

Einfach ausgedrückt, ist das ›Stoßrecht‹ eine Regel, die dazu dienen soll, den wahren Geist des Duellierens zu erhalten. Nach dieser Regel muß Fechter B, sobald Fechter A durch das Vorstrecken der Waffe einen Angriff führt, der auf eine Blöße des Körpers von B gerichtet ist, zunächst parieren oder die Bedrohung auf andere Art abwenden, bevor er selbst einen Gegenangriff einleiten kann. Dahinter steckt der Gedanke, daß es bei der Verwendung ›echter‹ Waffen, die Verletzungen bewirken oder töten können, töricht wäre, einen Angriff auf sich selbst zu mißachten, nur um einen eigenen zu starten. Obwohl das Konzept an sich simpel sein mag, verstreicht bei einem Fechtkampf viel Zeit, da die Fechter nach einer blitzschnellen, kaum zu verfolgenden Kampfsequenz ungeduldig warten, bis der Kampfrichter exakt nachvollzogen hat, wer während des Austauschs jeweils Stoßrecht hatte, damit der *touch* oder Punkt vergeben werden kann. Das ist ungefähr genauso spannend, wie Gras beim Wachsen zuzusehen. Das einzige, was *noch* langweiliger ist, als das Stoßrecht festzustellen, ist zuzuhören, wie es erklärt wird.

Endlich beendete der Kampfrichter seine Erklärung und kündigte mit erhobener Stimme das erste Duell an.

»Die erste Teildisziplin heute abend ist Säbelfechten«,

dröhnten die Lautsprecher. »Beim Fechten mit dieser Waffe kann entweder Spitze *oder Schneide* zum Angreifen verwandt werden. Die Blöße ist der Körper von der Hüfte an aufwärts, *einschließlich* Arme, Kopf und Rücken.«

Der Mann hielt inne, um seine Notizen zu Rate zu ziehen.

»Die Red Eagles werden vertreten durch Isaac Corbin, der fünf Jahre hintereinander den triplanetarischen Meistertitel im Säbelfechten gewonnen hat!«

O'Donnel fluchte leise, während ein überraschtes Murmeln durch die Zuschauerreihen ging. Er hatte gehofft, daß Corbins Leistungen in der Vergangenheit unbemerkt oder wenigstens unkommentiert bleiben würden. So, wie die Dinge nun lagen, würde der Vertreter der Legion schon als Außenseiter angesehen werden, bevor der Kampf überhaupt begonnen hatte. Verlöre er, wäre das zu erwarten gewesen; gewänne er aber, wäre das eine kleine Sensation.

»Und für die Weltraumlegion kämpft Feldwebel Escrima, der vor heute abend noch nie Säbel gefochten hat!«

Diesmal ignorierte der Major die überraschte Reaktion der Menge, als er die Teilnehmerliste aus der Tasche riß und sie rasch überflog.

Da stand es: Feldwebel Escrima … Säbel! Er war so damit beschäftigt gewesen, über sein eigenes Duell und über den weiblichen Florettkämpfer nachzudenken, daß er die Nominierung für den Säbel völlig übersehen hatte!

Keine schlechte Idee, dachte O'Donnel mit einem verkniffenen Lächeln, den Champion mit einem vollkommen unberechenbaren Gegner – einem Nicht-Fechter – zu konfrontieren. Dennoch zweifelte er daran, daß das einen großen Unterschied machen würde. Corbin war ganz einfach ein zu alter Hase, um sich von den Spielchen eines Anfängers aus dem Konzept bringen zu lassen.

Wie sich herausstellte, behielt der Major mit seiner Einschätzung recht. Corbin erfocht sich einen leichten Sieg über seinen unerfahrenen Gegner, auch wenn der Sieg nicht so überragend war, wie O'Donnel es gerne gesehen hätte.

Zuerst landete Escrima ein paar Treffer, indem er schnell wie der Blitz zuschlug, um das Handgelenk seines Gegners zu treffen, während Corbin eine Attacke vorbereitete. Wie der Major jedoch vorausgesehen hatte, lernte der Champion schnell, diesen blitzartigen Schlägen auszuweichen und seine eigenen, einfachen Angriffe auszuführen und die Punkte über sein Stoßrecht zu holen. Kurzum, er war mit den Regeln besser vertraut und münzte dieses Wissen in einen Sieg um.

Immer wieder elektrisierte Escrima das Publikum mit seiner Geschwindigkeit, wenn er seinen Gegner parierte oder tief runterging, um nach dessen Beinen zu schlagen, wodurch natürlich seine Treffer ungültig wurden, da sie außerhalb des Zielbereichs lagen. Zweimal wurde er vom Kampfrichter wegen Körperkontakts verwarnt, ein striktes Tabu im Turnierfechten.

Die Zuschauer, die die Regeln nicht genau verstanden hatten, begleiteten Escrimas Vorstöße mit Zurufen und Applaus, nur um in tödliche Stille zu verfallen, die mit einigen Buhrufen und Zischeleien durchsetzt war, wenn der Angriff annulliert oder der Punkt seinem Gegner zugesprochen wurde.

Als Krönung seiner Unkenntnis der Regeln verpaßte Escrima schlichtweg das Ende des Kampfes. Nach dem er seinen letzten Stoß plaziert hatte, zog Corbin die Maske vom Gesicht und trat zum Händeschütteln vor, nur um sich mit einem Gegner konfrontiert zu sehen, der ganz offensichtlich noch kampfbereit war. Einen Augenblick lang sah alles nach einem Desaster aus, aber dann wurde Escrima klar, daß sein Gegner nicht mehr kämpfte. Er klemmte den Säbel unter den Arm, schüttelte Corbin einmal die Hand und legte die eigene Maske ab, wobei er verdutzt in die Runde schaute, während der schwache Applaus anhob und wieder erstarb.

»Feldwebel Escrima!«

Die Stimme knallte wie eine Peitsche, und Escrima drehte sich zu den Tribünenplätzen der Legionäre um.

Der Kompaniechef, der dort im Sportdreß gesessen

hatte, stand plötzlich in ›Achtung‹-Stellung. Mit wohlüberlegter Bedachtsamkeit hob er seine Waffe vor Escrima und hielt sie zum Gruße hoch. In einer wellenartigen Bewegung stand die ganze Kompanie hinter ihm und schloß sich ihrem Kommandanten an, um ihrem Feldwebel im Angesicht seiner Niederlage zu salutieren.

Der Eagles-Kommandant war einen Moment lang verwirrt. Seiner Kenntnis nach hielt die Legion nicht allzuviel vom Salutieren. Natürlich hätte die korrekte militärische Vorschrift verlangt, daß der Gruß nur von der Person entboten wurde, die das Kommando über die Formation hatte, in diesem Falle Joker, und nicht von allen gleichzeitig. Dennoch war es eine nette Geste.

Escrima starrte die Kompanie sekundenlang an, erwiderte dann den Gruß mit einer knappen Verbeugung. Kerzengerade machte er kehrt und marschierte aus der Halle, ohne dem spontan von neuem aufbrandenden Applaus der Zuschauer Beachtung zu schenken.

»Das nächste Duell wird mit dem Florett ausgetragen. Das ist eine reine Stichwaffe, und die Blöße ist der Rumpf, einschließlich Rücken und Unterleib, *nicht aber* Kopf und Arme. Die Weltraumlegion wird vertreten durch Legionärin … Supermücke, für die Red Eagles kämpft Obergefreiter Roy Davidson.«

Ohne sich bewußt zu sein, daß er die Ankündigung und den Beginn des nächsten Gefechts verpaßte, ließ O'Donnel seine Aufmerksamkeit von einem kleinen Drama fesseln, das sich außerhalb des Blickfeldes der Zuschauer abspielte.

Von seinem Standort aus konnte der Major die Wand hinter den Tribünenplätzen sehen, auf denen die Kompanie der Weltraumlegion saß. Was seine Aufmerksamkeit erregt hatte, war die Gestalt Escrimas, der soeben den Säbelchampion der Red Eagles herausgefordert hatte. Der stockkämpfende Feldwebel hockte mit dem Rücken zu seiner Kompanie an der Wand; sein Kopf war gesenkt und die Schultern nach vorne gesackt – ein Bild tiefsten Elends.

O'Donnel war der Grund dafür sofort klar. Alle anderen mochten erwartet haben, daß Corbin gewinnen würde, und der Kommandant der Gegenseite hatte Escrima vielleicht als winzige Chance aufgeboten, aber entweder hatte diese Strategie bei Escrima nicht verfangen oder er hatte sie nicht begriffen. Der stolze, wehrhafte kleine Kämpfer hatte offenichtlich erwartet, siegreich aus dem Kampf hervorzugehen, und litt nun unter der fürchterlichen Ernüchterung, nicht nur verloren zu haben, sondern auch diejenigen enttäuscht zu haben, die auf ihn als ihren Champion gezählt hatten.

Während der Major zusah, tauchte Hauptmann Joker auf. Zuerst stand er hinter dem Feldwebel, dann kniete er sich hin, um mit ernster, vertrauter Eindringlichkeit zu sprechen. Obwohl beide zu weit von ihm entfernt waren, um die genauen Worte zu hören, hatte O'Donnel keine Schwierigkeit, die Unterhaltung im Geist mitzuvollziehen.

Der Kommandant würde Escrima noch einmal die Unmöglichkeit erklären, den Kampf zu gewinnen, den er eben geführt hatte, sich vielleicht sogar dafür entschuldigen, den Feldwebel in diese aussichtslose Lage gebracht zu haben, statt die Aufgabe selbst zu übernehmen. Er würde darauf hinweisen, daß Escrima gegen einen erfahrenen Gegner eine Reihe von Treffern gelandet hatte, was mehr war, als viele geübte Fechter zuwege gebracht hätten, und daß er tatsächlich die Ehre der Legion mehr als nur hochgehalten hatte.

Irgendwann hob sich der Kopf des Unteroffiziers, und kurz darauf nickte er zu dem, was sein Kommandant sagte. Schließlich erhoben sich die beiden Männer, und der Hauptmann klopfte Escrima aufmunternd auf die Schulter, bevor er ihn zur Bank zurückbegleitete.

Gut! Der kleine Feldwebel war ein viel zu guter Mann, um nach solch einem Trauma von seinen Leuten im Stich gelassen zu werden. Die Achtung des Majors vor seinem Rivalen stieg um einen weiteren Punkt, während er sich umdrehte und sich auf das laufende Gefecht konzentrierte.

»... der erste Angriff scheiterte ... *passé* ... *jetzt* erfolgt der Gegenangriff, *bevor* der Punkt gemacht werden konnte. Treffer rechts ... Stand: 3:1! ... *Gardez*!«

Drei zu eins?

O'Donnel richtete seine Aufmerksamkeit auf das Geschehen.

Was ging hier vor sich? Wie konnte sein Mann so schnell mit 3:1 im Rückstand liegen?

»Allez! Fence!«

Während des schnellen Klingenkreuzens, das dem Kommando des Schiedsrichters folgte, wurde ihm klar, was los war.

Die kleine Fechterin, die die Legionäre vertrat, hatte einen Weg gefunden, ihre unterlegene Reichweite auszugleichen. Sie hielt sich stets zu weit von Davidson entfernt, um einen eigenen Angriff zu starten, und köderte den Fechter der Eagles, selbst die Initiative zu übernehmen. Meistens zog sie sich einfach durch einen raschen Schritt aus dem Gefahrenbereich zurück, aber dann …

Der Major knurrte, als Supermücke der drohenden Berührung auswich und dicht an ihren größeren Gegner heranging. Davidson versuchte seinerseits einen Rückzug, um punkten zu können, aber seine Gegnerin setzte nach und …

»*Halt*! Erster Angriff gescheitert! Gegenangriff beim Zurückgehen in die Ausgangsstellung! Treffer rechts! Stand: 4:1!«

Das Miststück war einfach zu klein, eine Angriffsfläche praktisch nicht vorhanden! Verdammt, wenn sie einatmete, konnte sie glatt hinter dem Handschutz ihres Degens verschwinden! Und ihre Beinarbeit …

O'Donnels Blick hing an Supermücke, die auf der Linie rückwärts hüpfte und tänzelte; sie führte Davidson wie ein Terrier, der einen Bullen reizen will. Diese fließende Beintechnik hatte er schon einmal gesehen. Zwar wußte er nicht genau, wo, aber auf einer Fechtlinie war es nicht gewesen! Die Legionäre hatten ihm eine weitere Kampfsportlerin untergejubelt, aber diese Kämpferin hatte es geschafft, ihre Bewegungsabläufe in Fechten umzusetzen! Außerdem verfügte Davidson nicht über Corbins Erfahrung und fand aufgrund der unorthodoxen Schachzüge seiner Gegnerin ganz offensichtlich nicht zu seiner normalen Form.

Der Fechter der Eagles riß sich zusammen und erkämpfte zwei Punkte hintereinander, aber für den Major waren Sieg und Niederlage bereits entschieden. Die agile kleine Kämpferin war einfach zu variantenreich, um sich einen Drei-Punkte-Vorsprung nehmen zu lassen, und …

Als wollte sie diesen Gedanken bestätigen, führte Supermücke einen geduckten, schnellen *flèche*-Angriff und ging damit zum ersten Mal in die Offensive. Sie erwischte Davidson, der einen eigenen Angriff plante, völlig unvorbereitet.

»*Halt*! Der Angriff gilt! Treffer rechts! 5:3! Das Gefecht geht an die Weltraumlegion! Der Wettkampf steht unentschieden eins zu eins!«

Die Zuschauer brachen in tosenden Jubel und Applaus aus, als Supermücke dem Gegner salutierte, dann die Maske abnahm und ein Gesicht enthüllte, das strahlte wie die Sonne. Sie schüttelte ihrem Gegner und dem Kampfrichter die Hand, nickte dankend zu deren gemurmelten Komplimenten und drehte sich dann zu den Legionsbänken um.

Diesmal mußte der Kommandant nicht mit gutem Beispiel vorangehen. Die ganze Kompanie war auf den Beinen, um ihrem siegreichen Champion zu salutieren. Immer noch von einem Ohr zum anderen grinsend, gab sie den Gruß zurück, indem sie ihre Waffe präsentierte und die Bewegung in der übertriebenen Parodie einer Verbeugung enden ließ. Daraufhin verloren die Legionäre ihre starre Haltung und schwärmten von den Rängen herunter, um ihre Teamkameradin zu umringen.

»*Super*, Mücke!«

»So muß man's machen!«

Der erste, der sie erreichte, war der große, unförmige nichtmenschliche Legionär, dessen bloße Anwesenheit die Red Eagles beklommen machte. Mit einer Bewegung, die nur aufrichtige Zuneigung ausdrücken konnte, riß er sie in einer Umarmung, die zugleich stürmisch und sanft war, in die Luft; dann verlagerte er, ohne sie abzusetzen, seinen

Griff und hielt sie unter dem Jubel der restlichen Kompanie empor.

»Tut mir leid, Herr Major.«

Die knappe Entschuldigung holte O'Donnels Aufmerksamkeit vom anderen Ende der Turnhalle zurück.

»Machen Sie sich keine Gedanken, Davidson«, sagte er fest und versetzte ihm einen leichten Knuff auf den Oberarm. »Niemand kann immer gewinnen. Sieht aus, als wäre es jetzt an mir, die Sache klarzumachen.«

»Ja, Herr Major«, sagte der Gefreite und warf einen verstohlenen Blick über das Feld zu den Legionären hinüber, die immer noch feierten. »Glauben Sie, Sie können es schaffen? Das sind vielleicht Witzfiguren, aber sie haben verdammt viele Tricks auf Lager!«

Mit einem Nicken stimmte der Major der Einschätzung seines Untergebenen zu.

»Um Ihnen die Wahrheit zu sagen Gefreiter, ich habe keine Ahnung. Fragen Sie mich in ungefähr zehn Minuten!«

Davidson lächelte ihn aufmunternd an.

»Gut. Viel Glück, Herr Major!«

»Nächster und letzter Wettbewerb: ...« Die Stimme des Schiedsrichters donnerte aus den Lautsprechern; er wartete, bis sich die Legionäre beruhigt und ihre Plätze wieder eingenommen hatten, bevor er weitersprach.

»Danke. Der nächste und letzte Wettbewerb ist Degenfechten. All die, die ich mit meiner Erklärung des Stoßrechts verwirrt habe, werden sich freuen zu hören, *daß es beim Degenfechten kein Stoßrecht gibt. Wer zuerst trifft, erhält den Punkt*.«

Applaus und Gelächter folgten dieser Ankündigung, was der Kampfrichter mit einem Grinsen quittierte.

»Der Grund hierfür ist, daß ein Kampf auf Degen auf der Art von Duell basiert, die in der Periode *nach* Änderung des Duellkodex gefochten wurde und statt des Todes nur noch ›erstes Blut‹ verlangte, um einen Ehrenhandel zu entscheiden. Erstes Blut konnte an allen Stellen des Körpers geschlagen werden, einschließlich Händen und Füßen, demnach gilt der ganze Körper als Blöße.«

O'Donnel nahm Maske und Waffe auf und stöpselte den Stecker seiner Körperschnur in die im Handschutz seines Degens verborgene Steckdose. Die Bewegungen liefen automatisch ab, während er sich geistig auf das bevorstehende Gefecht einzustimmen begann.

»An den Lichtern auf der Anzeigetafel«, fuhr der Schiedsrichter jetzt fort, »kann man leicht erkennen, wer den Punkt gemacht hat. Das Gerät, mit dem beide Kämpfer durch über Trommeln geleitete Kabel verbunden sind, entscheidet innerhalb einer Zwanzigstelsekunde, wer wen zuerst getroffen hat. Wenn beide Kämpfer in dieser Zeitspanne treffen, was öfter vorkommt, als man denkt, gehen beide Lichter an, und es wird ein Doppelpunkt vergeben. Das bedeutet, daß *beide* Fechter für den Schlagabtausch je einen Punkt bekommen.«

Der Major sehnte den Beginn des Duells herbei. Er begann zu spüren, wie die Spannung des entscheidenden Kampfes ihm in die Schultern kroch. Nervös schüttelte er seinen Fechtarm aus, um ihn locker zu halten. Spannung bedeutete Steifheit, und Steifheit hieß langsame Reflexe; ein unter Umständen tödlicher Fehler in einer Sportart, bei der Bruchteile von Sekunden über Sieg und Niederlage entschieden.

»Der letzte Kampf wird ausgetragen von den kommandierenden Offizieren der beiden Gruppen. Für die Red Eagles der regulären Armee – Major Matthew O'Donnel … und für die Weltraumlegion – Hauptmann Joker.«

»Auf ihn, Herr Hauptmann!«

»LE – GI – ON!«

Der Anfeuerungstrupp am anderen Ende der Halle war nun offenbar so gespannt wie ein Trommelfell und brüllte in seiner Erregung Schlachtrufe heraus, die eher zur Eröffnung eines Boxkampfes gepaßt hätten als zu einer Fechtbegegnung. O'Donnel stellte jedoch fest, daß sein Gegenspieler den Eindruck machte, als hörte er nichts von dem Lärm, während beide Fechter die Kampflinie betraten und ihre Körperschnüre in die Rückholfedern der Kabeltrommeln am jeweiligen Ende der Linie einhakten. Nach dem Gruß an den Gegner und den Schiedsrichter setzten beide ihre Masken auf und nahmen ihre jweilige Grundstellung ein.

»Fechter bereit?«

»Bereit, Herr Schiedsrichter.«

»Bereit!«

»Allez! Fence!«

Nach allem, was er sowohl heute abend als auch schon am Nachmittag gesehen hatte, hatte der Major erwartet, daß Joker ein intuitiver, unorthodoxer Fechter war, der sich auf wilde, unberechenbare Schachzüge verließ, um seine Punkte zu machen. Um so angenehmer überrascht war er, als er feststellte, daß sein Gegner eine konventionelle Lehrbuchhaltung einnahm, als beide ihre Stellung suchten.

Mir soll's recht sein, mein Junge. Dann also nach Lehrbuch. Wollen wir doch mal sehen, wie gut du wirklich bist.

Im Unterschied zu Florett und Säbel, wo man die Treffer normalerweise mit schnellen, treibenden Angriffen auf den Körper erzielt, ist der Degen eher eine ›Heckenschützenwaffe‹, bei der die Punkte mit plötzlichen, kurzen Stößen auf Arm und Hand und seltener auch auf den vorgesetzten Fuß des Gegners gemacht werden.

Allmählich senkte sich Schweigen über die Menge, als beide Männer sich auf der Kampflinie vor- und zurückbewegten und auf eine winzige Blöße in der Deckung des anderen warteten.

O'Donnel hatte das Publikum inzwischen völlig vergessen und studierte Narrischs Deckung.

... Fechtarm pfeilgerade auf Schulterhöhe, der ganze Arm und die Hand völlig hinter dem übergroßen Handschutz verschwunden ... kein Öffnen der Deckung, während er vorrückte und sich dann mit federnden, kleinen Schritten wieder zurückzog ... Klassisch! ... Diesmal gibt's keine billigen, leichten Punkte! ... Vielleicht, wenn er zu einem Angriff einlud ...

Mit einer blitzschnellen Bewegung griff der Legionär an – aber nicht mit einem energischen Ausfall, sondern er schien sich fast fallenzulassen, als sein Degen den Weg nach unten suchte und ...

BZZZ!

»*Halt!* Ein Licht! Treffer rechts! Stand: 1:0! Fechter bereit?«

Der Major nahm den Ruf des Schiedsrichters fast nicht wahr, ebensowenig wie den Applaus von der Zuschauertribüne, weil er innerlich vor Wut auf sich selbst schäumte.

Der Fuß! Er war am vorgestellten Fuß getroffen worden! Ausgerechnet …

Obwohl Fußtreffer natürlich erlaubt waren, wurden sie doch in wirklichen Gefechten selten versucht. Wenn der Angegriffene nur den Führungsfuß zurücknahm, hatte der Angreifer kein Ziel mehr vor sich, und sein ausgestreckte Arm war in ganzer Länge für den Gegenstoß entblößt. Dennoch konnte man einen Gegner gelegentlich mit einem tiefen Angriff überraschen, aber dazu mußte der andere …

O'Donnel konzentrierte sich auf den nächsten Angriff, als der Kampfrichter beide wieder in die Ausgangsstellung zurückbeorderte.

Na gut, Schlauberger! Du weißt, daß es mich wurmt, so leicht in die Falle gegangen zu sein. Wenn du auch nur ein bißchen clever bist, täuscht du eine Attacke auf den gleichen Fuß an und rechnest darauf, daß ich bei der Verteidigung überreagiere. Sobald ich das tue, bist du schon wieder hoch und führst einen stehenden Angriff, bevor ich meine Deckung zumachen kann. Gut, ich warte auf dich, Freundchen, also mach …

»Allez! Fence!«

BZZZ!

»*Halt!* Wieder ein Licht! …«

Joker hatte im selben Moment angegriffen, als der Schiedsrichter die Hand fallen ließ, um den Kampf freizugeben. Keine Finte .. kein billiger Trick … nur eine pfeilschnelle Bewegung *… und wieder auf den Fuß*!

Zwei zu null!

Der Major versuchte verzweifelt, seinen Ärger zu unterdrücken, als beide erneut die Grundstellung einnahmen.

Der Mistkerl hatte ihn doch zweimal hintereinander mit demselben Idiotenstoß erwischt!

»Allez! Fence!«

Unerbittlich nahm das Duell seinen Fortgang und ließ O'Donnel wenig oder gar keine Zeit, sich innerlich zu sammeln.

Joker stampfte geräuschvoll mit dem Fuß auf, und der Major hatte Mühe, bei dem Geräusch nicht unwillkürlich zusammenzuzucken.

Nur nicht auf Finten hereinfallen! Das ist genau die Art von Trick, die dieser Joker benutzen würde, um ...

Der Legionär schnellte vorwärts, fand und beherrschte das Eisen seines Gegners mit seiner eigenen Waffe und führte dessen tödliche Verteidigungsspitze heraus zur Seite. Sofort darauf drückte er seine Degenspitze mitten auf die Maske des Gegners.

BZZZ!

»Halt!«

Der Major kehrte seinem Gegner den Rücken, schüttelte die Arme aus und ließ die Schultern kreisen, während der Punkt vergeben wurde.

Er hatte sich verkrampft! Als er den Reflex unterdrückte, sich auf das Geräusch des Fußstampfens hin zu bewegen, hatte er den Arm angespannt, und Joker hatte die Gelegenheit ergriffen, bevor er genügend Beweglichkeit wiedererlangen konnte, um dem Angriff auf seine Klinge auszuweichen!

Drei zu null! Nein! nicht daran denken! Stell dir vor, du würdest für den ersten Punkt in Stellung gehen ... nur daß Joker jetzt auf Doppeltreffer aus sein würde. Zwei Doppelpunkte, und der Kampf war vorbei!

»Fechter bereit?«

»Bereit!«

»Einen Augenblick noch, Herr Schiedsrichter!«

O'Donnel holte tief Luft und ließ sie langsam entweichen. Sein Gegner könnte Protest gegen die Verzögerung einlegen, aber selbst das würde ihm ein wenig Zeit verschaffen, um sich unter Kontrolle zu bringen ... und Joker den Schwung zu nehmen.

Weder der Schiedsrichter noch der Legionär sagten

etwas, bis der Major die Grundstellung wieder eingenommen hatte und die Waffe hob.

»Bereit, Herr Schiedsrichter!«

»Allez! Fence!«

Zu O'Donnels Überraschung ging Joker nicht sofort zum Angriff über. Statt dessen stand er abwartend in Deckung ... nur für eine Sekunde! Das klassische Bild fehlte! Statt dessen schwebte die Spitze von Jokers Degen *über* dem Handschutz ... nicht viel, nur einen Zoll, aber ...

Der Major griff an, bevor er den Gedanken zu Ende gebracht hatte.

BZZZ!

»Halt! Ein Licht! Treffer links! Stand: 3:1.«

Das war schon besser! Bei einer Säbeldeckung die Klinge nicht in einer Linie mit dem Arm zu halten – wie gering die Abweichung auch sein mochte – war ein sicheres Zeichen dafür, daß es irgendwo eine Blöße gab, auch wenn sie nicht gleich ins Auge fiel. Indem er die Spitze seines Degens an Jokers Handschutz vorbeiführte, hatte O'Donnel ein Stückchen der Unterseite des Arms seines Gegners erwischt ... knapp zwar, aber es reichte für einen Punkt. Wollen wir doch mal sehen, ob der Mistkerl seinen Fehler bemerkt hat!

»Allez! Fence!

BZZZ!

»Halt!«

Wieder getroffen! Nur noch drei zu zwei!

Während der Punkt vergeben wurde, verharrte der Major in der Grundstellung, begierig, den Kampf wiederaufzunehmen, bevor der Gegner eine Chance hatte, die Lücke in seiner Deckung zu bemerken.

»Fechter bereit?«

»Bereit.«

»Bereit, Herr Schiedsrichter!«

»Allez! Fence!«

BZZZ! BZZZ!

»Halt! Beide Lichter brennen! Doppeltreffer! Stand: 4:3.«

Vier zu drei! Jetzt mußte er vorsichtig sein. Noch ein

Treffer und … nein! Joker hatte Glück gehabt, ein Stück seines Arms zu erwischen, als er den Angriff vorbrachte. Er mußte in der Offensive bleiben. Trotzdem, sein Gegner würde nun den Angriffsstoß gegen die Unterseite des Arms erwarten. Vielleicht eine Finte, um seine Erwiderung zu binden …

»Allez! Fence!«

Der Major ließ die Spitze einer Klinge absichtlich leicht vibrieren und wurde dafür mit einem kurzen Lichtreflex auf dem Handschutz seines Gegners belohnt, als der sich bewegte.

BZZZ!

»*Halt!* Ein Licht! Treffer links! Stand: 4:4. Duell- und Turnierpunkt, meine Herren. Fechter bereit?«

Erwischt! So, einen noch. Los, denk nach! Noch einen Punkt!

»Allez! Fence!«

Einen Moment lang schien es, als hätte keiner der Fechter das Kommando des Kampfrichters gehört. Bewegungslos starrten sie sich an und warteten auf ein Öffnen der Deckung, während beide jede Bewegung vermieden, die Verwundbarkeit bedeutet hätte. Mit einer langsamen, fließenden Bewegung hob Joker seinen Degenarm um vielleicht sechs Zoll und reizte seinen Gegner, es noch einmal zu versuchen, indem er die Blöße freigab, wo der Major seine Punkt gemacht hatte. Einige Augenblicke lang standen beide wie versteinert, dann akzeptierte O'Donnel die Einladung und machte einen gleitenden Schritt vorwärts. Jokers Degenspitze schnellte nach unten, um blitzschnell den Angriff abzuwehren, und …

BZZZ-ZZZ!

»Halt!«

Der Major warf den Kopf herum und blickte auf die elektronische Anzeigetafel, um zu sehen, wer den Treffer zuerst angebracht hatte.

Beide Lichter waren an! *Doppeltreffer!*

Joker riß sich die Maske vom Gesicht und klemmte sie unter den Arm, bevor er seinen Gegner und den Schiedsrichter grüßte. Dann ging er mit ausgestreckter Hand auf O'Donnel zu, um den traditionellen Händedruck mit ihm zu tauschen, der das Ende der Feindseligkeiten signalisierte.«

»Hervorragendes Duell, Major. Danke!«

Benommen fand sich O'Donnel beim mechanisch vollzogenen Händedruck mit seinem Gegner wieder.

»Aber … der Kampf …«, stammelte er schließlich.

»Turnierbedingungen, wie vereinbart«, sagte Narrisch fest. »Stimmt das nicht?«

Die Frage war an den Schiedsrichter adressiert, der den Kopf schüttelte und die Schultern hob. »Nun … in einem Eliminationsturnier würde das als Doppelniederlage gewertet …«

»Na also! Sehen Sie?«

»… aber ich denke, wir könnten den Sieger durch ein Stechen ermitteln. Vielleicht mit einem ›Erster-Treffer-gewinnt‹-Gefecht?« schlug der Schiedsrichter kampflustig vor. »Es liegt ganz bei Ihnen, meine Herren!«

»Tja«, sagte O'Donnel zögernd, während er die Maske absetzte und versuchte, Ordnung in seine Gedanken zu bringen.

»Major.«

Das Wort war so leise ausgesprochen worden, daß O'Donnel einen Augenblick benötigte, um festzustellen, daß Joker es gesagt hatte und es sich nicht um einen Gedanken handelte, der ihm gerade zufällig durch den Kopf gegangen war. Ihre Augen trafen sich.

»Nehmen Sie das Unentschieden an.«

»Was?«

Sein Rivale schaute weg und lächelte ins Publikum, während er wie ein Bauchredner weitersprach, ohne die Lippen zu bewegen.

»Nehmen Sie das Unentschieden an. Wir teilen uns das Turnier … *und* den Kontrakt! Ich möchte *keine* unserer Gruppen an diesem Punkt verlieren sehen … Sie vielleicht?«

Gute, kampferprobte Kommandanten überleben nicht,

weil sie sich mit Entscheidungen abquälen, und O'Donnel machte da keine Ausnahme.

»Turnierregeln sind vereinbart.« Mit einem theatralischen Schulterzucken wandte er sich an den Schiedsrichter. »Die Red Eagles *und* die Legion stehen zu ihrem Wort, Herr Schiedsrichter. Verkünden Sie die doppelte Niederlage.«

Dann machte er auf dem Absatz kehrt und marschierte geradewegs zurück zu seinen Leuten. Er dachte gerade noch daran, seine Schnur zu lösen, als die Ankündigung des Kampfrichters durch die Halle dröhnte. Seine Erklärung erntete spärlichen Applaus, der fast im allgemeinen Gemurmel des Publikums unterging.

Dem Ausdruck auf den Gesichtern der Red Eagles nach zu urteilen, war das Publikum in seiner Verwirrung nicht allein.

»Was, zum Teufel, ist passiert, Herr Major?« fragte Kompaniefeldwebel Spengler, der aufstand, um seinem Kommandanten entgegenzueilen.

»Nun, Hauptfeld, wir haben es hier mit ...«

»Kompanie – AAACH-tung!«

O'Donnel drehte sich um und schaute über die Spielfläche.

Die Legionäre waren geschlossen aufgestanden, und Hauptmann Joker hatte sich mitten vor ihnen aufgebaut. Mit einer Präzision, die sie zumindest beim Exerzieren nicht an den Tag gelegt hatten, salutierten sie den Red Eagles.

Der Major starrte sie einige Augenblicke lang an, aber ihre Haltung wankte nicht. Das korrekte militärische Ritual verlangte, einen Gruß so lange zu halten, bis er erwidert wurde oder die Person oder Einheit, vor der man salutierte, außer Sichtweite war.

Diesmal fiel O'Donnel die Entscheidung nicht schwer.

»Red Eagles ... AAACH-tung!«

Und zum ersten Mal seit ihrer Ankunft – eigentlich zum ersten Mal seit ihrem Bestehen – grüßten die Red Eagles, die Elitekampftruppe der Armee, die Weltraumlegion.

Im heißen Badewasser zu liegen kann von therapeutischem Wert für Körper und Geist sein, und Narrisch genoß es, zu spüren, wie sich seine Muskeln langsam entspannten.

»Sir?«

Langsam und widerwillig hob er seinen Kopf und öffnete die Augen.

»Ja, Beeker?«

»Wäre das alles, Sir?«

»Hast du Mutter angewiesen, bis morgen früh keine Anrufe durchzustellen?«

»Ja, Sir. Übrigens hat sie das bereits ohne Anweisung getan. Einige Glückwunschbotschaften sind schon eingegangen, und wie es scheint, hat die junge Reporterin versucht, Sie zu erreichen.«

»Schon wieder?« Narrisch schloß die Augen und rutschte ein Stück tiefer in die Wanne. »Wie viele Interviews braucht sie denn pro Tag?«

»Ich denke, sie ist nicht auf die Interviews aus ... Sir.«

»Nicht?«

»Das ist der Eindruck, den ich gewonnen habe, obwohl Mutter mir ihre Nachricht nicht wortwörtlich wiedergegeben hat.«

»Oh ...«

»Wäre das alles, Sir?«

»Ja. Mach Schluß für heute, Beek. Es war ein langer Tag ... für uns alle.«

»In der Tat, Sir.«

»Gute Nacht, Beeker.«

Keine Antwort.

Seltsam. Normalerweise war Beeker recht pedantisch, was den Gebrauch höflicher Floskeln anging.

Leicht irritiert öffnete Narrisch die Augen und stellte fest, daß Beeker immer noch in abwartender Haltung dastand, wobei er – was sonst nicht seine Art war – verlegen wirkte.

»Bedrückt dich etwas, Beeker?«

»Nun ja, Sir ... Sie wissen, daß ich mich selten in Ihre

Belange einmische oder Ihre Handlungsweisen in Frage stelle, aber …«

Der Butler zögerte, als suche er nach Worten.

»Ja, was ist denn?«

»Ihr Duell heute abend … Ich meine, ich habe Sie in Turnieren fechten sehen, Sie, und schmeichle mir, Ihre Fähigkeiten und Ihren Stil recht gut zu erkennen …«

Wieder erstarb Beekers Rede.

»Und?« ermunterte Narrisch ihn.

»Und … natürlich nur aus reiner Neugier meinerseits … und im strengsten Vertrauen … frage ich mich … nun, Sir, haben Sie den Sieg verschenkt? Ich meine, haben Sie absichtlich auf ein Unentschieden hin gefochten?«

Narrisch atmete tief aus, schloß die Augen und rutschte noch ein Stückchen tiefer in die Wanne, bevor er antwortete.

»Nein, das habe ich nicht, Beeker. Ich hatte daran gedacht, deshalb habe ich ihn gleichziehen lassen, statt ihn zu erledigen, als ich in Führung lag … aber am Ende habe ich mich gedrückt. Wenn ich hätte *sicher* sein können, daß es ein Unentschieden gibt, hätte ich es auch angestrebt, aber das wäre zumindest riskant gewesen. Nachdem ich gründlich darüber nachgedacht hatte, entschied ich, daß ich nicht das Recht hatte, den Erfolg der Kompanie leichtfertig aufs Spiel zu setzen, deswegen habe ich beim letzten Punkt ernsthaft einen Sieg angestrebt. Daß es so kam, wie es dann gekommen ist – nämlich zu dem Unentschieden, das ich eigentlich auch wollte –, war reines Glück, sonst nichts.«

»Ich … ich fürchte, ich verstehe nicht, Sir. Warum hätten Sie das Unentschieden einem Sieg vorgezogen?«

Narrisch öffnete die Augen, hob erneut seinen Kopf und ließ ein wölfisches Grinsen sehen.

»Du hast nicht genau genug hingeschaut, Beeker. Wir *haben* gewonnen!«

»Sir?«

»Denk nach! Unsere kleine Omega-Kompanie, der Abschaum des Abschaums, hat gegen die Red Eagles bestanden – die Besten, die die reguläre Armee aufzubieten hat. Und was die Zuschauer angeht, so *hat* auch Escrima seinen Kampf gewonnen. Zwar gingen die Punkte an Corbin, weil er die Regeln besser beherrschte, aber es war offensichtlich, daß Escrima in einem *richtigen* Kampf ohne Regeln Hackfleisch aus ihm gemacht hätte. Unter diesem Aspekt hatten wir schon gewonnen, *bevor* ich überhaupt angetreten war. Der einzige Wettbewerb, den die Eagles eindeutig gewonnen haben, war das Exzerzieren ... Paradeplatzzeug, das niemanden von ihrer Kampfstärke beeindrucken kann.«

»Ich verstehe.«

»Tatsächlich?« Narrischs Stimme klang plötzlich sehr ernst. »Wir hatten sie schon geschlagen, warum sollten wir sie dann auch noch demütigen? Die Red Eagles sind eine Spitzentruppe, die den Ruf, den sie sich erarbeitet haben, verdienen. Wenn es den halben idiotischen Ehrengardenkontrakt kostet, diesen Ruf nicht zu beschädigen und ihnen zu helfen, das Gesicht zu wahren, dann ist das ein Preis, den ich gerne zahlen will. Es hat schließlich keinen Sinn, sich unnötig Feinde zu machen.«

»Natürlich ist Ihre *eigene* Truppe enttäuscht. Vielleicht tue ich ihnen ja Unrecht, aber ich bezweifle, daß sie den Feinheiten Ihrer Logik würden folgen können.«

»Ja. Ist das nicht unglaublich?« Der Kommandant grinste wieder. »Ist dir klar, wie sehr sich ihre Einstellung innerhalb eines einzigen Tages geändert hat? Heute morgen glaubten sie noch nicht, daß wir auch nur eine Chance gegen die Red Eagles hätten, und heute abend sind sie enttäuscht, daß es *nur* ein Unentschieden gab. Sie fangen tatsächlich an zu glauben, daß wir zu *allem* fähig sind!«

»Sie haben sie so gedrillt, Sir. Es wäre natürlich trotzdem schön gewesen, wenn sie heute nacht einen Sieg zu feiern hätten.«

»Stimmt schon, aber so sind sie in der Stadt und feiern brüderlich mit den Eagles. Wenn ich nicht völlig danebenliege, wird es mehr als nur eine Diskussion darüber geben, welcher kommandierende Offizier gewonnen hätte, wenn es zum Stechen gekommen wäre ... als würde das irgend etwas über unser Kaliber als Männer aussagen oder über die Leute, die wir führen.«

»Ganz recht, Sir. Solange *Sie* sich dessen bewußt sind.«

Das war natürlich mein wahres *Anliegen. Es war schön und gut, daß die Legionäre Selbstvertrauen aufbauten, weil sie in einem Wettkampf mit festen Regeln den Sieg davongetragen hatten, solange nur mein Arbeitgeber sich der Tatsache bewußt blieb, daß dies noch kein Anhaltspunkt dafür war, was sie in einem* wirklichen *Gefecht zu leisten imstande waren. Unglücklicherweise wurde ich – trotz seiner gegenteiligen Beteuerungen – weiterhin von der nagenden Sorge geplagt, daß auch er dem Gedanken verfiele, seine Kompanie könne alles schaffen und erreichen.*

Die Geschichte hat gezeigt, daß zwar Soldaten Selbstvertrauen und Esprit de corps *aus einem solchem Glauben schöpfen können, dieselbe Einstellung bei einem Kommandanten aber furchtbares Unglück heraufbeschwören kann.*

16

Tagebuchdatei # 152

(Anmerkung: Die zahlenbewußteren Leser werden bemerkt haben, daß zwischen diesem und dem letzten Teil meiner Aufzeichnungen mehr Eintragungen fehlen als üblich. Obwohl es zahlreiche interessante Begebenheiten und Beobachtungen während dieser Periode gab, sind sie doch für diesen Bericht nicht sonderlich relevant; von daher habe ich sie ausgelassen, um mich auf die bedeutsameren Ereignisse zu konzentrieren, die darauf folgten. Wenn es meine Zeit gestattet, werde ich diese Episoden vielleicht zu einem späteren Zeitpunkt veröffentlichen, wahrscheinlich notdürftig als Fiktion kaschiert. Hier will ich nur eine kurze Zusammenfassung der zwei oder drei Wochen, die auf den Wettkampf folgten, einfügen.)

Anscheinend war die Armee nicht unbedingt erfreut über die Unfähigkeit der Red Eagles, mehr als ein Unentschieden gegen die Weltraumlegions-Kompanie unter dem Kommando meines Arbeitgebers herauszuholen. Andererseits besteht auch die Möglichkeit, daß ihr neuer Einsatzbefehl schlicht unter den Papierbergen verschwunden war, die die Plage jeder Organisation von erwähnenswerter Größe sind. Aus welchem Grund auch immer, sei es nun als Bestrafung oder aus bürokratischer Inkompetenz, die Red Eagles erhielten keinen neuen Einsatzbefehl, nachdem der Kontrakt unterschrieben war, sondern blieben bei uns auf Haskins Planeten, um etwas abzukühlen. Ich hoffe, es handelte sich um ein Versehen, denn wenn es die Absicht der Armee war, sie zu bestrafen, so scheiterte diese Absicht kläglich.

Trotz der stürmischen Art der ersten Kontaktaufnahme verstanden sich die Eagles und die Legionäre blendend. Durch Flirts zwischen Angehörigen der verschiedenen Einheiten und die unvermeidlichen Kneipenzüge rückten die beiden Gruppen noch näher zusammen, und Freundschaften wuchsen und gediehen. (Auf Art und Häufigkeit der wechselseitigen Befruchtung braucht hier nicht näher eingegangen zu werden.)

Die Red Eagles waren vor allen Dingen begeistert von dem Club, den die Legionäre ihr Zuhause nannten, und verbrachten bald genausoviel Zeit hier wie in ihren eigenen Unterkünften. Selbstverständlich hege ich keinen Zweifel, daß die Legionäre von dieser Freundschaft immens profitierten, denn die Eagles waren froh, protzen zu können, indem sie Tips und Kniffe für Schießstand und Hindernisbahn weitergaben. Auch verzeichnete, wie wohl nicht anders zu erwarten stand, der Fechtunterricht (der die ganze Zeit über angeboten worden war) einen bemerkenswerten Zuwachs an Interesse seitens beider Gruppen.

Der vielleicht größte Fortschritt in diesen Wochen war der Umstand, daß mein Arbeitgeber endlich zu dem befriedigenden Gefühl gelangt war, daß er zumindest ansatzweise über die Leute unter seinem Kommando Bescheid wußte. So richtete er seine Aufmerksamkeit auf die Aufgabe, mit der er sich schon die ganze Zeit über hätte befassen müssen, nämlich die Verwaltung. Mehr und mehr war er nunmehr bereit, sich auf seine Leutnants zu verlassen, die die Feldübungen der Kompanie leiteten, während er seine Zeit damit ausfüllte, in größerem, längerfristigerem Maßstab zu arbeiten.

Unglücklicherweise hieß das, daß er nicht mit seinen Leuten im Schlamm Wache schob, als – wie es so treffend heißt – die Sch… zu dampfen begann.

»Sind Sie sicher, daß der Typ liefern kann, Schoko?« fragte Narrisch ungeduldig und blickte zum zwanzigstenmal zur Tür der Cocktailbar. »Wenn sich herausstellt, daß das hier Zeitverschwendung ist …«

»Nun machen Sie sich mal keine Sorgen, Herr Hauptmann«, sagte sein Versorgungsfeldwebel und gab dem Barkeeper verzweifelte Zeichen, seinem Kommandanten noch einen Drink zu bringen. »Wenn mein Mann sagt, er hat sie, dann hat er sie auch. Ich dachte nur, es wäre besser, wenn Sie beide sich unter vier Augen treffen, *bevor* das Geld den Besitzer wechselt, das ist alles.«

In dieser verblümten Unterhaltung ging es um Messer. Harry hatte behauptet, er hätte eine Quelle aufgetan, die ihnen den letzten Schrei, was Kampfmesser anging, in größeren Mengen liefern könne. Diese Schmuckstücke waren etwas Besonderes; nicht nur sprang die Klinge auf Knopfdruck vorn aus dem Griff, sie flog auch weiter, sofern man beim Auslösen der Klinge den Sperrknopf gedrückt hielt, abgeschossen wie ein Wurfpfeil von der kraftvollen 20-kp-Feder, die den Mechanismus antrieb. Alles in allem waren es tödliche kleine Biester. Und illegal waren sie auch …

Harrys Kontaktmann hatte sich geweigert, zum Club zu kommen, um das Geschäft zu besprechen, hatte aber eingewilligt, sie in ihrem alten Wasserloch, der Bar des Plaza-Hotels, zu treffen. Die Legionäre waren in diesem Etablissement in guter Erinnerung geblieben, und ein Teil von Narrischs Nervosität resultierte daraus, daß er befürchtete, ihr Lieferant könne abgeschreckt werden, wenn Bombest oder irgendein anderer Hotelangestellter mit ihnen sprach, während er eintraf.

»Was macht die Inventur?« fragte er, hauptsächlich, um überhaupt irgend etwas zu sagen. »Werden Sie nächste Woche fertig sein?«

»Wann immer Sie es wünschen, Herr Hauptmann«, grinste der Feldwebel. »Aber denken Sie nur daran, eine alte Uniform zu tragen. So eine Inventur kann eine staubige Angelegenheit sein!«

»Oh, ich werde die Revision nicht persönlich leiten.«

»Nicht?« grummelte Harry. »Heißt das, meine Jungs haben die ganze Vorbereiterei für nix gemacht?«

»Nicht ganz«, sagte der Kommandant. »Ich habe Sushi

gebeten, die ersten paar Durchgänge mit Ihnen zu machen.«

»Sushi? O nee, Herr Hauptmann, das ist nicht fair!«

Sushis Partner, Schubidu, hatte sich als nicht unbedingt diskret erwiesen, was das Verbereiten von Geschichten über die kriminellen Erfolge seines Kumpels anging. Das Ergebnis war, daß dessen Werdegang in der gesamten Kompanie bereits Legende war.

»Sehen Sie es mal so: Es braucht einen Dieb, um einen Dieb zu fangen, Schoko«, lächelte Narrisch. »Schätze, er wird eher wissen, worauf zu achten ist, als ich. Natürlich werde ich *seine* Arbeit ebenfalls stichprobenartig überprüfen.«

»Aber glauben Sie nicht, daß ... oh, jetzt wird es brenzlig!«

Narrisch folgte dem Blick seines Feldwebels. Polizeichef Goetz hatte soeben die Hotelbar betreten und steuerte schnurstracks auf ihren Tisch zu.

»Ganz ruhig, Harry«, murmelte er. »Wir wollen doch nicht um die Kaution feilschen, bevor wir verurteilt sind.«

»Haa-ha! Der war gut, Herr Hauptmann.«

»Guten Tag, Willard ... Feldwebel.« Goetz stand nun direkt an ihrem Tisch. »Was dagegen, wenn ich einen mit Ihnen trinke, oder störe ich Sie bei etwas?«

»Um ehrlich zu sein, Chief«, sagte Narrisch und blickte betont auffällig auf seine Uhr, »wir sind *tatsächlich* schon verabredet.«

Ohne sich um den dezenten Hinweis zu kümmern, zog der Polizist einen Stuhl an den Tisch und pflanzte sich darauf, als sei er dazu eingeladen worden.

»Wissen Sie, es ist komisch, daß Sie das erwähnen.« Er lächelte und winkte den Barkeeper heran. »Wir haben gerade einen Kerl auf der Wache, nennt sich Wiesel Honeycutt. Haben ihn wegen einiger Einbrüche gestern nacht zum Verhör abgeholt, und wissen Sie was? Statt nach einem Anwalt zu krähen wie sonst immer, wollte er, daß jemand hierher kommt und Ihnen ausrichtet, daß er Sie heute nicht treffen kann ... und hier bin ich nun, weil ich ja ein pflichtbewußter Beamter bin. Könnte das vielleicht die Verabredung sein, auf die Sie warten?«

»Äh ...«

»Gut! Dann haben Sie ja Zeit, einen Drink mit mir zu nehmen und vielleicht auch ein paar Fragen zu beantworten .. zum Beispiel: *Was läuft hier zwischen Ihnen und dem Wiesel?*«

Die letzten Worte kamen als wütendes Knurren heraus, als Goetz plötzlich seine angenehme Art ablegte und die beiden Legionäre scharf anblickte.

»Er wollte mit dem Hauptmann hier über seinen Eintritt in die Legion sprechen«, antwortete Harry schnell.

Narrisch konnte es gerade noch vermeiden, sich an einem Eiswürfel zu verschlucken.

»Sich verpflichten?« Die Augenbrauen des Polizeichefs kollidierten mit seinem Haaransatz. »Ich wußte ja, daß die Legion nicht gerade wählerisch darin ist, wen sie rekrutiert, aber glauben Sie nicht, daß das Wiesel ein bißchen weit geht ... sogar für eure Verhältnisse? Ich meine, Sie haben doch schon einen Hehler und Schwarzmarkthändler, der für Sie arbeitet!«

Er schaute anzüglich Schoko an, der unruhig auf seinem Stuhl hin- und herrutschte.

»Die Vorschriften verlangen nun einmal, daß ich mit jedem sprechen muß, der Interesse daran zeigt, sich zu verpflichten«, warf Narrisch gewandt ein. »Der Lebenslauf vor dem Eintritt in die Legion ist ohne Belang für uns. Wie Sie so taktvoll bemerkten, nehmen wir alle ... wir sind sogar bekannt dafür, schon Ex-Polizisten aufgenommen zu haben.«

Diese Bemerkung trug ihm ein schallendes Gelächter von seiten des Polizisten ein, während Harry nur ein schwaches Lächeln zustande brachte.

»Da haben Sie mich erwischt, Hauptmann«, gab sich Goetz mit einem ironischen Salutieren geschlagen. »Aber daß Sie das Wiesel kriegen, glaube ich trotzdem nicht. Es würde eine zu große Verdiensteinbuße für ihn bedeuten ... sofern Sie nicht sein Handgeld persönlich aufstocken.«

»Es war nur so Gerede«, murmelte Harry, der mit seinem leeren Glas spielte. »Sie wissen schon ... nix Endgültiges.«

Der Chief schürzte einen Moment lang die Lippen, dann nickte er.

»Na gut«, meinte er. »Vergessen wir das fürs erste und halten's freundschaftlich. Aber ich sage Ihnen eines: Wenn eine Chance besteht, daß das Wiesel dadurch den Planeten und meinen Amtsbereich verläßt, helfe ich persönlich beim Papierkram!«

Er machte eine Pause, während ihm der Barkeeper den Drink servierte. Einem ungeschriebenen Gesetz folgend, bezahlte er selbst, damit erst gar keine Fragen aufkamen, ob er von den Legionären Bestechungsgelder annähme.

»Ich sollte wohl jetzt besser zum Club zurück, Herr Hauptmann«, murmelte Harry und machte Anstalten aufzustehen, aber Narrisch winkte ihn auf seinen Stuhl zurück.

»Entspannen Sie sich, Schoko«, sagte er. »Der Chief sagt, daß das hier nur ein privater Besuch ist, und es wird nebenbei langsam Zeit, daß ihr zwei euch etwas näher kennenlernt.«

»Wo ist der Rest Ihrer Banditen, wenn ich fragen darf?« sagte Goetz und nahm einen Schluck von seinem Drink. »Hab' heute noch keinen von ihnen in der Stadt gesehen.«

»Heute ist Bereitschaftstag«, erklärte Narrisch. »Die furchtlosen Truppen der Weltraumlegion stehen hüfttief im Schlamm und schützen die Schürfer vor der örtlichen Natur und umgekehrt. Der Umstand, daß Schoko und ich unser ... Treffen gerade auf den Tag gelegt haben, an dem wir eigentlich an der Seite unserer Kameraden deren mißliche Lage teilen sollten, ist reiner Zufall.«

»Darauf ein Amen«, bestätigte Harry mit dem ersten echten Lächeln, seit Goetz die Hotelbar betreten hatte.

»Sagen Sie mal« – der Chief runzelte die Stirn, während er eines der anderen Grüppchen in der Bar musterte – »ist das nicht der Eagles-Kommandant, der da drüben mit dieser kleinen Reporterin sitzt ... wie hieß sie noch gleich?«

»Jennie«, sagte der Legionskommandant, ohne hinzusehen. »Ja, ich glaube schon. Warum fragen Sie?«

»Ich dachte, die hätten Sie sich als Privatbesitz ausgeguckt. Oder ist sie Teil des Abkommens zwischen euch und der Armee?«

»Sie gehört sich selbst«, sagte Narrisch. »Daß wir ein paarmal miteinander essen waren, heißt nicht, daß ...«

Das nervtötende Schrillen seines Armbandkommunikators unterbrach ihn mitten im Satz.

Verärgert, weil er hinterlassen hatte, daß er nicht gestört werden wollte, rang der Kommandant einen Augenblick lang mit sich, ob er den Anruf entgegennehmen sollte oder nicht. Dann kam ihm der Gedanke, daß es wohl wichtig sein mußte, wenn sein Befehl mißachtet wurde, und er griff nach dem Knopf.

»Entschuldigen Sie mich einen Augenblick, Chief ... Narrisch hier, Mutter. Was gibt es für ein Problem?«

»Wir haben Ärger, Herr Hauptmann«, sagte die Stimme der Kommunikationsspezialistin ohne ihre üblichen Frotzeleien.

»Was ...«

»Ich verbinde Sie direkt. Fertigmachen für einen Lagebericht vom Schlachtfeld ... kann losgehen, Leutnant.«

»Hauptmann Joker? Hier spricht Rembrandt.«

»Schießen Sie los, Leutnant.«

»Wir haben hier eine Notlage. Ich dachte, ich sollte Sie so schnell wie möglich alarmieren.«

Narrisch verspürte ein flaues Gefühl im Bauch, aber es gelang ihm, seine Stimme ruhig klingen zu lassen.

»Gut so. Was ist passiert? Fangen Sie vorne an.«

»Nun, Schubidu hat auf eine Echse geschossen ...«

»Eine Echse?«

»Na, es sah jedenfalls so ähnlich wie eine Echse aus ... nur größer. Gegenwärtig noch unidentifiziert. Wie auch immer, sie hat zurückgeschossen, und ...«

»Sie hat *was*?«

»Sie hat zurückgeschossen, Herr Hauptmann. Hat ihn

mit einer Art Betäubungsstrahl getroffen. Er lebt, ist aber ohne Bewußtsein. Wir haben eine Streitmacht bisher unbekannter Außerirdischer in den Sümpfen. Intelligent und bewaffnet.«

17

Tagebuchdatei # 153

Ich habe das Privileg, als einziger Zivilist bei der Konfrontation mit der ›außerirdischen Invasionsstreitmacht‹ anwesend zu sein. Nicht, daß ich irgendeine Rolle im Geschehen spielte oder dort etwas zu suchen gehabt hätte, aber als die Legionäre, die beim ersten Kontakt nicht im Dienst waren, im Alarmstart losbrausten, um zu ihren Kameraden im Feld zu stoßen (und nur Mutter im Club zurückblieb, um als Bindeglied zur Kolonie zu fungieren), überkam mich die pure Neugier, und ich entschied, mich anzuschließen. Ich denke, mein Arbeitgeber hätte mich zurückgeschickt, aber entweder war er zu dem Schluß gekommen, daß er keinen Mann für Transportzwecke erübrigen konnte, oder er nahm meine Gegenwart überhaupt nicht wahr. Er war zu der Zeit ziemlich beschäftigt.

Der größte Teil der Kompanie lag verstreut entlang einer hundert Meter langen Linie, geduckt oder flach ausgestreckt hinter allem, was der Sumpf an spärlicher Deckung zu bieten hatte, als Narrisch sich bei Rembrandt und Brandy niederkauerte, um sich ins Bild setzen zu lassen. Während sie sprachen, hielten sie ihre Stimmen gesenkt und flüsterten verschwörerisch. Gelegentlich hoben sie die Köpfe oder lehnten sich zu einer Seite, um an der Erhebung vorbeizuspähen, hinter der sie knieten.

Im Brennpunkt ihres Interesses und das anvisierte Ziel von fast zweihundert schußbereiten Waffen befand sich knapp tausend Meter vor ihnen: ein klobiges, schwerfällig aussehendes Raumschiff, das auf Pontons am Ende eines Halteseils auf einem der zahllosen kleinen Sumpfseen mit seinem offenen Flachwasser schwamm. Seit der Kommandant zu seiner Truppe gestoßen war, hatte es kein Anzeichen von Leben im oder um das Raumschiff herum gegeben, aber allein seine Nähe reichte aus, um alle in atemloser Anspannung zu halten.

»… sie sind klein … na ja, für Echsen groß, aber klein verglichen mit uns«, erklärte Rembrandt gerade. »Ich würde sie auf die Hälfte unserer Körpergröße schätzen, den wenigen nach zu urteilen, die wir gesehen haben.«

»Waffen machen größer«, bemerkte der Kommandant grimmig. »Sind Sie sicher, daß Schubidu in Ordnung ist?«

»So sicher, wie wir sein können, ohne ihn von einem Arzt untersuchen zu lassen«, sagte Brandy. »Es war, als wäre er von einem Stromschlag erwischt worden. Es hat ihn umgehauen, aber es sieht so aus, als hätte er keinen bleibenden Schaden davongetragen. Die meiste Zeit schreit er danach, wieder zur Kompanie zu dürfen.«

»Laßt ihn für den Augenblick noch draußen. Wir wissen nicht sicher, ob es doch noch irgendwelche versteckten Nachwirkungen gibt, und es hat keinen Sinn, ihn zu gefährden, außer er wird wirklich gebraucht.«

»In Ordnung.«

»Schon was von Armstrong gehört?«

»Er ist noch bei der Gruppe, die die Schürfer zur Kolonie zurückbegleitet«, meldete Rembrandt. »Er wollte sich absetzen und zurückkommen, sobald sie einen Kilometer weit aus der Gefahrenzone sind, aber wie ich Ihre Order verstanden habe, wollten Sie, daß die Schürfer auf dem ganzen Weg zurück zur Kolonie unter unserem Schutz stehen.«

»Das ist richtig, Leutnant«, sagte Narrisch. »Bis wir sicher wissen, wie viele es von denen gibt und wo im Sumpf sie stecken, müssen wir die Schürfer abschirmen.«

Obwohl der Vorschlag gemacht worden war, Armstrong solle die Belagerung befehligen, während Rembrandt die Eskorte für die Schürfer kommandierte, hatte Narrisch beschlossen, diese Aufgaben zu tauschen. Armstrong war der entschieden bessere Gefechtskommandant von beiden; Rembrandt wiederum hatte das bessere Gespür für das Sumpfgelände, was sie zur wertvollen Hilfe bei den Bemühungen zur Geländeerkundung machte.

»Ist die Kolonie schon alarmiert worden?« fragte Brandy, während sie erneut einen Blick auf das friedlich daliegende Schiff warf.

»Goetz war bei mir, als der Anruf kam«, ließ der Kommandant wissen. »Er steht in Bereitschaft und wartet auf weitere Informationen, mit wem wir es zu tun haben. In der Zwischenzeit zieht er alle im Augenblick dienstfreien Beamten zusammen, um genug Leute aufbieten zu können, wenn es hart auf hart kommt.«

»Wie hart *ist* hart?« drängte Rembrandt. »Auf einen unserer Leute ist schon geschossen worden!«

»Nachdem *er* als erster das Feuer eröffnet hatte«, stellte Narrisch klar. »Außerdem ist er, wie Sie sagten, unverletzt. Seither wurde doch nicht mehr geschossen, oder?«

»Nein, Herr Hauptmann ... wie Sie angeordnet haben«, erklärte der Kompaniefeldwebel hastig. »Vor einer Weile gab es einige Aktivitäten um das Schiff herum, aber von beiden Seiten keine Schüsse. Ich denke, sie haben uns gesehen, aber sicher bin ich mir nicht.«

»Aktivitäten welcher Art?«

»Spartakus hat sie gemeldet. Warten Sie, Sie können ihn selbst fragen.«

Bevor Narrisch etwas erwidern konnte, ließ Brandy einen leisen, aber durchdringenden Pfiff ertönen und winkte dann dem Sinthianer, zu ihnen zu kommen. Der Legionär kam über das freie Terrain geglitten, den Körper so flach zusammengedrückt, daß er wie ein über das Gleitbrett drapierter Sack Bohnen wirkte.

Der Nichtmensch wäre nicht die erste Wahl des Kommandanten als Kundschafter gewesen, weil die schnelle Bewegung seines Gleitbretts eher ins Auge fiel als die langsamen, verstohlenen Bewegungen seiner menschlichen Kameraden. Allerdings war es über Wasser besser manövrierbar, und offensichtlich hatte er seinen Auftrag erfüllt, ohne Aufmerksamkeit zu erregen oder zumindest, ohne daß auf ihn gefeuert worden war.

»Erzählen Sie dem Hauptmann, was Sie gesehen haben,

Spartakus!« befahl Brandy. »Er will wissen, was die Außerirdischen außerhalb ihres Schiffes gemacht haben.«

»Nun, Herr Hauptmann«, begann der Sinthianer, »sie haben eine Klappe an der Seite des Schiffes geöffnet und eine Zeitlang darin herumgefummelt ... ich konnte nicht genau sehen, was sie taten. Dann haben sie sie wieder zugemacht und sich in das Schiff zurückgezogen.«

Die Stimme des Nichtmenschen, die aus dem Translator kam, den er sich diagonal über die Brust gehängt hatte, klang hoch und melodiös, fast wie das Klingeln eines Glöckchens. So sehr er sich auch anstrengte, wurde Narrisch den Eindruck nicht los, daß ihm von einer Comicfigur Bericht erstattet wurde.

»Sah es so aus, als würden sie eine Waffe bereitmachen?«

»Ich ... ich glaube nicht, Herr Hauptmann. An der Außenseite der Klappe war keine Öffnung oder Vorrichtung, die auf eine Abschußmöglichkeit schließen lassen würde.«

»Sind Sie gesehen worden?«

»Einige von ihnen haben von Zeit zu Zeit zu mir herübergeschaut, aber sie haben überall hingesehen, nicht nur in meine Richtung. Ich glaube nicht ...«

Eine winzige Bewegung hinter ihrer Position erregte Narrischs Aufmerksamkeit; er hob eine warnende Hand, die den Legionär mitten im Satz verstummen ließ. Nach einem spannungsgeladenen Augenblick tauchte eine kleine Gruppe von Gestalten auf, die sich vorsichtig von Deckung zu Deckung bewegte.

»Was wollen *die* denn hier?« fragte Brandy leise.

Plötzlich löste sich eine Gestalt von der näherkommenden Gruppe und kroch voran, um zu ihnen zu stoßen.

»Tut mir leid, daß wir so lange gebraucht haben hierherzukomen, Hauptmann«, sagte Major O'Donnel und nickte den anderen in der Gruppe grüßend zu. »Wir hatten nicht erwartet, unsere vollständige Kampfausrüstung für einen einfachen Ehrengardenauftrag zu benötigen, und es hat eine Weile gedauert, alles auszupacken und auszugeben.«

Er machte eine Pause, um die Legionäre, die sich in

seinem Blickfeld befanden, in Augenschein zu nehmen, dann warf er einen raschen Blick nach hinten auf seine Red Eagles.

»Wenn Sie mich über das ins Bild setzen, was Sie bisher vorliegen haben, kann ich meine Truppen ausschwärmen lassen. Dann können Sie Ihre Leute nach und nach zurückziehen, während wir ihnen Deckung geben.«

»Verzeihung, Major«, sagte Narrisch kalt, »aber was genau versuchen Sie hier eigentlich abzuziehen?«

»Abzuziehen?« O'Donnel war ehrlich erstaunt. »Ich versuche gar nichts ›abzuziehen‹. Wir nehmen bloß die Situation in die Hand.«

»Auf wessen Befehl?«

»Jetzt hören Sie schon auf, Hauptmann. Ist das nicht offensichtlich? Einer neuen, fremden Rasse zu begegnen, vor allem einer, die potentiell feindlich gesonnen ist, ist ja wohl eher eine Sache der Armee!«

»Ich bin da anderer Meinung.«

»Wollen Sie damit sagen, Sie denken, daß ...«

»Genaugenommen«, sagte der Kommandant und hob leicht die Stimme, um den Protest des Majors abzuschneiden, »ist für mich nur offensichtlich, daß die *Legion* den Auftrag hat, Haskins Bürger vor allem zu schützen, was in diesen Sümpfen haust oder aus ihnen hervorkommt, und daß Sie und Ihre Truppe, Major, unserer Operation in die Quere kommen. Nun danke ich Ihnen zwar für ihr Hilfsangebot und fände nichts spannender, als mit Ihnen über militärisches Protokoll zu diskutieren, aber leider haben wir im Augenblick ziemlich viel zu tun. Würden Sie jetzt bitte freundlicherweise Ihre Truppe übernehmen und sich zurückziehen?«

»Sie wollen Befehle?« sagte O'Donnel gepreßt und hatte Mühe, sich unter Kontrolle zu halten. »Na schön, dann spiele ich eben Ihr Spiel mit. Geben Sie mir einen Ihrer Kommunikatoren, und ich besorge Ihnen Befehle!«

»Bedauere, Major. Unser Kommunikationsnetz steht nur Legionspersonal zur Verfügung. Ich fürchte, Sie werden zurück zur Kolonie marschieren müssen, um eine freie Leitung ...«

»Verflucht noch mal, Willard!« explodierte der Major. »Mit welchem Recht nehmen Sie sich eigentlich die Frechheit heraus, einer Einheit der regulären Armee Befehle erteilen zu wollen?«

»Nun, Matthew«, antwortete Narrisch sanft, »wie wär's damit, daß wir im Moment euch gegenüber eine Übermacht von ungefähr zehn zu eins haben?«

Plötzlich wurde O'Donnel bewußt, daß die meisten Legionäre, die in der Nähe waren, ihr Gespräch mit anhörten, und daß eine beunruhigend große Zahl von Waffen in die ungefähre Richtung der Red Eagles gerichtet war anstatt auf das fremde Raumschiff.

»Wollen Sie uns etwa bedrohen?« stieß er hervor, wobei er immer noch die Waffen der Legionäre im Auge behielt. »Würden Sie tatsächlich Ihren Leuten befehlen, das Feuer auf befreundete Truppen der regulären Armee zu eröffnen?«

»Aber sofort«, sagte Brandy gleichmütig.

»Das reicht jetzt, Feldwebel«, schnappte Narrisch. »Was Ihre Frage betrifft, Major ... Leutnant Rembrandt?«

»Ja, Herr Hauptmann?«

»Haben wir irgendwelche substantiellen Beweise dafür, daß die Fremden *nicht* in der Lage sind, ihre äußere Erscheinungsform zu verändern oder illusionäre Gedankenkontrolle auf niedrigster Ebene auszuüben?«

»Nein, Herr Hauptmann.«

»Also könnten sie sich nach allem, was wir wissen, als Menschen tarnen, sogar als Personen, die wir bereits kennen, um unsere Linien zu unterwandern?«

»Nun ... ich denke schon ... Herr Hauptmann.«

»Da sehen sie es, Major. Wenn ich wollte, hätte ich alles Recht, meinen Leuten zu gestatten, sich gegen jegliche Eindringlinge zu verteidigen, selbst wenn diese Eindringlinge zufällig so *aussehen* wie eine reguläre Armee-Einheit.«

»Aber ...«

»Und besonders«, fuhr Narrisch mit gesenkter Stimme

fort, »wenn sie ein Verhalten an den Tag legen, das nicht im Einklang mit üblichen Verhaltensmustern steht. Sie stehen auf verlorenem Posten, Matthew. Beruhigen Sie sich, und wir versuchen's noch einmal ... ganz von Anfang an.«

Klugerweise folgte O'Donnel dem Ratschlag. Er atmete ein paarmal tief ein und aus, bevor er das Gespräch wiederaufnahm.

»Habe ich Sie richtig verstanden?« fragte er schließlich, »daß Sie sich weigern, die Verantwortung an die reguläre Armee zu übergeben?«

»Das ist korrekt, Major O'Donnel«, bestätigte der Legionskommandant. »Meiner Auffassung nach fällt das immer noch unter unseren Vertrag und damit in unseren, und *nur* unseren Zuständigkeitsbereich. Einfach ausgedrückt, das ist unser Kampf, also ziehen Sie ab.«

Der Major warf wieder einen Blick auf die immer noch wartenden Eagles.

»Mal im Ernst, Hauptmann, sind Sie sicher, daß Sie meine Jungs nicht dabei haben wollen – zumindest als Verstärkung?«

Narrisch zögerte. Die Vorteile, die Red Eagles in der Nähe zu haben, waren nicht von der Hand zu weisen.

»Wären Sie bereit, als Reserveeinheit unter meinem Kommando zu fungieren?«

O'Donnel richtete sich auf und salutierte.

»Wenn das die einzige Möglichkeit ist, bei diesem Tanz dabei zu sein, dann ja, Herr Hauptmann! Melde mich zum Dienst, Herr Hauptmann.«

Das war weit von einer bedingungslosen Kapitulation entfernt, und alle Anwesenden wußten, daß in dieser Sache das letzte Wort noch nicht gesprochen war. Doch wenn O'Donnel sagte, er würde Befehle von der Legion entgegennehmen, konnte man ihm trauen, ... zumindest bis der Zwischenfall vorbei war.

»Sehr schön, Major«, sagte Narrisch, während er den Gruß ebenso formell erwiderte. »Dann möchte ich, daß Sie Ihre Gruppe nehmen und sich etwa zweihundert Meilen weit zurückziehen. Ich werde Sie wissen lassen, ob und wann wir Sie brauchen ... und danke.«

»Wie werden wir erfahren, ob wir gebraucht werden?« drängte der Major.

Der Legionskommandant sah sich um und hob dann leicht die Stimme.

»Schoppen-Hauer!«

»Ja, Herr Hauptmann?«

Auf die Aufforderung seines Kommandanten hin kam der große Legionär auf den Ellenbogen herbeigekrochen.

»Ich möchte, daß Sie Major O'Donnel und die Red Eagles begleiten, während sie die Reservepositionen einnehmen. Wir werden Ihren Armbandkommunikator benutzen, um Anweisungen zu übermitteln, falls wir Verstärkung brauchen.«

»Nein, Herr Hauptmann!«

»Was?«

Narrisch war von der Weigerung einen Moment lang wie betäubt.

»Nicht wegschicken. Ich arbeiten hart ... trainieren hart. Haben Recht wie andere, hier zu sein zu Kampf. Schicken jemand anderes ... *Bitte,* Herr Hauptmann!«

Der Kommandant, der nicht wußte, wie er mit der offensichtlichen Aufrichtigkeit des Voltronen umgehen sollte, schaute in die Runde, um jemand anderen zu finden, den er mit der Aufgabe betrauen konnte. Aber keiner der anderen Legionäre erwiderte seinen Blick, weil anscheinend alle plötzlich ein heftiges Interesse an dem fremden Raumschiff entwickelt hatten.

»Na gut, Hauer. Dann geben Sie mir Ihren Kommunikator!«

»Herr Hauptmann?«

»Geben Sie her und gehen Sie dann wieder auf Ihre Position.«

Nachdem er kurz an seinem Armband herumhantiert hatte, übergab Schoppen-Hauer seinen Kommunikator und wand sich dann über den Boden zurück, um seinen Posten wieder einzunehmen.

»Und ich dachte immer, er wäre Pazifist«, sagte O'Donnel, während er dem Voltronen nachsah.

»Das dachte ich auch«, gestand Narrisch abwesend, während er die Einstellung des Kommunikators veränderte. »Alles klar, Major. Ich habe dieses Ding auf einen Piepton eingestellt, so daß er Ihre Position nicht verrät, wenn es losgeht. Drei Piepser heißt, wir brauchen Sie. Dann drücken Sie diesen Knopf hier an der Seite und gelangen in den Sprech-/Empfangsmodus, um genaue Anweisungen zu erhalten. Berühren Sie keine anderen Knöpfe. Wenn Sie mit dem Gerät nicht vertraut sind, könnten Sie am Ende versehentlich Geräusche an der Position von jemand anders erzeugen. Klar?«

»Verstanden.« Der Major nickte und übernahm den Kommunikator. »Wir sind bereit, wenn Sie uns brauchen.«

»Gut, dann setzen Sie sich in Bewegung. Und, Major ... danke.«

O'Donnel deutete einen sarkastischen Salut an und zog sich hastig zu den Eagles zurück.

»Vertrauen Sie ihm wirklich, Herr Hauptmann?« fragte Brandy skeptisch.

»Einen Moment ...« Narrisch machte sich an seinem eigenen Kommunikator zu schaffen. »Mutter?«

»Kommunikationszentrale hier, Herr Hauptmann.«

»Major O'Donnel und die Red Eagles sind jetzt mit am Netz, sie benutzen Schoppen-Hauers Kommunikator. Lassen Sie ihn *keine* – ich wiederhole, *keine* – Gespräche außerhalb unseres Gebietes führen. Überwachen Sie außerdem seine Position, und informieren Sie mich sofort, wenn er sich in Bewegung setzt. Verstanden?«

»Alles klar.«

»Joker aus.« Narrisch stellte seinen Kommunikator ab und wandte sich an Brandy. »Um Ihre Frage zu beantworten, Feldwebel, natürlich traue ich ihm. Vertrauen ist der Eckpfeiler, auf dem Respekt und Kooperation innerhalb der Streitkräfte ruhen.«

»Jawohl, Herr Hauptmann, entschuldigen Sie die Frage.«

»Nun denn, zurück zum eigentlichen Anlaß dieser

Party.« Der Kommandant ließ ein flüchtiges Lächeln über sein Gesicht huschen. »Ich denke, wir wissen so ziemlich alles über unsere Besucher, was wir aus bloßer Beobachtung erfahren konnten. Spartacus, ich muß mir mal Ihren Translator borgen.«

»Meinen Translator?« klingelte der Sinthianer.

»Richtig. Danach verändern Sie Ihre Position so, daß Sie nah genug an Louie sind, damit er notfalls für Sie übersetzen kann.«

»Verzeihung, Herr Hauptmann«, sagte Leutnant Rembrandt mit gesenkter Stimme, »aber wofür brauchen Sie einen Translator?«

»Ich will versuchen, mit den Wesen in diesem Schiff Kontakt aufzunehmen, und ich denke nicht, daß wir die Sprache des andern sprechen.«

»Aber das … ich meine … glauben Sie, das ist vernünftig, Herr Hauptmann?«

»Schätze, daß ist vernünftiger, als das Feuer auf sie zu eröffnen, solange die Chance besteht, daß sie freundlich gesinnt sind … *oder* als sich hier draußen die Beine in den Bauch zu stehen, während sie einen Angriff vorbereiten«, sagte der Kommandant. »Wir müssen auf jeden Fall herausfinden, wie ihre Absichten aussehen.«

»Indem Sie sich wie eine Ente in der Schießbude hinstellen?« Brandy zog die Brauen in die Höhe. »Meinen Sie nicht, es wäre sinnvoller, jemanden zu schicken, der ein wenig entbehrlicher ist als Sie, Herr Hauptmann? Was wir nun wirklich nicht brauchen können, ist die Zerstörung unserer Befehlskette gleich bei der ersten Salve!«

»Leutnant Rembrandt wird während meiner Abwesenheit das Kommando übernehmen, wie vorübergehend oder endgültig sie auch immer ausfallen mag. Außerdem …« Narrisch ließ wieder sein Lächeln aufblitzen – »habe ich nicht vor, *völlig* schutzlos dazustehen. Wie weit, sagten Sie, war Schubidu von dem Außerirdischen entfernt, als der seinen Schuß abgab?«

»Ungefähr fünfzig Meter. Warum?«

»Das bedeutet, die können nicht sicher sein, wie groß die

Reichweite unserer Waffen ist. Ich habe die Absicht, dieses kleine Palaver deutlich innerhalb der Schußweite von Handfeuerwaffen zu führen. Glauben Sie mir, ich habe nichts gegen ein wenig zusätzliche Deckung, solange ich da draußen bin. Also, geben Sie das weiter … Ich gehe in fünf Minuten.«

»Jawohl, Herr Hauptmann.«

»Und, Feldwebel? Wenn es Ihnen nichts ausmacht, mir einen Gefallen zu tun, dann überprüfen Sie doch bitte ganz genau, ob auch alle Ihre Waffen gesichert haben. Ich bin nicht *so* wild darauf, vor dieser schießwütigen Truppe zu stehen.«

Selbstverständlich weiß ich nichts über die Personen oder Abläufe auf seiten der außerirdischen Streitmacht, der wir uns gegenübersahen, so daß der nun folgende Teil reine Spekulation darüber ist, was im Raumschiff der Außerirdischen vorging. Zwei Dinge allerdings verleiten mich zu der Annahme, daß meine Rekonstruktion nicht gänzlich inakkurat ist.

Erstens: der schlußendliche Ausgang der Konfrontation. Zweitens: die logische Annahme, daß die Außerirdischen, deren Rasse ja noch kein Mensch oder einer ihrer Alliierten je zu Gesicht bekommen hatte, offenbar genauso weit von ihrem Heimatplaneten entfernt waren wie wir. Das heißt, daß berechtigte Zweifel daran bestanden, ob diejenigen, die für einen solchen Auftrag ausgesucht worden waren, von ihrer eigenen Hierarchie als Elite oder auch nur als Musterbeispiele angesehen wurden.

Raumflottenleutnant Qual von den Zenobischen Expeditions-Truppen war nicht eben begeistert von der Lage, in der er sich befand. Vielmehr bewegte sich seine Gemütsverfassung mehr in Richtung blinder Panik, während er bei jedem neuen Lagebericht seine Chance zur persönlichen

Wiedergutmachung immer mehr aus seiner Reichweite schwinden sah.

Er hatte gehofft, daß der Erfolg seiner Mission die Verärgerung auf seiten des zweiten Supremo, Harrah, besänftigen würde, die ihm diesen Auftrag überhaupt nur eingebracht hatte. Eigentlich waren Zenobier nicht als nachtragende Rasse bekannt, wie lange also konnte Harrah wohl noch über eine kleine Fehlentscheidung verärgert sein ... mal ehrlich? Außerdem, konnte man von einem einfachen Raumflottenleutnant wirklich erwarten, daß er in der Lage war, eine zweitausend Zyklen alte Urne von einem kunstvoll verzierten Behältnis zur Aufnahme von Körperabfällen zu unterscheiden? Und das vor allem nach einem ganzen langen Saufabend anläßlich eines Paarungsempfangs? Dieser gesellschaftliche Fauxpas jedenfalls wurde rapide von dem gegenwärtigen Desaster in den Schatten gestellt.

»Wie konnten Sie nur so dumm sein, auf einen intelligenten Fremdrassigen zu schießen, Ori?« zischte er das Besatzungsmitglied vor ihm an. »Ist Ihnen nicht wenigstens der *Gedanke* gekommen, daß das eine klare Verletzung unseres Befehls darstellt, jeden direkten Kontakt zu allen fremden Kulturen, denen wir begegnen könnten, zu vermeiden?«

»Aber Herr Leutnant, sie haben zuerst auf *mich* geschossen!«

»Allein das ist schon ein Anzeichen dafür, daß sie vernunftbegabt sind!«

»Verzeihung, Herr Leutnant«, sagte sein Stellvertreter, der sich in das Gespräch einschaltete. »Wollen Sie damit sagen, daß es ein Zeichen von Intelligenz ist, daß die Fremdrassigen Waffen und Uniformen besitzen oder daß sie ausgerechnet Ori als Ziel gewählt haben?«

»Beides!« gab der Leutnant hitzig zurück. »Aber zeichnen Sie das nicht auf, Masem. Überhaupt sollte nichts von dieser Unterhaltung im Log festgehalten werden!«

»Aber Herr Leutnant, die Vollständigkeit des Missionslogs ist eine meiner speziellen Aufgaben, und es wäre eine Pflichtverletzung, wenn ...«

»Zeichen für intelligentes Leben *vor* unserer Landung

aufzuspüren ist auch eine Ihrer Aufgaben!« unterbrach ihn Qual. »Was war *da* mit Ihrem Pflichtbewußtsein?«

»Vielleicht darf ich den Herrn Leutnant daran erinnern«, sagte Masem unbewegt, »daß die Scanner zu der Zeit außer Funktion waren. Genauer gesagt, waren sie zum Teil abmontiert, um den Auftrag des Herrn Leutnants zu erfüllen, unsere Kommunikationsausrüstung zu reparieren, koste es, was es wolle.«

Qual ertappte sich nicht zum ersten Mal bei der Frage, ob die Besatzung, die ihm zugeteilt worden war, nicht Teil seiner Bestrafung war.

»Nun, funktionieren sie jetzt?«

»So gut wie, Herr Leutnant. Natürlich mußten wir, um *diese* Reparaturen durchzuführen, wiederum die …«

»Es ist mir egal, was dazu nötig ist! Solange Sie die Scanner nur ans Laufen kriegen! Wir müssen herausfinden, was …«

»Herr Leutnant! Die Scanner arbeiten!«

Die Konversation wie auch die Rangunterschiede waren vergessen, als die beiden Offiziere mit den anderen zu den Bildschirmen stürzten, wobei sie auf mehr als nur einen Schwanz traten.

»Was ist das da draußen?«

»Wie viele …«

»Großer Gazma! Sieh dir das an!«

»Das müssen Tausende sein!«

Tatsächlich waren nicht einmal Hunderte von leuchtenden Punkten auf dem Schirm, aber trotzdem immer noch entschieden mehr als das knappe halbe Dutzend Zenobier, die die Mannschaft ihres eigenen Schiffes bildeten.

»Das ist interessant«, sagte Masem gedankenvoll. »Sehen Sie mal diese zwei – nein da ist noch ein dritter! Herr Leutnant, diese Signale bedeuten, daß es da draußen mehr als nur eine intelligente Lebensform gibt. Wie es scheint, haben wir es mit einer kombinierten Streitmacht aus fremden Rassen zu tun, obwohl eine Rasse deutlich in der Überzahl ist.«

»Von mir aus können es sprechende Pilze sein!«

schnappte Qual. »Das sind mehr als wir, erheblich mehr sogar, und wahrscheinlich sind sie obendrein bewaffnet. Fertigmachen zum Abheben! Wir verschwinden von hier, solange wir noch können!«

»Ich fürchte, das wird nicht möglich sein, Herr Leutnant.«

»Was ist jetzt wieder, Masem?«

»Nun, wir mußten Teile der Startrelais benutzen, um die Scanner zu reparieren ... wie Sie befohlen hatten, Herr Leutnant.«

Qual überlegte kurz, ob der Selbstzerstörungsmechanismus des Schiffs noch funktionierte, bis ihm einfiel, daß es gar keinen besaß.

»Sie wollen mir erzählen, daß wir hier gestrandet sind, während eine unbekannte, feindliche Macht ...«

»Herr Leutnant! Das müssen Sie sich ansehen!«

Einer der Punkte hatte sich von der Hauptgruppe der Streitmacht, die vor ihnen lag, gelöst und näherte sich ihrer Position.

»Schnell! Schalten Sie um auf visuell!«

Die Bildschirmdarstellung wechselte und zeigte nun den tatsächlichen Schauplatz direkt vor dem Schiff. Was oder wen immer die Punkte vorher repräsentiert hatten, war nun hinter Büschen und umgefallenen Bäumen verschwunden – bis auf die eine schwarzgekleidete Gestalt, die auf der freien Fläche stand.

»Was für ein ekelhaftes Geschöpf!«

»Aber ziemlich groß, nicht wahr?«

»Was hat das eine mit dem anderen zu tun?«

Qual studierte die Gestalt stumm, während die übrigen Besatzungsmitglieder nervös durcheinanderredeten.

»Ob das weiße Stück Stoff, das er schwenkt, wohl irgendeine Bedeutung hat?« meinte er schließlich.

»Wissen Sie, Herr Leutnant«, meldete sich Ori, »ich weiß noch, daß wir in der Grundausbildung immer solche kleinen Stoffstückchen benutzt haben, um die Visiere unserer Waffen korrekt zu justieren.«

Der Raumflottenleutnant bedachte ihn mit einem scharfen Blick.

»Ich bezweifle ernsthaft, Ori, daß er uns einlädt, auf ihn zu schießen!«

»Nun, sie haben auf *mich* geschossen!«

»Das stimmt, aber alle Anzeichen sprechen dafür, daß *sie* intelligent sind.«

»Sehen Sie, Herr Leutnant«, warf Masem ein und unterbrach die Auseinandersetzung.

Die Gestalt auf dem Bildschirm hielt mit ausladenden Bewegungen ihre Waffe in die Luft, um sie dann vorsichtig auf dem Boden vor ihren Füßen abzulegen.

»Nun, *das* ist ziemlich eindeutig.«

»Falls es keine Art von ritueller Herausforderung zum Kampf ist!«

»Für den Moment wollen wir annehmen, daß das heißt, sie wollen verhandeln«, sagte Qual, nachdem er zu einem Entschluß gelangt war. »Ich werde hinausgehen.«

»Glauben Sie, daß das vernünftig ist, Herr Leutnant?« erkundigte sich sein Stellvertreter.

»Nein ... aber im Moment sehe ich keine andere Wahl für uns. Sehen Sie zu, ob Sie die Startaggregate repariert kriegen, während ich versuche, Zeit für uns herauszuschinden.«

»Wollen Sie, daß wir Ihnen mit den Bordkanonen Dekkung geben, Herr Leutnant?«

»Das wäre in Ordnung, wenn wir nur Bordkanonen *hätten*. Dies hier ist ein Forschungsschiff, kein Kriegsschiff, schon vergessen?«

»Ach ja, stimmt. Verzeihung, Herr Leutnant.«

»Herr Leutnant«, sagte Masem leise, indem er ihn beiseite zog, »es könnte ratsam sein, bei dem Gespräch mit den Fremdrassigen Vorsicht walten zu lassen. Wir sollten nicht verraten, wie stark das Zenobische Reich wirklich ist.«

»Glauben Sie mir«, zischte Qual und warf einen letzten Blick in den Komandoraum, »ich will *ganz sicher* nicht, daß sie herausfinden, wie stark wir wirklich sind!«

»Nun, da wir miteinander kommunizieren können, Leutnant«, sagte Narrisch, »möchte ich mich zunächst für den unprovozierten Angriff auf eines Ihrer Besatzungsmitglieder entschuldigen. Es war eine Reaktion auf etwas Unbekanntes, bevor uns klar wurde, daß Sie einer intelligenten Rasse angehören. Weiterhin möchte ich meinen Dank aussprechen, für die barmherzige Art des Gegenangriffs Ihrer Truppen. Es ist beeindruckend, daß mein Untergebener nur betäubt und nicht auf der Stelle getötet wurde.«

Qual war von dem Translator beeindruckt, auch wenn er sein Möglichstes tat, so zu tun, als sei er selbstverständlich. Er hatte eine Weile gebraucht, bis er merkte, daß er ihn um den Hals hängen mußte, aber als er einmal an der richtigen Stelle saß und mit seiner Haut in Berührung kam, wurden die verschiedenen Grund- und Knacklaute, die dieser seltsame Fremdrassige als Sprache benutzte, in seinem Bewußtsein sofort zu Bildern und Assoziationen umgeformt. Die Übersetzung seiner eigenen Gedanken in dieselben merkwürdigen Geräusche irritierte ihn zunächst, aber das ging schon in Ordnung angesichts der Tatsache, daß man dadurch herausfinden konnte, daß keine der beiden Gruppen besonders wild darauf war, zu kämpfen.

»Danke für die Entschuldigung, Hauptmann Clown, aber ...«

»Verzeihung, aber es muß heißen Hauptmann *Clown*.«

»Aah ... ja.«

Das Bild, das der Translator lieferte, war identisch mit dem, das Qual in seinem Kopf geformt hatte, als er den fremden Kommandanten ansprach. Offensichtlich war der Apparat doch nicht so effektiv, wie es zunächst den Anschein machte.

»Wie ich schon sagte, Hauptmann ... Hauptmann, ich fürchte, da liegt ein kleines Mißverständnis vor. Sehen Sie, mein Besatzungsmitglied jagte nach Nahrung, als er angegriffen wurde, deswegen hatte er eine Waffe bei sich, die speziell für diesen Zweck gedacht war.«

»Ich ... ich fürchte, das verstehe ich nicht, Leutnant.«

»Nun, wir Zenobier ziehen es vor, unsere Nahrung zu

essen, während sie noch lebt, also sind unsere Jagdwaffen aufs Betäuben eingerichtet und nicht aufs Töten wie unsere Kriegswaffen.«

»Verstehe. Na ja, es ist ja niemandem etwas passiert.«

Narrisch ließ wieder sein Lächeln aufblitzen.

»Verzeihung, Hauptmann, aber soll das eine freundliche Geste sein?«

»Was?«

»Das Blecken Ihrer Fangzähne. Sie haben das jetzt schon einige Male getan, aber Ihr Verhalten deutet auf keine damit einhergehende Feindseligkeit hin.«

»Oh. Das ist ein Lächeln ... und, ja, es ist ein Zeichen der Freundschaft. Ich werde versuchen, es zu unterlassen, wenn es Sie stört.«

»Nicht nötig. Ich wollte nur sichergehen, daß ich es richtig interpretiere.«

Es folgte ein Moment ungemütlicher Stille, während jeder der beiden Repräsentanten in Gedanken die neugewonnenen Eindrücke von den Unterschieden zwischen ihren Rassen verarbeitete.

»Sagen Sie, Leutnant«, meinte Narrich schließlich, »jetzt, wo wir wissen, daß Sie nicht in feindlicher Absicht hier sind, darf ich fragen, was der eigentliche Gegenstand Ihres Auftrags *ist*? Vielleicht können wir Ihnen ja behilflich sein?«

Qual dachte gründlich über die Frage nach, konnte aber keine Gefahr darin entdecken, wahrheitsgetreu zu antworten.

»Wir sind eine Forschungsexpedition«, erklärte er, »mit dem Auftrag, neue Planeten zu finden, die sich zur Besiedlung oder für Forschungsstationen eignen. Wir sind hier gelandet, weil Sümpfe für unsere Bedürfnisse ideale Lebensräume darstellen.«

»Ich verstehe.« Der Legionskommandant nickte nachdenklich. »Unglücklicherweise ist gerade dieser Sumpf von meinem Volk zu einem Schutzgebiet erklärt worden. Um genau zu sein, sind meine Truppen speziell hier, um als Wächter zu fungieren.«

»Oh, ich verstehe, Hauptmann«, antwortete der Zenobier schnell. »Glauben Sie mir, wir haben nicht die Absicht, Ihnen den Besitz dieses Territoriums streitig zu machen. Der Weltraum ist groß, und es gibt ausreichend Lebensräume, so daß wir keinen Grund sehen, um die schon besiedelten Welten zu kämpfen. Jetzt, wo wir festgestellt haben, daß dieser Bereich bereits bewohnt ist, werden wir einfach in eine andere Richtung erkunden. Genauer gesagt, wir werden verschwinden, sobald wir .... sehr bald.«

»Aber lassen Sie uns doch nichts übereilen«, sagte Narrisch. »Vielleicht fällt uns ja etwas ein – etwas, was für unsere beiden Völker von Nutzen wäre.«

»Verzeihung, ich will Ihre Glaubwürdigkeit keineswegs in Frage stellen, aber ich dachte, Sie hätten gesagt, daß diese Sümpfe für eine Nutzung nicht zur Verfügung stünden.«

»*Dieser* Sumpf nicht, aber es gibt andere in unserem System, die Ihren Bedürfnissen ebensogut entsprechen dürften. Informationen über deren Lage könnten Ihre weitere Suche erleichtern oder sogar überflüssig machen, und wenn im voraus die Erlaubnis eingeholt werden würde, gäbe es keine Konflikte bei ihrer Besiedlung.«

Qual war plötzlich sehr aufmerksam. Eine solche Einigung würde ihn zum Helden der Expeditions-Truppen machen und zugleich jede noch nachwirkende Ungnade ihm gegenüber ausräumen. Allerdings hatte er aus früheren Erfahrungen gelernt, daß Angebote, die zu gut klangen, um wahr zu sein, üblicherweise auch nicht wahr waren.

»Das verstehe ich nicht, Hauptmann«, sagte er und hielt sich bedeckt. »Unsere Rassen mögen sich voneinander unterscheiden, aber ich habe immer angenommen, daß Intelligenz ein gewisses Maß an Eigennutz mit sich bringt. Warum sollte Ihr Volk uns einfach etwas *schenken*, das ihm gehört, ohne dafür etwas als Gegenleistung zu verlangen?«

»Oh, wir würden schon etwas als Gegenleistung wollen.« Narrisch lächelte. »Wissen Sie noch, ich sagte, eine Übereinkunft, die von *beiderseitigem* Nutzen wäre. Trotzdem denke ich, daß unsere Gegenforderung für die Nutzung unserer Sümpfe mehr als bescheiden ausfallen würde.«

»Wie bescheiden?«

»Nun, bevor wir ins Detail gehen, würde es Ihnen etwas ausmachen, mir zu sagen, welche maximale Wirkungsreichweite Ihre Betäubungsjagdwaffen haben?«

»Was ist passiert, Herr Hauptmann?«

»Wird es einen Kampf geben?«

»Was wollen sie?«

Jegliche Disziplin war vergessen, als die Legionäre ausschwärmten, um ihren zurückkehrenden Kommandanten zu empfangen. Ohne auf ihre Fragen einzugehen, brachte Narrisch sie mit einer Handbewegung zum Schweigen und schaltete den Armbandkommunikator ein.

»Kommunikationszentrale.«

»Ja, Mutter. Stellen Sie mich auf eine interplanetarische Leitung durch. Ich muß mit meinem Vater sprechen.«

Er gab die Nummer durch und blickte dann zu den ungeduldigen Legionären auf, die ihn umringten.

»Wenn ihr zuhört, was ich sage, bekommt ihr die Antworten auf die meisten eurer Fragen. Für den Augenblick können alle abrödeln. Die außerirdische Macht ist nicht – ich wiederhole, *nicht* – feindlich gesinnt. Es wird kein Gefecht geben, wenn nicht jemand ...«

»Willie? Bist du das?«

Narrisch wandte seine Aufmerksamkeit dem Armbandkommunikator zu.

»Ja, Vater. Ich bin dran.«

»Was gibt's denn für ein Problem? Erzähl mir bloß nicht, du hast schon keine Lust mehr, Soldat zu spielen!«

»Vater, ich sage so etwas nicht oft zu dir, aber *halt mal den Mund und hör zu*! Es sind hier Umstände eingetreten, die dich potentiell betreffen, und ich habe diesmal nicht die Zeit, höhnische Bemerkungen oder Beleidigungen auszutauschen. Okay?«

Einige Sekunden herrschte Stille, dann kam die Antwort, diesmal in spürbar ernsterem Tonfall.

»In Ordnung, Willard. Was gibt es?«

»Besitzt Onkel Frank immer noch diese Landentwicklungsfirma? Die, die billige Sümpfe aufkauft und dann versucht, sie in nutzbares Land umzuwandeln?«

»Ich denke schon. Das letzte, was ich hörte, war, daß er sie als Abschreibungsobjekt nutzt. Es war immer nur ein Nebengeschäft, und ...«

»Schnapp dir den Hörer, so schnell du kannst, und kauf sie auf ... zusammen mit jedem anderen Sumpfgelände, das du in die Finger kriegen kannst.«

»Einen Moment ...«

Eine weitere Pause folgte, diesmal aber unterbrochen von gedämpften Worten aus dem Lautsprecher.

»Okay«, kam dann wieder die Stimme von Narrisch senior. »Die Sache läuft. Ich nehme an, es gibt einen Grund dafür, warum ich das tue?«

»Darauf kannst du dich verlassen. Ich habe ein Geschäft an der Hand: eine ganz neue Fremdrasse, die Sumpfland sucht. Keine Entwicklung notwendig. Du mußt sie nur wissen lassen, wo es ist.«

»Neue Außerirdische? Was haben sie im Gegenzug anzubieten?«

»Ich nehme an, daß über eine Fülle von neuen Technologien verhandelt werden kann, aber was hieltest du bei diesem speziellen Handel von exklusiven Produktions- und Vertriebsrechten für eine brandneue Waffe?«

»Wie neu?«

»Wir sprachen über ein Betäubungsgewehr ... leicht zu transportierender Energie-Pack ... effektive Reichweite ungefähr dreihundert Meter. Der naheliegendste Markt sind Polizeibehörden, aber ich bin sicher, dir fällt noch mehr dazu ein.«

»Klingt bis jetzt ganz gut. Wer ist ihr Agent?«

»Das ist die schlechteste Nachricht, Vater. Ich. Mach dir trotzdem keine Gedanken ... ich bin sicher, wir finden eine akzeptable Lösung.«

»Ja ... natürlich. Genau wie beim letzten Mal. Na ja, ruf mich an, wenn du soweit bist, dich hinzuhocken und die Einzelheiten zu besprechen. Tu mir nur einen Gefallen und verrate mir niemals, wie hoch deine Vermittlungsgebühr ausfällt. Okay?«

»Gemacht. Ende und aus.«

Narrisch schaltete den Kommunikator ab und holte zum ersten Mal seit dem ursprünglichen Anruf, daß die Außerirdischen gelandet waren, tief Luft.

Seine Vermittlungsgebühr. Daran hatte er noch gar nicht gedacht. Er fragte sich, ob die Zenobier für die Mineralien in ihren Sümpfen Verwendung hatten – hier *oder* innerhalb des Territoriums, das sie bereits kontrollierten ...

18

Tagebuchdatei # 162

Während es gewöhnlich schwierig ist, genau zu definieren, wann ein Abschnitt der Karriere meines Arbeitgebers endet und ein neuer beginnt, kam doch die erste Phase seiner Zeit bei der Weltraumlegion nicht mit der Begegnung mit den Zenobiern zu ihrem Höhepunkt, sondern ganz klar mit dem ›Besuch‹ gewisser hochrangiger Angehöriger des Legionshauptquartier-Stabes.

Wie es schien, waren sie mit der für Bürokraten allerorts so typischen Engstirnigkeit weniger an den Ergebnissen der Handlungen meines Arbeitgebers als vielmehr an den Methoden interessiert, die er angewandt hatte, um sie zu erzielen.

Die breite Öffentlichkeit stand dem Tun der Weltraumlegion gewöhnlich gleichgültig gegenüber – selbst wenn es sich um hochrangige Offiziere handelte. Von daher war die Abordnung vom Legionshauptquartier mehr als nur ein wenig überrascht angesichts der Menge an Zivilisten, die sie erwartete, als sie auf dem Raumhafen von Haskins Planeten aus dem Raumgleiter stiegen. Ganz sicher waren die meisten davon nur Schaulustige, aber es gab doch zumindest eine symbolische Abordnung des fünften Standes, wie die Gruppe rasch feststellen sollte.

»Jennie Higgens, Interstellarer Nachrichtendienst«, verkündete die Reporterin, während sie dem ersten Legionär der Gruppe mit ihrem Körper, ihrem Mikrofon und ihrem Kamerateam den Weg versperrte. »Stimmt es, daß Sie hier sind, um Hauptmann Joker, den Kommandanten der hier auf Haskins Planet stationierten Kompanie der Weltraumlegion, für sein kürzliches Zusammentreffen mit den Zenobiern zu bestrafen?«

»Kein Kommentar«, murmelte Frau Oberst Streitaxt und versuchte, sich an der Reporterin vorbeizudrücken. Trotz ihrer Kritik an Narrischs Rührigkeit gegenüber den Medien hatte sie selbst in Wahrheit nur sehr begrenzte Erfahrung im Umgang mit Reportern, und diese Begegnungen hatten sie unsicher und vorsichtig gemacht.

»Aber wenn Hauptmann Joker nicht bestraft werden soll, warum ist er dann direkt nach dem Zwischenfall von seinem Kommando entbunden und unter Hausarrest gestellt worden?« ließ die Reporterin nicht locker.

»Die Weltraumlegion hielt es für ihre Pflicht gegenüber den Bürgern der zivilisierten Planeten, denen wir dienen, Hauptmann Jokers Befehlsgewalt auszusetzen, bis eine Untersuchung eingeleitet ist, die die Angemessenheit seiner Handlungen feststellt.«

General Blitzkrieg war einer von drei hochrangigen Offizieren, die das Gremium bildeten, das die Weltraumlegion leitete. Obwohl er über ihren Empfang ebenso überrascht war wie Streitaxt, kam er rasch zu dem Schluß, daß ein wenig Medienrummel angesichts der Tatsache, daß er kurz vor dem Ausscheiden aus dem aktiven Dienst stand, seine Bestrebungen, nach seiner Pensionierung eine gutdotierte Stellung zu finden, keineswegs abträglich sein könne. Wenn sonst schon nichts, dann mochte es wenigstens seine Chancen verbessern, einen Verleger für seine Memoiren zu finden.

»Also ist der eigentliche Grund Ihres Hierseins die Durchführung dieser Untersuchung und nicht die Verurteilung von Hauptmann Joker, wie die Gerüchte besagen?« fragte Jennie und verlagerte ihre Aufmerksamkeit mühelos auf den Sprecher der Gruppe.

»Das ist korrekt«, sagte der General, »obwohl wir vorbereitet sind, eine Kriegsgerichtsverhandlung einzuberufen, sofern die Untersuchung dies erforderlich macht.«

Blitzkrieg hatte sich nur für den Fall absichern wollen, daß das im Raum stehende Kriegsgerichtsverfahren wirklich stattfände, aber die Reporterin stürzte sich sofort auf seine Andeutung.

»Können Sie unseren Zuschauern sagen, warum Hauptmann Joker, der kürzlich eine potentiell feindselige außerirdische Invasion der Kolonie hier auf Haskins Planet verhindert hat, unter Umständen von der Weltraumlegion vor ein Kriegsgericht gestellt und bestraft werden sollte?«

Der General ließ seine stahlernsten Blick auf der Reporterin ruhen.

»Junge Frau«, sagte er, »Sie sind beim Interstellaren Nachrichtendienst als Reporterin beschäftigt ... ist das richtig?«

»Ja, das bin ich«, antwortete Jennie fest, obwohl sie nicht sicher war, in welche Richtung die Frage zielte.

»Meinen Sie, diese Stellung gäbe Ihnen das Recht, einen Friedensvertrag mit einer außerirdischen Rasse, wie zum Beispiel den Zenobiern, auszuhandeln?«

»Selbstverständlich nicht!«

»Verzeihung, Fräulein Higgens«, sagte Frau Oberst Streitaxt und brach damit ihr selbstauferlegtes Schweigen, »aber wenn Sie als Reporterin oder in irgendeiner anderen Funktion die erste wären, die Kontakt mit einer potentiell feindlichen außerirdischen Macht aufnähme, würden Sie sich berechtigt fühlen, alles, was nötig wäre, zu tun oder zu sagen, um die unmittelbare Gefahr für sie und andere abzuwenden, ungeachtet Ihrer tatsächlichen Befugnisse?«

»Das reicht, Oberst!« schnappte Blitzkrieg, bevor die Reporterin antworten konnte. »Ich denke, dieses Interview ist beendet, Fräulein Higgens. Wir werden eine formelle Erklärung zur Haltung der Legion abgeben, sobald die Untersuchung abgeschlossen ist.«

Er drehte sich auf dem Absatz um und marschierte in Richtung Raumhafengebäude davon. Streitaxt folgte mit leichtem Abstand.

Als letzter der Gruppe machte Major Josua keinerlei Anstrengung, seine angewiderte Miene zu verbergen. Er war während des gesamten Fluges hierher der stumme Zeuge dieser Auseinandersetzung zwischen dem General und der Frau Oberst gewesen, und sie schienen einer Einigung kein Stück näher gekommen zu sein, seit die Reise begonnen hatte. Wenigstens würde das alles bald vorbei sein, außer, daß es Anzeichen dafür gab, daß er das Kommando über die Omega-Kompanie erhalten würde, um deren Auflösung und die Neuzuteilung ihrer Mitglieder nach dem Kriegsgerichtsverfahren zu überwachen ... denn der General war fest entschlossen, ein Verfahren einzuleiten. Der Major sah beiden Ereignissen mit dem gleichen Mangel an Enthusiasmus entgegen, aber beide erschienen unausweichlich.

»›Den Planeten vor einer Invasion feindlicher Außerirdischer bewahrt‹!« schäumte Blitzkrieg, indem er die Stimme der Reporterin nachahmte. »*Glauben* Sie diesen Scheiß?«

»Sie müssen aber zugeben, Herr General, daß es eine angenehme Abwechslung ist, daß die Legion mal eine gute Behandlung von seiten der Medien erfährt«, sagte Frau Oberst Streitaxt, die es sich nicht verkneifen konnte, noch etwas in der Wunde herumzustochern.

»Noch angenehmer wäre es, wenn sie gerechtfertigt wäre!« knurrte der General gereizt. »Die Berichte in unseren Akten besagen, daß die Zenobier Todesängste ausgestanden haben und nichts weiter wollten, als mit heiler Haut von diesem Planeten zu verschwinden. Meiner Ansicht nach kann man das nicht als *Invasion* bezeichnen!«

Sowohl die Frau Oberst als auch der Major vermieden es, zu erwähnen, daß der General selbst zahlreiche Gelegenheiten ausgelassen hatte, diesen von der Presse erzeugten und aufrechterhaltenen falschen Eindruck zu korrigieren. In stiller Übereinkunft war sich die Delegation vom Hauptquartier einig in dem Bestreben, die günstige Publicity für die Legion, die durch die Berichte über die zenobische ›Invasion‹ entstanden war, zu bewahren. Was sie trennte, war die Frage, ob sie diesen Eindruck aufrechterhalten sollten oder nicht, wenn sie den Mann bestraften, der im Mittelpunkt des Zwischenfalls stand. Streitaxt glaubte nicht, daß das möglich war ... nicht, daß sie ein wirkliches Bedürfnis gehabt hätte, Narrisch überhaupt zu bestrafen.

Die Gruppe hatte es sich in einem der Konferenzräume des Raumhafengebäudes bequem gemacht, da der General mehrfach Vorschläge zurückgewiesen hatte, ihre Sitzung in den Räumlichkeiten abzuhalten, die der Legionskompanie zur Verfügung standen.

»Hauptmann Joker scheint *wirklich* eine gewisse Beliebtheit bei den Einheimischen zu genießen«, versuchte es die Frau Oberst noch einmal. »Berechtigt oder nicht, er und seine Bande von Halsabschneidern scheinen im Moment die Helden der Kolonie zu sein.«

»Grund genug, das hier hinter uns zu brigen und ihn so schnell wie möglich von hier wegzuschaffen«, murmelte Blitzkrieg und mißverstand damit absichtlich das, was Streitaxt sagen wollte. »Wieso überhaupt diese Verzögerung? Wo ist Hauptmann Joker?«

»Er wartet im Nebenraum«, warf Major Josua ein. »Schon seit wir angekommen sind.«

»Worauf warten wir dann noch?«

»Wir versuchen, die Gerichtsschreiberin zu finden, Herr General. Sie scheint sich verlaufen zu haben.«

»Wollen wir nicht trotzdem schon mal anfangen?« schlug Streitaxt beiläufig vor. »Zumindest mit der Anhörung?«

»O nein«, sagte der General. »Ich will alles legal und nach Vorschrift, wenn ich die Haut dieses Burschen an die Wand nagle ... keine ›Verfahrensfehler‹-Schlupflöcher, aus denen er sich rauswinden kann. Major, gehen sie raus und sehen Sie zu, ob Sie die ... was, zum Teufel, ist das?«

Draußen war das laute Brummen von starken Motoren zu hören. Das Geräusch hatte leise eingesetzt, während sie sprachen, aber langsam an Lautstärke zugenommen, bis es sich nun nicht mehr überhören ließ.

Josua war ans Fenster getreten, das auf die Landeflächen für die Weltraumgleiter hinauswies, und starrte auf etwas, das außerhalb des Blickfelds der anderen Offiziere lag.

»Herr General«, sagte er, ohne sich von seinem Standort abzuwenden, »ich glaube, das sollten Sie sich ansehen!«

Das Geräusch stammte von einem Dutzend Schwebemotorrädern, deren Fahrer – allesamt Legionäre – die

Motoren trotz ihrer niedrigen Geschwindigkeit lärmend auf Touren brachten. Noch aufsehenerregender aber war die Prozession, die sie eskortierten.

Die gesamte Legionärskompanie marschierte auf den Platz zwischen den Landeflächen und dem Raufhafengebäude. Von solch auffälligen Manövern, wie die Red Eagles sie während des Wettkampfs zwischen den Streitkräften gezeigt hatten, war nichts zu sehen, aber irgend etwas in der grimmigen Entschlossenheit ihres Anrückens ließ sie trotzdem eindrucksvoll, wenn nicht gar beängstigend erscheinen. Dieser Eindruck wurde natürlich von dem Umstand verstärkt, daß sie volle Kampfuniform und -ausrüstung angelegt hatten, einschließlich Waffen, die so aussahen, als wären sie geladen.

Auf ein gebelltes Kommando hin, das von den Gruppenführern wiederholt wurde, hielt die Formation und stand in ›Achtung!‹-Stellung. Gleichzeitig stellten die Schwebemotorradfahrer die Motoren ihrer Maschinen ab, und einige Augenblicke lang wirkte die dadurch eingetretene Stille sogar noch lauter als der vorherige Lärm.

»Was tun die da draußen?« fragte der General, während die Offiziere den Aufmarsch vor ihrem Fenster anstarrten.

»Wenn ich raten sollte, Herr General«, murmelte Streitaxt, ohne ihren Blick von der Formation zu nehmen, »würde ich sagen, es ist eine Demonstration zur Unterstützung ihres Kommandanten.«

»Eine Demonstration? Sieht aus, als machten sie sich bereit, den Raumhafen zu stürmen!«

»Ich sagte nicht, daß es wie eine *friedliche* Demonstration aussähe.« Die Frau Oberst lächelte humorlos.

»Sie haben Magazine mit scharfer Munition in den Waffen«, stellte Blitzkrieg fest. »Wer hat das gestattet? Wem haben Sie das zeitweilige Kommando übertragen, als Sie Joker suspendierten?«

»Leutnant Rembrandt hatte die meisten Dienstjahre«, sagte Streitaxt. »Sie steht an der Spitze der Formation. Ich glaube, der andere ist Leutnant Armstrong, der da neben ihr steht. Äh … muß ich die Herren darauf hinweisen, daß sie sich zwischen uns und der Raumfähre befinden?«

»Wollen Sie, daß ich die örtliche Polizei verständige?« fragte Josua nervös.

»Das da draußen sollten eigentlich *unsere* Truppen sein, Major«, gab der General gereizt zurück. »Wir sähen verdammt lächerlich aus, wenn wir die Polizei bitten würden, uns vor ihnen zu schützen, oder nicht?«

»Ja, Herr General. Verzeihung, Herr General.«

»Ich will, daß Sie da raus gehen und das Kommando über diese Formation übernehmen, Major Josua. Befehlen Sie den Leuten, in ihre Kaserne zurückzukehren und auf weitere Anweisungen zu warten.«

»*Ich*, Herr General?«

Glücklicherweise tauchte in diesem Moment die Rettung in Form der abhanden gekommenen Gerichtsschreiberin auf, die in den Raum schlüpfte und ihren Platz hinter ihrem Gerät einahm. Zu ihrem Glück wußte sie nichts von dem, was außerhalb des Raumhafengebäudes vorging. Sie war eine jener farblosen, pferdegesichtigen Frauen, die das Holofilm-Klischee von der attraktiven Sekretärin Lügen straften.

»Entschuldigen Sie die Verspätung, Herr General«, sagte sie.

»Wo waren Sie, verdammt noch mal?« verlangte Blitzkrieg zu wissen, der einen neuen Blitzableiter für seinen Ärger und seine Nervosität gefunden hatte.

»Ich bitte den Herrn General um Verzeihung«, mischte sich Streitaxt ein, »aber wäre es nicht wichtiger, das Verfahren zu beginnen ... ohne weitere Verzögerung?«

»Oh! Ja ... völlig richtig. Danke, Oberst. Jemand soll Joker sagen, daß wir auf ihn warten.«

Das Offizierstrio hatte kaum Zeit, sich auf seinen Stühlen niederzulassen, als der Hauptmann auch schon eintrat. Mit gemessener Präzision marschierte er zur Raummitte und grüßte zackig.

»Hauptmann Joker ... melde mich wie befohlen, Herr General.«

General Blitzkrieg erwiderte den Gruß mit einem angedeuteten Wedeln der Hand, während er zur Gerichtsschreiberin hinübersah.

»Nehmen Sie zu Protokoll, daß ein Untersuchungsausschuß zusammengetreten ist, um die Handlungen Hauptmann Jokers zu beleuchten. Vorsitz führt General Blitzkrieg, Oberst Streitaxt und Major Josua als Beisitzer.«

Er richtete seine Aufmerksamkeit auf die Gestalt vor ihm.

»Nun, Hauptmann«, sagte er im Plauderton, »ich nehme an, Sie wissen, warum wir hier sind?«

»Nein, Herr General, daß weiß ich nicht. Man sagte mir, meine Handlungsweise solle untersucht werden, aber ich bin mir keiner Handlung meinerseits bewußt, die eine solche Untersuchung erforderlich machen würde.«

Sogar Streitaxt war von dieser Aussage verblüfft. Sie war bereit gewesen, jedwede Verteidigung, die Joker vorzubringen hatte, günstig zu beurteilen, aber ihr war nie in den Sinn gekommen, daß er versuchen würde, sich mit seiner vermeintlichen Unschuld zu verteidigen.

Das war schon im Ansatz katastrophal. *Vielleicht* hätte es der Hauptmann schaffen können, mildernde Umstände in Anspruch zu nehmen, indem er geltend machte, daß besondere Umstände ihn gezwungen hatten, seine Kompetenzen zu überschreiten, aber überhaupt keine Fehler einzugestehen deutete auf ein dauerhaftes und nicht nur ein vorübergehendes Aussetzen seiner Urteilsfähigkeit hin.

Der General witterte einen leichten Sieg, und seine Zähne blitzten auf, als er lächelnd fortfuhr.

»Hauptmann Joker, meinen Sie, daß Sie oder irgend jemand sonst in der Weltraumlegion das Recht hat, einen Friedensvertrag mit einer Kultur oder Gesellschaft von Außerirdischen abzuschließen, die uns bisher unbekannt waren?«

»Nein, Herr General. Dieses Recht liegt einzig und allein beim Rat der Allianz.«

»Na, dann ...«

»Aber ich verstehe nicht, was die Frage mit mir oder mit irgend jemandem unter meinem Kommando zu tun hat ... Herr General.«

»Das wissen Sie nicht?« Blitzkrieg runzelte die Stirn.

»Herr General ... wenn ich darf?« schaltete sich Streitaxt schnell ein. »Hauptmann Joker, wie würden Sie Ihre kürzliche Interaktion mit Angehörigen des Zenobischen Reiches beschreiben?«

»Nun, Herr General, ich wurde in Kenntnis gesetzt, daß es eine Auseinandersetzung zwischen einem Angehörigen meiner Kompanie und einer bisher offensichtlich unbekannten Rasse gegeben hatte. Nachdem ich zunächst Maßnahmen getroffen hatte, um die unmittelbare Sicherheit der Schürfer, die wir zu beschützen haben, zu gewährleisten, nahm ich Kontakt zum Kommandanten dieser außerirdischen Macht auf, um festzustellen, ob sie eine Bedrohung für die Kolonie oder die gesamte Allianz darstellten. In diesem Gespräch stellte sich heraus, daß die Anwesenheit der Außerirdischen auf einen Maschinenschaden auf ihrer Seite zurückzuführen war, nicht etwa auf einen vorher überlegten Plan oder Angriff, und daß die Feindseligkeit von Nervosität und Unkenntnis auf beiden Seiten verursacht worden war. Entschuldigungen wurden ausgesprochen und angenommen.«

»Und ...« soufflierte der General, nachdem einige Augenblicke des Schweigens verstrichen waren

»Das war der gesamte Umfang meines offiziellen Gesprächs mit den Zenobiern, Herr General, das sich, wie ich glaube, durchaus innerhalb der Regeln abspielte, die für Legionsoffiziere niedergelegt sind.«

»Was ist mit der Übereinkunft, Sumpfgelände gegen Waffen einzutauschen, Hauptmann?«

Narrischs Gesichtausdruck blieb unschuldig.

»Ich fungierte in der Tat als Mittelsmann und Makler bei einer solchen Übereinkunft, Herr General. Aber das war zu einem späteren Zeitpunkt, als ich bereits außer Dienst war. Darüber hinaus stellt diese Übereinkunft einen Geschäftsabschluß zwischen zwei Einzelpersonen dar ... nämlich Raumflottenleutnant Qual von den Zenobischen Expeditions-Truppen und meinem Vater. Meines Wissens – und ich war an allen Gesprächen im Umfeld dieser Übereinkunft beteiligt – wurde zu keiner Zeit erklärt oder auch nur angedeutet, daß dieser Handel die Allianz als Ganzes oder das Zenobische Reich zu etwas verpflichtet oder auch nur involviert. Wie ich schon sagte, handelt es sich schlicht um eine Abmachung zwischen zwei Einzelpersonen, und meine eigene Rolle in der Angelegenheit war statthaft nach Artikel …«

»Wir *kennen* den fraglichen Artikel, Hauptmann«, unterbrach Streitaxt, die gegen ein Lächeln ankämpfte. »Auf ihn wird in Ihrer Akte häufiger Bezug genommen.«

General Blitzkrieg schüttelte vor Erstaunen und Verwirrung den Kopf.

»Ist das legal? Ich meine, Geschäfte mit einer außerirdischen Rasse außerhalb der Allianz zu machen?«

»Meines Wissens«, antwortete der Hauptmann zurück, »gibt es kein Gesetz, das ein solches Arrangement definitiv *verbietet*. Befänden wir uns im Kriegszustand mit den Zenobiern, läge die Sache vielleicht anders, aber ich glaube nicht, daß es irgendwelche Klauseln für den Handel mit intelligenten Außerirdischen gibt, die weder der Allianz angehören noch sich aktiv im Krieg mit uns befinden.«

Er hielt inne und lächelte die untersuchenden Offiziere an.

»Ich könnte mir vorstellen, daß die Jungs von der Steuer versuchen könnten, irgendeine Grundlage dafür zu finden, das Geschäft in Frage zu stellen, aber ich schlage vor, das überlassen wir den Scharen von Anwälten, die die Narrisch & Damlack-Rüstungswerke für solche Streitigkeiten beschäftigen. Um meine eingangs abgegebene Erklärung zu wiederholen – ich sehe keinen Grund, warum eine solche Frage der Rechtmäßigkeit, sofern sie sich überhaupt stellt, die Weltraumlegion berühren sollte … oder, genauer gesagt, mich oder mein Kommando.«

Nach der kurzen Pressekonferenz, auf der bekanntgegeben wurde, daß Hauptmann Joker von der Weltraumlegion nicht nur von jedem Vorwurf des Amtsmißbrauchs reingewaschen, sondern auch für seine Handhabung des Vorfalls mit den Zenobiern ausgezeichnet worden war, zog sich Narrisch auf einen stillen Drink in die nächstbeste Bar zurück, die sich in diesem Fall im Raumhafengebäude befand.

»Ich kann dir sagen, Beeker, mir fällt ein Stein vom Herzen. Eine Weile habe ich gedacht, sie würden mich um des Prinzips willen erschießen lassen.«

»Schön, Sie wieder mit reiner Weste zu sehen, Sir … wenn ich so sagen darf«, stimmte der Butler zu und hob sein Glas zu einem kleinen Toast.

»Daß die Kompanie so aufgetaucht ist, hat auch nicht gerade geschadet«, sinnierte der Kommandant. »Wie haben sie reagiert, als die Gewinne des Kompanie-Portfolios bekanntgegeben wurden?«

»Ich glaube nicht, daß die Bekanntmachung bereits erfolgt ist, Sir. Die Leutnants wirkten ziemlich beschäftigt mit der Vorbereitung der heutigen Demonstration, als ich die Information an sie weitergab.«

»Gut«, sagte Narrisch. »Dann werde ich es ihnen selbst sagen. Ich frage mich, wie sie es aufnehmen werden, plötzlich so wohlhabend zu sein.«

»Ich wollte Sie schon lange danach fragen, Sir. Ist das, was Sie mit dem Portfolio machen, einwandfrei .. ich meine, in ethischer Hinsicht?«

»Was meinst du damit, Beek?«

»Nun, mir scheint, daß der Kauf von Anteilen an Unternehmen, deren Hauptaktionäre Sie sind, vor allem kurz vor der Bekanntgabe der Fusion oder neuen Produktreihen von manchen als Mißbrauch von Insiderinformationen angesehen werden könnte.«

»Unsinn.« Narrisch lächelte unbeschwert. »Zufälle gibt es immer … und nebenbei, wenn *ich* nicht genug Vertrauen hätte, in meine eigenen Firmen zu investieren, wie kann ich dann erwarten, daß jemand anderes es tut?«

»Ganz wie Sie meinen, Sir.«

»Wie wäre es mit einem gemeinsamen Abendessen, Beeker? Um ehrlich zu sein, habe ich für heute genug von Legionärsuniformen.«

»Tut mir leid, Sir. Ich bin bereits zum Essen verabredet.«

»Ach ja?« Der Kommandant hob fragend eine Augenbraue.

»Die Gerichtsschreiberin«, sagte der Butler klärend.

»Tatsächlich? Ich hätte nicht gedacht, daß sie dein Typ ist.«

Beeker seufzte. »Normalerweise ist sie das auch nicht. Die Unterhaltung hielt sie immerhin so lange beschäftigt, bis die Kompanie zu ihrer Demonstration angetreten war.«

»Den Eindruck hatte ich in der Tat auch«, meinte Narrisch. »Ich sag' dir was, Beek. Setz das Essen ruhig auf meine Rechnung.«

»Sehr wohl, Sir.«

An Bord des Raumgleiters war Frau Oberst Streitaxt in eine Unterhaltung gänzlich anderer Natur vertieft.

»Ich sage Ihnen, Herr General, er hat die Chaos-Kompanie vollkommen umgekrempelt. Sie haben gesehen, wie sie sich hinter ihn stellten, als sie glaubten, er stecke in Schwierigkeiten. Außerdem lieben ihn die Medien. Was sie angeht, treffen die ersten Berichte zu – er führt die Elitetruppe der Weltraumlegion. Sie und ich wissen es vielleicht besser, aber ich finde, wir sollten uns diese Publicity zunutze machen. Mit dem Auftrag, das Sumpfland zu bewachen, sind sie unterfordert!«

»Oh, ich habe ganz sicher vor, sie anderswo einzusetzen, Oberst«, sagte der General. »Ich habe da ein paar schwierige Situationen auf meinem Schreibtisch, bei denen ich sie gerne ausprobieren möchte. Wir werden ein für alle Male herausfinden, wie gut oder schlecht diese ›Elite-Feuerwehrtruppe‹ wirklich ist ... oder auch nicht sind.«

Sein Lächeln war bar jeder Wärme.

ENDE

Band 24 143

Pat Murphy

Die Stadt, nicht lange danach

Deutsche Erstveröffentlichung

In den Jahren nach der Katastrophe ist aus dem legendären San Francisco eine stille, verlassene Stadt geworden. Unversehrt die mächtigen Wolkenkratzer und die großen Highways. Die Menschen jedoch hat eine rätselhafte Seuche dahingerafft. Nur ein paar Männer und Frauen sind geblieben. Sie aber wollen San Francisco wieder zum Leben erwecken – mit ihrer Phantasie und ihrer Hoffnung. Doch da tauchen feindliche Soldaten auf, und die Menschen beginnen mit höchst ungewöhnlichen Mitteln um ihre Stadt zu kämpfen.

BASTEI LÜBBE

Sie erhalten diesen Band im Buchhandel, bei Ihrem Zeitschriftenhändler sowie im Bahnhofsbuchhandel.